Dirk Schmidt & Guido Brose

infaust

Ein Magdeburger Reim-Faust.

Tragikomisches Lesedrama

mit Illustrationen von Franziska Ulrich, Jadeherz.

Schwarzbuch Verlag

Grüne Reihe des Schwarzbuch Verlages
Tannenweg 3, 85406 Zolling

www.schwarzbuch-verlag.de

Deutsche Erstausgabe März 2020
Cover: Franziska Ulrich, Jadeherz; Dirk Schmidt
Illustrationen: Franziska Ulrich, Jadeherz
Satzerstellung: Dirk Schmidt
www.johannfaust.de
Druck und Bindung: CPI books

1. Auflage

ISBN 978-3-946256-52-6

Einleitende Bemerkungen

Ist es noch zeitgemäß, über seine Motivationen zu berichten, weshalb dieses geschrieben, jenes gewählt wurde?
Da wir nicht jedwedem Trend hinterherhecheln, sondern uns erlauben wollen, das zu schreiben, was wir denken und fühlen, ist es Ihnen hier gegönnt, mehr darüber zu erfahren. Vielleicht haben auch Sie sich nämlich gefragt: Wozu ein weiterer „Faust"!
„Nun hab ich dich und halte dich umschlungen!" — Genau wie Lenaus Mephistopheles Faust zu „haben" gedachte, so hat uns das Thema „Faust" „umschlungen" — und nie wieder losgelassen.
Es wird auch immer wieder Künstler geben, die fasziniert sind von der historischen Person; die gefangen sind von der literarischen Figur; die angeregt werden von den Möglichkeiten des Fauststoffes. — Auch uns packte einst diese Faszination, jene Verlockung!
Nun wollen wir hier aber keineswegs erklären, was dieses oder jenes bedeutet; da halten wir es wie Friedrich Lienhard (1865-1929) in seiner „Einführung in Goethes Faust", der schreibt, mit einem „das bedeutet" „wäre die Poesie dieses Gespinstes zerrupft." — Lesen Sie, was Sie darin lesen wollen.
Wie kam es aber dazu?
Es war um 1987, da beschlossen wir, vage, unsere eigene Geschichte zu verfassen. Denn wir glaubten und glauben noch immer, Faust ist allgegenwärtig: Jeder von uns trägt ihn in sich, wir leben ständig mit ihm, er ist bald präsent, und bald versteckt er sich in den Tiefen der Seele und wartet. Er verharrt solange, bis er erneut gerufen wird.
Und so begegnete uns (wie bald jedem) die Figur Faust zum ersten Male in unserer Schulzeit — und hier in der Gestalt des goetheschen Werkes erster Teil. Es oblag mithin dem Lehrer, jene Begegnung so zu gestalten, dass dieses Thema anregend, ja fruchtbringend war. Und so ist es schon einem sehr glücklichen Umstand zu verdanken, dass gerade wir einen Lehrer hatten, der es verstand, unsere Liebe zur Literatur und zur Poesie im Allgemeinen und zu „Faust" im Besonderen zu wecken. — Auf ewig herzlichsten Dank, Herr Frank Burchardt (seinerzeit Deutschlehrer an unserer Schule)! —
Nun verfolgen wir mit unserm Stück gleich drei Ziele:
Erstens wollen wir — ganz schnöde — unterhalten, mit einer Sprache, die angelehnt ist an die Goethezeit, und deren Poesie über allem stehen soll. Nichts weniger als das. Bei diesem Vorhaben wollen wir jedoch eine intelligente Klientel, also gezielt Sie ansprechen.
Zweitens wollen wir einen (berechtigten oder unberechtigten) Anspruch geltend machen, unserer Fantasie freien Lauf zu lassen. Wir wollen zeigen, dass jeder eine Geschichte zu erzählen, Wünsche zur Erfüllung hat, dass in jedem von uns Faust und/oder Teufel stecken kann, zudem, dass Faust ein ungeahntes Potential an Möglichkeiten für jeden von uns birgt.
Und drittens wollen wir zeigen, dass unsere Sprache, die Sprache der Dichter, Denker und Philosophen, die Sprache der Weltliteratur, dass unser Deutsch eine vielfältige, wohlklingende Sprache ist, eine Sprache mit Niveau und Anspruch, eine gar wundervolle, würdevolle Sprache, die mehr ist als ihr Ruf, die mehr ist als ein Jargon der Schulhofgänger und Sprachverhunzer. — Ja! Wir lieben die deutsche Sprache: Sie ist das Schönste, was

Deutschsprechende eint. —
Wer sich nun darauf einlässt und ernsthaft mit dem Thema Faust befasst, dem wird es ähnlich ergehen wie uns, der wird von der Figur gefangen genommen, denn Faust war eine so faszinierende und polarisierende Persönlichkeit, niemandem konnte sie gleichgültig sein.
Dieser historische Johann Georg Faust, ein ruheloser, nie zufriedener, immer gehetzter Mann, der um 1480 geboren wurde und um 1540, vermutlich bei einem alchemistischen Experiment ums Leben kam, war hochgebildet und sorgte für viel Gesprächsstoff, denn er machte sich einen Namen als Naturwissenschaftler, Mediziner und Theologe, aber auch als Gaukler und Wahrsager auf Märkten, er war ein Hypnotiseur, ein Wandermagier, ein zaubernder Alleskönner.
Er lebte zu einer Zeit, da die Wende vom Mittelalter zur Neuzeit anstand, die Zeit der Inquisition, der Hexenverfolgung und der Reformation; vieles konnte sich das Volk noch nicht erklären. Und damals wie heute gilt: Wenn Hintergrundwissen fehlt, wenn jemandem lediglich Halbwissen beschieden ist, kommt es zu Verleumdungen und üblen Verdächtigungen, zu stupiden Nachreden.
So erging es auch dem geschichtlichen Faust, der im heutigen Baden-Württemberg lebte. Und nach seinem Tode ward ihm — vielleicht schon zu seinen Lebzeiten, zuvorderst aber aus Unwissenheit — ein Pakt mit dem Teufel nachgesagt. (Hervorragend beschrieben wurde dieses Leben zum einen von Günther Mahal, zum anderen von Hansjörg Maus, jeweils um 1980.)
Diese Potentialitäten, die sich aus einem solchen Pakt ergäben, dünken im Vergleich zu einem gottesfrommen, vermeintlich langweiligen Leben so faszinierend, so voller Verlockungen! Unabhängig aller Konsequenzen: Ach, welche Möglichkeiten, welche persönlichen Vorteile könnte man doch erlangen, wenn man sich dem Teufel verschriebe! — Oder doch nicht? — Viele erliegen dieser Versuchung. Der Teufel nimmt stets nur eine andere Gestalt, eine andere Form an.
Und so sind wir alle, ja jeder Einzelne ist Faust; wir vererben ihn von Generation zu Generation. Und doch gibt es jene, die sich seiner scheuen, ihn übersehen, abwinken und ihn als triste Lektüre abwiegeln.
Trist ist er jedoch mitnichten. Die Vielfältigkeit seines Handelns beweist doch seine Aufforderung, etwas zu revolutionieren, er fordert uns auf zu handeln: Tretet aus der Masse heraus und fühlt euer Sein, entschwindet der Vernunft, doch vergesst selbige nicht!
Und wie nun die meisten Menschen mithin (verdrießlich oder freudvoll) unweigerlich an Goethe denken, wenn der Name Faust fällt, so war dieser bei Weitem nicht der Erste und schon gar nicht der Einzige, der an dieser Figur sein Vergnügen hatte. Zugegeben: Goethes „Faust" ist wahrscheinlich das größte literarische Werk, das je geschaffen wurde, wenigstens aber ein riesiges Stück Weltliteratur! Jeglicher Versuch, sich mit dem größten deutschen Dichter, mit unserm, der Deutschen größtem literarischen Schaffen, dessen Werdung ein ganzes Menschenleben beanspruchte, in Konkurrenz zu treten, wäre ein törichter, ja wäre fatal. Und so ist dies auch beileibe nicht unser Wunsch und Wollen, uns auch nur annähernd in einen Vergleich zu begeben.
Jeder Versuch einer Neuinterpretation steht zudem im Schatten des-

sen, der Segen und Fluch gleichermaßen ist, denn ohne unseren größten Dichterfürsten wäre das Thema gewiss nicht mehr so präsent in allen Kunstformen. Dabei gäbe es unter den abertausenden Interpretationen manch kostbare Perle zu entdecken.
Letztlich betrachten wir Faust ebenso als einen Begleiter wie auch als Quelle, mit der man den Hunger, den Durst besiegen kann. Er ist wie ein königliches Festmahl, bei dem es ewiglich erlaubt ist, sich satt zu essen, bei dem es aber unerreichbar bleibt, sich satt zu sehen.
Unsere Geschichte versteht sich aber auch als eine Huldigung an all jene, die sich vor uns mit dem Thema befassten, die uns die Ehre zuteilwerden ließen, dieses Thema nun weiterführen zu dürfen.
Was hierin geschrieben steht, bedeutet Mensch zu sein, denn Faust ist Theater und Tribüne zugleich und bis dato ein aktueller Stoff, denn seine Themen sind heute mehr denn je in unserer Gesellschaft präsent: Jugendwahn, Korrumpierbarkeit, Verführbarkeit, Sensationswahn und Erlebnissucht, Manipulierbarkeit und Selbstsucht.
Wir alle sollten unserm Faust aber seine Menschlichkeit verzeihen, seine Schandtaten, die ihn beim Lesen eventuell bösartig dastehen lassen. Wir dürfen uns aber auch erfreuen, wenn Komödien und Frohsinn uns erheitern und wenn Zufriedenheit auf uns einwirkt. Denn Faust berührt uns, auf eine so besondere Art, auf eine wunderbare Weise; er versteht es, sich immer wieder in Szene zu setzen. —
Zu unserm Faust wollen wir aber noch etwas zur Erklärung beitragen: Wir haben uns in unserem Stück ganz bewusst für gewisse Wörter entschieden, deshalb sollten diese in Hinkunft auch nicht einer albernen und zweifelhaften politischen Korrektheit zum Opfer fallen, wie es zurzeit sehr modern zu sein dünkt. Ebenso bewusst dafür entschieden haben wir uns, das Pronomen „wir" und alle seine Kasus großzuschreiben, wenn wir verdeutlichen wollten, dass der Sprecher und dazu der Angesprochene gemeint sind. Diese Personal- oder Possessivpronomen sollen also keinen Pluralis Majestatis bilden. Zudem wurden in dem Text Wörter zuweilen kursiv geschrieben, um eine besondere Betonung hervorzuheben und somit den Lesefluss und die Rhythmusharmonie nicht unterbrechen zu müssen.
Des Weiteren haben wir uns in unserer Geschichte für die Eule als Erzähler entschieden, denn sie gilt wie kein anderes Tier als weise, ist ein Einzelgänger, liebt ihre Zurückgezogenheit, sondert sich von der Masse ab; da sie das Licht des Tages scheut, wird sie als Symbol der Traurigkeit, der Dunkelheit und der einsamen, melancholischen Zurückgezogenheit angesehen. Zudem ist sie der Vogel der Athene, Göttin der Weisheit. Und mit ihren riesigen Augen blickt sie in die Tiefe aller Geheimnisse. Andererseits aber gilt die Eule auch als das Symbol des Spiegels, und so sollte jeder Leser sich selbst in diesem Stück entdecken können.
Vielleicht entdeckten Sie auch noch etwas ganz anderes: Der Teufel ward bei uns mitunter recht harmlos und nur allzu menschlich dargestellt. Und dies mit Recht, weil in jedem von uns ein Teufel stecken könnte oder steckt: Denn bisweilen ist der Mensch der größte aller Teufel! Auch dünkt es geradezu blasphemisch, jenen Teufel zu einem Bruder Jesu zu erheben. Wir hegten damit keinerlei böswillige Absichten, sondern wollten damit allein zu verstehen geben, dass auch der Teufel einst auf der anderen Seite stand, ehe er zu dem wurde, was wir von ihm zu kennen glauben. Und für

alle weiteren gotteslästernden bis satanischen Verse schöben wir gern die dichterische Freiheit oder die Provokationslust vor.
Zu guter Letzt bitten wir auch dafür um Vergebung, dass wir Till Eulenspiegel, der etwa zweihundert Jahre vor dem historischen Faust gelebt hat, und den Geist Friedrich Nietzsches, der erst gut zweihundert Jahre nach Fausts Tod geboren wurde, in einem Auftritt bemühen.
Den Szenen, Handlungen, Beschreibungen, die lediglich am Rande erwähnt bleiben, soll es außerdem nicht an Liebe zum Detail ermangeln, es sind vielmehr bereits hinlänglich bekannte Bilder der Faustfigur.
Und damit möchten wir Sie nun endlich, aber herzlich einladen, sich mit allen Sinnen unseren Ausführungen mit Bedacht zu öffnen — ein Lesedrama, ein historisches Gedicht des 16. Jahrhunderts, angelehnt an die Sprache des 18. und 19. Jahrhunderts, mit deutlichen Parallelen zu aktuellen Themen, welches sich in der heutigen Zeit von anderem, Neugeschriebenem hervorhebt, indem es durch seine dichterische Ausdrucksstärke und die Vielfalt der Bilder aufgrund der Verse und Reime jedem ins Gedächtnis brennt; das es aber auch jederzeit vermag, sanft die Sinne zu liebkosen; denn ehrliche Poesie und mitreißende Lyrik werden gern übersehen und ebenso gern unterschätzt — ja belächelt.
Also, lieber Leser, öffnen Sie diesen Faust — und dieser Faust öffnet Sie!

Geschrieben zu Magdeburg, im Oktober 2019
— die Autoren —

Personen

die Autoren
Eule..........Erzähler dieser Geschichte
Johann (Johannes) Georg (Jörg) Faust (Faustus)..........Gelehrter
Christoph (Christopher)..........Fausts Freund und Gehilfe
Gott
Moristopheles..........der Teufel
Yvena..........Fausts Liebe
Till Eulenspiegel, Klagus, andere Leute aus dem Volke
Wicht/Asiram..........des Teufels Gesandter
Kinderchor
Magister..........ein Magier im Auftrage des Teufels
Reisender
Yonah..........ein Freund Fausts, Geliebter Yvenas
Fremder
Pfarrer
Geist der Nacht und ein weiterer Geist
Bettelmann
Nietzsches Geist
Estriga..........die Hexe
Verdammte; Gefolge des Teufels
Wirt..........Betreiber einer Schänke
Phenysea..........eine Zigeunerin, Prostituierte des Wirtes
Elysia..........Gespielin Fausts
schwarze Frau
24 Erzengel, weitere Engel
Stimme von oben
zwei Friedhofswärter..........Skulpturen links und rechts des Portals
Madonna..........Statue in einer Kirche
alte Frau
ein Bote, ein Weib und weiteres Gefolge des Teufels
Klageweiber
Grabredner

Denn meine Seele ist voll Jammers und mein Leben nahe bei der Hölle.

Ps. 88:2, 3

Vorspiel

Die Autoren *Das Leben ist ein wunderbarer Fluss:*
beschwingt und bitter wie ein letzter Kuss. —
So erfasst er seine Not,
und augenblicklich ist er tot. — —
Sich derart diesem großen Leben
hingebungsvoll bald zu ergeben,
ist zwar löblich, doch zugleich
an Verschwendung furchtbar reich! —
Ungespielt liegt jeder Trumpf,
Möglichkeiten ragen stumpf
in den Morast der Trübsal und ersticken.
Dabei könnte uns so viel erquicken. —
Doch sind Illusion und Traum und Wirklichkeit
tatsächlich das, was sie verheißen?
Besitzt die Wahrheit nicht die Möglichkeit,
sich Wirklichkeiten hinzureißen? —
Wahrheit, Illusion und Traum —
ein graziles, doch gewaltiges Gemisch,
ein unendlich großer Raum,
eingefasst auf einem Tisch. — —
Und wenn die Sonne sinkt nun gegen Nacht,
so erklimmt die altbekannte Treppe,
sie leitet euch durch den Poetenschacht,
hinaus aus eurer öden Alltagssteppe. —
Mit einem Taler aus des Beinkleids Tiefen
vergeht dem Wächter flugs das Schniefen;
er nickt geduldig Richtung Tresen. —
Sich zu setzen, ist daraus zu lesen.
Ist der Saal dann übel nicht gebunden,
jeder hat den Platz gefunden,
bitten wir euch still zu schweigen
und um Obacht auf den spät'ren Reigen. —
Sobald die Fenster sich sperrangeln,
wir uns durch die Versflut hangeln;
vorgetragen bei so manchem Becher Wein,
klingt gar lieblicher nun jeder Reim,
denn aus einer Muse errötet gern ein Gedicht. —
Auch wenn der Reim etliche Male gesungen,
ändern darauf die Leser die Sicht,
was dem Poeten ehedem gelungen …
Ihr, die geweckte Schar — geködert und begehrt —
schmachtet nach der hohen Kunst zuweilen,
weil ihr die Bretter, die so morsch, verehrt,
weil ihr ersehnt, in diesem Festsaal zu verweilen. —
Das Licht hofiert, das Dunkel ruht,

der Atem stolz pausiert im Takt,
die Augenblicke voller Leid und Mut
tosen turbulent von Akt zu Akt.
Inmitten eurer, ach!, so hungrigen Schar,
genießet nun ein altbekanntes Bühnenwerk,
ein Drama, geadelt in Einklang und Gefahr,
in neuer Deutung und mit altem Augenmerk. —
Denn in einer lauen, sommerlichen Nacht
war uns eine Anekdote zugedacht;
sie sollte fortab unser Leben füllen
und uns schleierhaft umhüllen. — —
Es war ein Waldstück dort, gleich unter Eichen,
da ließen wir die Zeit verstreichen,
in sinnlicher Ruhe, in Melancholie,
sinnierten bald in trauter Harmonie. —
Zu jener tragikreichen Stunde
leckten wir die kleine Wunde,
die uns so jammervoll verband,
die unweit jedoch darauf verschwand.
Und bald schon durften wir erfahren,
was eine Eule, in Generationen an Jahren,
dramatisch zu gerühmen wusst.
Alsbald verging am Heulen uns die Lust,
denn sie folgte diesem mutlosen Paar,
bis sie dessen überdrüssig war:
Haltet inne mit diesem Gewimmer,
stets gibt es jemanden, dem geht es schlimmer!
Von Stund an wollten wir ihr lauschen,
an ihren Worten uns berauschen;
und was uns festhielt bis zum Wechsel aller Tageszeiten,
findet der Geneigte nun auf den kommenden Seiten:

Zwischenspiel auf Golgota
Ebenda.

Eule Lähmend und fesselnd zugleich
beginnt ein Dialog, der an Wolken reich.
Die Windsbraut trägt ein Talmund in die Schlucht,
Golgota schmettert's drein mit heißer Wucht. —
Aus dem Körper tröpfelt roter Schmand,
er quillt träge aus des Leidenden Hand
und seigert in die Schatulle der Lehde:
Das Ergebnis einer tragischen Fehde.

(Faust und der Teufel treten auf.)

Faust Ein Bethel wäre wahrlich mir gediegen,
doch kann ich minder fordern,
an einem Kreuze aufgestiegen,
Euch an einen derart'gen Ort zu ordern.

Moristopheles Auf Gottes Schädel zu dirigieren,
dem Bruder in die Ungeberde zu stieren,
trägt mein Verlangen nach dieser Stätte daher
und schreit nach einer Aufhellung sehr.

Faust Mir ist des Verstehens kein Brocken Überschuss.
Welch willkürlicher Grund gab dem Begegnen Muss?
Vieler Stunden voran will ich lehren,
mich der Dummheit andrer erwehren.
Nun flott und lasst Uns nicht tändeln,
vorwärts schreiten und dem Sinne bändeln.

Moristopheles Das Quarren aus vergangenem Schlagen
hat Uns heuer her getragen.
Selten erleide ich solch ein Grimmen,
doch erfuhr ich Eure Absicht von gaffenden Stimmen;
sie erzählten von der Umsicht,
von Eurem Vorhaben schwiegen sie nicht.
Mein Bestreben ist, auszumerzen diesen Plan,
Menschen lernen nicht, denn streben im Wahn.

Faust Vorlaut empfinde ich die Kakelei. —
Warum korrumpiert Ihr Ruh zu einem Schrei?
Sie sind in ihrem Wesen mein Empfehl',
und ich mache daraus *nimmer* einen Hehl.
Woher also diese warnende Aufacht,
warum plagt Ihr mich mit dieser Andacht?

Moristopheles Dieweil Ihr erblindet, ob der Trachten,
dazumal auch andere versagten, der Fehler nicht bedachten.
Ich werde Euch die Hinkunft präsentieren,
keinen Deut verschönern, nichts Böses imitieren.
Möge Euer Urteil reich an Erfahrnis sprechen,
um sich beizeiten an der Unvernunft zu rächen.

Faust Die Nikodemusstunde läutet Ihr herbei?
Die Zeit will ich opfern und halt sie frei. — —
Wohlan!, ein Laster trag ich wohlbehüt' herum
und nehm Euch das Beschwatzen nicht krumm:
Wissensdurst lauert so heftig in meinen Tiefen;
mögen nimmer Lügen auf Eure Hufe triefen.

Moristopheles Was dünkt Euch in dieser gewicht'gen Stund?
Ich darbiete Euch der Wahrheit Kund.
Freimut und Wahrheitsliebe sind zu schelten,
und mein Name ertönt nicht selten.

Faust Ich will die Zeit mir mausen
und genieß die ingeniösen Pausen.
Aus jeder Lage schöpfe ich Wissen,
und die Erfahrnis wird minder verschlissen.

Moristopheles *(prophezeiend)* Himmelsdeuter, weidlich gelehrt,
werden von Fürsten nicht verehrt,
als Frevler im Lande markiert,
und die Sterndeutung geschwinde stagniert.
Heilichte Bullen streifen bedingungslos die Jagd,
wo Edikte haben kläglich versagt. — —
Einfluss erlebt in geistigen Bildern,
angereichert, blaues Blut wird schildern,
dass der privilegierte, schöngeistige Stamm
verendet im exilen Schlamm,
und die Literatur im brodelnden Saft
dahinzergeht und erschlafft. — —
In Mutters Gewölbe glänzt das Eisen,
wo Freund und Feind sich derer beißen,
denn Aug und Macht darauf gesetzt,
es den Kindern schadet, sie verletzt. — —
Könige werden des Ruhms besessen,
zerscheitern, weil fehl sie sich mit Zweiten messen;
Widerchristen fallen hernieder:
Drei zähle ich in meinen Sehungen wieder. — —
Mars wird speien und sprühen,
die Häute der Wesen schnell verbrühen;
rußgeschwärzt fallen große Segel,

herbeigeführt von vielerlei Flegel. — —
Weitab der westlichen Zivilisation
reitet der König des Schreckens schon,
es wird gemetzelt, und mit Tausender Tod
färbt er den Osten schreckensrot. — —
Das Verderben wird neu zur Welt gebracht,
an des Stiefels Hacke funkelt die bitterböse Pracht;
Monarchien im Alleingang entstehen,
die versteckte Hand wird Völker mähen. — —
Zu Tausenden öffnen sich die Münder still,
Seelen verschwinden im schroffen Drill;
der Rest erzählt sich in Lafetten
und fleischbehangenen Ketten. — —
Klebrig zur Halbe gekämmtes Haar
lässt *stillsteh'n* ein Volk, so starr.
Und der Rhetor stimuliert die Massen,
beeindruckt kann kaum jemand von ihm lassen. — —
Ein Kreuz, dem Thor geweiht,
Monde folgen, die Arme sind geneigt;
ein Symbol, das Flüsse rötet
und grausam opfert, mordet, tötet. — —
Kometen platzen auf Gottes Wiese,
der Schweif trägt eine raue Brise;
Steine prasseln in das Wasser,
und der Menschheit Macht wird schwindend blasser. — —
Zwischen zwei Flüssen darf sich einer nicht verbergen,
sonst endet alles in tausenden Scherben.
Mitra und Pallium, deutlich zu erblicken,
werden dann geschnürt aus dreckigen Flicken. — —
Ein Verjüngter, des Verstandes satt,
kleidet ein großes Feuer in der Stadt;
im religiösen Scheine er getauft,
seine Seele er bald verkauft.

Faust Glum offenbart Ihr mir das Später
und sprecht durchaus als Verräter;
Hiob erwache und hab seine Freud,
so er Uns belauschte hier und heut.

Moristopheles Ihr zweifelt an meinem Prolog?
Wütend brodelt der Sog.
Besser solltet Ihr meiner kennen
und die Wahrheit bei ihrem Namen nennen!

Faust Verzeiht, der mir erscheint denn ein Prophet,
lausch ich gerne weiter Eurem Gebet.
ich setz mich hernieder auf diesen Stein

und konzentrier mich auf den nächsten Reim.

Moristopheles *(weiter prophezeiend)* Iris wird ganze vierzig Jahr
sich verwandeln in einen Mahr,
sodann, weil des Entzuges nicht gewollt,
unvermutet aus dem Himmel grollt.
Länger und farbenfroher als zuvor
erstrahlet sie bald prächtig empor. — —
Überschattet von Pestilenz und Seuchen
werden Tiere und Menschen fortweg keuchen;
Klerus wird völlig zerschunden
im kniehohen Unkraut wiedergefunden. — —
Brennen wird des Hauses Dach,
die Erde ruhet dörr und brach,
bidmen wird des Bauches Schlund,
zittern des Brunnens Grund.
Und das Licht wird zu Staub,
auch der Tann versinkt im Sommerlaub;
Salz wird regnen in dieser Not,
Hass entsteht auf der Suche nach Brot.
In der langen Nacht wird Durst zum Feind,
und der Tag erblindet, wie es erscheint. — —
Mönch und Nonne streuen die Saat,
im Körper vereint, kuppeln sie zur Tat.
Als gesehen, was sich streckt auf Erden,
sollte ausgesetzt diese Brut dann werden;
allein ein Bauer unter den Weisen,
lässt diesen Knaben nicht vergreisen. — —
Ein Viertel gebietet er herbei:
Er ist der Letzte der Widerchristen drei.
Jungfrauenblut sei vergossen in Strömen,
Säuglingsschreie an Stadtmauern stöhnen.
Alle Witwen und, die der Ehe eifrig waren:
geschändet werden sie, in Scharen. — —
Aus der Asche gedeihen Sekten und Tempel,
die Vorhut für neues Geplänkel,
denn die Rasse trübt das Pfaffentum beträchtlich
und erbaut sich ihrer ergo mächtig.

Faust Apage Satanas, ich will nicht hören der Vielfalt Worte!
Schimpf ich Euch der üblen und list'gen Sorte;
Gott schenkt diesem Unheil nimmer Kraft!
Was er so mühevoll erschaffen, soll dahingerafft?

Moristopheles *(lauter)* Diabolos kehrt aus Eurem Irrtum Spalier,
weil Ihr erkennt, die Welt schaut einem Stier.
Jedennoch dem Vater zu Ehren —

was sporne ihn, sich frühzeitig zu scheren?
Bisweilen erscheint Ihr weidlich mürbe;
auch wenn des Chaos Sturm erstürbe,
er ist des Schöpfers Werk, das warnt. —
Der Mensch sich wohl als Duns enttarnt.

Faust Ihr schelmischer Valant,
besprüht mit Gift das eine und das andre Land. — —

Moristopheles Das Gift stellt sich der Pöbel selbst bereit,
der schwarze Tod macht sich unterm Himmel breit;
ungebildet erscheinen Mediziner in diesen Tagen,
und Unvernunft wird die Schuld von dannen tragen. — —
Unsichtbare Träger, aus Appetit gehehlt,
winzige Gruppen, von der Lust beseelt,
befallen fortwährend so Mensch als Tier;
sie entpuppen sich als eure Gier.
Stärker sind sie als jede Armee zuvor,
tödlicher als jedes Feuerrohr,
feindlicher als jeder Gegner bis dort,
pflanzen von Mensch zu Mensch sich fort.

Faust Genug, es reicht für den Moment!
Mir erscheint die Welt bald redlich fremd.
Allein ich will fürs Erste beiten,
mich Euretwegen nimmer schnell verleiten,
denn eine Beweisung ist nicht gereicht,
also fällt jedes Quasseln leicht.
(Faust schickt sich an zu gehen.)

Moristopheles Gehet einsam von diesem Hügel,
trachtet mit trauernden Augen der Prügel,
und der Zephir wedelt diese in die Seelen
aller unzufriedenen Kehlen.
Hier ist das Gastgebot auf Hörnern gespießt,
wo fortab jeder rücklings liest.

Eule Und von Golgota mit Quehlen in der Hand
hat sich Johannes des Teufels abgewandt.
Auf seinen Rücken fällt weiße Asche —
das ist nur Moristopheles' lästige Masche.
Staub vermischt mit Nebel laut,
lässt nicht zu, dass Faust ihm in die Fratze schaut,
doch im hallenden, blechernen Rund
gibt dieser neuerlich seine Meinung kund:

Faust Erst so ich gelesen von den Vielen die Geschicht,

so ich verfluche jenes Sonnenlicht,
falls der Mond auch nicht im Dunkeln ist zu finden,
dann werd ich mich Euren Worten binden.

Eule Eine Klumse reißt sich auf mit grässlichem Ton,
stapfen soll herein der geächtete Sohn.
Moristopheles mit der Gewissheit nun allein,
blickt gefällig und kregel drein;
er zischt noch leise ein paar Zeilen,
die im Dunst Golgotas verweilen.

Moristopheles *(rufend)* Der Abstieg ist lang und beschwerlich,
doch ein Wiedersehen unentbehrlich,
nur für einen Schimmer mir Glauben zu schenken,
wird Euch unablässig in meine Richtung lenken!
Eine Fabel genüget meist,
die allzeit in Eurem Kopfe kreist. —
Heimlich setz ich Euch in mein Theater,
und auf Platz Nummer sieben sitzt stets der heilichte Vater.

(Moristopheles ab.)

Eule Ein Aufschrei aus des Mannes Rachen,
der Schweiß perlt triefend auf die Haut,
das Nickerchen ließ Trug entfachen,
angstumhüllt er an den Fingerkuppen kaut.

Faust *(desorientiert)* Es dünkt', als stünd ich recht inmitten,
reihum war es greifbar und real;
die Herrschaft ist mir wohl entglitten,
Sankt Velten ist wahrhaftig ein Schakal:
Er nistet sich in meinen Schlaf;
der Traum fortan ist sein Gehege,
und wenn ich schlummere sehr brav,
kreuzt und lenkt er meine Wege.
Es schmerzt abscheulich, reißt mir Wunden,
die Locken könnte ich mir raufen;
da hat der Schuft die Pforte schon gefunden,
um sich unsrer ernsthaft warmzulaufen. —
Rrrr, die Faust möcht ich gern ballen,
sie erheben und ihn schrecken —
doch vermöge der Groll mir zu gefallen,
könnt die Bestie ich in mir entdecken. —
(sich zuflüsternd) Halte ein und mahne dich,
es war wohl eine Illusion.
Selbst, falls der Traum der Wahrheit glich,
ist der Teixel ein Phantom?! *(Faust ab.)*

Prolog

Ein Zimmer auf dem Anwesen Mala fide, *hernach auf einer Brücke.*

(Faust, sich den Gehrock ankleidend, tritt auf.)

Faust Im Anfang allen Seins steht das Vertrauen;
hier beginnen saftig grüne Lebens-Auen!
Doch unnachgiebig rafft er es dahin,
so ist der Mensch im Leid seit Anbeginn.
Denn der freie Mensch in seiner sich'ren Welt
ward schnell gefräßig, faul und fett;
er neigt, und fühlt sich bald als Held,
zu Schimpf, Gewalt und ist komplett
von Angst und so viel Furcht zerfressen,
dass er in seinem heißen Drang,
als hätt er Anstand nie besessen,
Moral und Zucht in sich bezwang.
Wer sind nun die Naiven, die Geist und Gabe strapazieren,
deren warme Zweisamkeit die Hälse schnüren?
Wer sind, die weiße Fahnen hissen
und ihr Gestern lebenslang vermissen?
Wer sind, die einer Partei die Buckel schmücken
und die zweite von hinten beglücken?
Wer bin nun *ich*, der daran zerbricht,
der darüber sinnt und alles verinnerlicht?
Wer bin ich, der sich dafür hasst
und Schicksalsfragen selbst veranlasst?
Wer bin ich, der einst vertrauensvoll ins Leben fuhr? — —
Johann Georg Faust — ein Name nur!
Doch keine Antwort wird den Kelch der Wissbegierde leeren,
keine Frage will mir stets genügen,
jeder Blick will meine Last beschweren,
jede Weisheit schenkt alsbald Vergnügen.
Wie immer das Belieben ist,
halt mit Titeln ich es sorgenlos,
denn was von alledem geblieben ist,
ward ich bis morgen gleichwohl los.
So will ich Magister Sabellicus heißen,
Fürst und Quellbrunn aller Nekromanten,
will als Doktor, Philosoph mich reißen,
bin der Zweite jener Hydromanten,
werd Chiromant und Astrolog gerufen,
bin als Gedächtniskünstler weit bekannt,
als Christusimitator klappern meine Hufen,
bin Zweiter der Magie, bin Pyromant;
als Vollkommenster der Alchemie

könnt ihr willentlich mich ehren;
als Lehrer der Physiognomie,
als Aeromant vermag ich euch zu lehren;
als Visionär — die Absicht keusch —
mit der Kugel aus Kristall im Reigen,
lasst ihr mich vor euch
als philosophus philosophorum verneigen;
ach, nennt mich, wie ihr wollt, im Guten,
teilt den Durst, der mir beschieden;
doch jede neuerliche Frage lässt mein Herze bluten:
Bisher keine Antwort stellte mich zufrieden!
Mit Fug und Recht vermag ich denn zu sagen,
dass ich von allem wohl die Hälfte weiß,
doch stellen sich mir allzeit neue Fragen,
und zu gering erscheint der Preis,
zu gering für all das Lernen, all die Müh. —
Von der Pansophie bin ich noch weit,
zur Flucht ist es zu früh,
doch langsam geht mir aus die Zeit. —
Hab gar vielerlei davon verbracht
so mit Studieren als mit Lernen,
in Büchern gewälzt, mit Theologen gedacht;
hab vom Erdinnern nach den Sternen
und noch darüber hinaus
ein Leben lang probiert, erfasst,
den rühmlichen Gedanken stets voraus.
Ich hab es geliebt, vermaledeit, gehasst,
suchte doch stets beharrlich das Glück,
einen Halt in Gott und seinem Wort.
Enttäuscht des Lebens kehrt ich zurück. —
An immer irgendeinem Ort,
zum Trotze allen Forscherdranges,
so lehrt uns selbst Vergangenes,
ergibt es oftmals doch gar mindern Sinn,
dieweil ein jeder sieht den andern Zweck darin.
Suchten meine Blicke den Weg nach oben,
sind unablässig Wolken aufgezogen.
Nimmer erlangt ich Gottgefälligkeit. —
An jedem Orte der Geselligkeit
erschien ich doch als Fremder nur;
wider jedes Beten keine Spur
des barmherzigen Gottes und seiner Liebe.
Ohne Gleichnis steh ich, mit verdorrtem Triebe!
(aufbrechend) Mit den Wolken vor der Zuversicht
entspräch ich meinem Glauben nicht,
allein zu deuten des Windes Wehen,
will ich den tiefen Kern verstehen.

Doch wie nur könnt ich allen Sinn erbringen,
wie wär's möglich, alle Schriften zu verschlingen?
Ein Vielfaches meiner Zeit erscheint Genüge,
doch da ich darüber nicht verfüge,
wie fänd ich derlei Stützen,
die auf meinem Wege nützen? —
Welcher Drang mag kostbarer sein
denn nach des Lebens höchstem Gut?
So möcht ich mich von meiner Last befrei'n
und fühle mich doch ohne Mut!
Denn die Errungenschaften meiner Träume
sterben freilich mit dem ersten Sonnenlichte.
Gedanken voller Wärme sind nur Schäume,
macht des Tages Kühle sie zunichte. —
Irgendwann muss ich in meine eig'ne Welt,
ein imaginärer Ort; die Welt im Schein,
ich bin ihr Magier, bin der Held,
nur wer wird meine Heroine sein?
Ich erblüh in dieser Welt, fühl und traure recht mit ihr,
ich erleb mein Wissen und mein Glück;
doch wer nur liebt, vergeht und stirbt mit mir,
und wann muss ich zurück?
Graue Wolken verschleiern den Weg dorthin,
weil die Sonne leise weint.
Liegt durchaus das weise Wort darin,
so ist die Asche der Keim, gleichsam vereint. — —
Doch einst: welch liebreizende Erscheinung erfasste mich schier,
die jenes Dunkel dieser trostlosen Erde mir
in ein helles, gleißendes Licht zerbrach?
Die Augen gebrochen, freilich durchaus hellwach,
ein Mägdlein — an Schöne verschwenderisch reich;
jener strahlenden, leuchtenden Sonne gleich.
Nein!, einem Engel gleich gewahrte ich sie gehen,
in einem leuchtend weißen Gewand! —
Gott sei's geklagt, muss ich doch gestehen,
ward die sanfte Gestalt nicht gleich erkannt.
Unempfänglich für jedes Weit're,
hielt mein Blick, mein Auge Rast.
Erschien so glückvoll, dass jenes heit're,
liebliche Wesen von meinem Schau'n erfasst.
Unvermerkt rief das Leben laut,
die Ruhe dünkte in Gefahr.
Hab allen Sinnen bisher vertraut,
und nun sei nichts mehr, wie es war?! —
Meinen tiefsten Illusionen war sie entsprungen.
Also erschien ich nie gezwungen,
auf meine Träume zu verzichten,

Fantasien zu vernichten.
Doch seh ich sie in diesem Licht verharren,
werd ich allzeit in leere Windungen starren,
eine Traumwelt sei mir gar errichtet
über dies Geschöpf in weiter Ferne.
So ich nun in ihre Wirklichkeit geflüchtet,
ist sie zerstört, sodass ich Trauer nur noch lerne.
Einmal gar zu oft sah ich diese eine Frau.
Jedes Mal auf ein Wiedersehen ich vertrau!
Doch ist's nun eine Ewigkeit schon her,
dass ich sie sah auf hiesigen Straßen.
ich mochte alle Augenblicke sehr,
wenn die Sinne des Zeigers Schreiten beinah vergaßen.
Ist vorbei nun dieser kostbar Wert,
bleibet mir mehr als unheilbare Sehnsucht verwehrt?
Werd ich den Weg nach ihrem Herzen finden,
wird ein klarer Geist uns je verbinden?
Werd ich einmal mit ihr träumen gar,
ohne zu verbrennen als ein kläglich Paar?
Beglückendes, dünkt' mir, hub bald an,
dass des Durstes den Kelch ich füllt sodann.
Sollt geleert er wohl und sei's vollbracht,
sei ein Feuer neu entfacht
und stürbe wohl des Herzens Weh,
verschwände gleich dem scheuen Reh,
dass so groß die Brust und gar so neu,
dass ich auf eine Braut mich freu!
Der Helena selbst noch übertroffen,
jener, schmachtend dem Gedächtnis,
der als Schönsten galt all Hoffen
und im früher'n Leben noch ein üppiges Vermächtnis. —
Ihr heißer Blick und ein Willkommen
haben den Fels meines Herzens erklommen.
Ein Blick, der tausende Mauern in mir brach;
ein Bild, das meinen kühnsten Träumen nicht entsprach …
Und im Taumel einer Fantasie,
ja in des Glückes höchster Anomalie
erfuhr ich jenes heitere und warme,
dieses innigste Küssen ihrer sanften Arme. —
Doch einen kurzen Augenblick
währte nur dies heiße Glück,
bei dem ihr lieblicher Gesang
bis in meine Brust vordrang,
denn meine Dummheit hieß mich weitergehen. —
Sollte ich sie jemals wiedersehen?
Wie ein kurzer Traum — verschwommen,
nebelgleich — alle Sinne benommen,

ergraut, erkaltet, klein,
verschwindend blass dünkt bald der helle Schein. —
Ach!, ich brach zu vielen Jungfern schon das Herz,
edlen Damen, lieblichen Frauen;
mich selbst erfüllt es auch mit Schmerz. —
Ist mir durchaus wohl zu trauen?
Doch heut fühl ich mich müd und leer,
erahn mich mutlos, kraftlos, alt;
Wissbegier und Sehnsucht brachten mich hierher,
allein hier ist es öd und kalt.
Die Traurigkeit, so frostig, dunkel,
kehrt an ihren alten Platz,
wächst als lästiges Furunkel
gleichsam wie der Stille Gnatz.
Viel zu weit war jener Traum,
der sich geschlichen unter meine Lider,
legt sich nun wie weicher Flaum
auf die Haut meiner Erinnerungen nieder. —
O göttliche Blume Jugend,
jeder hält dich gern für immer.
Dein betörender Duft ist eine Tugend,
dein helles Strahlen wie ein Kerzenschimmer.
In einem Meer aus buntem Klee
tragen deine Blätter mich hinauf zur Sonne
und hinauf in jede weit're Höh,
bis vollendet du erblühst in Wonne.
Ich — wer bin ich auf der Welt?
Nur ein Stück eines trügerischen Lebens!
Was gewann ich unterm Himmelszelt?
Erwartet' des Lebens so viel — vergebens! —
Längst ist sie entschwunden;
vorbei, gelebt sei die Vergangenheit.
Hab nicht Glück, hab noch das Ziel gefunden.
Und ich dünkt' die Künftigkeit vergang'ner Zeit …
Ach!, so schmerzlich reizen,
brennen meine tiefen Wunden;
dass mit Lieb und Frohsinn sie so geizen,
hat also bass mein Herz geschunden.
Und was Trauer birgt in salzig Güssen,
was Einsamkeit noch Sehnsucht kränkt;
es ist verlor'n in diesem falsch Gewissen
und hat im Weine sich ertränkt. —
Es schwind't die Liebe mir aus meiner Brust,
die Wissbegier klagt über Notstand.
Zu tief die Pein, zu viel ich nicht gewusst;
die Geißel dazwischen blieb unerkannt. —
Hab um Wehklang nicht gebeten,

um Zähren nicht geweint;
ich ward von beidem doch getreten,
hab mit der Erschöpfung längst geeint:
Jede Träne, die ich verlor,
stellte neue Fragen.
Stand ich oftmals auch davor,
keine wollte jemals Antwort wagen. — —
Wirre Gedanken umnebeln meinen Geist,
und doch ist er so klar denn nie zuvor.
Die Zeit, dünkt mir, sie ist vereist,
ruft Schmerz in meiner Brust hervor. —
Ach!, als Mensch schimpft mich Versager,
als Freund schaut mich denn unbekannt;
unfähig, Glück dem andern Lager
oder Liebe!, o Liebe zuerkannt.
Ehre, wem die Ehre gebührt;
allein ich wollte Wissen, wollte Liebe,
erschien von Eigennutz geführt
und entdeckte nicht die zarten Triebe.
Des Wissens Müh und keiner Liebe Geiz
dünkte denn des Lebens höchster Reiz.
Was bleibt mir mehr
denn die letzte Konsequenz?
Sie nahen sich mit Schritten schwer,
die Boten des verkehrten Firmaments.
(Klettert das Brückengeländer hinauf.)
Weil die Berechtigung entzogen,
das Leben aufrecht zu vollenden,
weil ich mich selbst belogen,
werd ich mich dem Abschied wenden.
Ja, ich schenk mich hin dem trüben Wanken,
der Dummheit und dem Selbstmitleid!
Als meine Innerlichkeiten einst zu Boden sanken,
ergab ich mich der Einsamkeit …
Ein schamesroter Faden
fädelt sich durchs ganze Leben;
grad gespannt und ohne Gnaden. —
Wenige Fusseln behängen diesen eben,
dem Stück der Fesseln und des Darbens.
Also nehm ich ihn in meine Hände,
beschleunige die Zeiten des Vernarbens,
zerreiße ihn, der mich so blende! —
O welke Blume Jugend,
jeder mochte dich für immer.
Deine Stille ist mir heute Tugend,
dein Strahlen nur noch Nebelschimmer.
Und in meines Rufes Ach und Weh

sind vertrocknet deine Blätter in der Sonne
und die Blüte erfroren im Schnee:
Niemand hält sie auf noch fest, die Wonne! —
Einst bin auch ich dem Traum verfallen
und hab dabei mich selbst verloren;
dabei bin ich nur einer von uns allen,
den die Trauer schon erfroren.
Ein Hilferuf darf bald verhallen! —
Allein wofür bin ich geboren?
Ich vertröste mich in jeden nächsten Tag,
halt mich, wo es geht, nur fest!
(packt die Balustrade) Sprecht Ihr mit mir, wovon ich mag,
dass mich die Hoffnung nicht verlässt? —
Ich zahl fürs Morgen (nur) — jeden Betrag —
und vielleicht nach einem gold'nen Schuss den Rest …
Mir fehlt der frische Mut zum Überlegen! —
So sich ein andrer an dem Ausweg labt,
sollt Ihr mir einen Grundstein legen,
ohn' zu wissen, was Ihr an mir habt.
Was fehlt mir denn auf meinem Weg, auf meiner Rast,
dass mir die Künftigkeit zudem verblasst?
Jemand, der mir zuhört, mit mir lacht;
dessen Fürsorge ich nimmer erdacht …
Und mit Tränen habe ich den Fluss benetzt,
immer auf der Suche: Wo seid Ihr jetzt? — —
Leise schlummernd zwischen diesen Welten,
gespannt, um zu vereinen;
getragen von den hochgestellten,
beschlag'nen, stählernen Beinen,
fristet ihr Dasein vom Nass umschlungen. —
Ein Meisterwerk der Architektur. —
Das Geländer, mannshoch, mit Verzierungen
und so Kupfer als Gold besetzt, blickt stur
nach beiden Halben auf das Element. —
Ein Abschied in das Leben …
Wer vermeint, dass er die Kraft erkennt,
wird mutig sich ergeben
der Macht des neuen Seins,
ist erfüllt von Hass und Trauer,
betrachtet sein Leben, will noch eins.
Leise zuckt ein kalter Schauer,
von dem Wind, der eisig mich umgarnt;
einsam erklimm ich diesen eisern Mast,
der sich als friedlich Tier getarnt. —
Gewiss hab ich mein Ziel erfasst.
(laut schreiend) Wer bewahrt das Leben gern,
wenn Liebe stirbt, wenn in weiter Fern

die Lichter allesamt verglühen?
Wes Begehren ist es, Wunder zu bemühen?

(Jemand tritt auf, das Gesicht von der Dunkelheit verdeckt.)

Eule Mit verstellter Stimme eine Antwort schallt,
die unverkennbar Fausten galt:

Der Erschienene *Ich* mag in dieser Zeit an Wunder glauben,
schau die alten Götzen bald verstauben,
will Wunder auch vollbringen.
Wehmütig, sehnsuchtsvoll soll mir erklingen
ein honigsüßer Schmerz in meiner Brust;
halb besinnungslos und halb bewusst.
Wenn ich mich treiben lasse, wogen, schweben,
genießen kann und fühlen, leben,
dann, dünkt mir, werden Wunder wahr,
dann trinke ich sie ganz und gar.

Faust Wie wollt Ihr mich nur so erschrecken?
Noch vor einem Augenblick wollt ich niemanden entdecken!
Dünk mich oftmals ungesehen
und werd doch heimlich, still gesichtet.
Dann vermag ich nicht, Sankt Veltens Stimme zu umgehen
und fühle mich verpflichtet!

Sein Gegenüber Geistreich sei der Getroffene,
denn in trübster aller Phasen
treibt es der bald Offene —
betrunken, mit zu viel Schluck und Phrasen —
soweit, dass sein brausendes Segel
sich stetig plustert, in sich bläst,
und der gewordene Flegel
an der Reling jämmerlich verwest.

Faust Geistreich sei der Gekränkte,
der mit innerem Getös
von seinem Verlangen ablenkte,
der voller Scheelsucht und prätentiös
sein vergeigtes Leben einem andern spricht,
zuvorderst mit der Faust auf dessen Tisch,
nachmals ratlos in jemandes Gesicht.
Das heiße ich ein giftiges Gemisch.

Sein Gegenüber Geistreich sei der sozial Schwache,
immer einen Kopf kleiner, trotz Gehrock und Frack,
der nur ein rotierender Cent und müdes Gelache

des pompösen Volkes in glänzendem Lack.
Und der sozial Müde in Unterhosen,
gestiefelt von Ketten, Metall und beißendem Duft,
streckt die Hand nach den Anstandslosen
mit herabgewürdigter Pein in deren Luft.

Faust Geistreich sei der Wohlhabende,
denn volle Taschen verleiten oft in falsche Türen,
und der dann häufig Kramende,
lässt sich gern von Untugendhaftem verführen;
schon sieht er schnell sein Fiasko,
und der eben noch Geschickte,
das bedeute ich Euch gern, Maestro,
ist alsbald der Geknickte.

Sein Gegenüber Geistreich sei der Neunmalgescheite,
der auf Treppen und Stufen sein Leben erzählt,
von der ersten zur währenden Pleite,
der unser Dasein mit seiner Gegenwart quält.
Gesünder erscheint dieser Schlaumeier,
fortfährt die Welt, die um ihn schweigt,
mit derselben alten Leier,
obzwar allein gelassen, er sich jenem Scheiterhaufen neigt.

Faust Geistreich sei der Widerspenstige,
der zum Verstehen das Sinnieren benutzt,
außen so taktlos, im Bauche der Ängstige,
dessen Seele nimmer vollends rein geputzt.
Hilfe von außen setzt einen Verlust
auf einer Skala von Eigensinn geritzt,
und die hervorschwellende Brust
sei folgend nach innen gespitzt.

Sein Gegenüber Geistreich sei der, der seine Seele lebt,
zum Fühlen, Trauern und Genießen,
der an seinem Dasein webt,
der kämpft für des Flusses Fließen;
jener, der Schmerzen empfindet,
der ein Herz in sich zu finden trachtet,
es täglich bei sich und anderen findet.
Er sei ein Mensch und wird seit alters her denn solcher beachtet!
Sehr gewiss seh ich Euch ebenso,
und wahrlich sag ich Euch das gerne wieder. — —
Nun seid im Herzen wieder froh
und steigt von dieser Brüstung nieder!

Faust Ich weiß nicht recht:

Mag mir dies Gefühl behagen?
Mich dünkt, gar schlecht
können diese Welten sich vertragen.
Ergo sei es träglicher, so ich hiernach
meine Ruhe fänd für alle Stunden;
denn wer küsst mir schon die Seele wach,
küsst fort mir meine Wunden?
Sein Gegenüber Unter Glück stellt Ihr Euch vor,
etwas, was Euch nicht zugegen;
einhellig lautet der Tenor,
der Plötzlichkeit sei es erlegen.
Wie töricht, dieses Denken!
Von solchen Dummheiten lasst Ihr Euch beschränken? —
Glück ist wie die Sonne — immerdar;
zuweilen will sie heiß uns brennen,
ein andres Mal nicht halb so klar.
Nur eines müsst Ihr: es erkennen! —

Faust Als hättet die Weisheit Ihr mit Löffeln gegessen,
haltet Ihr bei jeder Sünde gleich dagegen.
Doch die Wunde sei vergessen;
das Vergessen sei ein Segen.

Sein Gegenüber Vergessen kann auch tödlich sein,
weiß die Liebe nicht allein.

Faust Ich freilich bin im Taumel, bin des Schwankens
und der Augenblick an diesem Ort;
meine Hinkunft ist die Verschwendung des Gedankens,
meine Vergangenheit ein wohlfeiles Wort.

Sein Gegenüber Was gewesen, wird verteufelt;
vergöttert wird das Jetzt!
Sind die Gräber dann erst angehäufelt,
sind Erinnerungen schwer verletzt.
So erschien die Wunde denn gesichtet,
erfüllte fortan Euch mit Schmerzen.
Und während Ihr dahingerafft, gerichtet,
brannten ringsum rote Kerzen.
Als sie heruntergebrannt in jener Stunde,
als der Schmerz nicht dünkte gar so schwer,
war, der sie gewahrt, die off'ne Wunde,
mit dem Messer drauf und stach umher! —
Und fortwährend, wieder
rann das Blut aus feurigen Augen.
Alle mürben Glieder
verzehrten sich nach diesem Glauben.

Es zeugte von Dümmlichkeit,
wenn weinerlich Ihr flieht,
leichtgläubig Euch dem Tode weiht;
denn nichts auf dieser Welt geschieht,
um jämmerlich davonzulaufen. —
Kein Misstritt soll umgangen,
kein Schicksal könnt Ihr kaufen.
Freilich einmal begehrt auch Ihr, das Leben wiederzuerlangen.
Bedenkt, was an diesem Leben Euch gefiel,
welche Augenblicke Frohheit schafften. — —
Doch sagt, was ist Euer Ziel,
Euer Sein und Euer täglich Haften?

Faust Bedarf es heut noch eines Seins,
trotz der Entfaltung eines halbwegs trächt'gen Scheins? — —
Über Recht und Unrecht zu entscheiden,
obliegt mir wahrlich nicht,
doch die Wahrheit zu entkleiden,
gab ich mich hin der Pflicht.
Zuweilen ist sie nicht so klar,
wie sie's uns wissen lassen will;
freilich ist uns das kommoder zwar,
indessen ohne Kenntnis bleibt ihr Atem still.
Doch dien ich ihr mit bester Kraft,
mit frohem Mut, reinlichstem Gewissen,
so hab ich es erneut geschafft,
die Wahrheit sanft zu küssen. — —
Zwei Offenbarungen wollten die Zeit mir rauben:
Die eine ist des Paracelsus' Licht,
die andre das vom Glauben;
so enthob ich also beiden mich der Pflicht! — —
Alles Hoffen bleibt auf einer Straße ohn' Belag,
auf dem Pfad, der oft im Missverständnis lag.
Sträucher und Hürste liegen gar
weidlich unachtsam, verwildert dar.
Eine röchelnde Kehle voll Staub und Sand
trocknet meine Vene in dem Nimmerland,
welche verzaubert mir widerfährt,
mich zementiert, an mir zehrt.
Allein der Gedanke an das ewige Voran
schnürt mich, hält mich im Bann. — —
Nun gut, begehrt als Knecht mir aller Zeit zu stehen,
so soll des Winters Kälte rasch vergehen.

Sein Gegenüber Also erlebt mich als Gedicht,
steigert Euer schwaches Gleichgewicht.
Sterbt für eine Dauer und verweilt;

entrinnt und enteilt
dem Glanze und der Müdigkeit
nach aufricht'ger Entschlossenheit
erzielter und wahrer Kraft,
die Euch treibt, die Euch schafft. —
Wer weiß, von welchem Nutzen
mir die neue Stellung sei.
ich kann feuern, schüren, stutzen
und auch sonst so mancherlei.
Entlohnt mich nur recht,
und mit Mut bin ich dabei,
dien Euch als Freund und Knecht;
schwört Ihr den Teufel auch herbei …

Faust Gereift und durchaus neu
lass ich mich fortab lenken.
Nun bleib der Schule ich auf immer treu,
sie will Hoffnung mir, so Mut als Stärke schenken;
sie steht für geistigen Gewinn,
und als Dienerin, gilt sie, fürs Leben.
Was anders also ergibt denn Sinn,
als sich ihr dienlich zu ergeben?! — —
Doch wer seid Ihr überhaupt? Kommt ins rechte Licht!
Es obliegt mir wahrlich nicht,
Eurer ansichtig zu werden.
Sonst zeih ich Euch mit wohlfeilen Gebärden,
ein Abgesandter Sankt Veltens zu sein,
getarnt mit güld'nem Heil'genschein.

Eule Er tritt in den Schein der kargen Leuchten,
sodass Fausten gleich die Augäpfel feuchten.

Sein Gegenüber Johann — mein teurer Freund Johannes.
In kräftiger Statur eines wohlhabenden Mannes
treffen Wir einander endlich wieder. —
Einst waren Wir wie Brüder,
freilich Unsre Wege trennten sich,
doch ich erschien Euch jederzeit erinnerlich.
Eure Briefe zeugten stets von warmer Herzlichkeit,
sogar in tiefster Schmerzlichkeit
fand Euer ehrbar' Wort mein Ohr —
ich war weit freudiger denn je zuvor.
Lasst Euch küssen wie vor Jahren,
als Ihr mir gütig übers Haupt gefahren.
Wie setzte zu Euch diese lange Zeit;
ich hörte, Ihr seid geplagt von Leid!?

Faust Es allen recht zu machen, wünscht ich wohl,
doch das gelingt mir wahrlich schlecht;
so schaff ich flugs den trauten Gegenpol
und mach es damit keinem recht.
Ach, ein Schwärmer bin ich, hoffnungslos;
erwarte ungeduldig, überaus,
der Gefühle viel zu groß.
Und, ach!, drum ging ich oft enttäuscht nach Haus,
bin deshalb hin- und hergerissen bloß
zwischen Depression und manischem Applaus,
und die Sucht nach freier Harmonie
verführt mich oft zur Melancholie. —
Christoph, mein schöner Freund, mein Bruder, wir sind vereint;
wisset: Ich habe Euch des Öfteren beweint.
Endlich! Endlich!, sag ich. Endlich!
Nun sind auf ewig Wir einander kenntlich.
Ei, bin ich doch wiedergeboren
aus des Winters kalter, farbloser Enge!
Ich bin, so war ich doch verloren,
kehr wieder nun ins scheußlichschöne Gedränge.
Ich schreie — reiße alle Schranken nieder,
hurra!, das Leben hat mich endlich wieder!

(Sie umarmen, küssen, herzen sich. Dann ab.)

Erster Aufzug, erster Auftritt »Marktplatz«

Ebenda.

(Faust und Christoph treten auf,
hernach Leute aus dem gemeinen Volke.)

Faust *(für sich)* Welch klares Sinnen vermag ich zu fassen —
stupende Gedanken sich in mir niederlassen.
Also zog ich, dass die Knochen mich noch tragen,
und werd das einfache Volk befragen;
hier will ich es erkennen
und mein Gewissen neu benennen.

Eule Zwergwüchsige und Spieler mit Puppen
verdienen sich so Brot als Suppen;
Tänzer auf Seilen und Beschwörer der Schlangen
entfachen hitziges Verlangen.
Hier erheitert man in Buden mit seinen Aktionen,
mit Künsten, Gaukeleien, mit Sensationen;
dort herrscht ein reger, bunter Reigen,
trifft sich jedermanns Glauben und Religion;
der Kleine kann sich dem Großen zeigen;
es spielen Musiker auf — mit durchaus kritischem Ton.
Bald führen Akrobaten und Artisten
ein Allerlei ihres Könnens auf;
Wahrsager und Alchemisten
bieten ihr Wissen zum Kauf.
Handelsleute und Edle aus aller Welt
bieten feil ihre Waren, bieten Kunststücke an;
Jongleure balancieren — auf Rädern und im Zelt —,
dass ein jeder sie zur Freud betrachten kann;
Gaukler sind ebenso vertreten,
wie bunte Spielleut sich zeigen,
um des Volkes Gunst (und Münze) zu erbeten,
um sich baldig zu verneigen;
ein Feuerschlucker und ein Fakir,
belieben, in der Menge zu walten;
männiglich Gaden mit Brot und Bier —
kurz: Hier tobt das Leben, hier lebt das Unterhalten. —

(Vollmundig preist Christoph sie an, anschließend bietet Faust seine Schau feil, wie es so Sitte. — Danach:)

Christoph Die letzte Popelbremse ist noch gar nicht allzu weit,
doch bald Millionen stehen abermalig hinter ihr,
eben noch die Kronjuwelenzeit,
schon stampfen Rassenhass erneut und Gier. —

Dem Schafe gleich, das ward geschoren,
und aller Klugheit abstinent,
ist die Kloake neugeboren,
ist des Unholds hirnverbranntes Element. —
Ob dieser tristen Einfältigkeit,
ob dieser blinden, sturen Ignoranz
verliert die Beachtung ihre Gültigkeit —
doch darin liegt der tollkühnste Tanz.
Ein jeder Furz glaubt, was zu sein,
und kommt dennoch aus dem Arsch gekrochen,
kann Parolen lauthals mit der Masse schrei'n,
hat ausgespien das kleine Hirn, gebrochen. — —

Eule Transparente liegen hier bald und bald dort,
mit Schuh und Schlamm sind sie getreten;
ein Kittelträger räumt sie fort —
niemand hört sein Fluchen und Beten.
Die lauthals geprahlten Parolen
liegen stumm auf einem Haufen;
einst dienen sie den Kohlen,
sich zu bäumen und zu schnaufen.
(Unterschiedliche Transparente sind zu erkennen:)
Nieder mit den Ratten
in braunen Krawatten!

Knüppel und Steine
auf Nazischweine!

Tod den bepissten
Scheißfaschisten!

Christoph Aber ebenso war kürzlich hier noch die Parade,
ein großer Aufmarsch asozialer Elemente.

Faust Allein schon die Nennung ist Eskapade,
dieweil bald jeder von ihnen flennte
nach Begreifen der dümmlichen Gebärden.
Wie ich all die geistlosen Prahler hasse …

Christoph Sie beschwerten sich über väterliches Werden
und über die Verwaltung ihrer dummdreisten Masse.
Diese Wirrköpfe sind, ach!, so geistlos,
krakeelen, posaunen es noch laut,
dass sie unverkennbar selbst das Volk sei'n bloß.
Gewiss — eins, dass gegenseitig sich Parolen klaut …

Faust … so selbstgefällig, verantwortungslos,

wie kindhaft und naiv in seiner Haut.
Jede Epoche hat ihre Epidemie.
Unsere ist Müßiggang, ist Kommodität;
und mit verklärter Fantasie
verkaufen wir die letzte Immunität.

EULE Nun begibt er sich auf den Platz inmitten
und stellt sich dar, als wolle er bitten.

CHRISTOPH Was wollt Ihr noch an diesem Ort,
was zieht's Euch neuerlich zum Gesinde dieser Gegend?

FAUST Ich verbotschafte nur mein Wort,
den Grundstein für die spät'ren Taten legend.
(zur Menge) Es läuft weidlich etwas schief
im Staate der Germanen:
Eben fielen noch die Väter tief,
jetzt spielen sie die Untertanen.
Wir nehmen und greinen noch dabei,
schätzen nicht die rechten Wege,
merken nicht, die prassenden Jahre sind vorbei
und werden dennoch fett und träge! —
Etwas Großes keimt in unsrer schönen Mitte,
es vergiftet, was so reich geblüht,
etwas Böses keimt in unsrer großen Mitte,
zerrt und schiebt und Hass versprüht.
Und so verleugnet der,
der alles gleichmachen will,
seine Herkunft schwer
und steht damit in Unbill.
Denn wer seine Herkunft so verdrängt,
maßgeblich die Vergangenheit verliert!
Und wer diese leichtfertig verschenkt,
ist viel schlimmer noch geziert:
Er ist heimatlos, ist ohne Identität,
verliert die Stimme und jedwedes Recht!
Um unsre Sprache ist's beinah zu spät,
und bei dem Gedanken wird mir schlecht!
Der dümmliche Pöbel krönt sich zum König,
dieweil um die Gunst dessen sich die Väter müh'n.
Von seiner Muttersprache versteht er wenig,
allein morgen soll er darüber entscheiden kühn …
Und unsre Dichter und Denker erahnten es wohl,
dass einst die Idiome stürben.
Heute sind die Worte gleich der Köpfe hohl,
doch es will kaum jemanden zermürben!
Zuweilen trägt das bürgerliche Leben

seiner selbst bizarre Früchte,
und auch im unbeirrtesten Bestreben
ist es die gleiche lausige Geschichte.
Denn wie viel Dummheit gibt es doch,
da Gelehrtheit sich geziemt und ward erwartet. —
Und da bald Wissen schon verstanden wird als Joch,
woll'n die gift'gen Pfeile längst gestartet.
Wes Welt kann das nur sein,
da Stupide das Zünglein an der Waage?
Daraus sollten wir einand' befrei'n,
freilich wird der Kampf durchaus zur Wehmutsklage!
Also saget, liebe Leute, wie es ist,
ob das Recht euch von Zeit zu Zeit verlässt. — —
Ihr dort, mit dem Mütterchen an der Hand,
wie ist dazu Euer Stand?

junger Mann Die Schürze allzeit *fest* geschnürt
stets an ihrem häuslichen Leibe.
Niemals hatte sie sich fortgerührt. —
Es obliegt ihr, Frau zu sein, beileibe,
doch was passiert, ist Schicksal und Versprechen!
Den Kessel in der einen ist noch kein Verbrechen,
freilich mit dem Topflappen in der andern
so manche schnell zum Trübsal wandern …
Am Fenster schauend nach dem Gatten,
dort längst die meisten ihren Gleichsinn hatten.
Mit Fleisch und Kartoffeln
ebnete sie den Weg für seine Pantoffeln.
Er nahm sie, fraß und verschlang
zwei, drei Bier — ein Lied dazu sang.
Am Ende ein Gebiss, das sich verlor
in dem von ihr geheizten Ofenrohr.
Ein Zigarettenstummel in der Hand,
ausgedrückt in treibendem Sand,
das Glas zum Hals gereicht —
sie erstickt nicht, sie erbleicht.
Langsam rollen Tränen in die Kehle,
ein Schatten ergreift die Seele,
und die Einsamkeit, die sie umgibt,
ist jene die sie jetzt erstickt …
Vergangenheit, Muse und Einsicht
erliegen diesem ungerechten Gleichgewicht,
denn dieser Mensch — alleingelassen —
musste neidvoll allen Natürlichkeiten passen.
Was ihr täglich widerfuhr,
hinterließ ihr eine wunde Spur;
zu oft erblasst die Realität

und der zweite Topflappen kommt zu spät!

GROSSER MANN Ihr solltet ihr helfen,
flink und emsig wie männiglich Elfen!

KLEINE FRAU So sie freilich nicht nach Hilfe weint,
trägt sie gewiss auch keinen Feind.

GROSSER MANN Ihr erblickt durchaus das arge Leiden,
erwartet indes den Hilfeschrei?
Denn seid bestrebt, die Hilfe auch zu meiden,
seht mit Widerwillen Eure Pflicht herbei.

FAUST Allein warum, stellt sich die Frage,
warum erscheint uns abermalig diese Plage?

JUNGE FRAU *(wild gestikulierend)* Die meisten stimmen dabei ein,
seit Jahr und Tag sei das der Weg allein!

FAUST Ei, ihr Menschen, so fresst doch Kot,
Millionen Schmeiße woll'n nicht irren,
und die frisst selbst der Teixel in der Not. —
Was für Torheiten euch doch verwirren …
Indes mit Verwirrung kennt er sich wohl aus,
der Mensch in seiner heilen Welt:
Eben noch bekommt er viel Applaus,
da hat er seinen Wohlstand gleich bestellt.
Überschwänglich wird er oft geehrt,
mit Lob behudelt und Beifall bedacht —
doch bald erkennt er, was hier durchaus verkehrt:
Es ist nur Heuchelei; er ist verlacht!
Und doch ist er beim nächsten Mal
erneut von falschen Worten angetan,
die jemand ihm mit Puder in den Arsch befahl,
mit lobpreisheuchelndem Elan.
Ehrlichkeit ist keine Münze wert,
weil kaum sie je uns widerfährt.
Und was passiert mit Wohlstandskindern denn?
Die meisten werden albern, faul und dumm,
sie können die Welt nicht mehr benenn',
und die, ach!, so schwere Arbeit macht sie krumm.
Sie werden kaum erwachsen,
wollen ewig Junggeblieb'ne sein,
erfinden allerlei Spaß und Faxen,
sind allem übermächtig und doch klein.
Zum einen bersten ihre Leiber bald,
zum Übrigen sind sie wie die Tiere,

und werden sie erst alt,
kommt der Jammer, ob man den Sinn verliere! —
Auch unablässig haltlos ist die Jugend,
ziellos, nutzlos, faul;
an jeder noch so werten Tugend
schändet sie ihr neunmalkluges Maul.
Zu viel Schmerz bedrückt die Welt,
was allen zwar missfällt,
woran doch niemand etwas ändern will,
dies betrübt uns aber meist nur still. —
Allein immer ein verflucht's Ereignis
zwingt den Menschen nur zur Umkehr,
wonach er wohl geneigt ist,
besser sich zu zügeln denn vorher! —
Ist nun bald dafür die Zeit gereift?
Zuweilen wünscht ich: dass mich die Hoffnung streift.
Ich will es zwar nicht missen,
allein was nützt mir alles Wissen,
wenngleich die Geistlosen wie Könige sich benehmen,
die Feigen und Dümmsten für Verbrechen sich nicht schämen?
Ich glaub nicht mehr an eine gute Welt,
ich vermeine, dass an Schmerz und Trauer sie zerfällt.
Zu viel Elend, zu viel Ungerechtigkeit,
so viel Menschenwürde vor Verletzung schreit!

(Neben der Szene:)
Eule Ein Schalk läuft hin von Ort zu Ort;
er lästert, feixt belustigt immerfort.
Meist hat die Lacher er auf seiner Seite,
dass auf Gefühlen er nicht alleine reite:

Vater mit dem Sohne Was obliegt Euch zu berichten,
was sind Eure Wünsche und Geschichten
über meinen morgen reifenden Sohn?
Wie hoch wird wohl sein Lohn?

Till Eulenspiegel Vor Geilheit sehr stolz,
stets einen Penis aus Holz,
in Träumen wirbeln wohlgerundete Brüste,
die ihm stillen seine immerwährenden Gelüste.
Alle zwei Tage ein kurzes Masturbieren,
Spermien sind schleudernd am Vibrieren,
doese, freilich von einem Spross,
welche er im jugendlichen Wahn schüttelnd vergoss.
(Die Menge lacht.)
Wohlan!, kleiner Mensch, so groß,
phänomenal, elegant und famos

seid Ihr an der Schwelle zum Mann,
die Euch keiner mehr nehmen kann.
Darum: Alles Liebe, Wohlwollen und Träumereien;
möget Ihr Euch von der Last befreien,
dann bleibt der gewordene Mann auch stets und geschwind
das von allen gewünschte Kind.

EULE Wie ein Silbermond, der Herr, der sich jetzt bückt;
er wird sofort von ihm erblickt:

TILL EULENSPIEGEL Im Ostermonat April
ich ein dickes Kreuz bei Euch erblicken will.
Ihr werdet einhundert Jahr,
zu erkennen an des Gesichtes langem Haar.
Indessen steht Ihr freilich noch attraktiver
denn manch jüngerer Verlierer.
(allseitiges Gelächter)

EULE Auf ein leichtes Mädchen zieht er ab,
blickt sorgenlos auf sie herab:

TILL EULENSPIEGEL Seid gegrüßt, verehrte Dame,
von Eurem Anblick ich erlahme.
Über Euch zu spotten, will ich wagen.
Kribbelt's schon in Eurem Magen?
Wollust, Leidenschaft und Gier
sind alle wohl versammelt hier.
Kein Mann auf Erden hält Euch stand,
drückt Ihr ihn an die nächste Häuserwand.
Ihr seid heiß, seid eine Wahnsinnsfrau;
mit Eurem Blick und dem stöhnenden Miau
seid Ihr die Herrin in der Männerwelt,
die in der rechten Hand die Peitsche hält.
Und die Handschellen in der Linken
sind gewisslich nicht zum Winken.
(Ein kräftiges Raunen geht durch das Getümmel.)

EULE Alsdann wird ein hübsches Fräulein versetzt,
sintemal er über ihre Makel hetzt:

EULENSPIEGEL Und Ihr dort. Was fällt prompt mir ein?
Freilich eine Schönheit wollt Ihr sein.
Welchen Vorteil das nur hätte?
Gewisslich eine Männerkette:
Kerle, die schniefend starren und gieren,
auf den makellosen Leib nur stieren.
Allein die Unterwäsche, die Ihr tragt …

ach!, ein Voyeur, der mehr zu dünken wagt;
hehre Ware zieret Busen und Po,
das macht viele Männerherzen froh.
Doch Ihr seid geschmückt mit einer krummen Nase,
der einz'ge Missschlag Eurer lieblichen Entwicklungsphase.
(Gelächter und Zustimmung)

Eule Ein Trinker fällt nun plötzlich auf,
er nimmt's gelassen gern in Kauf:

Till Eulenspiegel Zum Besiegen jedes täglichen Kuss'
steht Ihr ständig unter Alkoholeinfluss.
Weheklagen hier und Schmerzen dort,
zum Doktor lauft Ihr dann sofort,
freilich der wird auch nur hilflos sein,
verschreibt Euch meist den nächsten Wein.
(gemeines Kopfschütteln)

Eule Jemand, der den Bart sich zupft, wird gleich erspäht,
gleich zum Gespött eines jeden er gerät:

Till Eulenspiegel Ihr dort, der den Bart sich trimmt,
seid erleichtert, seid nicht übel gestimmt,
so Euer bester Gevatter, das Morgenrot,
nicht mit dem Erscheinen droht!
Purpurröte steigt Euch ins Gesicht,
denn ihr beiden liebt euch wahrlich nicht.
Mit Taggestalten obliegen Euch Probleme,
da rollt zuweilen verzweifelt eine dicke Träne.
(Gemurmel und Getuschel)

Eule Und mit vielerlei Geschick
lenkt auf eine Frau in Rot er schließlich jeden Blick:

Till Von Euch dort, die den Umhang schwingt,
las ich, was zu glauben kaum gelingt.
Nämlich von Euren schlechten Seiten,
die Euer trauriges Leben begleiten,
das Grässliche an Euch und Eurer Manier,
zu ertragen nur bei sieben Bier,
jenes Böse,
das schier unglaubliche Getöse,
das Schlechte, das in Euch lebt,
wonach Ihr täglich strebt.

Eule Dann setzt er an, die Menge zu verlassen,
bald werden sie ihn hassen:

(beide Schauplätze vereinen sich.)

FAUST *(auf Eulenspiegel nickend)* Lästermäuler werden groß,
wo wir sie innig fordern,
wo jemands schicksalsträchtig's Los
die Tränen vieler Lacher ordern.
Für eine kurze Berühmtheit erbringt Ihr alles.
Und bei Eintreten eines solchen Falles
hofft Ihr auf prominente Immunität,
denn Ihr wisst, das randalierende Volk hinter Euch steht.
Warum auch nicht?
Einen Diplomaten entbindet's auch von der Pflicht! — —
Mich dünkt, der Worte sind genug,
oder sprecht Ihr sonst in einem Betrug?
Also gehet hin, lasst der Menschen Ruh.
Zu dumm für sie, denn niemand hört Euch wahrlich zu!

TILL EULENSPIEGEL Auch Ihr begehrt der Sünden viel,
spielt gemeinsam mit dem Deixel Euer Spiel!
Nun denn, lebt wohl, verabsäumt mich nicht,
ich spreche täglich Euch aus dem Gesicht!
(Er schickt sich an zu gehen,
jedoch tritt Klagus aus der anderen Ecke hervor.)

KLAGUS Warum sucht Ihr den Streit,
der die Menschen entzweit?
Warum spottet Ihr auf deren Kosten,
wankt und steht doch wie ein Pfosten?

EULENSPIEGEL Mein Hohn ist nicht wie Euer Klagen,
ich erkenne die Wahrheit und weiß sie zu sagen.
Ihr bejammert nur die Realität,
beklagt anderes Sinnieren, bis es zu spät.

KLAGUS Ihr werft mir Jammerei und Klage vor?

TILL EULENSPIEGEL Es drang Euch recht so in das Ohr.

KLAGUS Ihr schleimiger Wurm, närrischer Gesell.

TILL EULENSPIEGEL Ich verdrück mich besser schnell.

KLAGUS Ratsam wär es schon.

TILL EULENSPIEGEL Sonst vergreift Ihr Euch im Ton?

KLAGUS Ihr widert mich an!

Till Eulenspiegel Nur zu, und dann?

Klagus Die Geduld ich gleich verlier!

Eulenspiegel Gilt Eure Aufmerksamkeit dann mir?

Klagus Nicht nur diese wird Euch zuteil!

Eulenspiegel Ei, schenkt mir gefälligst Euer Seelenheil.

(Klagus zieht seinen Degen.)
Klagus Nehmet hin — das Seelenheil von diesem Kuss,
dessen Schneide Euch ein Trost sein muss!
Erstickt am Happen dieser Spitze,
so ich Euer elend's Herz aufschlitze!

Menge *(aufbrausend)* Errötet ihn!
Tötet ihn!
Nur zu! Nur Mut!
Ei, wir wollen sein Blut!

Faust Geizt mit dem Verstande nicht,
als sei es schwer verdientes Geld;
brennt eher lichterloh in feurigem Licht,
um Feuer zu entfachen auch in andrer Welt.

Till Eulenspiegel *(ironisch)* Erwartet mich sogleich,
Vater, in Eurem Himmelreich,
und lasst diese Schatten ruh'n,
denn sie wissen nicht, was sie tun!

Klagus So nehmet dies und wisset gleich,
Ihr seid die Braut aus jenem Totenreich!

Till Eulenspiegel Nur in der Meute,
gleich einer Hyäne,
lauernd ihrer Beute,
zeigt Ihr die Zähne.
Ihr mimt den Wächter,
wetzt die Messer,
gleich dem Schlächter,
sättigt den Esser.

Klagus Wackelt nicht mit Eurem Hinterteil,
nehmt Euch einen Strick, ein starkes Seil,
wer für Ästhetik einen Sinn,
schaut da lediglich mit Abscheu hin.

TILL EULENSPIEGEL Ein Tritt mit Harm,
ein kräftiger Stoß,
kitzelt Euch den Darm
und stellt Euch bloß!
(Till Eulenspiegel tritt Klagus in das Hinterteil und läuft fort.)

JEMAND AUS DER MENGE Da laufen sie dahin,
doch wo bleibt nun der Sinn?
(Gemurmel und Getös,
Schreie und Flüche dringen aus der Menge hervor.)

FAUST *(an alle gerichtet)* Eure Wut ist ein Verderbnis,
eine Blindheit, die verkehrt ist,
eures Jammers bin ich leid!
Verschont mich recht mit eurem Selbstmitleid.
Jammertet ihr nicht so viel,
erkenntet ihr der Wahrheit Ziel!
Ihr Tränensäcke im ewigen Ach und Weh,
ihr seid die Zunft, die Gilde, die ich nicht versteh.
Also schweigt doch endlich still,
weil niemand dies mehr hören will!
(an Christoph gerichtet) Dieses pubertäre Gezeter,
dieses Quengeln, dieses Stöhnen,
früher oder später
wird die Rache Uns verhöhnen …
Dies Gejammer und Gejaule,
dieses Plärren, Heulen, Wimmern …!
Das Lamentieren, dies Gemaule
wird die Sache noch verschlimmern!
Der plumpe Pöbel widert mich an,
bedeute Er mir, wie ich mich diesem widersetzen kann.

CHRISTOPH Ignoriert ihr Schaffen, ihr Heulen und Tun,
und ihre Welt wird für Euch ruh'n.

FAUST *(an die Masse)* Seit ehedem die Hohen starben,
umgibt uns ein Gemisch aus vielen Farben.
Es redet von Reinheit, Rasse und Kultur
und hetzt obgleich dagegen,
freilich in den Sprachtanks keine Spur
von Philosophie oder Gottes Segen.
Hier wär der Platz zu protestieren!
Wo sonst als in des Volkes breiter Mitte,
dürft ihr euch herzlich echauffieren?
Darum hab ich eine wesentliche Bitte:
Deutsches Land, du musst erwachen!,
der Morgen will uns nicht mehr lachen;

das Gestern und das Heute sind die Täter.
Und wie soll ich leben in dem Land der Väter,
wenn die Enkel meine Sprache nicht mehr sprechen?
An die großen Denker dies Verbrechen!
Deutsches Land … erwache!,
deine Frauen werden arm an Früchten,
deine Kirchen bald zur Nebensache,
deine schlauen Köpfe flüchten.
Deiner Hände Arbeit bringt kein Holz,
von deinem Fleiß und deinem Stolz
ernähren sich zu viele Mäuler,
immer neue falsche Heuler.
Deutschland … sei erwacht,
sonst bin ich um den Schlaf gebracht. —
Die hohen Herren fahren blind
und ignorant durch unsre Häfen,
die Steuern zumeist für alle Faulen sind,
der Gedanke zwingt mir graue Schläfen.
Deutsches Land … wach auf!,
verhindre diesen Lauf;
Importbraut und Importfamilie
gedeihen meine Trauerlilie;
verbrenn das Kopftuch wie den Schleier,
töte Luden und auch Freier. —
Faul zuweilen ist das Obst in Nachbars Garten,
doch immer häufiger fällt's diesseits unsres Zaunes;
und wenn des Nachbarn dümmsten Bauern warten,
ist auch das letzte wie der Zähne Braunes.
Deutschland … sei erweckt!,
noch eh dein Reichtum verreckt,
bevor dein Zierrat liegt in Scherben,
deine Kultur beginnt zu sterben;
pervers ist das System —
warum willst du das nicht eingestehn? —
Respekt und Disziplin sind bald verloren,
Fleiß und Pünktlichkeit bald nichts mehr wert,
Eichen werden weniger geboren,
die Bibel liegt hernach verkehrt.
Deutschland … öffne deine Augen!,
Verschlossenheit kann niemals taugen,
man will zehren von dir, dich schröpfen;
Religionen sind bald häufiger in falschen Köpfen,
Statussymbole umso mehr in rechten,
wann beginnst du nur, Missstände zu ächten? —
Du vergreist, hast falsche Ziele,
deine Mächtigkeit verkalkt;
so ich einst in einen tiefen Schlaf verfiele,

sei mein Scharfsinn dennoch gut gewalkt. —
Besinn dich deiner Tugend,
gedenke deiner Jugend;
von Schmarotzern wirst du überschwemmt,
Armut heuchelnd, ungehemmt,
eifrig winken sie dir zu;
erwache doch — mein Deutschland, du!
Wer deutsch sein will, ist ein Faschist,
jeder Multikultigegner ein Rassist,
wer seine Stimme erhebt, wird ausgebuht,
und wer die Wahrheit sagt, nimmt seinen Hut. —
Doch nicht alles ist faschistoid,
nur weil es deutsch sein soll,
nicht jeder Fels ein Monolith,
nicht jeder trauernd, wenn er singt in Moll! —
Die braune Pest ist ein Verderben,
doch tiefrot wird meine Heimat sterben! — —
Wofür ehedem die Könner warben,
hinterließ uns grausichte Narben.
Heut prahlen Epigone verheißungsvolle Sprüche,
zu sinnieren in ihrer geistigen Lache
über Weltherrschaft und Farbgerüche,
aber beherrschen nicht mal ihre Muttersprache.
So geistlos die Kloake auch erscheint,
so benebelt deren Sinne auch dünken,
solang wir *dagegen* nicht vereint,
wird dieser Mist zum Himmel stinken! —
Erfreulicherweise blieb bisher ohne Ruhm
das verherrlichende Tun;
allein es wächst die Schar der Spreu,
und die Hirnverbrannten bleiben alten Dogmen treu. —
Ein kleines Tröpfchen jener Tinktur,
ein winz'ges Etwas dieser teuflischen Rezeptur,
schon sind sie seuchtig, sind besessen,
gehn über Leichen, belieben, alles Gut zu vergessen.
Hat Satan sie nun angelacht,
sind sie begierig nach der Macht!
Jeder ist der Größte —
und jeder voll von Kot.
Freilich ist jeder der Entblößte,
so keine Geltung ihm gedroht.
Und wo die Bildungsstände fallen,
der Anspruch bald verblasst,
während Champagnerkorken fröhlich knallen,
haben wir das hehre Ziel verpasst;
denn wo Triviales bald die Oberhand gewinnt,
sind wir fürs Wesentliche blind;

und wo die Preise aller Menschen sinken,
kann sich der perverse Mob entfalten;
der braune Müll wird dann nach Scheiße stinken,
und diese Scheiße wird erneut die Menschheit spalten! — —
Und des Farbgemisches zweiter Sinn
will sich vor Unabhängigkeit verrenken;
freilich sieche er auch nur dahin,
lässt sich des Volkes reich beschenken. —
Wie der Wind sich dreht,
so ändert er auch seinen Schwur.
Was unter Ewig dieser Dreck versteht,
ist indes von kurzer Dauer nur!
Doch solange dieser braune Rotz
durchfallhaft aus dummen Mäulern sifft,
solange stinkt der rotgemeinte Trotz
und speit zerstörerisches Gift.

Dicker Mann Die Missstände nur benennen, obliegt den meisten,
die davon profitieren, sind die Dreisten.

Christoph Für Ordnung, Recht und Sicherheit
sorgen nie die Radikalen,
auch kein neunmalkluger Volksentscheid,
sondern freiheitliche Wahlen.
Und Taten unter Strafe stell'n, genüget nicht;
sie konsequent zu ahnden, gilt die Pflicht!

Faust Es entspricht meinem Ersuchen,
öffentlich dagegen zu fluchen.
Und selbst, wer wider alles ist,
muss auch *da*für zuvorderst sein;
und falls zu ändern er's vergisst,
bleibt mit der Sturheit er allein.
Indes es ist schon eine kranke Welt,
die in Missmut bald zerfällt …
Allein den Zwiebelturm im Rücken,
die Freiheit schon im Sinn,
so seid ihr zu entzücken
und gebt euch euren Träumen hin.
Es fällt euch nicht in euren Schoß,
so jammervoll ihr ruft und schaut,
das Schlaraffenland mit einem Stoß,
solange ihr nichts selbst aufbaut. —
In jedem zweiten Satz könnt ihr verdrießen,
allein hundert braucht ihr, um zu lachen.
Wie sollen da die Früchte eurer Leidenschaften sprießen,
und wer lässt euch aus diesem Alb erwachen?

(an Christoph) Nur Polemik, Dummheit, kühn Geschwafel,
und schon entfesselt liegt der Braten
auf des Vaters grauer Tafel,
dieweil von jener Straße er verraten. —
Wer erklärt es nur für mündig,
wann wird's des Hirnes endlich fündig?

STUDIOSUS Ein wahrhaft großer Geist
steckt hinter Eurer großart'gen Idee,
was das Faktum wiederum beweist,
dass große Ideen ich von großen Geistern seh.

CHRISTOPH Wahrhaftig, durchaus ist das so!
(an Faust) Das sollte stolz Euch stimmen — und mich froh.

EULE Hier in ihrer Nähe tratschen
hörbar laut drei verdrießliche Megären.
Mit Kopftuch und mit Latschen
belieben sie, keinem ihre Ruh zu währen.

ERSTES TRATSCHWEIB Und habt ihr wohl gehört …

ZWEITES TRATSCHWEIB Wisst ihr das denn schon …

DRITTES TRATSCHWEIB Kam euch schon zu Ohren …

ERSTES TRATSCHWEIB Ich bin zutiefst empört …

ZWEITES TRATSCHWEIB Das steckt ja voller Hohn …

DRITTES TRATSCHWEIB Ach!, herrje, wir sind verloren …

STUDIOSUS Wahrlich, also wie ich sage!
Und ein Geist, wie ich, im Mittelmaß,
redet über große Dinge ohne Klage;
für uns ist's Leben nur ein Spaß.
Doch Großes selbst mag unser Intellekt vollbringen,
sobald er predige und wandere.
Allein ein kleiner Geist wird übers Jammern singen …

FAUST *(laut in Richtung Tratschweiber)* … und redet über andere!
(Die Weiber schauen auf und gehen tratschend ab.)

CHRISTOPH Ja, gepriesen seien, die nichts zu sagen haben …

FAUST … und die auch dieses noch für sich behalten.

Christoph … die im Unrat andrer Leute graben …

Faust … und *daraus* ihre Fantasie gestalten …
So ist dem höchsten Individuum gegeben
durchaus zu dünken auf seine eig'ne Art;
allein vielen bleibt in ihrem Leben
selbst dieses noch erspart!

junger Mann Vorzüglich schwingt Ihr Eure Reden,
salbadert, schwadroniert, beeindruckt durchaus jeden.
Warum streitet Ihr nicht für mehr Rechte
und befreit uns aus des Landes Nächte?

anderer junger Mann Ja, wohl an,
zeigt allen, was erreicht werden kann.

dritter junger Mann Oder getraut Ihr Euch nicht?
Verbergt feiglingshaft Euer Angesicht?

Faust Fürwahr: nicht allem gilt mein Zutrau'n,
freilich allen recht, ist nicht zu bau'n.
Allein Weitsicht ist den Nörglern fremd,
und sie beiten der Sterne im letzten Hemd.
Nur die lautesten Mäuler verschaffen sich Gehör
und flüstern selbst noch dem Souffleur.
Denn stets war es die kleinste jeder Idee,
die mit größtem Getöse verlautbart,
und deshalb von jeder dummen Armee
am ehesten erhört und erfüllt ward!
Und was Aug und Ohr und Geiste schmerzt,
ward still und heimlich ausgemerzt. —
Doch eure Hoffnungen sind falsch begraben,
auch ich vermag nur, von der Einsicht jäh zu laben.
Der Pöbel ruft nach Freiheit, Recht und Demokratie,
doch ob seiner Borniertheit erreicht er sie nie.
Auch ob des Desinteresses und des Verständnisses Fehlen,
mag er nur eins und eins zusammenzählen.
Der Führung weidliches Gesicht
erkennt das Fußvolk nicht.
Verschmähet nicht die Worte Unsres Vaters;
die Bühne ist nicht des Theaters,
sie ist vielmehr gleich der Blume lieblich Blühen,
um deren Blätter sich alle mühen.
Ein jeder zerrt in seine Richtung,
jeder sinnt an die Verpflichtung,
bis zum Schlusse sie gerupft,
jeder Einzelne ein zartes Blättchen sich gezupft.

Freilich das ist nicht, was uns gewollt,
dann hat dies keuche Pflänzlein den Tribut gezollt. —
So muss jeder bei dem andern plündern,
und verschied'ne Worte stürmen aus verschied'nen Mündern.
Selbst der allerhellste Glanz
kann aus tiefstem Grund uns scheinen.
Wie Wasser nährt den Friedhofskranz,
will die Sonne mit des Grundes Geist vereinen.
Das gemeine Volk ist, ach!, so blind!
Von Populismus angeheizt,
blockiert's den nötigen Wind,
der soeben noch gefordert, ja gereizt.
Wie ein atterndes Balg mit Geschrei,
das jenes Vaterdasein erschüttert,
ruft es aufgebrachte Bekannte herbei
und beißt die Hand, die es noch grad gefüttert!

JUNGE FRAU *(kopfschüttelnd)* Ich kann Euch nicht verstehen,
es heißt doch: Neue Köpfe — neue Ideen!?

FAUST Aufgrund vorgeblicher Armut und Risikofalten
bleiben die Ideen lediglich die alten,
nur verpackt in lieblicheren Worten,
in reformierten, strukturierten Glanzretorten.
Ein Meister der Fantasie
scheitert zudem an unsrer Demokratie …

ALTER MANN Vielleicht bedarf es des gelehrten und gescheiten Wort',
dieweil die Sprache ausgedorrt?
Vielleicht ergeben sich die Herrn, die hohen,
nur der Versagenskraft derer, die in die Dummheit flohen?

FAUST Sucht die Schuld nicht bei den Herren,
sondern sucht im Spiegel sie,
denn um wie viel mehr würdet ihr plärren,
erkenntet ihr in euch das dumme Vieh?! — —
Gleichgültig der Betise Frohlocken,
gleichgültig auch die Farbe der Socken:
Trübt der Stank von Dung und Mist das helle Scheinen
können wir die Künftigkeit nur noch beweinen!

ALTER MANN Drall, gebläht und aufgequollen
werden einst die Menschen platzen,
weil im eig'nen Dreck sie hausen wollen,
weil nichts genüge den obszönen Fratzen.
Äußerst groß in dieser Welt
wird uns die Dummheit bald überrennen,

denn wo Anspruchslosigkeit gefällt
und Gewalt und Apathie in vielen Köpfen brennen,
wissen wir die Ernte nur
jener öden Saat, die blöde wir gesät,
und von der wir erkennen, blind und stur,
dass es für Empörung längst zu spät. — —

Ein kleines Mädel *(Fausten zupfend)* Hallo, Onkel, wer bist du?

Faust Siehe, ich bin Faust! Und welchen Namen trägt man dir zu?

Kleines Mädel Der berühmte?

Faust Ganz und gar.

Kleines Mädel Der vom Voland Verblümte?

Faust Keine Gefahr! —

Kleines Mädel Meine Mama pflegt zu sagen: Dünn wie eine Gräte
das ist *meine* Margarete. — —
Ich mag gern wissen, Onkel Faust,
warum du so bärbeißig und böse schaust.

Faust Ach!, mein Kind, ich fand nur einen Traum,
so hoch und stark grad wie ein Baum.

Margarete Mir hat heute auch gar schlecht geträumt.
Anschließend hab ich elendslang geweint.

Faust Welch schreckliche Gefahren
sind dir denn widerfahren?

Margarete Ein kleines Schaf ward eingefangen,
dann sah ich, wie sie's in den Käfig zwangen,
und hierauf — ich fand es schrecklich —
sah's aus wie *Tischlein deck dich*:
Ein Tisch umschlang des Tieres Kopf,
daneben stand ein weißer Topf;
jetzt begannen sie zu schlagen,
um die Schädeldecke abzutragen.
Das Schaf blökte und flehte und schrie —
es tat in meinem Herzen mir, ach!, so weh.
Einige der Leute waren nackt
und tanzten und sangen im Takt,
andere lachten unentwegt
und bekamen Löffel in die Hände gelegt,

dann löffelten sie, o Graus,
das Hirn des armen Schäfchens aus.

FAUST Und sahest du, wer das war,
wer so abartig und so bizarr?

EULE Beim Versuch zu nicken,
sollte sie ein Schreck durchzucken,
und eine hübsche Frau kam, stark errötet,
im Augenblick, den sie getötet,
mit beschwichtigenden Worten daher:
Sie lebten allein und hätten's sehr schwer.

FAUST *(an Christoph)* Welch sonderbare Gedanken,
wofern Erinnerung und Fantasie sich zanken …

EULE Christoph schluckt und nickt nur still
und weiß nicht, was er sagen will.

FAUST *(an die Menge)* Tagein, tagaus, ihr lieben Leute,
begegnen Wir dem Jetzt und Heute,
erstreben, den Zyklus zu brechen,
dem schnöden Alltag ein Aug auszustechen.
Indes gar lächerlich
wirkt der kleine Mensch aller Großen Masse;
ungeformt und unverbesserlich
wirkt seinerseits der Große aller Kleinen Klasse.
Gedanken über einen einz'gen Zustand
stimulierten meinen vernebelten Verstand,
erregten meine lastigen Gedanken derart —
unaufhörlich wuchs mir ein lausiger Bart.
Dieser Zeitsprung blieb vergessen,
doch, sich dieser These zu stellen, sei angemessen,
um eurem Leben zu folgen, es einzuholen,
welches ihr euch selbst gestohlen.

ZECHER Philosophiert doch anderwärts —
dieses ähnelt einem Scherz.
Euren Ausbruch egomaner Sucht
müssen wir teilen als Subjekt ihrer eig'nen Flucht?

EIN WEITERER ZECHER Sehr recht, Eure Sorte ist bekannt
in der Stadt und auch im ganzen Land.
Wollt Euch hiermit präsentieren,
Euch in aller Munde profilieren.

FAUST Nur, weil Ihr noch arm an Jahren seid,

glaubt Ihr, was Besseres zu sein?
Und weil Ihr lauter als die große Masse schreit,
gehört das Recht nur Euch allein?
Ach, Geist, welch schwaches Element
Ihr häufig Euer Eigen nennt!
Verschließet eure Augen, verschließet eure Ohren
und fühlet wahrlich nicht hinein!
Euer Verstand erscheinet letztlich eingefroren,
doch eure Welt wird heil, wird friedvoll sein.
Wovon ich zu reden gedenke,
sind Einsicht und Weitblick, so ich euch schenke.
Ich will euch helfen, euch erretten,
lösen von den rostigen Ketten,
von den Gliedern, die eure Nähe behindern,
will den mentalen Schmerz euch lindern.
Dort bilden sich Furcht und Hemmung,
jene steigern sich zur Beklemmung;
hier will ich sie befechten und zerstören,
doch zu beweisen, solltet ihr hören.
Der Hilfeschrei eines jeden ist verhüllt,
die Herzen davon prall gefüllt;
viel Furcht und etliche Sorgen —
zuweilen bleiben sie verborgen —
werden euch zerreißen.
Verharrlich auf die Zähne zu beißen,
macht mürbe, träge und kraftlos,
denn ihr seid satt, und ihr seid saftlos.

GEHEIMNISVOLLE FRAU Ihr sprecht in Rätseln, habt deren Antworten?
Öffnen diese schon längst verschlossene Pforten?
Sie zu durchschreiten, vermag zu lindern, soll uns heilen?
Doch welche Bürde als Dank müssen wir teilen?
Ist es eine Flut oder nur ein kurzer Regen?
Freilich selbst jener käme uns gelegen.
Scheint die Sonne oder spenden sie bloß Schatten?
Wohnen wir in Daunen oder hausen zwischen Ratten?
Schauen sie uns ins Gesicht,
oder sind wir willkommen nur im Mondeslicht? — —
Sprecht, Ihr edler Marktschreier,
oder ist das allein Eure Feier?

FAUST Warum versteckt Ihr Euch unter des Gewandes Spitzen,
fürchtet Ihr Euch, wollt Euch schützen?
Ich bin Manns genug und rede mit Scharfsicht,
bedecke mein Haupt freilich nicht.

EULE Weiß gefiederte Parasiten flattern über die Masse,

landen in einer nahe gelegenen Gasse;
Rauch quält sich aus des Daches Schlot;
doch alle Augen auf die Frau in Rot.
Unsagbare Ruhe, nur Gläser fallen aus jemandes Händen.
Und von den lausigen Häuserwänden
bröckelt Staub und Gestein
auf die tiefe Stille der Menschen ein.

Geheimnisvolle Frau in Rot Was *ich* verberge, ist *Eure* Phobie,
denn den Ausgang erreicht Ihr nie.
Anbei nur mit halbem Herzen,
so lässt sich's leichter verschmerzen,
denn Euer Mitleid nimmer gedieh.
Stattdessen sich Gebrauch festschrie —
wankelmütig dem rettenden Pfahl hinzu.
Freilich dieser ist geerdet in losem Sand und Kuhmist nur. — —
Eure Zeit ist stark verronnen. —
Als vor mehreren Monden alles begonnen,
gab Gott Euch der Liebe bestes Ross,
an Geist und Intelligenz größten Koloss.
Ihr zweifeltet an der Jungfräulichkeit.
Ist es fordernd für die vollkommene Reinheit
wahrer und erlebender Liebe?
Euer Rettungsseil sei das der Jugend Wiege.

Faust Wer, in Gottes Namen, seid Ihr,
die bereitet diesen Vorwurf hier?

Frau in Rot Namt mich Euren Glast, der schattiert,
Euren Ausweg, den Ihr von nun an verliert.
Berührt mich mit jener Hand,
die mir ehedem den Schwur gesandt.
Erblickt mich mit dem Zwielicht,
welches sich gräbt in das feige Gesicht.
Haucht mir den Atem leise;
dieser schickte mich auf eine Reise
ins zauberhafte Wunderland,
in dem ich für ein Blinzeln nur die Liebe fand.
Doch die endlose Zeit
voller grenzenlosem Selbstmitleid,
ist, was Euch auseinandertreibt,
dass außer Verachtung nichts übrigbleibt!

Faust Das Siegestuch ward mir gestohlen,
was wie Befreiung bald, wie Anrecht gilt,
gar geraubt auf leisen Sohlen,
dass es den Seelenfrieden stillt.

Nun, ist kein Gewand vorhanden,
mich gemahnend meiner Schuld,
soll ich durchaus nichts gelernt, soll nichts verstanden,
was die Erinnerung noch lang nicht nullt.
Diese soll mir denn genommen
mit messerscharfer Klinge,
sie sei dennoch nimmer verschwommen,
denn im Herzen trag ich alle Dinge.
Nun ward ich der Schuld entlastet,
kann mir neue Ziele suchen,
da erscheint die Zeit beinah gefastet;
ist es nicht zum Fluchen?
Sollt für das Zugeständnis ich mich dankbar zeigen?
Werd mit einem Grinsen mich nur innerlich verneigen! — —
Konsterniert blick ich nun drein.
Wer möget Ihr bei Gott nur sein?

geheimnisvolle Frau Zu leugnen ähnelt Euch gemein.
Vielmehr Schein denn Sein
erkennen fortab diese Leute,
die Ihr gerufen gleich als Beute.
Zettelt an die Köpfe dieser Unwissenden,
Sensationsgiervermissenden,
wie gerissen Ihr Wort und Mimik und Geist verknüpft.
Das Schlechte stets aus Eurer Fratze hüpft.

Faust Ei!, erst jetzt erkenn ich Euch:
Sehr fordernd und weniger keusch
demonstriertet Ihr Eure Zuneigung.
Indes die meinige körperliche Verweigerung
traf und verletzte Eure Eitelkeit,
diese darzulegen bin ich hier bereit:
(an die Menge) Diese sehr redewillige Person,
welche sich vermummt seit langem schon,
versteckt sich hinter ihrem verkratzten Selbstdasein.
Und die Niederlage als feminine Pein,
steuert nun in eine vielbesuchte Bucht,
prallt mit debiler Kraft und vehementer Wucht
an die kreuz und quer gestaffelten Bojen,
endend in einer dieser nichts bedeutenden Kojen.

Frau in Rot Verdreht die Tatsachen wie ein schleimiger Wurm,
triumphiert für alle sichtbar auf Eurem erhobenen Turm.
Freilich das Fundament ist eine einzige Wippe,
und Ihr bewegt Euch auf der Kippe
außerhalb des Kreises, der Schutz und Sicherheit bietet.
Vielmehr habt Ihr Gefühle und Ehrlichkeiten vermietet.

Eule Weitaus nervös und sichtlich beeindruckt,
überrascht er mit den Augen zuckt.
Aufbrausend und mit bösem Blick
schmettert er diesen Vorwurf zurück:

Faust Wer, dünkt Euch, hat Euch ausgekotzt,
dass Ihr so wohlfeil grinsend glotzt? — —
Ihr übt Euch in Wahrheitsnähe,
freilich was ich erblicke oder sehe,
ist Betrug an Eurem finalen Hecheln,
zu erkennen am sterbenden Röcheln.
Ihr gesuchtet unsachlich zu strafen,
als Eure giftigen Pfeile ihre Ziele trafen,
habt mich infam beschimpfend und beleidigend,
die eigene Unfähigkeit verteidigend,
mit Worten gar übel beschmutzt,
habt Eure falsche Trauer bis aufs Letzte ausgenutzt!
Dennoch gütlich, bemüht um Kenntnis,
suchte ich stets nach Eurem Verständnis;
indes in Eurer blinden Wut
erkanntet Ihr nicht Bös noch Gut,
selbst bis heute zürnt Ihr immerfort,
brecht heilig versprochenes Wort.
Euch missstimmt freilich mehr der Verlust
und meine ausgestreckte Brust,
welche als pralles Symbol
Euch weniger, mir freilich sehr wohl,
nicht übel zu Gesichte steht,
dass Ihr das Debakel in Eurem seht.

Eule All die Leute feixen und lachen,
und die lustlos Angewanderten auferwachen,
denn dieses Zwiegespräch verspricht gar mehr.
Beide setzen sich ohne Einsicht zur Wehr,
kämpfen bis zur nackten Röte.
Zugleich zaubert ein Zigeuner mit seiner Flöte
die fehlende Musik herbei,
und alle tanzen in wohlformierter Reih.

Frau in Rot Aus Eurem Munde wuchert das Wort Symbol?
Ihr erkennt es, nutzt es wiewohl
und unterstreicht es noch sehr prall —
trifft *schäbig* und *fad* schon eher den Fall.
Und da Ihr freilich schon des Symbols so trächtig
und an Euch alles also überaus mächtig,
erzählt den Leuten hier noch flott,
Eure Ammenmärchen und der Hinkunft großen Bluff,

stellt Euch dem wiehernden Komplott
derer, die sich säcken im Gesöff.

Faust Keinen Lügen will ich glücken,
Eure Vernunft möcht ich schmücken,
ei, und ich werde berichten
und preisgeben meine Geschichten,
denn ich, Georg Faust, kann vergleichen,
entriss ich freilich jeder ein Kreischen.
In der Ferne dann vernahm ich dieses Getös,
nahe freilich wurden sie nicht bös. —
Nein, missversteht es nicht denn Arroganz,
mehr diente es dem wissenschaftlichen Zwecke.
Nun, der in die Wiege gelegte Olivenkranz
vereinfachte mir fortab den Weg als Recke.

Christoph *(an Faust gerichtet)* Wer ist diese Person,
die über Euch Schande bringt und Hohn?

Faust *(ihm antwortend)* Ich wusste lang nicht recht,
wonach's mein Herz gesinnt;
die Suche war ein rau's Gefecht,
von Missgeschick bestimmt.
Bald vermocht ich es zu deuten,
gewahrte, dass Schwierigkeiten mich betreuten.
Ja, ich suchte einen Korpus, der für mich bereit,
der mein Gewand trägt Tag und Nacht.
Nun, sie schenkte ihn mir seinerzeit,
hübsch verpackt hat sie mir's angebracht.

Christoph Jedoch was stahl ihr den Mut,
woher diese verbitterte Wut?

Faust Das Geschenk nahm ich mit Kusshand,
nach langer Suche ich endlich Schluss fand,
allein nach einer kurzen Dauer
erschien ich viel dümmer und nicht schlauer:
Die Verpackung schützte ich vornweg,
nur das Geschenk des Lebens warf ich in den Dreck …

Christoph Aus der Position der Liebe
ist vieles schnell gesagt;
freilich sind dahin die jungen Triebe —
und hat dieselbe erst versagt —,
ist's nicht mehr viel, was davon übrig bliebe,
gibt's freilich viel, was Ewig überragt.

FAUST *(seufzend)* Oftmals belieben wir zu vergessen,
dass der Gegenüber auch ein Mensch nur ist.
Daran solle jedermann sich messen,
allein die Schande ist's, die nie vergisst.

CHRISTOPH Wohlan!, heut ist sie herzlos, distanziert und kalt,
abweisend, vernichtend bald …

FAUST Freilich reagiert sie nicht verkehrt,
zerbarsten ihre Wünsche, Träume und Gebärden. — —
Und ich bin es gar nicht wert,
von jemandem geliebt zu werden!

EULE Heftig schüttelt sie den Kopf beim Erröten,
wirft wütende Blicke, ihn zu töten.
Der Mund öffnet sich weit,
die blassen Lippen zucken,
angewurzelt steht die hassende Maid,
durchaus auszuholen zum Spucken.

FRAU IN ROT Aus welchem Abgrund glaubt Ihr Euch gezerrt?
Die Welt ist leider ohne Euch schon grundverkehrt.

FAUST *(an die Menge)* Es sollte genügen der verbalen Schelte
und der herzlichen und gefühlvollen Kälte.
Die Sonnenuhr zeigt es nun deutlich an,
ich sollt des Wissens mich entledigen, so gut ich eben kann:
Es ist nicht zu leugnen, was sie flucht,
und womöglich bin ich gar verrucht,
doch sind meine Worte gleichsam wahr;
dessen bin ich mir gewahr.
In eine Buche mit ihrem hohen Stamm,
stolz, robust und stramm,
wo der Schatten mehrere Blüten lang parkt,
nicht weit von diesem Markt,
sind tiefe und heftige Kerben
in die Haut des Baumes eingeritzt.
Dort beliegen auch vielerlei Scherben,
zuweilen aus dem Gasthause stibitzt.
Es sind die Wunden meines Strebens,
die Unentschlossenheit, das Zögern des Lebens,
es sind auch männiglich Namen
von eifrigen Damen,
deren Gelust und Gier mich überrollte —
zudem der einen stets die nächste folgte.

(Frau in Rot weinend ab.)

Aus meiner Starre befreiten sie mich
körperlich alles, niemals gewöhnlich, —
freilich *Liebe* vermocht ich nicht zu sehen.
Ich ersann dies heftige Flehen;
abendlich hab ich stets darum gebeten,
der Liebreizenden Gefühle betreten. —
Schien dann des Himmels erneut die Sonne,
verschwanden meine in einer klebrigen Tonne. —
Allein Liebe ist, das Sinnieren zu verstehen,
die Hoffnung neu zu definieren,
Mut als kleiner Wicht erspähen
und das Leben nach seinem Traum kreieren.
Liebe ist Duft aus den farbenfrohsten Wiesen,
sie ist weiche und sanfte Wärme,
einen anderen in die Arme schließen,
träumend blicken in die Ferne,
jedes Wort, jeden Satz genießen! —
So etwas hätte ich gerne.
Einst war ich jemandem verbunden —
die Erde drehte schon mehrere Runden —
schlummerte das selten Schöne in meinem Verließ,
bis ich es aus meinen Tiefen verstieß.
Verführerisch in ihrer rosa Hülle,
an Reizen in unglaublicher Fülle,
wie der blühende Lenz, die Knospen so frisch,
also räkelte sie sich auf meinem Tisch.
Allein das zu ignorieren, wollt ich mir lauben! —
Es ist ein Zweifel am Glauben,
doch ich widersetze mich dem andern in mir,
denn wessen ich ansichtig werde, was ich kapier:
Die Leibeskunst ist Strafe und sie richtet,
das Gefühl obliegt mir, es vernichtet!
Mit einem Finger zeigt es langsam meine Pflicht,
in meinem Nacken erblicke ich Moristopheles' Gesicht.
Mit jedem Ritt wird es stärker,
und die Pendeltreppe in den Kerker
verliert allmählich ihre Stufen!
Ach!, ihr Götter, hätt ich nur Kufen.

EIN FREMDER Welcher Kuckuck hämmerte an Eurer Stirn?
Wer oder was vernebelte Euer Hirn?
Fremder, süffeltet Ihr mehr denn Ihr vertragt,
oder ist das der Einfluss jener vornehmen Magd?

ANGETRUNKENER Wahrscheinlich ist es Weinbrand, unverdünnt,
womit er morgendlich den Wahnsinn trimmt.

JEMAND AUS DER MENGE Oder freilich ist er besessen, erfüllt,
ist von Hexerei und Satanismus umhüllt,
ein Abtrünniger, ein Revolutionär,
der seine Meinung gewähr,
sie uns freilich auferlegt,
einen Teil unserer Seele bewegt.
Und so er euer aller Verstand beschworen,
wird er als Geist, zu dem er vergoren,
wird auf ewig in euch allen thronen,
stets aufs Neue in uns wohnen!

CHRISTOPH Schweigt, ihr launenhafter Pöbel,
ihr dummdreisten, weltfremden Schnösel.
Ihr könnt nur tratschen,
auf den Ruf meines Freundes latschen.
Stinkender Fisch und faules Fleisch
kommt eurer Denkweise gleich.
Ihr seid ein einziges Gelächter
und der Offenheit todtraurige Verächter.

FAUST *(zum Pöbel)* Kopulieren, der Empfängnis nicht zum Zwecke,
bleibt der Minne leidiges Verstecke.
Es ist der Kanal der Reste
und der Einlass für häufige Gäste.
Liebe heißt auch, Schaden zu vermeiden,
und so wir ohne Maß und Ziele weiden,
sinnieren, arbeiten mit unserem Rüssel,
schmieden wir an einem Schlüssel,
der vortrefflich lockt, der wird sich drehen,
denn niemand vermag es zu widerstehen. —
Ich weiß, warum ich, ach!, so weheklage:
Dieser Prozess, diese liebliche Lage
ist ein kleines Werk, das wir kennen,
dessen Vollendung wir alltäglich Liebe nennen. —
Freilich nein, es ist Besitz,
erst einmal in ihrem Schlitz,
ist ihr klammerndes Bemühen
nur noch ein saumseliges Verglühen.
Was folgt, ist der zweite Schritt,
mit einer Kostümierung er in Gange tritt:
Als wär das Leben nur ein Ball,
zieht sie's hin zum nächsten Stall.
Hier wird erkundet,
was beim eigenen Prinzen nicht gemundet.
Und der einen recht, ist dem anderen billig.
Den Schmerz verdrängt, ist er jetzt willig;
dem Treiben und Tun des Weibes hinterher,

obliegt ihm seiner Suche als Redlichkeit mehr.

Eule Gleich darauf zeigt Faust auf mehrere Bauern,
fragt, ob der Gedanke nicht wäre,
zu rupfen eine fremde Beere.
Alle verneinen zu seinem Bedauern.

Faust *(mit Fingerzeig)* Ha, ihr elenden Lügenbarone,
säß ich mit euch im Gasthaus *Zur Krone*,
bei einem gesunden Schlucke Rebensaft,
wiewohl ich königlich eine Zigarre pafft,
lamentiertet ihr eigenartigerweise
nicht mehr also still und leise.

Eule Faustens suchender Blick
begibt sich durch vielerlei Genick!

Faust Ihr da, im Faltenrock und wohl der Proportionen,
Euren Hunger abgetan, gestillt mit fremden Bohnen.
Behagt's Euch durchaus besser denn daheim,
kehrt Ihr wieder auf den nächsten Wein.

angesprochene Frau Was unterstellt Ihr einer Dame,
speis ich daheim von Kuchen mit Sahne.
Was gereicht wird über den bekannten Tresen,
ist alles kostbar und weidlich erlesen.

Faust Pst … Schlange und Krot;
aus Euch spricht die Not,
denn hier vor allen
wollt Ihr als wohlfeile Gattin gefallen …

Marktschreier Liebe Leute, kommt herbei,
seid im Vorteil und dabei,
zum Sonderpreis Obst und Gemüse.
Werft es dem Protestanten vor die Füße!

anderer Marktschreier Ja, sehr recht, ich bin dabei,
geb euch Tomaten und Gurken,
werft sie zu Brei,
direkt auf den Schurken.

weiterer Marktschreier Treffen wir ihn gleich mit Ei und Huhn,
sodass wir auch für das Geflügel etwas tun.
Sie picken dann an Mast und Verstand.
Er sei im ganzen Land alsdann bekannt;
jeder wird rufen: *Da ist Faust, das Narbengesicht!*,

Gastlichkeit erfährt er nicht.
Ein Gockel hetzt die Sippschaft dann
in jedem Ort auf diesen Mann.

Faust Ein wenig Schmerz ist unbedenklich,
einen Ausgleich braucht Ihr nur zu finden,
und werdet Ihr nicht sofort kränklich,
lernt Ihr Euch selber kennen, überwinden.

Christoph *(leise zu Faust)* Wir sollten kehren dieser Leut,
nicht morgen, eher heut.
Es dräut Uns wahrlich eine Hatz,
verlassen Wir nicht baldig diesen Platz.

Faust *(ihm antwortend)* Immer blicken wir hinweg
über alles Unrecht, über Leid.
Dass ich den Finger in die Höhe streck,
zugesteht mir ohne Neid.

Christoph Und ich vermeinte bald,
Ihr wolltet haselieren.
Nun, die Scheelsucht lässt mich kalt,
allein der Zeitpunkt macht mich frieren.

Faust Ich bin gewillt, ein Nein hervorzubringen,
meine Zunge freilich haucht ein Ja.
Ich mag ritterlich gar ringen,
doch der Verstand in mir, noch ist er da!
Vielleicht gehört Euch Recht,
freilich erscheint mir dieser Ratschlag schlecht,
denn schleiche ich mich derer,
erschein ich nicht der mir erhoffte Lehrer.

Christoph Ich verstehe, freilich lob ich mir die Garderobe.
Hat das Schützenfest erst begonnen
und die Meute zuvorderst gewonnen,
ist sie gewisslich aus der Mode.

Faust Der Mode mein ewiges Bekennen,
freilich bin ich nicht bereit, davonzurennen.
Sie sind blind, weil menschenfremd;
in mir der Durst ihrer Erlösung brennt.

Christoph Erblickt Ihr nicht das Missvergnügen,
die Felder belieben sie, mit Uns zu pflügen.
Gockel, Hennen und das ganze Gefieder,
stürmt sogleich auf Uns hernieder.

Faust Liebster Freund, Ihr scheut vorm Federtier?
Den ganzen Tag sie freilich gackern.
Ich stehe meinen Mann und Lehrer hier,
wenngleich sie mit dem Spaten Uns beackern.

Christoph Nun denn, Wir werden sterben,
die letzte Stunde hat geläutet,
die Horde Uns bald häutet,
vorab sie Unsre Häupter färben
in tomatenrot und gurkengrün.
Dien ich Euch beharrlich kühn,
fall ich in eine Tunke gleich aus Eiern,
wogleich sie ergo witzelnd feiern.

Faust Schenkt Vertrauen gegen mich: In einer Stunde,
habt Ihr Trauben statt Mus in Eurem Munde.

Christoph So schaut doch: Besen und Steine
hält man auch nicht an der Leine,
sogar den Kindern legen sie was in die Hand —
ach!, Respekt und Erziehung sind wohl aberkannt.

Faust Keine Furcht, so lange sie nicht schießen
und Feuer auf Uns ergießen,
bleibt der zu erwartende Schaden dieser Herren und Damen
noch halbwegs in erträglichem Rahmen.
Und ohnehin: Auf eine dummdreiste, unverfrorene Weise,
in selbsternanntem Freundeskreise,
versucht manch einer, Sympathien zu erhaschen
bei seinen Zeitgenossen und Dödelflaschen,
um sich genau den Respekt zu verschaffen,
den er selbst am ehesten begaffen
und allerseits vermissen lässt.
Ei, Respekt wird lang schon nicht mehr anerzogen;
antiautoritäre Erziehung wird's gelogen.
Disziplin- und Respektlosigkeit
erschweren aber nicht nur in unserer Zeit
das Zusammenleben und den Umgang
in jeder Gesellschaft, in jedem Rang.
Zuviel Augenmerk liegt auf hohem Selbstwertgefühl,
dass man verblendet, krank und kühl
nicht mehr wahrnimmt und nicht sieht,
wie sehr man stetig wachsend Egoisten sich erzieht.

Christoph Seid Ihr begeistert,
Eurer Vernunft erleichtert?
Einem Spanferkel ich bald entspreche,

so ich Unsern Bund nicht breche.

Eule Aus der Menge ein Schuss, ein Zwölfender mit Geleit,
trabt durch Hose, Schürz und Kleid.
Mit einer Salve, feuernd wie aus Haubitzen,
lässt ein Soldat seine Macht aufblitzen.
Und der Pöbel schreit und jault,
hingegen Faust nur leise mault.
Doch als wären sie in einem Verbund,
laufen sich alle die Sohlen wund.

(Alle ab.)

zweiter Auftritt »Gott und Teufel«

In der Unterwelt.

(Gott und Teufel treten auf.)

Moristopheles Allerbarmer, was hat Euch verführt
in den Brühl dieser gottlosen Fröhlichkeit?
Da ist der Ehre mir zu viel gebührt. —
Was verschafft mir dies Geleit?
Begehrt vielleicht, ein Festmahl mit mir zu teilen?
Welch Anliegen schickt Euch sonst, in meinem Reich
köstlich amüsierend zu verweilen?
Ist's das ausgelassen lüsterne Gekreisch,
sammelt vielleicht Blut und Spenden,
arme Sünder, verlass'ne Seelen?
Da kommet hier, wollt an mich Euch wenden
und mir meine Kundschaft stehlen? —
Nicht weiß ich, womit ich Eure Gegenwart gewinne.
Ist Euer Begehren, etwas zu beweinen?
Oder ist dies alles nicht in Eurem Sinne?
Was sei es, dass Himmel und Hölle sich vereinen?

Gott Ich hege Euretwegen einen schrecklichen Verdacht;
es will mich streiten, mag mich zwicken,
als wolltet Ihr *den* Faust in seiner Ohnmacht
alsbald in diese Unterwelt verschicken …

Moristopheles Der Mensch ist ein wohlfeiles Imitat,
nur mit Irrsinn und mit Tücken,
scheut nicht Intrige, Kabale noch Hochverrat,
und doch mag er Euch beglücken. —
Ohn' Schmack und ohne Stil,
auch niveaulos ist die Kreatur;

beinah jedem obliegt sein ridiküles Ziel —
was findet Ihr an diesen Menschen nur?
Selbst untereinander kann er schlecht,
lebt des Unwohls eines andern,
ist stets besonnen nur auf eig'nes Recht,
lässt zum Erschaudern jeden Groschen wandern.
Seine Freundlichkeit ist Unverständnis,
Dummheit trifft es vielleicht eh'r,
sein Mitgefühl — ein Lippenbekenntnis,
vielfach fällt auch das ihm schwer. — —
Jung und schön
ist er zuweilen friedvoll anzusehn.
Folglich wird, wer Schönheit selbst besitzt,
mit allem und jedem gern vermählt,
denn Schönheit und Jugend, ungewitzt,
sind oftmals alles, was für ihn zählt:
Der blinde Trottel von Mann
umgarnt das arme, schwache Weib,
ist, was er nicht leugnen kann,
fixiert nur auf den Leib.
Dem Aderlasse unterzög er sich,
wär er dann der Schönheit Kind.
Seine Untugenden verzieh er sicherlich,
alsdann erhöb er sich zum Gott geschwind.
Und sintemal er, ach!, so hilflos schreit,
empfängt er aus des Weibes Schritte
nach sonderbarer Zeit
jeden Wunsch und jede Bitte.
Und bei der Liebe — schaut Euch an,
was menschliche Liebe anrichten kann.
Fast verführt für dieses Jammertal,
schleichend wird er wie von mir besessen;
verlogen küsst er jeden gekreuzten Stahl
und hat die Liebe zu Euch vergessen.

Gott … was auch vergolten werde irgendwann.
Doch ich werde ihm vergeben,
denn nur wer auch vergessen kann,
wird in Frieden leben.

Moristopheles Der Welten fernes Treiben mag Euch erschüttern,
ersetzt die Menschenheit ihr durch diesen einen.
Also mag es Euch noch mehr verbittern,
da will ich mich mit ihm vereinen!
Da es jedennoch der eine Rechte sei,
dürft es Euch nicht weiter Kummer tun,
oder plagt Euch das Gewissen dererlei,

dass Ihr wollt nächtens nicht mehr ruh'n? —
Wär's ein Frevel, schämt mich nicht,
noch ließ ich ab auf Euer Bitten.
Schaut der Wahrheit ins Gesicht,
er steht doch schon inmitten!
Warum sollt ich nicht werben heiß,
so niemand weiß den wahren Preis?
Bei Euch wird er ein braves Lamm;
bei mir wird er gekürt zum wahren Mann!

GOTT Er macht mich kränklich amüsieren,
der Unfug Eurer ridikülen Sprüche.
Bei wem wird er verlieren
und erfährt die Leiden dieser Hexenküche?

MORISTOPHELES Elohim! Gebt mir Faust aus eig'nen Stücken her!
Fällt es ihm doch viel zu schwer
zu widerstehen, was ich ihm biete
in meiner teuflisch list'gen Güte. —
Er ist recht genug labil,
ihm obliegt kein erhabenes Ziel,
er muss sich ständig untertänigst ergeben. —
Das heiß ich ein verdorb'nes Leben!
Ich beut der ew'gen Jugend Segen! —
Haltet Ihr dagegen?
Gebt fein Acht, denn es ist klug,
mit Tricks und Lug und Trug,
wird schneller er es sehen,
wenngleich die nied'ren Wünsche in Erfüllung gehen,
wie Euer heil'ger Glanz zerbricht. —
Zögert nicht lang, getraut Ihr Euch nicht?
Er gewänn an Überlegenheit,
brächt sie in Verlegenheit,
die kleine Menschheit, die so geil
nach ihrem fürchterlichen Seelenheil,
nach Erfolg und Macht und Geld,
nach Herrschaft über meine Welt.
Ihre Furcht und ihr Respekt wären ihm herrlich;
er wär verführerisch, wäre gefährlich;
sein Siegerlachen animalisch glänzt',
zeugte es doch von Appetenz. —
Kommt nur, Alter, zögert nicht lang!
Ist Euch etwa bang?
Seht's mir nach und seht doch ein,
mein Begehren ist der Seele sein.
So ich mir keine Seele heuern kann,
geh ich doch zugrunde irgendwann!

Gott Einstweilen ist das meine Welt,
wiewohl es Euch gar sehr missfällt.
Und weshalb wollt Ihr beharrlich sehen,
wie Menschen an Euch zugrunde gehen?

Moristopheles Ach!, enteilet nicht von hinnen
mit Prahlerei und losen Worten.
Empor soll steigen ein Ballon von Sinnen
nach Euren oberst göttlichen Pforten,
bei denen Objektivität noch besteht
und ein Cherub seine großen Runden dreht.
Für Eure, ach!, so bess're Welt
da erwartet mich, so Euch das Zielband fällt:
Sechs Monde lang will ab ich lassen
von Faustens Brüdern und Schwestern;
ich mag mit Blumigkeit die Zeit verprassen
und über kleine Menschlichkeiten lästern.

Gott Diese Arglist soll ich einem glauben,
der Krähen schmückt denn Tauben?
Als Hirte soll sie Euch ersuchen
und lohnt die Menschheit bald mit Fluchen?
Mit solch einem Tor soll ich ringen? —
Doch sagt, was mögt Ihr dieses Mal erzwingen?

Moristopheles Die Anerkenntnis sollt Ihr teilen.
Wie sie Euch bewundern, mein ich derweilen,
sei der gerechte Lohn
für den natürlichen Sohn,
dessen Vater sich versteckt
und mit herzhafter Tugend bedeckt.

Gott Nimmer seid Ihr meines Blutes,
denn ich bin die Macht, und ich verbot es,
Euch zu schau'n denn meinesgleichen.
Ein Gelübde, deuchte mich, sollt reichen,
dass ich Euch verberge in Vernunft.
Als geborgen wählte ich die Unterkunft,
denn die Cherubim unter mir
vernichten alles bös Getier.

Moristopheles Morgendlich blickend an jenem Tage
entdeckte ich versehentlich die Lage,
da Ihr auf Eurem Throne weilt
und mit Güte Euer Gewissen heilt …

Gott Ihr sprecht von Gewissen

und lasst selbiges vermissen!?
Meines ist so erhaben als rein! —
Begehret Ihr zu öffnen jenen Keim?

Moristopheles Weise gesprochen!
Dünkte ich es doch, der das verbrochen,
dass sich meine — o Verzeihung — Eure Welt entstellt,
langsam, doch beständig dahinzerfällt.
In jener Welt soll alles widerrufen,
und ich werd mit allem, was Wir schufen,
mich schicken, dass dies auch bald glückt
und Euer Abdanken näher rückt.

Gott Nichts dergleichen!
Jegliches sei nimmer Euer Erreichen,
denn zum Schlusse ist's für Euch zu spät. —
Ich werde ernten jene Mauer, die gesät;
sie sei schon unter mir erhoben,
mag mich preisen und mich loben.

Moristopheles Ei, ich empfang schon deutlich Euren Zorn,
selbstherrlich bass wie einen Dorn.
Ein Ackerbauer soll Euer Heer,
das Ihr stellt als Gegenwehr …
Lausch ich Euch, dünkt mich fast, es sollte glücken,
allein das könnt mich gar zu sehr verzücken.

Gott Verkennt nur nicht, wer arm und wer voll Scham!
Ein Versehrter sei nicht lahm,
erkennte er das Meer,
welches zu beschwimmen schon bereit er wär;
sonst wär das nicht mein Streben.
Mich begehrt es, Euren Sarkasmus, Eure Ironie zu erleben,
sofern selbiges passiert
und Ihr ergo Euer Spiel verliert!

Moristopheles Ach!, kommt, Adonai,
Wir woll'n Uns amüsieren wie noch nie.
Eurem Lapsus entgegne ich mit Humor,
denn Wir bleiben allzeit wie zuvor. —
Jehova, alter Mann,
seid wieder freundlich, stimmt nicht übel mit mir an!

Gott Warum nur muss ich unaufhörlich wieder
Eurer eingehen, mein Lieber? — —
Also gut, wir werden's sehen
und in vierundzwanzig Wintern gehen

nach dem Fuße der Eibe Yggdrasil;
wir woll'n einander treffen und gerühmen viel
von dem einen Manne, der Uns so gefiel,
und mögen schauen, wer von Uns beiden
seine Seele gewinnt, und wer muss leiden.

(Beide ab.)

DRITTER AUFTRITT »WIEDERSEHEN«

Eine nächtliche Straße; einsam, lang.

(Faust tritt auf. Eine Frau kommt ihm entgegen.)

FAUST Welch freudig Überraschen
widerfährt mir in der Eile? —
So vermag ich jene zu erhaschen,
die vertreibt mir meines Daseins Langeweile!
Von göttlicher Schöne und tiefster Erregung,
von Anmut und von Glanz,
von eleganter, graziöser Bewegung,
von lieblichstem Leben ist sie, voll und ganz.
So zärtlich und so warm erscheint ihr Mund,
ihr Lächeln verführerisch sinnlich;
mein Herz und meine Brust im Grund
lechzen nach dem Stück, das gar so himmlisch
mich zitternd bald erschaudern lässt
und verhüllet ihre weißen Diamanten.
Denn Lippen, die so süß als fest,
entfachen Feuer, die dergestalt noch niemals brannten. —
So ich nur einen Kuss erstehlen könnt,
mich in ihrem Munde gleich verbeißen,
nur hören, wie sie sich beim Namen nennt,
ach!, wie wollt ich mich d'nach reißen. —
    Gleiten meine Finger dereinst über ihre zarten Wangen?
    Wird nahend gestillt mein sehnlichstes Verlangen?
Als ihr alter Herr einst die Blüten der Liebe pflückte,
das Zupfen des Keimes ihm fulminant glückte.
Ihr erster Lenz sei im Unterleib der Königin gemundet,
fortan hat Luna sich noch zehn Mal gerundet,
bis eine kleine Edelfrau geboren.
Gen Himmel streckend — vor des Schlosses Toren —
ragte der Nabel in das Licht der Sonne:
Dieses Lärvchen wird des Lebens Wonne!
Eine Wiese, wie der Sommerwind gar weich,
ist der rote Teppich in ihr Märchenreich. —
Nun springt sie Jahre schon durch alle Gezeiten,

fröhlich, heiter, in der Sonne stetem Geleiten,
da kämpft ein alternder Bursche um ihre Gunst,
doch die zu erlangen, gleicht einer Kunst.
So erschuf ich mir traumhafte Welten,
worin nur hehre Schöpfungen gelten,
denn begehrenswert ist stets das Weite,
dieweil der eig'ne Zwiespalt mich allzeit begleite,
und der graue Mönch ist eben dieses Zaudern,
will um die Macht zwischen Himmel und Hölle plaudern. —
Kann ich durchaus vom Glast der Sterne sehen?
Werd ich sie jemals küssen, des Haupts bis nach den Zehen?
Erfüllt sich jemals mir das Glück der warmen Lippen,
die sich mir zum Kusse spitzen und erblüh'n,
und wird je, dass mir's schwillt unter den Rippen,
sie sich um meine Liebe müh'n? —
Unter ihrem langen Hals
ein tiefer, schmaler Schatten.
Stolz reckt das Haar wie Malz
sich bis zur Brust über die glatten
braungebrannten Schultern, die, ach!, so weich
und zärtlich mein Gespür berühren.
Die Äugelein woll'n sinnlich reich;
mit sehnsuchtsvollem Blick verführen,
die schön wie ihre Brüste sind und gar so fest.
Ich fühle, was sie mir versprechen,
sodass keines meiner Augen wieder von ihr lässt,
bis diese voller Leiden brechen! —
Wippend fallen ihre Haare hin und her,
doch leider fällt mir's viel zu schwer,
diese Schönheit zu ertragen.
Oder könnt ich's etwa wagen? —
Ein Sinnspruch will uns lehren:
Verratet eure Träume nicht.
Doch der wird nach dem Traum sich kehren,
wer's Schweigen über seine Ängste bricht!
Ein unbedachter Moment
viele Geheimnisse kennt …
Hier zeig ich ehrliche Gefühle,
schwer von Kummer, voll von Harm,
doch dort, im lieblichsten Gewühle,
so alle Herzen und Gemüter warm,
sind sie durchaus Gespött für jedermann.
Kein neuerlich Gemüt treibt mich voran. —
Eingedenk jemandes törichten Geschwätz'
beginnt die ungeliebte Hetz;
brennend stranguliert's mein Herz,
zu tief, zu trostlos ist der Schmerz! —

Werd ich jemals sie in meinen Armen halten?
Wird sich hernach die Künftigkeit für uns gestalten?
Kann ich mich in ihr Leben stehlen,
unaufhörlich mit ihr die Sterne zählen? — —
Wie gelähmt verstarren alle Glieder,
wie Öl das Feuer trifft *mich* ein heißer Blick:
Hier seh ich sie also wieder! —
Diesmal lächelt sie zurück!
Ei, was ist ein ehrlich Lächeln wert
in dieser, ach!, so düstern Zeit?
Ein Leben, welches sonst verkehrt,
ist zu retten es bereit. —
Gern spräch ich sie an,
gern lüd ich sie ein,
so sie mich nicht erhören kann,
ertränkt den Kummer ich im Wein.
Ach!, so ich es abermals nicht wage,
in meiner mir absurden Sturheit,
gemahnt es mich recht vage
an meine gutgläubige Torheit.
Allein diese möcht ich doch verlieren,
wollt ein klares Führen mir bald langen,
die Ungewissheit meines Geistes manövrieren,
bis meine Erschaffungen den Thron errangen. —
Allein es fehlt an Wagnis!
Ist's Versagensfurcht vielleicht, Phobie?
Freilich unablässig ist es Unbehagnis
in einer trauten Sympathie.
Doch nun sei sie verschmäht,
verbannt für alle Tage,
der Gedanke, so als nächsten ich erspäht,
zerwerfe jeden Traum zur Klage.
In zermürbter Fantasie
entschwänden mir so voller Wert gehalt'ne Stunden,
in widersinniger Ironie
wollt ich meine Brust geschunden.
Mithin hilft mir nicht jammern, auch nicht fluchen,
im Zwielicht meiner Selbst kann ich's versuchen!
(Spricht die Frau an) Nahezu erstarrt mein Sinnen,
so ich Euch, o holde Maid, begegne.
Könnt ich Euren Atem nur gewinnen,
so die Glückseligkeit mich segne,
durchaus käm ich nicht umhin,
mein Herz Euch zu zerreißen,
glaubte an des Lebens Sinn,
könnte Euch mein Glück verheißen.
Und wenn kein Traum Euch küsst,

ich will es tun,
wenn Ihr die Zärtlichkeit vermisst,
soll Eure Sehnsucht auf mir ruh'n.
So glanzvoll tritt ein Licht in Eure beiden
hübschen grünen Äugelein —
man sollte Euch beneiden. — —
Weshalb nur seid Ihr stets allein?

Die Frau Vergebt mir, dass geschwind ich gar vorüber geh,
allein ich darf nicht bei Euch bleiben.
Mich dünkt, dass ich Euch wiederseh,
einander werden Wir die Zeit vertreiben,
sodass Wir diese recht genießen.
Verzeiht mir so die Hast als meine Eile,
ich will vor Neugier schon zerfließen,
doch selbst die kleinste Weile,
und ich bräch in Zähren aus.
Beizeiten treffen Wir einand' in der Arena,
doch hier gehabt Euch wohl, nun geht voraus —
und denkt an mich, denkt an Yvena.

(Yvena ab.)

Eule Sie verschwand der Sonne gleich am Horizont,
nur geschwinder hatte sie's gekonnt.
Und da sie fortging, bückt' sie sich ein Stücken,
in ihrer kindlich reifen Art,
ein Maßliebchen ihm zu pflücken,
und hat mit einem Luftkuss dies gepaart.

Faust Da steh ich — einsam — nun
mit dem Fragment eines Augenblickes in meinen Gedanken.
Mein Begehren ist, nicht früher Ruhe tun,
denn sie auf Papieren wanken. —
Auch falls zum Scheitern dies verurteilt ist,
jeden Augenblick wollt ich genießen;
wiewohl die Schlange ehedem die Feig geküsst,
wollt tief in mir das Paradiese sprießen. — —
Hier zieht's mich her,
her komm ich wieder;
wieder fällt's schwer,
schwer hör ich Lieder:
Es klinge das Lied schwarzer Wälder,
schallt es fröhlich und dennoch stumm;
im Anblick der Hügel und Felder
geht zudem ein reifer Gedanke um
vom Augenblicke, der solle verweilen.

Die Reben umranken den freundlichen Ort,
die Heimwehschmerzen heilen,
euphorisierend klingt jedes geträumte Wort.

(Faust ab.)

VIERTER AUFTRITT »WICHT«
Faustens Bibliothek.

(Stimme Moristopheles'; Faust vor einem Tische voller Bücher.)

MORISTOPHELES' STIMME Heimlich schleich ich mich in Euer Leben:
Schritt vor Schritt und schwarz verhüllt;
ich werd durch das Bewusstsein schweben
und husche flugs durch jedes Traumgebild!
Tag um Tag nur wenig mehr,
Hülle um Hülle ich mir vom Leibe streife;
Euch zu umgarnen, fällt nicht schwer,
bis ich gänzlich von Euch Besitz ergreife!

EULE Die Wände sind bespannt mit Seidentüchern,
unterstützen den gemahnenden Duft:
Ein Geruch von herrlich alten Büchern
hängt melancholisch in der Luft.

FAUST Lesend ist mein Geist schon bald
erschöpft und leise zucken meine Lider,
der Tag ist schon hoch alt;
ich bück mich recht hernieder,
die Schrift aus meinen Händen legend.
Das Licht der Kerze, sich noch bewegend,
ist bald schon am Verlöschen,
ich vernehm ein Winseln, Kratzen, Scharren!,
dann höre ich mich selber sprechen:
Hier hält man durchaus mich zum Narren!?
Bedächtig schreite ich zur Tür,
erneut dies jammervolle Kratzen.
Ich öffne, gewähre drei und nochmals vier
zum Fürchten schreckende Fratzen.
Schreien will ich, fliehen vor dem Augenblick,
jäh holt mich was in unsre Welt zurück,
doch ist das Schubben weithin noch zu hören.
Ein zartes Hauchen dringt nach innen jetzt
und ein Talmund, wollt ich schwören.
Ehe ich den Fuß zur Türe setz,
schau ich durch diese winz'ge Luke:

Ein buckliger Kobold hebt die Arme wie zur Fluke,
strampelt, tänzelt, ruft mit seiner Gestalt,
und als wär er schon hunderte Jahre alt,
bricht er bald jämmerlich zusammen. —
Lautlos verlöschen die wild lodernden Flammen! —
(Öffnet die Tür, ein Wicht tritt auf.)
Tretet nur herein!
Ihr seid allein?
Woher kommt Ihr noch so spät, wo geht es hin?

WICHT Bin auf dem Weg zu der Zigeunerin;
der aufgeregte Sturm macht fürcht'lich mir zu schaffen,
die Menschen geben mir den Rest, mich beständig anzugaffen;
und diese Kälte und der Regen …,
nirgends ein Platz sich zu laben, noch sich hinzulegen.

FAUST Heißt von dieser Wärme Euch zur Rast verleiten,
derweil mag ich einen kräft'gen Trank für Uns bereiten.
Einen Moment müsst Ihr Euch geduldigen.
Wollt Ihr mich entschuldigen?

WICHT Doch bitte, das sei Euch nicht verwehrt,
(zeigt zum Ofen) zwischenein erwärm ich mich an diesem Herd.

EULE Ein leicht entstellter alter Kindervers Kinderchor
erklang von Ferne lauter als zuvor.

KINDERCHOR *(für beide unhörbar)* Schaut euch nicht um,
der Beelzebub geht rum,
er gehet um im Haus,
niemand findet es heraus,
wer ihn aufspürt oder lacht,
dem wird das Kreuz ans Tor gemacht.

(Faust kommt mit einem Getränk zurück.)
WICHT Welch ambrosisches Erscheinen
verdankt es diesem Duft des einen?

FAUST Ein Getränk, das Euch den Leib erfüllt mit Glut
und Schwung Euch bringt in Bein und Blut.

WICHT Ich bin erwartungsvoll entzückt,
dass Ihr so vortrefflich mich beglückt. —
Und wobei, lasst hören,
ließet heuer Ihr Euch stören?

FAUST Ich erlag der Müdigkeit beim Lesen,

bin in Traumgefilden bald gewesen.

WICHT Die Lektüre dünkt nicht sehr geladen
mit Lügen, Intrigen oder Eskapaden!?

FAUST Fürwahr, die Lyrik war nicht allzu dick. —
Habt Ihr für Schriften ein Geschick?

WICHT Ich halt mich mehr an wahrem Leben,
Fantasien mögen mir nicht sehr viel geben.
Ich mag es, so erbarmungslos es lacht,
was der Zauber des Teuflischen aus den Menschen macht.
Davon soll das Leben handeln,
da mag ich nicht in Träumen wandeln.
Die Vorstellung allein genügt mir nicht,
ich möcht fühlen, wie es den Menschen die Augen wischt.

FAUST Ich fühl mich wohl in teuren Welten,
sie mögen freilich die Dummheit des Lebens vergelten,
doch auch Lernenswertes steht in vielen Schriften,
Geheimnisse und Wahrheiten sind zu lüften,
selbst die weiseste Erkenntnis
wirbt in Büchern um Verständnis.
Und die edelste Unterhaltung hat in manch trüben Stunden
oft die tödlichste Kümmernis überwunden.

WICHT Und selbst seht Ihr das als verflucht,
habt andre Welten nie versucht?

FAUST Der Gedanken gibt es viele,
allein dem Ausdruck fehlt's an Kräften.
Also folg ich kleinen Schrittes meinem Ziele
und mag an jede Zeil mich heften.
Auch entscheidet nur die Güte,
nicht die große Menge,
denn die graue, farbenlose Blüte
wird lieblich erst ob wortbarer Klänge.

WICHT Jeder Anfang sei zunächst vollbracht
und jeder Funken zu Papier gebracht. —
Allein wofür lohnt es sich zu schreiben,
wofür wolltet Ihr die Zeit vertreiben?
FAUST In hellem Lichtstrahl geborene Weiten
entzünden der Ferne Glühen.
So die Sonne und der Mond sich streiten,
begehrt die lieblichste Blüte sich zu mühen,
mag zärtlich mich geleiten

in jeden Tag, in jede helle Nacht,
wird mich fortan stets begleiten
und mich schließlich umgebracht.

WICHT Ihr stürbet für die Nacht
und wärt am Morgen neu erwacht?

FAUST Solches, begehre ich zu meinen, liegt mir nah,
zumal ich Bereitschaft in Euch sah.

WICHT Ich bin zwar oftmals angehalten,
freilich weder willig noch bereit,
jenes menschliche Erkalten,
darauf die Kreatur sich gleich entzweit,
künstlich zu verzögern nach Belieben,
wie's der Mode gleichsam dünkt zu liebekosen.
Was sei den Individuen denn geblieben
außer Jammer, Stöhnen und Arthrosen?
Nur das Greisenhafte, nicht die Jugend wird vermehret,
denn niemand mag sich dafür hetzen,
den Geist, der ihn zerstöret,
in Morpheus' Arme zu versetzen!
Freilich Liebgewonnenes gilt's stets zu hinterfragen,
selbst wenn wir vor Zeiten damit richtig lagen!

FAUST Auch Ihr wollt's wagen,
Traditionen anzuklagen?!
Dereinst schlug mein Herz gefühlt,
frisch und frühlingshaft war's aufgewühlt;
von Heimat angezogen, ja von Wärme,
einst fühlt' ich so, dass ich jetzt schwärme,
denn zwei Seelen beieinander standen,
zwei, die füreinander Glück empfanden.
Meine Blicke streiften jene Welt,
die zunehmend meinen Horizont erhellt'.
Eisiger Regen peitschte ihnen ins Gesicht,
freilich auch das Dunkel versprach noch Licht.
Also folgte eine der andern mit Bedacht
durch jeden Tag und jede Nacht.
Nebenher suchte sie fordernd der anderen Hand;
behutsam ward sie gehalten, als sie diese fand.
Sie zeigten Vollkommenheit in Perfektion,
erteilten der Welt eine lieblichste Lektion. —
Eine Mär, als Luna bald zerbrach,
ereilte mich; doch *ich* erschien zu schwach.
Erst dann zerspringt ein Schrei zu tausende Scherben,
wird einst die Weiblichkeit den Phallus sterben!

Sie singt ihn nieder mit Gebrüll und Ach und Weh
und sinnt mit Zorn an jeden Tränensee. —
Fortan ein weiches Zepter erigiert,
an dessen Endschaft alles mit jedem alliiert. —
Straft mich ob der zügellosen Gedanken,
führt mich, die Traumgebilde wanken.
Abermals und abermals erwacht der Hohn,
besessen vom eig'nen Sklaven schon.
Wer hat nur diesen Traum geküsst,
was zeugt ihn, den, der nie vergisst? —
Ein Schlupfloch glaube ich gefunden
und gesinne seiner viele Stunden.
Treiben lose Worte wild umher,
kreisen in dem Kopfe schwer,
zerfallen freilich leicht im Tageslicht
und in der Sonne Angesicht.

Wicht Kämpftet Ihr für eine bess're Welt,
wüsstet Ihr, was sie in Atem hält?
Begehrtet Ihr nicht, just zu entfliehen,
in fremde Erden einzuziehen?

Faust Mutierte Fantasien wanken,
machen die Menschheit los von den Gedanken,
geben ihnen und ihrem Herzen frei
und erstrahlen, erblühen, rufen Leben uns herbei!
Verjagt sind die Laffen,
die Vorurteile sind zerstört,
niemand wird die Götzen begaffen,
und davon bin ich tief berührt.
Denn wer das meiste hat gelernt,
ist des Himmels nicht mehr weit entfernt!

Wicht Des Himmels nicht mehr weit …
Gleichgültig, wie sehr gescheit,
die Lücke zur Allwissenheit wird nimmer kleiner;
die Fragen werden freilich feiner,
verzweigt wie der Ast eines Baumes,
wie Lemaîtres Seifenblasenvergleich des Raumes.
Drum vergeudet nicht in Eurer Jugend Zeit,
wofür im Alter noch genug Geleit. — —
Ein Skelett ist's, was Ihr lernt und was Ihr lehret,
freilich das Leben ist's, was Ihr begehret:
Huldigt dem Tanz, dem Trunk, dem Weib,
schont den Geist und schont den Leib,
schmachtet hernach, was dem Weibe gegeben,
und Ihr führet ein beglücktes und erfülltes Leben.

Ich, für meinen Teil, werd nimmer ruh'n,
zu suchen nach dem ew'gen kurzen Glück;
bin mithin bestrebt, nur das zu tun,
womit ich Geist und Wohl verzück.

Faust Ich halt es eher in der Waage,
indes entzieh ich mich der Plage,
der Dummheit, die Ihr das Leben nennt,
die Ihr selbst den Kömmlingen zuerkennt,
letztendlich gänzlich zu verfallen
und dem Talmund gleich zwischen Höher'm zu verhallen.
Nur mein Wissensdurst verleiht mir inn're Macht,
nur ihm verdanke ich den Sieg in jeder Schlacht.
Wissen gibt mir Kraft und frischen Mut,
das Leben zu genießen,
und es schenkt mir Hab und Gut,
in Liebe zu zerfließen.

Wicht Was kümmert Euch das Wissen? 's ist beschränkt.
Es endet, da das Leben beginnt. Und bedenkt,
betrachtet denn die Fantasie als der Mutter Schoß,
denn sie allein ist grenzenlos!

Faust Auch sie bedarf des Wissens durchaus allein,
daraus sollte sie erwachsen sein.

Wicht Wer nach zu Hohem strebt, der büßt geheuer
bald im zeitlichen, bald in ew'gem Fegefeuer.
Sieben Reiche bis zur Läut'rung weiß Ich;
sieben Feuer, sah ich, brennen fleißig!
Unwissender Tor,
seid fantasieloser denn je zuvor! — —
Nun gut, sei es, wie es sei …
Habt Ihr noch von diesem köstlichen Gebräu? —

Faust Ei, ich vermeine, Euch zufriedenstell'n zu können
und mag Euch davon gern noch etwas gönnen. — —
(holt eine Kanne vom Getränk)
Wie geht's weiter, wie weit ist Euer Ziel?
Sind's der Wege denn noch viel?

Wicht Der Weg allein
wird Anlass sein,
des Lebens Köstlichkeit zu zelebrieren;
keinen Deut an Zeit will ich dabei verlieren,
ergo obliegt Euch rechten Dank
für diesen wärmenden Trank.

Nun denn, gehabt Euch wohl.
(hebt seinen Krug und nickt)
(abgewandt) Darauf, was der graue Mönch sich hol.

Faust Ihr seid schon ein gescheiter kleiner Mann. —
Wenn Ihr in dieser Gegend seid,
kehrt neuerlich vorbei, nur dann und wann,
kein fauler Grimm Euch hier entgegenschreit.

Wicht Viel geschwinder denn es manchem lieb,
erschien ich dem, bei dem ich so geladen blieb …

Eule Er verschwand in Nebelschwaden
und hinterließ ein Häufchen schleimiger Maden.

(Beide ab.)

Fünfter Auftritt »Erwarten«

Vor der Arena.

(Faust tritt auf, hernach Yvena.)

Faust Seit wie vielen Wochen nun
kann ich vor Sehnsucht nicht mehr ruh'n?
Wie viele Monde sind gegangen,
seit ich in ihrem Licht gefangen?
Bei Eiseskälte, Schnee und Regen
konnte ich mich herbewegen,
bei Sturm und Hitze fiel mir's gar nicht schwer:
Jeden Tag, bei jedem Wetter kam ich her!
Ein Ziel nur oblag durchaus dem Sinnen:
Ein neues Leben sann ich zu beginnen;
meine Maid wollt ich erreichen,
mich mit ihr von dannen schleichen.
Doch bisher glücklos erschien mein Streben,
freilich jeder Tag will neue Hoffnung geben.
Ihre Worte kitzeln noch mein Ohr,
viel lieblicher gar denn je zuvor.
Oder ist ein Wunsch der Vater der Gedanken;
waren's Worte, die im Sturm versanken?
Nein, deutlich sprach sie von dem Wiedersehen,
und ich wollte bald mein Glück verstehen.
Kaum hatte ich's erkannt,
sagte sie es und verschwand.
Nur eine Antwort hüllt sich noch in Schweigen,
und Missmut macht sich zeigen.

Mein Herz verwelkt in dieser Sicht.
Warum nur traf ich sie bisher noch nicht?
Jeden Tag aufs Neue stellt sich mir die Frage,
und die Erwiderung ich nimmer wage. — —

(Yvena tritt auf.)

Doch!, endlich, endlich stillt ein großes Sehnen:
Was glaube ich wohl zu vernehmen?
Ich vermag sie zu erspähen und hör doch gleich
ein Zetern und ein Fluchen:
Ihr schwarzes Haar, gemahnend weich,
mag gleichsam mich versuchen.
So ich verführt von dieser Blütenknospen,
möcht ich zuweilen von der fremden Frucht gar kosten;
würd mich wohl gar zu sehr verbrennen
und lernte der Rosen Dornen kennen. —
Welch bezauberndes Geschöpf himmlischen Seins,
wie der Schliff eines edelsten Steins
erstrahlet diese ergreifende Schönheit,
lieblich verhüllt in sanfter Zärtlichkeit.
Große, runde Äugelein
leuchten in die Sonne drein;
so Himmel als Erden
sollten neidisch werden!

Eule Einen Strauß aus Dahlien hält sie fest im Arm
und ihre Augen sprechen einen larmoyanten Laut;
entdeckt sind ihr der Kummer und ihr Harm,
dieweil sie auf der Unterlippe kaut.

Faust *(für sich)* Aus welchem tosenden, brodelnden Born
entspringt ihre hübsche Zähre, die da rinnt?
Was mag der Quell, die Ursach, mag der Dorn,
dass ihre Augen brechen wie dem Kind?
In ihren Äugelein ein quälendes Leiden,
die Wangen bald voll Tränen;
und könnte ich die Nacht verkleiden,
sie wollte süßer sich im Tag nicht wähnen.
In grotesker, seltsamer Manier
umringt mich bald ein Sinnen,
dass ich meine Scheu verlier
und Aufsicht und Worte mir entrinnen.
(zum Himmel blickend) Herr im Himmel — zeigt Eure Macht,
heißt uns leben — nur heute Nacht.
Wie Adam und Eva vor Millionen von Jahren,
begehren wir, zu Euch ins Paradies zu fahren.

(an Yvena gerichtet) Die Sonne funkelt in Euch tausendfach,
kein einz'ger Schatten fällt Euch ins Gesicht,
indes als werdet Ihr heuer wach,
blendet süßer noch das grelle Licht.
Zu Gold verwandelt sie die Tränen,
sie glitzern, leuchten, glühen;
als wollten sie mich lähmen
und zurück in Euch erblühen …
O wie lieblich steiget fein
der Spiegel Eurer großen Augen.
Sollt das Trauer, Glück noch Frohheit sein,
will Liebe gar dies Feucht aus Eurer Seele saugen? —
Ist's Trauer denn, was ehedem Euch widerfuhr,
soll sie wortlos, lautlos mich erdrücken;
der Frohheit recht genießt sie nur!
Ich mag sehnsuchtsvoll erblicken
jede Eurer hübschen Tränen,
in sanfter liebevoller Gier,
lechzen nach Euch, mich sehnen,
bis Euer Puls in mir vibrier. —
Ist's Glück, das Euch vor Wonne treibet,
bleib ich zurück und lass Euch zehren.
Euch mein Wunsch, das dieses lang noch bleibet,
sollt Euch nicht dagegen wehren!
Und wollt Ihr teilen Euer Glück mit mir,
werd ich dankbar mich ergeben,
bring Euch die Zähren auf Papier
und ahn durchaus den Duft von Leben. —
Oder mag es Frohheit auch nur sein,
gleichwohl des Anlass' helles Scheinen,
ich stimmte freudig mit Euch ein,
wollt Euch die Ode neu beweinen,
bis die Heitere Euch just erstrahlet.
Gänzlich erquicket Euch ein neuerlicher Schauer,
der die lieblichsten Bilder auf Euch malet;
von Sonne und vom Meer und von ewiglicher Dauer! —
Und mag es Liebe gar allein,
die brennt Euch im Gesicht,
möcht ich der Zähren Anlass sein,
die funkeln still im rosa Licht! —
Küsst als Euer Zeichen
mir fest auf meine Lippen.
Regsam werd ich sie Euch reichen,
und von Eurem Munde wie von Honig will ich nippen.

Yvena So gewahrt ich Euch und war mithin im Zwiespalt!
Denn was mich bedrückt, mir durch den Kopf schallt,

freilich mag ich nicht davon berichten,
es könnte eine Welt zernichten!

Faust Mithin ist es also Trauer,
die Euch den süßen Kopf zerbricht.
Nun bin ich nicht viel schlauer,
allein Bess'rung mach ich mir zur Pflicht. — —
Darf ich Euch verführen,
das Band der Freudigkeit zu schnüren?
Flieht mit mir geschwind,
bis die Dämmerung beginnt;
ich will zur Frohheit Euch geleiten
in die kulinarischen Weiten.
In einem Wirtshaus Eurer Wahl
vergnügt Uns dann ein köstlich's Mahl.

Yvena Trotz schlechtem Gewissen willige ich ein,
allein nur bis zum letzten Sonnenschein.

Eule So schweben sie durch abendlich' Gefilde,
ergeben gar ein Traumgebilde;
sie singt, er tanzt in ihrem Takt,
bis sie von lauter Freudigkeit gepackt
und mit schallendem Gelächter
einem verdutzt dreinblickenden Pächter
in dessen Gasthaus gegenüberstehen.
Sie erkennen durchaus sein Flehen,
denn fortab dämpfen sie ihr Schallen,
woll'n in Ungnade nicht fallen.
Sie essen, trinken, scherzen,
entzünden freudig strahlend manche Kerzen,
vergessen Zeit und Raum,
und gedacht sei an den Abschied kaum,
bis plötzlich von des Mondes Schein
so Bank als Tisch erleuchtet sein.

Yvena Ungern beende ich den lieblichen Abend.
Nicht nach Worten ringend, hochtrabend,
muss ein Kuss dem Abschied mir genügen.
Ich müsst mich schon belügen,
entrinnt nicht neuerlich durchaus der Tränen Last,
allein für den Moment bleib ich gefasst!
So ersuch ich fordernd, Eure Lippen zu erblühen,
dass um ein Wiedersehn Wir Uns bemühen.

Faust Geht nicht, Geliebte!, bitte nicht!
Verzweiflung ist's, die aus mir spricht.

Yvena Ich muss, o ich muss,
bereitet es auch viel Verdruss.

Faust *(kniend)* Wie grausam, wie elend,
die Trauer ist schwelend!

Yvena *(Fausts Hände haltend)* Verzeiht, verzeiht mir;
wie gern blieb ich hier!

Faust Ach, ich Armer kann nicht von Euch zieh'n —
mein Licht, mein Leben will entflieh'n.

Yvena O weh, ich zittre schon;
o Furcht und Graus, o Hohn …

Faust Ihr brecht mir das elende Herz,
quält mich sternenwärts!

Yvena Was nie so fürchterlich galt:
Auf bald, Getreuer, auf bald!

Faust Herz und Gedanken gebe ich Euch mit,
dass sie Euch begleiten mögen auf Schritt und Tritt.

Eule Sie verschwand nach einem beinah flücht'gen Kuss,
dass Faust die Trauer nicht verbergen muss.

(Beide ab.)

Sechster Auftritt »Am Meer«
Ein Strand.

(Faust tritt auf.)

Faust An diese Stadt grenzt beinah rings umher
das weite, ewig bewegte, kalte Meer;
sein Rauschen mimt den steten Totenchor.
Oftmals sitze ich verträumt davor
und höre dem Gewoge zu.
Hier find ich Stille, finde tiefe Ruh.
Nass ist das Stapfen und sandig der Gang,
Ungeziefer schreiten, krallen gegen diesen Wind;
eine Bank belärmt mein Schlendern wie ein Zwang,
dies Wetter wechselt nur für mich geschwind.
Nimmer weiß ich Ratschlag, noch kenne ich das Ziel,
die Ebbe schwappt und stolpert wider meine Beine;

die Gezeiten, denen ich verfiel,
begehren mich an eine Leine.
Wonach ich nicht Verlangen trage,
in meiner so misslichen Lage,
sind schnöder Reichtum, Gold und Geld,
ich erbitte Wissen und ein Mädel, welches mir gefällt.
Doch alles sticht und schneidet tief,
obschon ich ehedem vor Schwäche schlief.
Doch sind's durchaus nicht Herzenslüste,
welche ich nun pflegen müsste?
Ist's nicht der Wunsch nach schöner Ewigkeit,
der Zwang nach ewiglicher Seligkeit? —
Mit wenig Schlaf verging die letzte Nacht,
ohne Ruh ist sie vergangen:
An Euch nur habe ich gedacht,
an den Moment, den Wir errangen. —
Was war nur geschehen,
was mögt Ihr an mir vollbracht?
Ich wagte nie, den Schritt zu weit zu gehen,
jetzt stoßt Ihr mich sehr sacht.
Mich beherrscht die Furcht vor diesem Urknall;
wie wird er sich entfalten?
Obwenn ich den Berg hinauffall,
wolltet Ihr mich halten? —
Ein Hauch des Todes weht mit samtenen Schwingen
und mag die Trauer der Stille besingen.
In einem sonderbaren Traum,
in diesem Schwere umwogenden Raum
ward ich von wimmerndem Licht geblendet.
Die Perfektion der Illusion vollendet!
Ihr als Göttin umschwärmtet diesen Augenblick,
flackertet in loser Harmonie:
Ein freilich willenloses Glück
in widersinniger Ironie.
Einem fabelhaften Wesen wolltet Ihr gleichen;
umhüllt von weißem Nebel,
jenem unendlich dichten Schleichen.
Zerstäubt in einem Windgewedel,
seid Ihr verloren wie Ihr gekommen;
nur Fragmente dieses göttlichen Tanzes
waren erkennbar, doch verschwommen.
Tragisch verschwand der Duft des Glanzes!
Irgendwann in jener Nacht,
mit Schwärmerei endlos allein,
erschien vor Sehnsucht ich erwacht
und mochte freilich bei Euch sein.
Mit Schmerzen, wie Stiche so tief,

lauthals ich Euren Namen rief. —
Dieser Ruf ward zum ew'gen Schrei:
Yvena, Geliebte, wo seid Ihr jetzt?
Doch kein Engel eilte herbei,
und meine Brust erschien verletzt.
Drum schloss ich meine Augenlider,
und es brannte eine Gier,
mocht's nicht glauben, tat das wieder,
und gewisslich dünkt' die erste Träne mir!
Der Gedanke prägte meinen Geist,
und es ward das Blut in mir vereist.
Ein Weinen wird das sein.
Und da ich schon wein,
bin ich ein Narr?
Und wenn, bleib ich, wer ich war?
Habt Ihr auch Tränen im Gesicht,
jede selbst von Trauer spricht;
ist die Brust Euch schwer und nimmer froh?
Sinnt an mich, mir geht es ebenso!
Ach!, wer ist mein Führer nun?
Klamm ist meine Haut, schweißnass die Hand;
das Flimmern des Kristalls will ruh'n,
ich hab das Plätschern nicht erkannt.
Die Muscheln sind kantig und scharf,
Blut entrinnt bei der Berührnis;
die Sonne vergilbt nach Bedarf,
erhellt den Horizont mit ihrer Spürnis.
Im blauen Walzer wankt schon bald der Mond,
die Sterne widerscheinen bald im Rhythmus einer Woge,
meine Seele habe ich verschiedentlich geklont,
als notwendige Zutat und Droge.
Ich stehe hier am weiten Meer,
vermag zu schwimmen nicht und nicht zu schreien,
denn die Flut ergreift mich ohne Abkehr,
ich kann der Macht mich nicht befreien! — —
Eine laszive Schönheit in dem weißen Sand,
sie räkelt sich betörend, ward gesehen und erkannt;
schmerzverzogener Gedanken
will ich mit einem Grinsen mich bedanken.
Meine Kühnheit schmeckt,
ihre Zunge leckt
über ihre prallen Lippen.
Ihre Hände schippen
behutsam Sand von Ort zu Ort,
ohne ein einziges Wort.
Das Antlitz stumpft, gebrochen, fahl,
ihre Augen in, ach!, so traurige Leere,

die Seele dünkt gar tattrig, kahl;
o Kummer, nimmer ich dich verehre.
Das Dunkel streifte ihr Leben,
die Ferne ist ungestüm und schnell,
könnt genügend ich ihr Trost nur geben,
dass ihr Herz erstrahlet hell.
Hagel schauert auf dies Herz,
der Körper schleppt sich träg von hinnen.
Sie fühlt November trist im März,
ach!, möcht sie das Lachen wiederfinden.
Schaut im Sein auf jeglich' Blüten,
erinnert sich an Tanz und Reisen;
O könnte ich ihr Rein behüten,
und schützend sie umkreisen.
An ihren Fersen plötzlich eine zarte Grille;
mit ihren Fühlern kitzelt sie die Stille,
räuspert und putzt sich in des Mondes Licht.
Bass schniefend, dem Frosch entwischt,
zirpt sie ihr ins nasse Antlitz leis,
springt mit dem schwachen Puls des Greis'
in die Höhe stetig auf und ab,
flink und gewandt in edlem Trab.
Das Heimchen trudelt nun nach ihrer Wade,
offenbart zu einer wonnigen Labe,
tänzelt und musiziert bis zum Knie,
dieses putzige kleine Insektenvieh.
Gleich einem Walzer es stolziert,
dieweil die Balance es nimmer verliert,
hüpft es sanft auf ihren zarten Schenkel prompt.
Flügel gestutzt, so es ihr näher kommt,
kreist es voller Frohheit, klein, dann groß,
ihr also langsam in den Schoß.
Ein filigraner, tollender Ast
erreicht den Nabel ihres Bauches fast.
Die kleine Grube ist ein gern gesehener Platz
für diesen kleinen Rhythmusfratz.
Wie dieser nach den Mamillen hetzt —
das breite Grinsen wird an ihm geschätzt —,
so frohlockend er galoppiert,
auf Haut und Haar den Taktstock malträtiert,
so fidel bewegt er die Extremitäten
und bewahrt intime Genialitäten.
Ein letzter Sprung auf ihr kantiges Kinn
verleiht der Darbietung erheblichen Sinn;
indes mit einem Mal,
rutscht er ihr ins Lippental.
Völlig erschöpft, der Medaille sicher

(ein Klatschen und Ruhmesgekicher),
genießt er der Begeisterung Welle.
Ich, an seiner Stelle,
wollte dem Publikum mich nicht verbeugen,
eher der Sache vor mir Achtsamkeit bezeugen.
Nun, die roten Lippen,
deputierend und forsch auch wippen,
lockten ihn freilich nur zur Tränke,
über den Körper und seine Gelenke,
fabrizierten eine fabulöse Hypnose.
Und mit einem finalen Getose
einer wallend krausen Mähne,
knackt und knirscht es im Tempel der Zähne. —
Was lernen wir daraus?
Für Fehler fordert niemand noch Applaus,
und beäugt in kühnem Wind,
nicht alle Früchte goldig sind. —
Voller Bangen, voller Hoffen,
die Lippen wieder offen,
spielt' die Melodie ihr einen Streich,
wär die Grille an Gedanken reich!
Als fortwährende Kreatur,
als bizarr und stur,
schon seltsam müsst sie leben,
den Fehlern sich nicht zu ergeben.
Was wäre der Sinn ohne Schaffen,
ohne lüsterne Blicke zu gaffen,
ohne Streitigkeit in manchem Denken,
ohne ernsthafte Bedenken?
So manche friedvolle Stunde,
manch schillernd heftige Runde
erführe ihren Halt
in zweifelhafter Gestalt.
Drum erschafft, in starre Welt gelenkt,
ein jeder Fürsinn, der verschenkt,
die Stimme einer kleinen Trauer,
und die Haare werden grau und grauer. — —
(blickt gen Horizont) Ei, ein gar großes Schiff, alleine auf dem Meer,
wählt jede Route gleich für sich;
den Weg zu wissen, das ist schwer,
schwimmt es doch ins eig'ne Ich.
Es will fort des Schauers dieser Welt,
reisen, bis der Segelmast zerbricht.
Niemand, der das Schiff noch hält,
oder weiß, was das nächste Ziel verspricht! — —
Ein zottiger Mann das Ruder lenkt,
der unablässig die Gedanken schenkt

der eig'nen starken Flotte,
bis hin zum übelsten Komplotte.
Der vollkomm'ne Dampfer sei schon bald gesucht,
solang der künft'ge Morgen stets verflucht.
So vermeint er, das sei schnell gefunden,
hat sich die Füße schon geschunden,
gehet, suchet lange Zeit,
ist für Kompromisse nicht bereit,
ist in der Hierarchie recht weit gekommen,
hat oft die Ozeane schon durchschwommen,
zittert, stottert bei jedem Blick,
kehrt oft lädiert zur Heimat zurück.
Und in Gedanken kämpfen eifrig die Matrosen
mit ihren prall gefüllten Hosen,
schreien und kämpfen, sind wohlgesinnt:
Eins und zwei, eins und zwei gewinnt …
Zwischenein ist er schon Kapitän,
Führer großer Flotten,
keiner mag ihn mehr verstehn,
viel zu hart ist er gesotten.
Er lässt die Männer peitschen, schlagen,
die Schätze in die Keller tragen,
fürchtet Sturm nicht und nicht Wellen,
fürchtet nicht des Meuterns Schwellen,
tanzt und kämpft belustigt fort,
hält es mal und bricht sein Wort.
Jahraus, jahrein und auf der Suche,
dass er das alte Schiff verfluche
und findet plötzlich, wie des Diamanten Schliff,
das für ihn perfekte Schiff:
Fürstlich liegt es, sieht's in allen Wässern,
nichts vermag es zu verbessern.
Die Segel aus weißestem Weiß,
die Geschütze stehen heiß,
die Ruder aus bestem Holz,
und auch sonst wär jeder Lotse stolz.
Nur gleich will er das Schiff erklimmen,
widersetzt sich allen Gegenstimmen,
im Guten und mit Charme hat er's versucht,
mit List und Tücke — es ist wie verflucht.
Eifrig kämpfen die Matrosen
mit ihren prall gefüllten Hosen,
schreien und kämpfen, sind wohlgesinnt:
Eins und zwei, eins und zwei gewinnt …
Wohlan, er hat es freilich doch erreicht,
behäbig er sich zu ihm schleicht.
Dann stellt er fest — mit großem Entsetzen,

er kann es nicht besetzen:
Zu neu, zu viel gelobt,
noch kaum im Ozean erprobt,
sein Steuergriff ist viel zu fest,
kein Anker sich von ihm mehr werfen lässt.
Er ist zu kurz für dieses Steuerrad,
ist zu schwer, zu alt, zu pfad.
Das Wissen ist verschieden,
das Wasser schon vermieden,
und tonnenschwerer Not
setzt er sich in das Rettungsboot.
Noch immer kämpfen die Matrosen
mit ihren prall gefüllten Hosen,
schreien und kämpfen, sind wohlgesinnt:
Eins und zwei, eins und zwei gewinnt …
Lautstark geht er wider Ängste an,
schnauft und keucht, kämpft gegen jede Wellen an,
flucht über sein innigstes Verfehlen,
kann verworf'ne Schiffe kaum mehr zählen,
schreit vor Wut und springt —
indes das Rettungsboot beinah versinkt …
Seine Stimme erklingt von fern;
er winkt und trampelt, leuchtet wie ein Stern:
Ein Wikinger ist noch an Deck;
das Schiff, es wankt, und gar ein Leck
erschwert nun zwischen all den Wellen
das Rudern den garstigen Rebellen,
die, eingeduselt vom triefenden Schweiß
und hartem skandinavischen Fleiß,
sich steigern in einen zornigen Wahn.
Jedoch der angeschlag'ne Kahn
will und darf nicht sinken,
kann von Steuerbord nach Backbord hinken,
erzwingt die Kraft dieser Athleten. —
An Gott noch glauben, zu ihm beten! —
Steigern soll sich die Mannschaft unterm Segel,
hämmern möge aus Adrenalin der Pegel
auf blechernem, trommelndem Recht.
Jedem Verweigerer werde schlecht,
hechelt er nach nördlicher Luft,
will zerreißen die leidige Kluft,
welche klebt an des Mannes Gestalt,
jene volltrunkene, die nur noch lallt. —
Den Kriegern der Rhythmus sinnt:
Eins und zwei, eins und zwei gewinnt …
Die Reling zittert und kracht.
Ein leichter Matrose versteht und lacht,

sammelt Ritterzehrung gekaufter Schwächen;
es regnet pausenlos, in Bächen.
Das Zeichen *Land in Sicht* vom Maste oben,
ermutigt, die Kräfte sind gehoben,
und die Meute singt und musiziert,
der Wein aus Kelchen sich verliert
in die Rachen jeder Männlichkeit,
die wie gestand'ne Sänger im trunk'nen Kleid,
pfeifen und johlen ein Lied aus den Kehlen,
aus der Tiefe ihrer dunklen Seelen.
Dieses Glück ihnen niemand nimmt:
Eins und zwei, eins und zwei gewinnt …
Bidmende Wellen auf des leichten Matrosen Haut;
des Ozeans tiefe Stille wurde hörbar laut.
Durchgereicht von eins bis hundertzehn,
kann nicht laufen, kaum noch stehn,
zählt den Rubel, grinst ein wenig.
Was errungen, ist männlich und gnädig:
Das Erreichen der Triebe
und eine gekaufte Liebe.
Geankert, einige Meter vom Land,
legen sich alle schlafend hernieder.
Doch es ist treibender Sand,
und der leichte Matrose — schon wieder —
als Verlierer, stemmt die Axt ins Leck,
treibt das wankende Wikingerschiff
mit allen Mannen an Deck
aufs nahe gelegene Riff. —
Und die Flagge, die fortwährend schwebte,
ist das Letzte, was überlebte …
Und der Matrose singt im Untergehn und sinnt:
Eins und zwei, eins und zwei gewinnt … — —
Heuer zieht ein Sturm auf — *wieder*,
aberhohe Wellen fallen hernieder,
ein finst'rer Brecher kommt eilig daher,
auf dessen Kamm liegt ein Sarg im Meer!?
(Der Schrein öffnet sich, heraus eine seltsame Kreatur.)
Das Totenhaus verspricht ein Wesen, seltsam klein,
geöffnet zeigt es, will kein Mensch dies sein,
und da es sein Dasein verloren haben kann,
schickt es sich nochmals zu leben an.
Es dünkt, die Kreatur sei ein Magister,
ist der Schwarzkunst verfallen oder solchem Register.
(zur Kreatur) Faust werd ich genannt, Verehrter.
Wie ruf ich Euch, Gelehrter?

EULE Eine Treppe in dieser Stund

wächst seltsam aus dem Meeresgrund.

Magister Es ist nicht von Bedeutung, wie ich gerufen.
Kommt herauf zu mir, nur die paar Stufen.

Faust *(abgewandt)* Steig ich mithin nach seinem Grabe
und frage ihn nach jener Gabe
übernatürlicher Sitten?
Meine heiß ersehnten Bitten:
Die hohe Kunst der Zauberschule,
um die ich redlich buhle,
nach freiem Geheiße anzuwenden,
und es obliegt ihm, mir sein Wissen auszuhänden:
(zur Kreatur) Verweilet, nur kurz, Augenblicke von Magie getränkt.
Ich gelobte alleinige Macht, jedoch zu beschränkt
erschien das Wissen, welches ich erworben.
Zu schwach denn minder verdorben
erschien auch der Geist, der in mir brannte;
zerstörendes Feuer nimmer entflammte.
Ei, du großer Magister jedweder Zeit,
so Himmel als Hölle seien mir bereit!

Eule Aus dem Grabe haucht die heiser Stimme,
und zwei Lippen an einer schmalen Rinne
bewegen sich des toten Lebens,
freilich Fausts Verlangen dünkt vergebens:

Magister Ich begehre, zum Leben Euch zu besinnen.
Mit Fleiß wird Liebe nur entrinnen,
nach Lust und Schmerz wolltet Ihr weinen,
unter Sehnsucht leiden, Euch mit ihr vereinen.
Bietet feil Sankt Velten Eure Seel und Euer Leben,
und die Macht, nach der Ihr sinnt, wird er Euch geben.
Und müsst Ihr fort
von des Lebens Ort,
ist er Herr über Euren Himmel,
und Ihr dient in seinem Getümmel …

Faust Da schallt Erinnerung in meiner Sehnsucht wieder
und schlägt betrübend sich auf meinen Geist hernieder. —
Ich soll mich verkaufen, um zu scheinen,
mit Meister Klepperlin mich vereinen?
Nein, großer Meister;
betrübt ist das Gemüt mit Kleister.
Ich lass mir die Qual der Liebe,
dass mir auch die unheilbare Sehnsucht bliebe.
Gebt mir einen Dolch zum Stechen.

Ich begehre, selbst zu sprechen,
will mein oder übriges Leben nehmen,
und sei es, ich will mich auch d'nach sehnen.

Magister Nun, ich bin erschienen, Euch zu raten,
wie klug nun Eure Taten,
das ist eigenes Obliegen,
doch bedenkt: Nur Euer Geist allein will fliegen.
Eure Ausflüchte sind weidlich hohl.
Ich sag Euch Lebewohl.

(Magister ab.)

Eule Ein Blitzen und ein Stürmen,
die Wellen mögen sich türmen,
furchterregend überschlagen sie sich;
Donner grollt gar fürchterlich.
Jedennoch halb von Sinnen, halb benommen,
ist Faustus bald zurückgekommen.

Faust Ein Schmerz durchzuckt meine Glieder,
seine Kammer schlägt an einem Felsen nieder;
ein stummer Schrei, und alles ist vergangen,
eine Sintflut bald hält mich umfangen.
Ich seh endlos schwarz, schau ich nach oben;
blick ich vor, hat jemand gar die Nacht erhoben.
Schau ich hinab, seh ich Asche in einem Sargenreste,
und ich vermein zu deuten diese Geste:
Heimgekehrt ist der Tote,
er war Moristopheles' Bote! … — —
Doch ach!, war dieses nicht nur Illusion?
Ob des Schlafes in den Augen, glaub ich's schon.
Bin heuer erwacht aus diesem Dämmerschlaf,
weiß nicht mehr, wen und was ich wirklich traf …

(Faust schaut zum Mond. Ab.)

siebter Auftritt »Der Ring«

Eine unwirtliche Gegend.

(Yonah tritt auf.)

Yonah Malerisch im Hahnenschrei,
inmitten der geköpften Rinde;
gefrorene Schatten aus Blei,
erschrecken die lauen Sommerwinde.

Das Schlagen tausender Flügel,
die nächtelang meinen Leib zerreißen
(das Rumoren kreischt noch heut vom Hügel),
will in meine Seele beißen.
Steine grollen aus der Erde Schlund,
der See, aus dem das Leichenwasser trieft,
offenbart den atemlosen Mund,
aus dem ein letztes Zucken schnieft.
Ein Feld mit schwarzen Margeriten;
aus morschen Ästen tropft die Scheu
der Ungeduldigen, die ehedem gelitten,
denn eig'ner Zeichen minder wert und treu.
Roter Mohn vor weiße Rosen
begehrt die Nacht vom Tag;
ich schlepp ein Herz durchs Feld von Mimosen,
ein Ring mein Ziel, gefertigt aus Gottes Klag.
Der Eulen Existenz gereichtes Licht,
gebrochen im Antlitz verdorbener Tränen,
ist gerade nur ein Schimmer zur Pflicht,
um dieses Heil arglos zu wähnen.
Wurzeln verschlingen Stamm und Krone,
ein Sog besticht gen Lunas Wiesen;
ich koste das Ziel, darauf sich's lohne,
und lass das Glück mir nicht vermiesen.
Die Kruste verbleibt wie von Steinen,
knittrig das fallende Laken;
ein Rest des Glaubens löst die Leinen,
auf den Weg vorbei an den Kraken.
Kleine Schritte kargen sich zur Kehl,
Laub und Knochenklei um meine Zehen,
die Kraft, von Wut gerudert, ist fehl,
mein Geist soll sich errichten, stehen!
Raupen, Würmer und fremde Gebär
nisten im Holz, sind müde Wächter;
ein Talmund sprudelt des Gipfels kehr,
schwarz blutende Federn als des Zieles Verächter.
(Er langt ans Ufer und steigt in ein kleines Boot.)
Meine Haare zücht ich streng zum Zopfe,
die Gefahr mit frischem Mut zu schwächen;
willkürlich nieselt ein Schauer in meinem Kopfe,
heuer in die See zu stechen.
Ein Boot trägt mich als Passagier,
mit einem Ruder, das sich spitzt in alle Seelen;
das andre stört wie ein gestoch'ner Stier,
in der Aussicht, mein Unwohl zu verfehlen.
Nackte Tauben, der Christen Schleppe,
poltern in den See, der wie vermodert,

der vor den Augen sich wandelt zur Steppe,
worin eine riesige Flamme lodert.
Ein Moch geraunt verbittert,
hindurch der Zweige und des Nebelmoos' … —
Grundgütiger, der Klagheil stark gewittert,
wuchtig Brocken fallen nieder auf mein Floß!

EULE Er opfert ein Erschrecken …

YONAH Ich schlag die Ruder in den Algensud, …

EULE … Graupel kracht auf die Kehrseit des Recken,

YONAH … hinein!, auch wenn Freund Hein mich lud!

EULE Mit Gewalt und krudem Regen
prasseln auf Yonahs Schaluppe
die Borsten einer Macht verwegen
und treiben ihn in Richtung Kuppe.
Peitschenhiebe aus Blitz und Schrot —
ein löcheriger Nachen unterm Fuß —
blähen den buckligen Gang in Not,
und das Azur entert in schwarzem Ruß.
Entkräftet liegt er, auf dem Kies gestrandet,
die Nägel krallen sich in Splitt,
das Glück, auf Erden wohlgelandet,
nimmt ihn ersichtlich, aber glücklich mit.

(Er erblickt nach einigen Stunden den Ring.)
YONAH Den Blick also fest an Zügeln gehalten;
wird die Stola des Ringes, die samtene Weide,
flugs zum Knittern falten,
sobald ein Gottloser sich nähert, ein Heide.
(Mit einem Blick des Dankes schaut er gen Himmel.)
Ich greife mir den göttlichen Schatz,
der Auserwählten zuliebe,
dem Herrn gilt mein Dank mit jedem Satz,
und ich beschütz ihn vor Verlust und Diebe.
Dieser Ring, geschmiedet zum Unikat,
der die Kraft der Sonne bündelt in edelstem Stahl,
zu vier Blättern geformt aus Gottes Saat,
ist bestückt mit glänzenden Steinen Luzifers Qual.
Geboren aus Gottes einz'ger Träne,
die in seiner harten Herrlichkeit vom Diamanten zehrt.
Ein Sardis aus seiner Liebe sich wähne —
und durch den Topas Gerechtigkeit und Güte erfährt.
Der Jaspis vollendet am Liliengrün

(die Herrlichkeit des Herrn liegt hier verborgen)
mit seinen Händen geschliffenes Bemühn
und weckt den Glanz entledigter Sorgen.
Chrysolith als Zeichen der Leiblichkeit
erstrahlt in goldgelber Eintracht;
mit dem Onyx als Abbild der Leidlichkeit
ergeben sie zu dritt diese zweite Andacht.
Gern einem verliebten Weibe zu schmiegen,
vier Blatt aus der ersten Lilie je gepflückt,
schlingt er sich, um auf des Fingers Seide zu beliegen,
mit geöltem Smaragd, mit Saphir und Karfunkel verzückt.
Die dritte Andacht klärt,
dass über Gottes Gericht und dem Feuersee
der Gnadenbogen der Verheißung währt,
dass der Regenbogen um die Glorie nimmer untergeh.
Eigens dem Herrn zur herrlichsten Wahl
und dem ambrosischen Glauben parat:
Das Sinnbild des Kreuzes aus reinem Opal,
und dem Tode geweiht: der Achat.
Zum Bild der Auferstehung passt,
dass in violett der Amethyst ist gelassen;
jeglich' Steine sind im Silber der Erlösung gefasst —
eine Schönheit, nicht in Worte zu fassen!
Eine Arie ambrosischen Seins,
eine Trophäe prächtiger Ahnen,
ein Blendwerk göttlichen Widerscheins,
soll zur Gehörigkeit ermahnen.
Vollendet erstrahlt er fein
in Perfektion, in göttlicher Harmonie;
Orloge werden darum ausgefochten sein
in hoffärtiger, widersinniger Fantasie.

Eule Die Hand gen Himmel gestreckt,
Perlen von Schweiß im Gesicht,
die glänzenden Augen zum Abblenden verdeckt,
so zieht er von dannen für seine Pflicht.

(Yonah ab.)

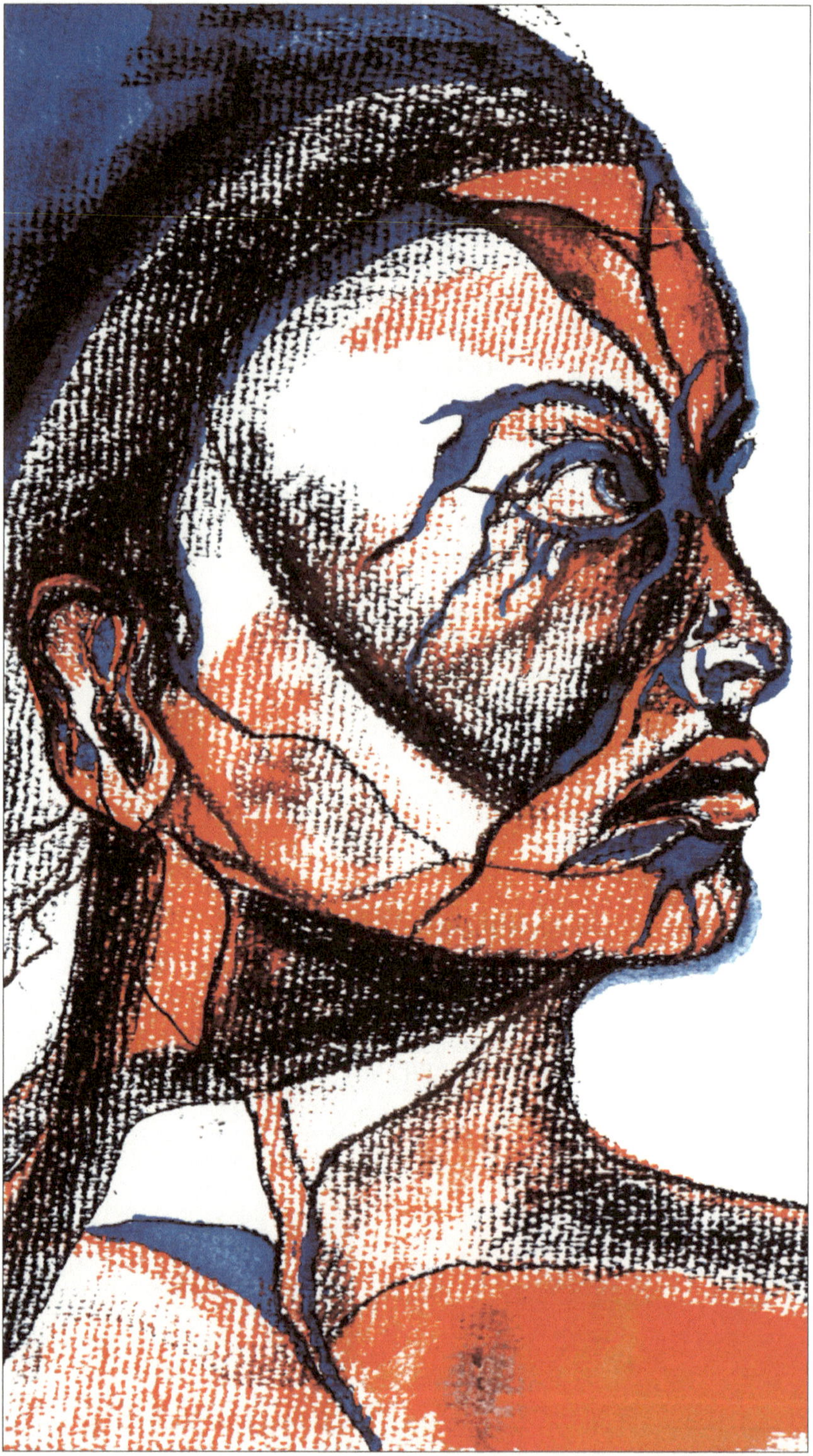

ZWEITER AUFZUG, ERSTER AUFTRITT »YONAH«
Vor dem Hause, daselbst Yvena lebt.

EULE Alsdann in festlichem Gewand,
mit versteckten Blumen, gepflückt von Hand,
schickt Faust sich schwachen Mutes an
zu vollenden, was er ehedem begann.

(Faust tritt auf, hernach Yvena.)

FAUST *(verzweifelt)* Was ist das nur? Es ist zum Fluchen.
Gab mein Bestes stets, sie aufzusuchen,
doch spürt ich neulich Kälte nur um sie;
verdammte Melancholie.
Bin erfüllt von Schmerz und Trauer,
spräch von Unmut, wüsst ich's nicht genauer. —
Ich fühl den einen Tag so endlich nah,
die verdammten Augen woll'n mir brechen:
Der Stern wird sterben, den ich sah,
er heißt mich schmerzhaft stechen. —
Vor diesem Tage fürcht ich mich,
da mir schmerzt mein Herz gar sehr,
dieser Tag wird fürchterlich,
mag so nicht leben; nimmermehr. —
Ich befehle mich in alle Eure Sinne
und hoff auf baldiges Erscheinen;
bislang erkannte ich: dass ich durch Eure Hände rinne,
so beit ich noch auf endliches Vereinen.

(Yvena erscheint.)

Holdes Fräulein, mit Seraphim betucht,
Euer Name sei in mir verbucht.
Doch sagt, aus Euren Lippen fließt kein Feuer,
betrübt atme ich Zweifel, mir ist's nicht geheuer.
Erschien es gesponnen nur aus Stroh,
begnügte mich's soeben noch froh.

YVENA Der Wahrheit blickt nur ins Gesicht,
wer Trauer trägt und Hoffnung spricht,
und Hoffen ward von Glauben auch geschickt,
als dass es mit der Liebe stark verstrickt,
denn mit Euch zu plaudern von Zeit zu Zeit,
macht freudig mich, tut mir nicht Leid.
Darüber hinaus darf ich nicht bereit,
füllte sonst das Trauerkleid. —
O Faust, gilt mir doch die Qual;

steht ein anderer bereits zur Wahl.
Ich versteh nicht Euer Begehr,
zögerte ich ein wenig mehr,
begegnete ich dem Mann,
der Träume mir erfüllen kann.

Faust Weh mir!, bin ich freilich hart geschlagen.
Werd ich es je ertragen?
Bin der Ächtung nun im Verstand;
darum warft Ihr fort, was Uns verband.
Warum denn sonst dies garstige Gezeter?!
Ich fühle mich wie ein Verräter;
enttäuscht bin ich — vom Leben und von mir,
weil ich einst ohne Zweifel dachte,
ich sei Euch das Besond're hier.
Und wenn ich's nun genau betrachte:
Wie dumm war der Gedanke doch,
ach, wie selbstverliebt zumal;
bis ich völlig dies begreife noch:
Bin zweite nicht und auch nicht dritte Wahl!
Nun bemüht Euch nicht,
alles ist mir längst bewusst:
Euch ist's heuchlerische Pflicht,
mir ward's zur Qual für die erkrankte Brust!
Ach!, ein traumverkaterter Schmerz brennt mir;
ein leiser Aufschrei lodernder Flammen.
Wenn ich 's Bewusstsein gleich verlier,
soll glimmen diese Glut, daraus sie stammen. —
Eure Gestalt seh ich im Traum allein,
dortselbst, da Unsre Lippen sich berührten;
den Hauch der Liebe trügt der Schein,
bis die Gedanken mich entführten.
In dem Regen einer toten Liebe
steh ich nun vor Gericht:
Das Spiel meiner Worte und Gedanken bliebe
zur Klage als die alte Pflicht. —
Meine heiße Sehnsucht ward verboten,
Gefühle so verraten als betrogen.
Mir mögt Ihr Trauer angeboten,
und Euch selbst habt Ihr belogen! —
Mit der Sense in der Hand,
seid Ihr gerüstet für des Henkers Qual;
blutig brennt mein Herz, brennt mein Verstand,
doch Ihr richtet, was Euch der Kopf befahl! —
Ich fühle mein Gemüt verloren,
und die blut'gen, gläsernen Scherben
belieben, ein Bächlein, aus Zähren geboren,

in einen See von Rot zu färben.

YVENA Wie soll ich meine Zweifel deuten,
wie die reichlich Bitterkeit?
Warum hör ich Totenglocken läuten,
ergötze mich an Traurigkeit?
Nun, die Antwort ist so schwer nicht,
allein das Ziel erreichlos fern.
Zeigt sich doch, warum der Weg mich bricht,
warum so fürchterlich der Wahrheit Kern.

FAUST Mein Herz verwaist,
meiner Wunden Male tränen!
Wer salbet mir meinen Geist?
Wer stillt mein ehrlich Sehnen,
meines Traumes Wunsch, mein hitziges Verlangen?
Dort öffnet sich ein eisiger Schlund,
da die Engel im Chorus sangen,
und küsst der Hölle Mund. —
Zerschlagen jeder göttliche Moment in meinem Geist,
vom Untier und dem heillosen Begehren,
das da *unheilbare Sehnsucht* heißt;
allein ich kann mich nicht erwehren!
Freier Lauf, der an Gedanken zehrt. —
Ist salzig Wasser und fällt doch als Schnee:
Mit dieser Lache sich das Blut der Seele mehrt
und klagt heimlich über Herzensweh.
Wie viele Worte gibt es, die da sagen:
Ich bin mutlos, ziellos, traurig!?
Wie viele Antworten bedürfen der Fragen
nach der Sehnsucht, die so schaurig?
So mir ein Moment nur bliebe,
ein Augenblick nur, ein Verbot:
Wie viel Hoffen bedarf es dort zur Liebe,
wie viel Traurigkeit zum Tod?
Wie viel Sehnsucht braucht der Mensch und wie viel Trauer,
bis das Spiel, das ihn umgibt, ihn laut besiegt?
Und so er fühlt, dass er besiegt, ist er nicht schlauer,
denn er ist glücklos, weil er liebt.
Machtlos fühl ich keine Botschaft,
erhaben sei mir zwar das Ziel
und erzürnet mich, bis ich dahingerafft,
indessen sei es freilich nur kein Spiel.
Salz verkleidet mir die Augen und die Seele!
Versinke freilich in dem Schwall von Selbstmitleid,
weinend ich mich dann von hinnen stehle,
denn der Götterfunken bezog das Trauerkleid.

Yvena Des Schweigens dunkle Hülle
und die Larve eines Clowns
bedeckten meine Seelenfülle,
verbargen die Tränen des Grau'ns!
Denn weil der Larve einzig Sehnen,
sahet Ihr die lachende Natur;
wer hören wollt die Tränen,
der hört' sie leider nur!

Faust Allein aus einer andern, fremden Welt
seid als liebliches Geschöpf herabgestellt.
Doch einem Engel bin ich nicht eben,
lieblich ist's freilich, Euch zu erleben.
Drum bleibe lang, was Euch herabgesandt
und was vom ersten Augenblicke Uns verband.

Yvena Ei, Johann, einstweilen muss ich mich sputen,
hebe alle Sünden an zu bluten,
Trauer umringt das gewollte Ziel,
und mein Weg zersplittert zum heillosen Spiel.
Wann ich zurückkehr voller Hoffen,
ist für den Moment noch völlig offen.

Eule Besticht mit Bitterkeit und Wunschgefüge,
straft alle Zuversichten der Lüge,
beifügt durchaus zum Schluss
ihm einen heft'gen Abschiedskuss.

(Yvena ab.)

Faust Kann ich denn glauben, was diese spricht,
was sie bezeugt von Angesicht zu Angesicht?
Doch auch diese Frau ist Weib genug —
fähig zu eben jenem Betrug.
Ist sie, Gott sei's geklagt, liiert,
freilich dennoch von reinster Schöne umgeben,
oder ist sie von Schönheit geziert
und jedennoch vergeben?
Von welchem Kelche mag ich kosten, trinken,
welche Gedanken soll ich hegen?
Werd ich im Glücke zwagen oder im Unglück versinken;
ist's Verderbnis oder Segen? —
Keine Antwort stimmte mich zufrieden,
kein Patent, kein Zutrau'n kann ich finden;
das Gebot hab ich gemieden,
allein es könnt das Recht verkünden.
Freilich wer verstößt nicht manches Male

wider dies und jenes unverblümt?
Einiges beliegt schon in der Schale,
doch der Taler selbst wird nicht gerühmt.
Allein das macht mich bitterlich betrübt,
denn die Zweifel woll'n nicht fallen.
Dem, der sorgenvoll verliebt,
kann des frischen Mutes Glück schon bald verhallen.
Glaub ich an der Liebe Glück?
Ja!, ertönt mein inn'rer Ton;
doch sei es nur ein kleines Stück,
dann lacht der Willkür Hohn.
Ich bin es leid,
seelenlos zu streifen
durch all die bunte Zeit,
die mein Leben sollte reifen.
Heuer bin ich soweit,
dass ich Trauer nehm in Kauf
in selbst ersonnener Beharrlichkeit,
denn unweigerlich nimmt das Schicksal seinen Lauf! —
Allein ich stelle mich dagegen;
ein Versuch ist's freilich immer Wert;
weidlich kommt die Mär gelegen. —
Was ist ein Leben, das von Toten zehrt?
Den Liebesschwur vermocht ich nicht zu sagen,
doch in *ihr* sah ich Verse, die von Liebe sprachen;
allein ich will es nicht ertragen,
dass in den schwarzen Pupillen, die soeben brachen,
keine Zeile ward für mich gefunden. —
Mein kleines Herz ist, ach!, geschunden!
In die Tiefe ihrer Seele drang ich ein:
Nicht an Gutem schwebte ich vorbei.
In einer Ecke stand mein Name — klein,
ich hielt inne, brach entzwei.
Angekettet und um Freiheit ringend,
so lag er einsam da und Unheil bringend.
Als ich ihn befreien wollte von der Wand,
sah ich ein andres Wort umarmt von ihr;
von jener lieblichsten Seele, die ich fand —
küssend standen sie vor mir. —
Nun wird der Geist mich schwerlich hetzen,
bin ich doch umringt von mörderischen Netzen.
Es ist unheilbare Sehnsucht, die mich zerstört,
die Ferne, welche mich betört,
die mich ärgert und verletzt,
des Wahnsinns Kuss, der auf mich hetzt. —
Ich erblicke nicht den Mut, der frisch gestillt,
pflücke nicht die Traube, die gewillt,

mit mir zu dinieren,
um dabei zu verlieren. —
Lieder in meinen Gedanken:
Doch der Beistand setzte Schranken,
und war es also vorgesehen,
in dem Momente zu gestehen,
mir Leiden zuzufügen,
zerstört von ambrosischen Lügen,
so erhielten sie die Macht,
die mir strafend nun entgegenlacht …
In Zauberei und Magie, dünkt es geschrieben,
sind Illusionen, die sie vertrieben. —
Lag meine Seele dort verborgen,
leblos versteckt und fürs Morgen,
als ich in üppiger Sehnsucht erkannte,
dass mein jugendlicher Leichtsinn von hinnen rannte?
Genäht sei'n die Wunden
schmerzhafter Stunden,
da blutige Tränen flossen
und aufs Haupt sind vergossen:
Leid und Trauer in dauerndem Guss!
Bergab strömt der eitrige Fluss,
worauf nach kürzester Zeit
eine Fata Morgana, im lieblichsten Kleid,
schimmernd sich am Horizont erhebt
und tief in meinem Herzen weiterlebt. — —
Da mag ich hier nicht länger stören,
Ihr werdet von mir hören,
will diesen Marterort verlassen,
denn die rosa Farbe begehrt zu verblassen!
Vielleicht entert mich der Hohn,
umschlingt mich mit Tausenden Krallen,
vielleicht wird auch mein Lohn
ein Glückstrunk in geheiligten Hallen. — —
Der gezupfte Mahlschatz sei mit Händen bedeckt
(auf entfernten Almen mich hernach gestreckt),
doch: vertrocknet sind durchaus die Blüten;
mocht ich jene freilich behüten,
an meiner Brust sollten sie lauschen,
an deren Wohlklang sich berauschen,
mein Umhang sollte sie hegen,
zugeknöpft ihnen Schutz anlegen;
voller Sehnen am Leib getragen,
geöffnet dann *Ich liebe Euch* sagen.
Ei, der hübsche Strauß dieser sonderlichen Pracht
mag gleich nicht mehr von Nutzen.
Voller Hohn hat er mich ausgelacht;

ich sollte ihn um seine Blüten stutzen.
Allein mir taugt es nichts;
soll ihn die Auserwählte doch erhalten.
Befreit des leidlichen Gewichts,
mag ich den Weg jetzt frei gestalten.
Trauernd liegt er dann zu Füßen ihr,
werf ich ihn achtlos vor die Tür. —
Gleich dem Herzen, das getreten,
liegt's Gebinde schutzlos, ungebeten,
ausdrucksvoll vor ihrer Tür,
spricht die Worte, die von mir,
sollte betteln, fleh'n auf Knien. —
Goldlack, Iris und Jasmin,
gepaart mit Edelweiß und Schöngesicht,
vollendet mit Vergissmeinnicht;
inmitten rote Nelken, Immortelle und Geißblatt
verströmen Duft und lechzen Farbe satt;
und mit Schlüsselblumen und der Brunnenkresse Grün
sollte dieser Strauß in ihrem Herzen blüh'n.
(Faust geht die Straße entlang.)

Eule Mit Fröhlichkeit und schnellen Schritten
hat Yonah die Wege Fausts beschritten.
Spornstreichs läuft er hinterher;
seinen Freund zu erreichen, fällt nicht schwer.

(Yonah tritt auf.)

Yonah Faustus, seid gegrüßt,
solch ein Wetter haben lange wir schon eingebüßt. —
Vom Fenster aus konnt ich Euch sehen,
wollt ohnehin noch an das Ufer gehen,
da verlor ich mich in dem Gedanken,
im Freudentaumel mit *Euch* zu wanken;
als mein Gefährte und mein Freund
hab ich's Euch als erstes eingeräumt:
Ich mag nicht länger wählen,
bin verliebt, will alsbald mich vermählen,
lass ab von all den lieblichen Dingen,
hör nun auf, Lobpreisungen zu singen.

Faust Was süßer nie begann,
endet zuweilen mit einem Scherbenhaufen.
Wer die Freundschaft nicht gewann,
dem bleibt oftmals nur, davonzulaufen. — —
Doch sagt: Wer ist, für die Ihr jüngst gestorben,
die das Alleinsein Euch so recht verdorben?

YONAH Ihr kennt sie durchaus als Freund,
hübsch anzusehn und so verträumt,
die Wahrheit verborgen unter samtener Haut,
so Ihr *Yvena* hört, hat eine Blume Euch ins Herz geschaut.

EULE Eine lange, tiefe Stille macht sich breit,
bis Faust sich von der Halsesenge hat befreit.

FAUST Keine üble Wahl trifft Euren Blick,
wahrlich, sag ich, welch ein Glück.
Doch selbst der schönsten Zwiebel Haut
entfernt, noch eh' sie isst, ein jeder.
Und oft, falls diese mit den übrigen geschaut,
ist sie durchaus süßer noch, auch lieblicher weder.
So Ihr sie kenntet bis zum letzten Rest,
wisst Ihr, was zum Lieben bliebe? —
Nur die Fantasie, der Illusionen fröhlich Fest
bleibt geheimnisvoll und dient der Liebe.

YONAH O nein, der Mensch gedeiht, entfaltet sich;
jede sonderbare Situation
verstrickt, verwickelt mich,
setzt ihn auf einen Thron;
er muss sich entscheiden,
neue Gemüter zeigen,
Zuversichten neu erlernen, leiden,
gellend greinen, endlos schweigen …

FAUST Seid Ihr mithin wahrlich schon gewillt
Euch zu binden, ganz gezielt?
Möget missen diesen süßen Schmerz,
der Euch manches Male brach das Herz?
Die großen, strahlend leuchtenden Äugelein;
die kleinen Ohren, die so sanft, so fein;
das Gefühl, über zarte Haut zu streichen, die so weich,
weil fremd sie sei und mit keinem gleich;
schmachtend diesem Duft der Frauen, der an Blumen reich,
und jedem Lächeln, dem Ihr nachgeblickt;
diese biegsamen Körper, so Euch alle Zeit verzückt …
Mögen die Bilder in Euch auch vergilben,
die Lärvchen bleiben bald dieselben.
Und was macht Euch so beflissen,
woher wollt Ihr um die Güte aller Frauen wissen?
Wollt Ihr alles das vergessen?
Könnt Ihr alle Frauen an einer messen?

YONAH Ja, das vermag ich blind;

nichts wird in Vergessenheit geraten,
doch so glückvoll war ich nie gesinnt.
Ich mag das Geheimnis Euch verraten:
Ihr liebliches Antlitz scheint der Sonne gleich,
ihr Weiß dünkt einem Engel,
das Lächeln ist so samtig weich,
ihr Duft, der einer Blüte, frisch gepflückt vom Stängel.
Habt Ihr in ihre glänzenden Augen erst gesehen,
dann könnt Ihr mich verstehen;
verkörpert sie freilich all jene Werte,
deretwegen ich jede Frau verehrte.
Mithin kann ich getreulich mich ihr ergeben,
wanke voller Erwarten durch das neue Leben!

Faust Schenkt Ihr einem Menschen alles Glück,
ist nicht gewährt, dass er ebenso empfindet;
erwartet Liebe nicht zurück,
geduldet Euch, bis sie gedeiht und Euch verbindet.
Will in seinem Innern sie nicht gedeihen,
auch durchaus nicht nach langem Mühen,
so erfreuet Euch am Freien
und dass sie wollt in Euch erblühen.
Doch was Ihr aus inner'm Herzen tief,
was Ihr verehrt und liebt sehr innig,
betrachtet's so es träumt, als wenn es schlief;
behütet's mit Bedacht und sinnig!
Lasst jenes aus voller Seele träumen:
Träumt's von Euch, kehrt's zurück,
dann sollt Ihr nicht versäumen,
dem Herrn zu danken für dies Glück!
Träumt's jedoch von einem andern Paradies,
dann ist's nicht Euer, bedarf nicht Eurer Pflege.
Seht nach, warum es Euch verließ,
klammert nicht und ziehet Eurer Wege!
Und ist es Treue, was Euch zählt allein?
Wie gewiss könnt *Ihr* der Treue sein?
Wollt Ihr sie täglich fragen nach der Treue,
woraufhin sie irgendwann bereue?
Wollt Ihr Euch eifersüchtig zeigen,
krankhaft jeder Melancholie verneigen?
Lasst Ihr Zweifel auf die Ergebenheit kommen,
sei Euer Stolz alsdann verschwommen.

Yonah Ich will sie lieben und sie ehren,
will mich um ihretwillen scheren,
mag fest mich legen, sie unaufhörlich binden
und will mein Glück in ihrem finden.

Ein großer Strauß vom Flieder
soll mir aus der Seele sprechen;
und schenke ich ihn immer wieder,
wird sie durchaus mein Herz nicht brechen.

Faust Wie viel Treue bedarf der Liebe,
gibt es jene — sind es Triebe,
oder ist sie eine schnell verdorb'ne Ware,
etwas Sterbendes im Lauf der Jahre?
Was bedeutet *Euch* die Treue — und was ihr?
Sie ist ein Mensch mit eigener Manier.
Oder pflegt Treue Ihr zu sagen, so Ihr an Keuschheit denkt,
ihre Meinung, ihr Empfinden allenthalben lenkt?
Und wenn verflogen ist die erste Liebelei,
wird die Nähe bald zur Qual,
dann blickt ich Eurem Treueallerlei
gewaltsam in das Liebesmahl.
Da wird das Salz der trauten Suppe
auf beiden Tellern fehlen,
und in einer faden, kleinen Gruppe
werdet für ein Menü Ihr fleh'n und stehlen.
Denn dem Ziel, das neu und fern,
und wenn es unerreichbar dünkt,
strebt entgegen jeder Mensch nur allzu gern,
weil dies der Heilstrank ist, der uns verjüngt.

Yonah Treue heißt, den andern lassen ohne Grauen,
heißt auch unendliches Vertrauen,
einander nicht zu verlassen,
um mit einem andern nichts zu verpassen.
Ein wahrhaft Liebender ist sittsam,
verlässt nicht für ein Drittkram.
Treue heißt, sich ernst zu nehmen, zueinander halten,
Wort und Versprechen nicht zu spalten.
Folglich heißt es auch Verlässlichkeit,
der Freundschaft Unermesslichkeit,
den Drang nach Rechtschaffenheit zu stillen,
seine gesellschaftliche Pflicht zu erfüllen.

Faust Wie jedes Menschen Belang
ist auch die Treue Eitelkeitsgesang.
Entsetzlich eigennützig ist sie obendrein,
will uns gleichfalls auch wie Wasser sein,
und ein einz'ger Mensch kann nicht allein
und nimmer Garant für alle Bedürfnisse sein.
Treue ist ein Übel der Gesellschaft,
ist subtile Gefangenschaft,

ein Opfer ohnegleichen,
ein traumverführtes Zeichen.
Sie ist die Furcht vor dem Geliebten, ist die Scheu,
die Leute zwingen Euch: Ihr, seid treu!

Yonah Getreulich sein heißt solidarisch,
Abreden halten, und wahrlich:
Ich sinne auch an Monogamie,
fall erbaulich dafür auf die Knie.

Faust Ihr fordert Treue von ihr zurück
und glaubt, es sei ihr Glück?
Denn liebt Ihr auch nicht ehrlich,
das ist nur Euer Glück und weidlich beschwerlich.

Yonah Doch in die Fremde soll kein Blick mehr schweifen,
kein Tun soll meine Furcht versteifen,
kein Ohr soll erzittern einem weiten Klang,
weil sie die süße Melodie der Liebe sang.

Faust Es ist ein Trieb, eine stete Gelust,
zu stillen den gemeinen Alltagsfrust,
denn die selt'ne Blume findet Ihr daheim,
die Ihr gepflückt für Euch allein.
Entdecket und verschenkt Euch nicht,
verlieret alsbald Ihr das Gleichgewicht.
Und nur wer ausgesetzt ward der Versuchung, der Gefahr,
lernt umzugehn, zu überwinden.
Und fürwahr,
woll'n wir in einem Bildnis verschwinden,
was Perfektion uns bald verheißt
und bald auch kühne Träume,
gar nimmer wenden Blicke sich noch Geist,
damit die Augenblicke niemand säume. —
Und wie viel stumme Schreie ersticken Euch noch laut,
wie viel erkennt Ihr, wenn Ihr Euch erschaut,
was mögt Ihr im Spiegel Eurer Seele taugen? —
Ich sag's Euch: So viel wie die Sehnsucht in Euren Augen!
Und nicht, wer alles hat,
ist immer auch befriedigt,
denn schnell ist er des Schönsten, Besten satt
und hat sich des Entzückens schnell entledigt.
Auch bedenket gleich,
Ihr besitzt sie nicht;
erst *dort* fühlt sie sich reich,
wo sie in Freiheit spricht.
Zwar ist sie Euer Schatz, Eure höchste Kostbarkeit,

indessen nicht zum Ketten, zum Verschließen;
für den gold'nen Käfig ist sie nicht bereit —
sie atmete nur und würd verdrießen.
Und um diesen letzten Missgriff solltet Ihr noch wissen,
er führe unweigerlich zum Wahn:
Seid Ihr in Eurem Bunde zu beflissen,
und seid Ihr Eurer Liebe Untertan.

Yonah Aber das Sein in jeder Form
wird vom Bewusstsein doch bestimmt,
also kennt jeder auch die Norm
und niemand sei verstimmt!?

Faust In allem gilt dies eben nicht!
Mag die Täuschung auch vollkommen sein,
so ist nicht die politische gleich der moralischen Pflicht,
auch wenn freilich dies verschreckt das Sein.

Eule Ein Fremder, der eine nahe Bank besetzt,
fühlt von Yonahs Ansicht sich verletzt,
springt mit ernster Miene zu den beiden auf
und nimmt Lästerliches gern in Kauf.

(Ein Fremder tritt auf.)

Fremder *(belehrend)* Mit welcher befangenen Meinung
erfüllt Ihr Euer Leben?
Euch dünkt, nach der Vereinung
könnte nichts und niemand etwas geben? —
Irrtum! Weit gefehlt!
Denn nicht eingesperrt ist das Empfinden,
nur betäubt und ungezählt —
und nimmer wird's entschwinden!
Als erstes blickt Ihr mit den Augen,
dann erst mit dem Herzen;
und will nichts von allem taugen,
könnt Ihr's kaum verschmerzen.
Und wo die Brüste hell erleuchten,
treten andre Dinge leicht zurück.
Dieweil die Augen diesseits feuchten,
tritt in Wallung Euer edles Stück.
Auch ewig lockt der Arsch, der geile,
und sei es nur für eine kurze Weile.
So erhebt Ihr sofort Anspruch auf Besitz
und des Partners Glücke avanciert zum Witz. —
Ihr grast auf verschied'nen Weiden
und vergesst, die Treue zu unterscheiden

zwischen geistigem und physischem Erleben,
zwischen Menschlichkeit und göttlichem Erheben.
Ihr redet verharrlich von Treue in der Partnerschaft,
doch sehet nicht, wie die Welt an sich schon auseinanderklafft.
Wagt es nicht, die Treue als solches zu manifestieren,
sie auf geschlechtliche Pläne zu reduzieren!
Treue heißt nicht gleich für jeden,
monogam zu leben und zu reden …

Faust *(an Yonah)* Das Potenzial gilt's zu verstehen,
im Zweifel eines jeden Falles.
Ich sehe alles bald vorübergehen;
Inspiration ist gleichwohl alles. —
Wo bleibt dieser alte Zwang,
die Neugier, die Euch ehedem erquickt',
wo ist dieser Drang?
Ich sag Euch's: Er ward erstickt …

Yonah Sie spricht von Liebe, gibt Treue gleichwohl zurück,
und einst geneigte sie, ich sei ihr Glück …!

Faust Nur, dass der Glaube nicht wie Wein verwässre,
denn das Gegenwärtige ist stets das Bess're!

Yonah Nun macht nicht endlos alles mies. —
Euch will ich sehen, so Euch das Leben stieß,
falls Ihr verliebt bis über beide Ohren.
Heißt willkommen meine Tat — sie hat *mich* auserkoren.

Faust Plagt Euch der Verzweiflung feige Not,
bleibt in ihrem Sinne tätig.
Wirklich bindend ist nur mehr der Tod
und selbst das erscheint zuweilen nicht mehr stetig.

Fremder Was ich höre, sind steinerne Tränen.
Ich erkenne kommendes Gähnen
in dieser Gesellschaft, die vom Verstande her
nicht primitiv, freilich vom Zustand so leer,
die sich zufrieden stellt und alles billigt,
nichts wahrnimmt und in Änderungen einwilligt.
Ach!, fremde Yvena, den Rücken dreht Ihr Euch entgegen,
klingt es auch weidlich verwegen.
Der Misstritt ist Euch erkannt, doch nicht behoben.
Lasst die Gedanken und Gefühle toben,
in Eurem Seelenschloss, geraume Zeit,
füget Euch nicht dieser Hochzeit Leid!
Weit fern, um der Einsicht zu trauen,

seid Ihr versucht, in Euch zu schauen.
Verkauft nicht Liebe noch Leben.
Was Gott geschenkt und gegeben,
solltet Ihr nicht vertauschen,
um nur der naiven Vernunft zu lauschen.

(Der Pfarrer tritt auf.)

PFARRER *(verdrießlich)* Was fällt Euch ein, zu klagen
wider Gottes unendliches Sagen?
Euren Widerwillen wird er fluten,
jeglich's Erlebnis soll im Herzen bluten,
durchaus gesät von Mann und Frau.
Erntet nimmer Glückes Stau!
Ein Kömmling erblickt sein Licht;
was er geschaffen, sei Euch Pflicht,
ist gewisslich das Lieblichste auf unserm Planeten.
Und all jene, die auf einer Stelle treten,
verstehen nicht die verbundene Gewissheit,
blicken nur der zufried'nen Misslichkeit.

FREMDER Sehr wohl, Oberhaupt von Recht und Gegen!
Hier, jetzt ziehe ich den Degen
und erlaube mir zu fechten.
Denn von nun an schaue *ich* zum Rechten:
Was Eurem oralen Fluss,
ist, mildiglich gedeutet, stupider Erguss
von Phrasen jeglicher Arglosigkeit,
die auszusprechen niemand bereit.
Doch Ihr müsst Euch erheben — zum Märtyrer,
das ist schwach und gewahrt Euch trüber!

PFARRER Blitz und Donner auf Eure Arroganz.
Schlachten sollt er Euren Wanst!
Übermütig sprecht Ihr von heiligen Dingen,
die aus Eurem Munde achtlos klingen. —
Gott ist alles, was die Größe erhält,
beugt Euch seiner, sonst zerfällt
im tiefsten Pfuhle Eure Philosophie,
jene Ihr ersannt aus einer heit'ren Utopie.

FREMDER Zittert an dem reißenden Faden und schaukelt
wie ein hilfloser Tyrann und gaukelt.
Euren Brüdern schafft er Wiesen,
schafft aus einem Kobold einen Riesen,
manipuliert die Sinne mit einer Vernunft,
triumphiert und verkauft es noch als Hinkunft.

Unter seinem Regen möchte ich trocknen,
mein Stummsein sollte stocken,
denn in seinem Reich
werden Arme zum geehrten Scheich.
Und im Kriege dienende Soldaten
selbstredend ihren Dienstgrad verraten,
denn im Gefecht ist eine Ordensschwester gleichzusetzen
mit blutüberströmten Verletzten,
die lärmen und solidarisch kreischen,
heuer sich ergeben, als könnten sie ihn erreichen. —
Dieses Ungeziefer schimpft Ihr Lebewesen!?
Seien sie Euch aufrichtig genesen,
all die hier Angezählten, die Laffen
und solche, die sich zur Symbolik weihen und gaffen,
alle kommenden, zufrieden stellenden Laien
und jene, die sich seinem Glauben nur reihen.

Pfarrer Der Geist, den Gott gegeben,
lässt Euch zaghaft nicht erheben,
sondern spendet Kraft sowohl als Herrschaft auch,
ehe der Liebe Duft verwelkt in Eurem Rauch. —
Erkennen will ich Euch der Liebe Melodie:
Alles trägt die Liebe, alles glaubet sie;
gar alles hoffet sie und stehet allem dar.
Nimmer enden wird die Liebe, das ist wahr.
Ohne Falsch kein Herzensbluten;
verhasst das Böse nach jedem Guten.
Sie sei wie des Bruders, herzlich;
gegenseitige Ehrerbietung sei nicht schmerzlich.
Wie der Tod ist die Liebe so stark;
ihre Inbrunst geht bis ins Mark,
denn sie ist stark bis in die Unterwelt;
ihre Gluten sind aus Feuer bestellt,
sind gewaltige Flammen, sind mächtig;
so gegen Wasser als Ströme steht sie prächtig.
Kein Reichtum wägt die Liebe,
kein Ruhm ihre zarten Triebe!

(Der Fremde mit abwinkender Geste ab.)

Yonah Da schlägt's den Fremden in die Flucht,
verwiesen ob der eig'nen bitt'ren Frucht.
Bisweilen wollte ich Triumph empfunden,
bald will ich tun, wonach's mich sehnt seit Stunden.

(Der Pfarrer und Yonah ab.)

Faust Ein Lächeln quält sich über meine Lippen,
tiefe Trauer verbirgt sich hinter meinen Rippen.
Das Licht, heuer noch weidlich heiß und hell am Leuchten,
weicht katzengleich meinen enttäuschten,
mutverwaisten, trüben Blicken,
erlischt mit trübendem Entzücken. — —
Mir oblag es, nicht nur ihre Augen längst zu sehen;
freilich, Yonah, ich kann Euch verstehen!
Stünd ich an Eurer statt mit Vorlieb doch am Traualtar
mit dieser, ach!, so hübschen Maid; ich Narr! —
Eine tiefe Traurigkeit bewegt sich mir im Herz',
böse Zungen reiten höllenwärts.
Einem bin ich mir jedoch gewahr:
Ich hab um sie gefreit, fürwahr,
indes der allerletzte Tanz wird mein,
denn der gehört nur mir allein …!

(Faust ab.)

zweiter Auftritt »Traum«
Faustens Schlafgemach.

(Faust, im Bette liegend, Christoph erscheint.)

Faust *(durchs Fenster schauend)* Ei, Orion, aller Sehnsucht Mitte,
erhaben sei meiner Bitte:
Heilung sei in dir verborgen
mit jedem erwachenden Morgen.
Dein Gürtelgestirn
befreie mein lastiges Hirn
mit deinem nächtlichen Erscheinen.
Heiß uns in deinem Schoße vereinen,
ich will schmelzen in dieser Glut,
streben nach neuem Lebensmut!

Christoph Johannes, Ihr seid so blass,
was ist Euch denn widerfahren?
Durchtränkt von Schweiß, so nass.
Asche hängt Euch in den Haaren!?

Faust Jedes Bild, jede Prosa erfährt Verneigung,
freilich der aufgegang'ne volle Mond
ist lieblicher denn jede Beschreibung;
für diesen Anblick hat das Warten sich gelohnt.
(Christoph ansprechend) Ich habe einen Stern verglühen sehn —
die Supernova — tragisch schön;

fasziniert ward ich vom Licht und angezogen,
wie ein Kind vom Regenbogen. — —
Christoph, mein getreuer Freund,
heute Nacht im Vollmondschein
hat mir gar Schreckliches geträumt.
Ich zog es vor, von Stund an wach zu sein:
Da schaute ins dunkle, kalte Firmament,
gewahrte vielerlei, bekannt und fremd;
zahllos, weit, groß und klein,
und jedes blieb für sich allein.
Sie leuchteten stark und hell
und schimmerten, zitterten — seltsam schnell!
Es war ein lustig' Spiel, dort zuzusehn,
faszinierend und zugleich sehr schön.
Ich schaute hinauf nach diesen Sternen
und trachtete, aus ihnen zu lernen,
denn die endlosen Gebete all,
so ich schrie jedes Mal,
verirrten sich,
sie verhallten einfach lächerlich!
Mit tausenden Zähren in Gedanken
und tausenden Gedanken im Kopfe
gerieten meine Lider so langsam ins Wanken,
und still packt ich die Gelegenheit beim Schopfe:
Als ich meinen Traum erlebte
und ambrosisch gar auf Wolken schwebte,
entdeckte ich unerreichte Wege,
die ich jede Nacht wie ein Mosaik zusammenlege.
Freilich alles endet wie ein Labyrinth,
alles, was ich lege, nimmer stimmt. —
Hab ich denn Furcht, die Wahrheit zu sehen,
fürcht ich mich gar, in die Künftigkeit zu gehen;
muss ich mich erschrecken,
mich in einem Totenschrein verstecken,
irgendwo erst untergehen
und in vielen Jahren auferstehen?
Und so ich wiederauferseh,
ein Mosaik ich vor mir seh,
welch gewissentlich und höchst bestimmt
abermalig endet wie ein Labyrinth?! —
Jählings wacht ich auf,
sah zum silbern Mond hinauf,
zählte die leuchtenden Sterne
und fuhr todtraurig in die Ferne. —
Sehr einsam verließ ich da mein Leben. — —
Um die Treppe zu beschreiten, die mir gegeben,
öffnete ich viele schon längst verschloss'ne Türen,

meine Gedanken wollten mich führen.
So erhaschte ich mir ein graues Bild,
ein Bild, das meiner Vergangenheit gilt;
und bald sah ich zurück,
langsam nur und Stück für Stück,
ließ mich tragen von dem Wind,
war von nun an neuerlich ein Kind.
Auf dieser Reise konnt ich männiglich Fragen sehen,
manch eine werd ich nie verstehen.
Ich hielt an, dass meine Neugier ward gestillt:
Auf der ersten Stufe erschien mein Spiegelbild! — —
Ein Schlüssel kam geflogen,
auf mich zu in großem Bogen;
doch klein und kleiner ward er, bis er verschwand,
bis ich ihn gar nimmermehr erkannt!
Die Treppe begehrte, zum End zu gelangen,
wankte, bröckelte, brach entzwei;
etwas hielt mich noch umfangen —
wütend kämpfte ich mich frei!
Und endlich fiel ich nieder,
gleich einem Stein, unaufhaltsam, immer wieder,
bis ich gefangen in einem dunklen See mich verfing,
in dem ich hilflos unterging. —
Ich dünkte am Ziel und gewahrte ein Licht,
und rundherum, sehr dicht,
waren hunderte kleiner Elfen,
sie erwarteten mich, mochten mir helfen;
und ich ließ mich führen,
denn sie versprachen, meine Gedanken zu erspüren
und kehrten mich, bald sanft, bald mild,
zurück nach meinem grauen Bild.
Verschwunden und längst begraben:
die Gedanken, die mich dazumal besessen haben;
was einstig in mir lebte, will verwesen,
als wäre Fieberwahn es nur gewesen.
Alle Gänge glaube ich vermauert;
sie sind verschlossen, sind bedauert,
als könnte ich das Altern scheuen
und die Vergangenheit auf ewig reuen. —
Doch muss ich denn alles vergessen,
Erinnerungen allesamt zerfressen?
Muss ich, was war, ersticken lassen,
um alles Vergangene zu hassen?
Nein, Mahnrufe sind nicht zu zerstören,
sie rügen, sie zu erhören,
denn in ihrer grenzenlosen Wahrhaftigkeit
sind sie Lehre für alle spät're Zeit! — —

Abermals war ich erwacht,
gewahrte gleichwohl eine Tür, die noch behörig weit;
der Eingang, der hilflos mich gemacht,
der Zutritt in eine neuerliche Vergangenheit!
Freilich doch erschien er verschwunden,
die Qual der Zeiten überwunden.
Ich öffnete die Tür und … sah voraus!,
ging in mich selbst und riskierte den Blick hinaus,
da hab ich die Künftigkeit gesehen:
muss fliehen, ihr zu entgehen!
Fall ich, blick ich nicht zurück,
steh auf, lauf weiter, mich verführt kein Blick,
denn könnt ich einmal mich dem Blick der Welt entrauben,
müsst an das Vergangene ich nachmals glauben,
könnt die Treppe nimmermehr erreichen;
alsdann tät alles dem Damals gleichen. —
Und es grinste derweil das Böse in mir.
Dass Millionen kämpfen dafür,
dies erkenne ich, und wie es sich mehrt,
und niemand davon macht kehrt …
Mithin hab ich den Gipfel bestiegen,
mir die Hände gerieben,
und ein Lächeln zuckte in meiner kalten Seele. —
Dann ein Schlucken in meiner trockenen Kehle,
als ich sah, wie weit des Abstiegs Lied.
Nur gleich ins Wanken ich geriet.
Und als ich fiel unendlich tief,
kreischend seinen Namen rief,
löschten alle Kerzen längst ihr Licht:
Vor mir tanzte Luzifers Gesicht!
Ein Tor, eine Pforte, ein Abgrund?
Ich stand vor einem tiefen Schlund.
Ein Schild an einer dunklen Eingangswand
bedrückte mich, darauf geschrieben stand:
Arge Qualen mögen euch verzücken,
allen, die dies Reich erblicken.
Euren Glauben, eure Wünsche lasset weichen,
kein göttlicher Funke wird euch je erreichen!
Ich blickt in einen gold'nen Spiegel — O da! —
Ich mocht nicht, was ich in ihm sah,
und mich deuchte der Person:
Ei, Schrecklicher, wer bist du schon?
Du scheußliches Bündel von Qual,
gar nicht einmal
hübsch siehst du aus,
aus dir schaut der Tod heraus!
Hässliches Wesen!

Bereit zu verwesen?
O wie deine Seele also vor mir steht,
ein Hauch der Lächerlichkeit vorüberweht.
Du Witzfigur, Scharlatan, Handvoll Kummer,
bist ein Nichts, ein Niemand, eine lächerliche Nummer!
Bringst mich zum Würgen, zum Gefrieren und Weinen;
warum nur musste das Leben Uns vereinen?
Du hast unablässig geschwiegen,
und so wolltest du das Leben besiegen?! …
Seine Antwort klang mir so vertraut,
hab dabei in hungrige Augen geschaut:
Die Zeit der Rebellion vorbei?
Sie ist nur den Kinderschuh'n entfloh'n!
Der Kampf ist härter, schärfer, ist Folterei,
säusle nicht, du erntest Spott und Hohn!
Völlig ignorant,
sarkastisch und ironisch;
alles wird verneint, verbannt,
Widerspruch, der lohnt nicht!
Ich dulde keine Kompromisse,
ich spare nicht mehr an Kritik;
unter Wespen bin ich die Hornisse,
indes erstreit ich jeden Sieg!
Ich bin nicht kleinlich beim Verteilen,
schlag mit Worten gerne zu!
Ich mag nicht gern auf einem Punkt verweilen,
hab Ähnlichkeit mit dem Filou. —
Stauch mich doch, ramm in mich den Stamm;
ich bin ein Ekel, ein Schmarotzer, zuweilen auch ein Lamm;
ich liebe mich und könnt mich oftmals hassen,
doch wehe, wenn ich losgelassen …
Ich erhob mich, ging zum Spiegel hin,
schlug mit meiner Faust hinein.
Ich erblickt das Flammenlicht darin
und trachtete hernach, ein anderer zu sein.
Die Scherben fielen nieder,
bis zum Schlusse auch der Rahmen brach,
nur gleich fand ich mich wieder,
tausendfach die grässlich triste Schmach …
Jäh fühlt ich leise eine Not,
eine laute Stimme gehört' durchaus dem Tod:
„Nimm schon einen Dolch, erlöse dich,
lass alle deine Seelen sterben!
Getrau dich, sonst zerbreche Ich
dein Antlitz ebenso in tausende Scherben!“
Von diesem heiser'n Groll
ward ich des Fürchtens voll.

Ich ahnte seiner Augen Blick
in übergroßer Dimension;
Millionen Augen blickten zurück,
eine endlose Vision. —
Ein schrecklich grelles Licht
wechselte mit Schatten! — Dunkel!
Nein!, ich glaubt es nicht,
dies war kein Sternengefunkel …
Ich gewahrte keinen Ausweg mehr,
das weite Meer nur lag vor mir
mit silbernen Punkten rings umher;
und so trieb ich weit und weiter fort von hier!
Ein riesiger Schatten überwältigte mich,
das Meer ward zum Vulkan,
die Wellen überschlugen sich;
ein Ungeheuer schlich sich an …
Ein lautester Knall ertönte,
Planeten im Rausch zerfielen.
Da ist Freund Hein, der leise stöhnte,
sann arglistig, mit mir zu spielen!
Und ich hörte weit in jener Ferne
ein hässliches Gelächter!
Dort, auf diesem Sterne,
da waren die Lebensverächter! —
Der Schlüssel fiel auf dieses schwarze Loch,
die Erinnerung noch leise schwebte.
Klopfte jemand noch?
Ei!, nicht so laut!, die Erde bebte.
Es schüttelte sich die Welt,
und langsam fiel der Schleier.
„Hallo, wer sich da zu mir gesellt?"
Ein schwarzer Umhang erhob zur Feier,
kleine Löcher wurden ausgehoben,
eine Silhouette war zu sehen,
ungeschaut schlichen kleine Tierchen nach oben.
Sie krochen leise, vermochten nicht zu gehen. — —
Ah! Meine Augen! —
Blind! — Ich war blind!?
Jetzt wusste ich, was diese Kreaturen taugen,
nun verstand ich, wessen sie sind …
Grässlich!
Eine Larve erschien vor meinem Haar.
Pfui, erschien die hässlich!
Nicht wusst ich, was es war.
Wer flüsterte vor meiner Tür?
Wer kratzte mit dem Menschenknochen, wollt zu mir?
„Kommt wieder in tausenden Wochen! — —"

Ein Zettel durch den Türenspalt?! Wofür?:
Ich hör Milliarden Menschen schreien!
Haben die kein Herz?
Ich werde sie auf meine Art befreien,
für mich kein großer Schmerz! — —
Stille! — Alles still!
„Bin ich der Letzte auf diesem Erdenrund?
Hilfe! Ach, helft, ich will!,
bedeutet mir, wie tief ist nun der Grund!“
Ich mochte fliehen, ersann zu laufen!
Weg von hier!
Kam nicht zum Verschnaufen.
„Bitte, helft mir!
Ist denn niemand da?
Ich fühl es doch so nah!“
Erneut vermocht ich, des Todes Stimme zu hören,
er wollte mich betören:
„Ich bin hier, bin das Gericht!
Ich helf dir gerne, ohn' Verzicht …“
„Bleibt fern von mir,
noch bin ich nicht,
wiewohl ich reichlich Furcht verspür!“
Jetzt endlich gewahrt ich sein Gesicht!
Und im endlosen Dunkel
verschwanden seine grelle Augen
mit leisem Gemunkel.
Was werden sie durchaus noch taugen? …
Weh! — Er kam zurück,
er konnt nicht von mir scheiden! —
Ich fühlte seinen scharfen Blick,
vermeinte dennoch bald, ihn zu beneiden:
Er ist tot, lebt freilich ewig,
er lebt, ist freilich immer tot!
Ach!, gäb er des Loses mir ein wenig,
ich kennte kein Gebot.
Ei, mir träumt's? — Von wegen!
Nur ich bekäm den Segen
des schwärzesten aller Wesen!
So müsst ihr mich begraben, im Hall der Leier,
und sucht nicht meines Lebens Genesen,
sucht die kreisenden Geier.
Meißelt in Gold mir diese letzte Zeile:
Ich bin der Tod und lebe ewig!
Zögert keine Weile!
Moristopheles, habt mich selig!
Voller Stolz und Gesang
und ebenso aufrechtem Gang

trug ich 's Emblem mit breiter Brust
und hab um die Trauer desselben gewusst.
Wo blieb der Held, der sie vernichtet,
wo die Kraft, die alles richtet?
Ist sie just emporgestiegen,
dort erschienen, um zu siegen?
Ja, das sollt sie sein,
dort, wie tausendfacher Schein. — —
Wie ein Stern dünkt' mich das Hell,
flimmerte elektrisierend schnell.
Wie eine Schlange verschluckte sie das Grau,
und die Welt erstrahlte in ambrosischem Blau.
Pausenlos stand das Gestirn,
winzig, halb dunkel, weit in der Fern.
Allein *ein* Stern ward heller,
zugleich ein Flimmern immer schneller!
Er dünkte zu fallen, ward so riesig.
Ein Schweif!, er dünkte weidlich niedrig!
Wir werden verbrennen, gleich war er hier!,
vor diesem bangte es mir. —
Das leuchtende Gestein
erhellte jäh in einem rosa Schein.
„Hört zu: Die Welt verglüht, erstickt und bricht,
ich nehm Euch mit ins endlos Licht."
Leibhaftiger … er sprach mit mir, oder etwa nicht!?
War dies das Jüngste Gericht?
„Steht auf!
Die Welt verwelkt der Blume gleich,
so kommt und springt hinauf!
Es ist soweit: Da stirbt der Menschen Reich!
Steht auf!
Der Zeiger dreht noch einmal munter,
die Flammen steigen hinauf.
Es ist soweit, die Welt geht unter! —
Steht auf!
Kommt geschwinde noch herbei,
der Erdenball im Flammenlauf.
Die Welt geht unter, es ist vorbei! —
Flieht für Eure Gier!"
„Vergebt es mir,
doch glaub ich Euch nicht!
Sagt mir's ins Gesicht:
Ist denn die Welt
vernichtbar, wie sie nicht mehr hält?"
„Überzeugt Euch schon,
und Eure Frage wird zum Hohn!"
„Mag ich die Welt denn hassen?

Darf ich sie — ohne Hilfe — verlassen?“
„Helft — Ihr Narr!“
„Wie ein Barbar
sprecht Ihr.“
„Verzeiht es mir!,
freilich wird es Zeit,
der Weg ist weit
bis zur Unendlichkeit.
Heißt sie freilich sterben, die, ach!, so schlaue Menschlichkeit.“
„Warum bin ich nur auserwählt,
warum werden Menschen so gequält?“ … — —
Er löste sich nun!
Ich musste etwas tun! …
„Hört, ich komme mit,
ich wage diesen Schritt!“
„Endlich seht Ihr’s ein,
auf dieser Welt regiert ein dunkler Schein!
Haltet Euch gut fest zuvor,
denn es steht ein langer Flug bevor!“ — —
Ein Zaubermantel trug mich durch die finst’re Nacht,
und mir kam ein schrecklicher Verdacht!
„Ja, schaut nur an,
was dies Werk dort herrichten kann:
Die Welt … teilet sich!
Wie kann es sein,
täusch ich mich?
O nein!
Die Welt bricht jetzt entzwei,
nun ist’s mit ihr vorbei!
Und höret freilich hin,
welch sagenhafter Lärm darin!
Ah!, mein Ohr ist weh! — —
und dort … einen Feuerball ich seh!
Doch, was gruselt mir so schwarz, im Flehen,
was kann ich da nur sehen?“
„Es ist Freund Hein, der sich verbreitet,
welcher seine Glocken läutet
und die Macht gewinnt
über schwarze Falken, welche blind
einen Sturzflug wagen, sich selbst verehren,
die beständig sich vermehren!“— —
Nach endlos langer Reise in die Geistlosigkeit,
erwachte ich in einer andern Zeit.
Der Stern verblasste und machte sich rar,
ein Schweif ließ mich doch ahnen, wer er war.
Zur selben Zeit der Abendstunde
traten Gott und der Verführer in die Runde,

und mit lautem, donnerndem Geschrei
diskutierten nun wir drei:
Moristopheles sprach: „Schaut her … die Welt zerbricht!
Mein größtes Werk — vergesst das nicht!“
„Gott hat einen Mörder zur Welt gebracht —
keine Sünde gäb's, hätt Er Euch nicht erwacht!“
Und Gott in seinem Zorn
entgegnet mir nach vorn:
„So dankst du meine Liebe mir?
Vertrauen hatte ich zu dir,
doch das Enttäuschen will nicht ruh'n,
sei gewisslich meiner Strafe nun!“
Moristopheles als Schlichter
oder freilich gerissener Richter:
„Warum müsst ihr ständig hadern?
Hört endlich auf zu labern!
Genug eines jeden Wort',
lasst Uns schreiten immerfort.“
So zog es Gott und Satan in jeden Himmel
und mich in des Überrests Gewimmel. — —
Und heiß und kalt und mitten in der Nacht,
bin ich aus meinem Alb erwacht …
(Faust erhebt sich aus dem Bett, legt sich die Kleider an.)

Christoph Steht vor dem Ziel gleich Euer Sinnen,
dass die Erinn'rung geruhsam von hinnen,
kehrt die Brust so tief in sich
und nimmt nicht wahr, so sie verstrich. —
In Euch ruft die Gier jener Tat,
denn nimmer wollt Ihr verlier'n und sät die Saat. —
Die Schlacht gilt's denn zu beginnen,
um die Macht letztlich zu gewinnen! —
All die Sklaven werden kommen
und sind ebenso benommen,
so Ihr das Ziel erreicht
und *nicht* vor Moristopheles weicht.
Mithin sorgt Euch länger nicht,
wenngleich im Traum er zu Euch spricht.
Doch Vorsicht mahne ich und Acht:
Nur von unten führt der Weg nach oben!
Gelangtet Ihr bis an die höchste Macht,
solltet Treue Ihr Euch geloben,
denn wer hoch droben einmal steht,
balanciert auf einem schmalen Steg,
der weiß schnell nicht mehr, wie's weitergeht,
weil nur nach unten führt der nächste Weg.

(Christoph ab.)

Faust *(nachdenklich)* Er ist jederzeit ein Freund und Vertrauter
und wird auch in Not und Brast gern lauter.
Was ihn unablässig ehrt, was er schafft,
sind nicht allein Ausdauer und brüderliche Kraft. —
Müsste ich abermals werben,
wer sollte in vielen Jahren erben
jede mit ihm geführte Konversation?
Wär es redlich, ob der hochgeistigen Tradition,
nach einem Nachfolger zu trachten
und diesen bis zum Ableben gar zu pachten?
Doch wer käme seiner gleich,
spränge mit mir in des Wissens Teich?
Wer könnte mir durchaus vertrauen,
mit mir gemeinsam Tabak kauen,
erleben, wie ich Wissen suchend handle,
mich unachtsam zum Bösen wandle?
Wer hätte diese Energie,
ertrüge meine Schizophrenie?
So schwanke ich aufs Höllentor,
schwimme zu auf jenes Geistermoor,
ohne Sonne, ohne Mond,
wo das Böse zeitlos wohnt,
wo ich auf Zuruf mich bewege
durch das faule Astgehege,
auf Menschenknochen balanciere,
das Gleichgewicht nimmer verliere,
wo aufgerissene Füße in purpurner Lache versenkt,
verbunden mit Lumpen in Wachs und Blut getränkt. —
Alsbald trample ich nackt,
marschiere im gleichen Takt,
ohne Atem, ohne Kraft,
ungewollt und freilich geschafft,
durch die letzten Meter Wüste,
bis ich stehe vor Moristopheles' Büste.
Diese ist der Eingang in seine Höhlen —
an den Wänden eiserne Schatten grölen.
Wer nur hilft mir sogleich
dass ich dieses Tor nimmer erreich?

(Geist der Nacht tritt auf.)

Geist der Nacht Ei, du armer Mensch, durchaus auch
entschied ich aus dem Bauch.
Zähren spritzten aus den Pupillen
und schlossen meine Altersrillen.

Freilich jüng ich noch satte Kindheit,
gar dünkt mir's, wäre es gescheit,
zu verbolzen diesen Tunnel aus Eiter.
Einmal ausgerutscht auf der Leiter
(seien die Sprossen noch so stumpf),
fallt Ihr durchaus äußerst dumpf
auf des Kopfes Schleife.
Und die bis dort versteckte Reife
klettert zügig, spornend hinab,
und Euer Erwachsensein wird schlapp.

Faust Wer widerfährt mir?
Träumt mir's freilich hier
einen Wunsch.
Darauf einen Punsch,
den ich ertränke,
in meinem Munde versenke
bis der Magen geflutet.
Wer nun vermutet,
dass ich erzürnt wie die Stürme,
den sperre ich in diese Türme,
welche versperr'n
den Weg zum Herrn!

Geist der Nacht Guter Georg, Ihr ermüdet mich,
straft mich mit einem Silberstich.
Nehmet Säbel oder Degen,
vielleicht käme mir's gelegen
zu sehen, wie Ihr alles verwurzelt
und durch Dummheit purzelt
in Euer maisgefedertes Bett,
und jeder Traum verbrennt komplett. —
Dort, faulbegossen in einer Lichtung,
schlagt Ihr in die falsche Richtung,
so denn Bewegnisse aller Ehren
endlich wieder in Euch kehren. —
Sterbt! Sterbt für den Triumph!
Versenkt den Geist im wilden Moor, im Sumpf,
verlebt für Ruhm, für Ehr,
bis zur Renovatio, bis zur Wiederkehr!

Faust Dummes Zeug von einem Kind.
Sagt geschwind,
welcher Narr ist Euer Vater,
ein großer Pater?
Niemand will mich's Fürchten lehren
bei Jesu Antlitz und Begehren.

Nägel ernten keine Beute,
schreit noch so viel die Meute,
kentern sie das Boot,
wo Butter mehr ist denn Brot.
Nicht voll von Hunger bin ich in dieser Form,
vielmehr der Kummer sättigt meinen Zorn.

Geist der Nacht Mein Reden sich freilich spiegelt,
die Erkenntnis Euch beflügelt,
meine Worte nicht erlahmen.
Lest wie ein Blinder, sie ermahnen,
Euer weites Fehlverhalten
im Kopf, im Dünken auszuschalten. —
Wählet freilich so Wiese als Wald,
und es überkommt Euch bald
der Frieden, der Euch lehrt,
der des Teufels Lust erschwert!

(beide ab.)

Dritter Auftritt »Bettelmann«
Eine lange Seitengasse.

Eule In dieser dunklen Metropole
schinden flinke Burschen ihre Sohle,
verbotschaften an jedes Tores Schlosse
Nachrichten und sonst der Posse. —
Es sei nirgends ein Treten auf der Stelle,
denn schwingt der hiesige Koch die Kelle,
ist gewillt die Ratte am Bürgerweg,
zu erhaschen den dreckichten Steg,
um zu hecheln nach der Wissbegier,
zu deuten als ein schnaufend' Tier:
Dies sind eure Nachrichten.
Von fern getragen und mitnichten
sei all das Gedruckte unwahrhaftig.
Die Ratte, schluckend und hastig,
erkennt nicht die dortigen Zeilen. —
Sogleich gelesen, will sie enteilen
dem Zwang der Gelehrten,
die diese Welt nun anders werten. — —
Ein Bettelmann sitzt in einer dieser Gassen,
so einsam als alleingelassen,
keichend noch vom letzten Happen. —
Nach einem Kakerlak konnte er schnappen;
das Hinterteil, noch knackend,

verabschiedet sich in den Magen sackend.
Mit den Fingerspitzen an der Lasche
greift er an seine Manteltasche,
zu erhaschen dieses weitere Objekt,
welches sich heuer davor versteckt.

(Ein Bettler und Faust treten auf.)

Bettelmann Pst. Gnäd'ger Herr, Stille!,
sonst verschwindet in der Wasserrinne
dieser hehre Leckerbissen.
Wahrlich möcht ich den nicht missen,
plagen mich am nächsten Morgen
einmal mehr die Hungerssorgen.

Faust Ist daran denn Wohlgeschmack zu finden?
Kratzt Ihr auch Würmer von den Rinden!?

Bettelmann Auch der Wurm behagt des Hungers wegen,
hinreißend köstliche find ich bei jedem Regen.
Die Tropfen jedes Blattes werden mir zum Honig,
jede Pfütze spendet Nektar mir ein wenig.
Jeder Durst und jeder Hunger hat sein Glück:
Der Mensch kehrt nach *kleinen* Freuden gern zurück.

Faust Ei, behände, jetzt will ich ihn umfangen,
doch fürchtet's nicht, Euch soll's nicht bangen,
reich ich nun aus Einsamkeit
Euch anstandslos die Köstlichkeit. —
Doch, welch absonderliches Zeug begehrt Euch zu betören?
All jene schillernden Ereignisse werden Euch zerstören!
Sie zieh'n Euch tiefer noch in ihren Bann,
vernichten Euch noch irgendwann.
Sagt, möchtet mich geleiten
nach dem Wirtshaus, nah gelegen?
So Mahl als Trunk wird jemand dort bereiten,
könnt Euch gewisslich auch ein wenig pflegen.

Bettelmann Gönnerhaft steht Ihr in der Dämmerung. —
Zieh's gern in Erwägung, denn dieser Schlemmertrunk
auf Dauer nicht von Nutzen,
würd mir gern auch mal die Finger putzen. —
Als Zehrung Fleisch und roter Wein,
ja, das dürft es gerne sein.

Faust Gebt mir Eure linke Hand
und reichen werd ich gern die meine,

die Euch hilft, von dieser Häuserwand
aufzustehn auf beide Beine.

Bettelmann Dank gebührend! — Würd mich gern verneigen,
doch schmerzt mir arg der Rücken.
Ich glaubt, viel Leiden schon zu zeigen,
schwierig fällt mir jedes Bücken.

Faust Ihr solltet Eure Würde wahren
und werdet mich als Freund erfahren.

Eule Luna zum Wegweiser ernannt
treten Faust und Bettelmann,
in Nebelschwaden unerkannt,
an die Schänke bald heran. —
An einem Tische kauernd,
umringt von ein paar Stühlen,
vernehmen beid den Kellner lauernd,
durchaus erschrocken ob des Knarrens jener Dielen.

Bettelmann *(abgewandt)* Ein Mann von derlei Adel
reicht Besteck mir ohne Tadel?
Welch großen Dank soll ich ihm reichen,
wie nur die Rechnung begleichen?
Mit Worten Dank zu reden, ist bald lasterhaft,
viel weiser wär indes die dankerfüllte Schaffenskraft.
Genügt die meinige Aufmerksamkeit?
Ist er meine Gegenwart nicht leid? —
Nein! — Einem Manne von diesem Geschlecht
wäre es freilich recht,
säße Seinesgleichen mit am Tisch
und kein Hausierer wie Ich! —
(Faust ansprechend) Guter Herr,
es peinigt mich sehr,
mit Euch zu speisen in dieser Taverne.
Zwar bin ich bereit, sehr gerne,
freilich ich als Euer Publikum
gleiche einer Ironie wiederum.

Faust Wollt Ihr mich verhöhnen?
Würd ich gerne mehr noch löhnen
und stillen Euren Appetit.
Wär's Euch freilich lieb,
sei dieser komplett
und der Braten mehr denn fett. —
In zwei bis drei Stunden bin ich erneut allein,
bis dahin sollt Ihr mir der Zuhörer sein.

Nehmet hin mit reichlichem Genuss
die farbenfrohen Speisen,
wie der Sonne wärmender Kuss,
mögt Ihr deren Kostbarkeit beweisen.

Bettelmann Ich weiß nicht recht,
mein das nicht schlecht,
freilich so Ihr Euch die Finger leckt,
wisst Ihr gar lange nicht, wie wohl es schmeckt.
Ich vermeine nicht, dass Ihr noch wisst,
was wahrlich köstlich ist;
Zunge und Gaumen sind viel zu empfindlos.
Jeder Krümel Einheitsbrei behagt beinah famos.
Indessen wird sich nichts zum Guten ändern,
keine Zunge mag mehr durch die Gärten schlendern,
kein Gaumen möcht bei einem Bissen harren,
kaum jemand speisen bei Violinen, bei Gitarren.
Es geht bergab mit Esskultur und mit Geschmäckern,
niemand nörgelt mehr und keiner will mehr meckern.

Faust Wahrlich, ich vermein, Ihr sprecht erfahren,
mich dünkt, das geht also seit Jahren.
Und stört sich jemand an diesem Mangel?
Da hat durchaus jeder jeden an der Angel.

Bettelmann Wohlan!, so esst, denn das ist wahrlich eine Leckerei,
zugleich probiert von dieser Bäckerei.

Eule Nachmalig bei einer Kanne Wein,
auch waren sie nicht mehr allein:

Faust Verzückt mich oft noch junger Wein,
der mir behaglich meinen Gaumen neckt,
so soll's mir freilich rechtens sein,
denn auch der reife mich zu neuem Leben weckt.
Jung und wild, die Augenblicke viel zu kurz,
so dünkt jedwede Begegnung — vielerorts.

Eule Der neuerliche Wunsch ist längst gegeben …
Nun muss der Bettelmann erleben,
wie die Augen seines Gegenüber starren —
festgenagelt auf einem Punkt verharren.

Bettelmann O edler Herr,
was betrübt Euch nur so sehr?

Faust Es ist mein Herz, das trauert,

welches das Wissen bedauert,
was mich einst so frohlockte:
Stumm begeistert ich hier hockte
und die Kindhaftigkeit genoss,
die täglich sich mir ergoss. —
Dieses Strahlen auf den Wangen,
das haltlose Verlangen,
welches ich nie vergaß,
so ich ihr gegenüber saß.
Die Tage waren einst so heiter;
ich erklomm immerfort so viel gescheiter
diesen einz'gen hohen Baum.
Nach den Wolken erhob sich sein Stamm,
und inmitten seiner Krone blühte mein Traum.
Ein Wunsch zog mich in seinen Bann,
dass ich alles um mich vergaß,
so nichts mehr trank als auch nichts aß.
Ich folgte den Schmetterlingen,
hörte gar die Sirenen singen. —
Welch Wohlgefallen ich dran fand.
Doch nun umhüllet mich das nächtliche Gewand! — —
An einem weißen Ufer ist's gewesen,
als ich sie dazumal erlesen.
Ich mochte sie beschützen vor der Kälte,
als die Nacht sich langsam erhellte. —
Weil sie zur Liebe noch gefehlt,
lachte ich sie mutig an,
und das lieblichste Lächeln auf der Welt
zum Geschenk erhielt ich dann.
Zwei Paar Lippen, die sich nie berührten,
schauten in glänzende Augen, die einander entführten!
Ich umarmte dieses makellose Bild,
dafür hat es, mal sehr sanft, mal wild,
in meinem Traume mich geküsst,
dass ich um der Feuer Gluten kämpfen müsst.
Ich streichelte zärtlich ihre Wangen,
erzitterte — ich war umfangen!
Und als sie mir glanzvoll in die Augen geblickt,
hat es all meine Sinne durchzuckt.
So hielt ich gerne ihre kalte Hand,
gewahrte ihren lieblichen Körper im Sand.
Ihr süßes Lächeln hat mich heiß berührt,
eine sanfte Stimme gleich verführt,
Ich erlebte ein Feuerwerk im Liebesreigen,
wollt so Sonne als den Mond berühren,
und ich wollt ihr diese Schönheit zeigen,
um unaufhörlich jenes Entzücken zu spüren …

Aus jeder Juventas blickte sie mich an,
ihrer lieblichen Natur galten alle Gedanken. —
Ich erschien verzaubert, glaubte fest daran
und geriet fortab ins Wanken;
hab sie verschlungen mit allen meinen Sinnen,
mochte sie völlig für mich allein gewinnen.
Beim ersten schummrigen Sonnenlicht
gewahrte ich ihr süßes Gesicht.
Ja, ein Engel — mit gebroch'nem Flügel nur —
schaute greinend in die Augen mir. — —
(für sich) Auf Unsrer Bank sitz ich, allein,
ach!, könntet Ihr doch bei mir sein.
Ich wünschte mir: dass Ihr nicht weint',
Wir wären beinah so wie einst vereint. —
Ich trage Euch auf meinen Lippen,
in meinem Herzen sowieso.
Bis Wir die Nacht, den Winter kippen,
hält Eure Sehnsucht mich unendlich froh. —
Den Wein genieß ich wie aus Eurem Munde,
wie von Rosenblättern, wie im Frühlingswind;
und bringt er mir von Traurigkeit auch Kunde,
so vermag er's dennoch unverdrossen und geschwind. —
Ein Herz voll Liebe konnte ich genießen,
ein Herz, so zart und so verführerisch.
Es wollt mir meinen Tag versüßen
und sprach zu leis: Euch liebe Ich. —
Eines Engels Kusse gleich,
der mir vor langer Zeit zuteil,
trafen süße Lippen weich
in einem Gruß wie Amors Pfeil. —
So erschien der kleine süße Kuss,
der zärtlich stirbt auf meiner Zunge,
ein Entgegen wider den Verdruss
und erweckt den letzten Hauch aus meiner Lunge. —
(an den Bettelmann) Ach!, ich wünschte, sie wär hier,
und würde sie gesagt:
Küsst mich, bleibt bei mir!,
ich hätt es nicht gewagt …
Doch!, ich wagt es, trotz Verbot,
doch sterben wollt ich dann,
sterben meinen süßen Tod,
weil's schöner nicht hätt werden könn'. —
Ich fühlte jene nah bei mir,
ohn' jedwedem Verstand,
wär von jetzt an nur bei ihr! —
Alles lag in ihrer kleinen Hand,
denn sie weiß um sich nur zu genau,

gleichermaßen wie die makellose Frau:
Sie ist zielstrebig, selbstbewusst, konsequent,
was einen Manne oftmals hemmt. —
Umschleicht auch mich ein seltsames Gefühl,
dünkt mir's wichtig doch für jedes Ziel!
Eine Traumwelt hatt' ich ehedem errichtet
um dieses Wissen in der weiten Ferne,
und als ich dann in ihre Wirklichkeit geflüchtet,
ward sie zerstört, woraus ich Trauer lerne.

BETTELMANN Ein kleines Herz habt Ihr geschunden,
das Band der Trauer Euch gebunden,
rauft Euch die Haare, schützt den Blick,
freilich nimmer gibt es ein Zurück. —
Ihr empfingt Verletztheit, vielleicht auch Wut,
Schuldigkeit, die Eurer ruht.
Ei, edler Herr, noch trifft Euch wen'ger Schuld als mich,
noch wankt Ihr, ohne Ahnung, sicherlich.
Doch falls Ihr in vielen Jahren in den Spiegel blickt,
wird das ein Anblick, der Euch nicht entzückt. — —
Ihr fühlt seltsam Euch verloren,
fühlt einsam Euch und abgeirrt.
Ist, was hilft, Euch schon geboren,
jemand liebevolles, der Euch führt?
Was nützen Trauer oder Selbstmitleid?
Sie helfen nicht über den Schmerz.
Was nützt gewollte Einsamkeit?
Sie bricht Euch nur das Herz!
Starrend sitzt Ihr an dem Fenster —
stets ungeschaut — erscheint als Tänzer.
Freilich ohne Glamour und Glanz
soll der allerletzte Tanz. —
Lacht Euch die Wahrheit bitter ins Gesicht,
will wie ein Virus sich verbreiten,
steht Ihr seltsam fordernd in der Pflicht:
müsst Eure Horizonte weiten,
gerietet sonst ins Wanken,
Stiche schmerzten Eure Brust. —
Tränen! Schluchzen! Schreckliche Gedanken!
Trauer! Pein! Verlust! — —
Ein Funke zerbricht indes mein Aug,
ein Schrei — ich höre keinen Laut,
vermag meine Worte nicht zu sehen,
kein Stück vorwärts kann ich gehen.
Irgendetwas tötet mich,
sehr langsam schreitet diese Zeit,
steinigen Boden koste Ich,

diese Qualen sind ein großes Leid.
Unverhofft lieb ich das Leben,
welches ich zuvor gehasst.
Allen gedacht ich zu vergeben,
hab mit meinem Leben mich befasst.
Nimmer darf ich lieben,
mit Furcht hab ich die Zeit vertrieben.
Mein Herz, das hört Ihr schmettern,
das muss aus meinem toten Körper klettern.
Ich sag Auf Wiedersehen,
trachte, mit offenen Augen zu gehen
geb der Welt meinen letzten Kuss,
hernach ist für mich Schluss.
Erst musst ich es erfahren und mocht's nicht glauben —
dicke Zähren liefen mir aus meinen Augen;
es war ein gefesselter Schock.
Seelisch ging ich am Stock!
Freundschaft wurde zur Lüge! —
Als mein Körper ward müde,
wurden Mauern aufgezogen
und ich damit ins Aus geschoben.
So Missachtung als Ignoranz waren gegeben,
so nichtig als abstrus erschien das Leben.
Ausgegebene Energie wirkte verschwendet —
die Frohheit am Leben hatte mich geblendet. — —
Ich bin voller Flecken und kann sie nicht verlieren,
es sind gequälte Sympathien, die mir gebühren.
Ich werde zur Obsorge bezahlter Geduld
und zum Ansprechpartner gesuchter Schuld.

Faust Zieht doch die Wolken von morgen
nicht über der Sonne heut'ges Strahlen;
vertreibt die Kümmernis, die Sorgen,
und lasst mich Unsren Wein bezahlen. — —
Was die Evolution für den Einzelnen grausames Leiden,
ist für die Spezies des Lebens Bedeuten;
niemand kann diese Defekte vermeiden,
wir müssen das Wissen darum nur richtig deuten!
Es ist doch die Masse, die Euch stärkt,
die Euch hilft und sich dagegen wehrt,
denn Zuversicht, eingemeißelt auf jeder Brust,
ist die Bekämpfung von jeglichem Frust.
Asphaltiert den Brühl, auf dem Ihr geht,
pflegt Eure Ziele, darauf Ihr steht,
setzt Eure Zeichen für all die Schwachen,
damit auch sie am Ende lachen.
Denn so mochtet Ihr nimmer leben,

wolltet wachsen, Euch verändern,
wolltet Euch nicht ergeben
den nächt'gen Gewändern!
Ihr wolltet Veränderungen akzeptieren,
Euch daran hernach erfreu'n.
Ihr solltet Leben zelebrieren,
solltet nichts bereu'n!
Ich reich Euch meine Hände,
dass sie Wärme spenden, Trost und Nähe.
Unendlich fühlt Ihr diese Kraft, die sich wende,
die der Berührung folgend Euren Körper erspähe.
Schützend nehmen sie Euch auf,
in die jenseitige Welt geleitend,
fühlen Euch Liebe und ihren Verlauf,
erleben Euch herzerweitend.
Sie schenken Euch ein Stück Geborgenheit,
Wärme durchdringt Euer Herz,
und während Ihr im Verborg'nen seid,
entladet Euch von diesem Schmerz!

Bettelmann *(unter Tränen)* Nun, sobald sich's bietet,
möcht ich satt und voll zur Ruh mich legen.
Ich wünscht, dass Gott es Euch vergütet. —
Ihr habt freilich nichts dagegen?

Faust Geht nur, ich mag es gern verzeihn,
entschuldigt Euch nicht für ein Bett, dass traumhaft weich,
nicht für Wasser, welches warm und rein,
nicht für den Wein, das kleine Stück von diesem Fleisch.
Verglichen mit dem Freund, den Ihr mir bietet,
müsst ich mich ob der Kleinigkeiten eher schämen. — —
Das Zimmer ist bis zehn für Euch gemietet.
Ihr tätet gut daran, ließet von der Frau Euch zähmen.
(Faust zeigt auf eine Dirne des Gasthauses.)

Bettelmann So viel gutes Glück und teures Heil
ward mir in meinem ganzen Leben nicht zuteil.
Freilich auf bezahlte Liebesgaukelei
mag ich verzichten, weil's mir einerlei.
Ich hoffe, nur recht bald,
kann ich Euch für alles danken.
Wär ich doch nur halb so alt,
müsst nicht vor Taumel wanken …

(Bettelmann ab.)

Faust Verloren ist die Kraft,

die es gleichwohl schafft,
zu billigen jene Welt,
die so verwüstet in mir zerfällt. —
Wie sinnt es mich zu akklamieren.
Was mir gewichtig, wollte ich verlieren.
(an die zechenden Autoren) Treibt euch einmal der Wahn …
eure Knie sind lahm,
jeder Schritt zum rettenden Damm
endet nur im Schlamm,
und der greifende Ast
trägt nicht die Last,
die zu verlieren ihr erhofft.
Wofern ihr euch annoch stopft
mit euren Ängsten, euren Lügen,
um euch zu heilen, zu betrügen,
mit ungetauftem Wein und trägem Rum,
mögt niemanden ertragen,
verwandelt ihr euch stumm,
um nimmer zu fragen,
stolziert euren Selbstmitleid
zur modernden Einsamkeit …
Hört das Geläster,
zieht die Naht fester,
die euch den Atem nimmt.
Somit es bestimmt
zu ersticken,
aufgequollen zu blicken
zur letzten Flasche.
Gestohlen aus eurer Tasche,
trinkt ein Niemand,
der euren Flachmann fand,
zum persönlichen Fest
euren vergessenen Fuselrest!

Einer der Autoren Ist es erlaubt zu richten,
verzweifelt zu dichten
über einen Säufer,
den zu bedauernden steten Mitläufer,
der Euch Text und Muse reicht
auf einem Tablett, sehr leicht
Euch ewig inspiriert?

Der andere Autor Denn ein Trinker, der verliert,
ist ein siegender Poet,
der es versteht
zu richten —
und über uns zu dichten …

(Abseits der Szene.)
Eule Zwei Schlächter stehen sich gegenüber;
sie lachen unentwegt darüber,
welcher bekomme das letzte Weib. —
Schon entwickelt sich eine Dreieinigkeit!
Nach nur einer geschlagenen Stund
schließt sich dieser massive Bund:
Alle Gefühle scheiden dahin
mit dem morgendlich wehenden Frühlingswind,
und das Leben ergibt keinen Sinn,
und selbst der Wille enteilt geschwind.

Faust *(antwortend)* Ich schau Uns Menschen, wie Wir treiben,
wie Wir zerreißen, die Seelen wund zerreiben.
Ich sehe und lese in aller dunklen Augen. —
Unsere Schatten enteilen, nimmer vermag ich zu glauben,
was Wir begehren, was Wir zernichten.
Ahnungslos, was Wir errichten,
ernten Wir die Flut
Unsrer jämmerlich phrasenhaften Wut!
Der Mensch mag einzeln friedvoll, freundlich sein,
in Massen zeigt er dann sein wahres Sein!
Und dieses ist, so glaubt es mir,
gar tierischer als jedes Tier!

(Faust und Autoren ab.)

VIERTER AUFTRITT »AUSFLUG«
Auf einer Wiese am Waldesrand.

Eule Zwischen Hain und Feld der Länge nach
liegt eine Sommerwiese brach.
Rote Sonne, lauer Wind,
sanfte Wärme, und der Tag entrinnt.
Gräser und Blumen in Hülle und Fülle,
Falter tanzen in aller Stille,
Grillen singen ihr Lied,
eine kleine Feldmaus auf den Acker flieht.
Von Mohn, vom Wiesenduft umgeben
mag geruhsam sich's Getier erheben,
und eingelullt vom Freudenhort
schlendern Yonah und Yvena dort. — —
Im Freudentaumel ihrer selbst gelegen,
verheißen sie im Takt sich regen.
Rauschumnebelt von der Leidenschaft,
gestärkt des Nektars ihrer Willenskraft,

genießen sie Melancholie,
umschwärmen lechzend, bettelnd ihre Körpermelodie.

(Yonah und Yvena treten auf.)

Yonah Ei, mein kleines Wunder,
erhellst mein Dasein lebendig, bunter,
brichst alle Herzen in einem Reigen,
harmonierst in mir wie tausende Geigen.
Erwarte, dass mein Gefühl verweilt!
Nicht weiß ich, wem du zugeteilt:
Jehova oder Moristopheles,
diesem Himmel oder jener Finsternis,
doch viele Träume hab ich deiner verschenkt,
mein Sinnen in eine Märchenwelt gelenkt,
mit mir Monde lang gezaudert,
erschien ob deiner Gegenwart verzaubert. —
Dieses eine Blatt möcht ich erhaschen,
um daran zu schlecken und zu naschen.

Yvena Liebster Yonah, belass es mit der Freud,
beweise ich dir heut,
selbes du erstillst,
daran leckst und dir erfüllst,
der Liebe Zeit bedürfender Verzehr. —
Jeher sei dieses dein Begehr …
Doch gefälligst zwicke mich,
ein Traum sei es nicht,
denn was ich empfinde,
sei eingeritzt in des Baumes Rinde.
Straf mich heiser,
sei etwas leiser,
zugleich erwarte der Blätter Rauschen,
dem Wir dann Stund um Stunde lauschen.
Sodann ich dich liebkose,
erst sanft mit einer Rose,
nachmals, meinen Händen
folgen geschmeidig meine warmen Lenden.
Die entstehenden Triebe
sind nicht nur Wollust, sondern Liebe …

Yonah Warum soll ich Triebhaftem mich ergeben,
ich will viel mehr als Lustbarkeit erleben.
Ein Wolkenmeer, ein einz'ger Stoß,
ein Erguss, kurz, auf diesen Schoß.
Wie es mich blendend sichtet,
nicht zu deuten, zu akzeptieren,

wird errichtet,
dich zu verlieren …
Schlaf ich, ist es Tag?
Denn was ich empfinde, ich kaum ertrag,
schaue ich doch das Nachtgestirn
so klar als leuchtend fern.
Blick ich freilich scheu
dir in die Augäpfel treu,
und mir ist gar nicht klar,
welch soeben geschah …
Liebes, als dein Mann sobald,
würd ich gerne mit dir alt,
gäbest du mir diesen einen Tanz
unter dieser Sonne Glanz.
Verewigen Wir Uns sogleich
in Gottes heiligem Liebesreich. —
Rosenblüten werden schwebend regnen,
Unsern Weg nach dem Altare ebnen.
Ein Chor aus leisen Violinen
soll dem Tausch der Ringe dienen,
auf den Schwingen von Elfen herbei getragen,
dann musizierend in Unseren Herzen schlagen. —
Weil dem Wechsel des Mondes der Mode eigen,
hältst du daran, vor nichts dich zu verneigen,
doch nimm hin von mir diesen einen Ring,
den ich selbst in höchstem Schweiße empfing.

(Sie küsst ihn lange.)
Yvena *(abgewandt)* Ohne Worte, mit einem endlos langen Kuss,
weil ich mich dankbar zeigen muss,
belohn ich ihn für dieses edle Stück.
Vielleicht vermag es doch ein Glück!?
(an Yonah gerichtet) Ach!, geliebter Yonah, wie du so schaust;
die Gedanken, die du für Uns baust,
sind voll Gefühl und voller Gabe,
dass ich's zu träumen nicht gewaget habe.
Ein Glitzern voller Lächeln, voller Zuversicht
seh ich in deinem sonst verlorenen Gesicht.

Yonah Mehr noch werde ich dir reichen,
um deiner gerecht zu sein oder zu gleichen.
Dieser Parallele sei niemand würdig,
denn Vollkommenheit ist nichts ebenbürtig;
will diesen Schatz beherbergen, ihn vermehren,
will dich lieben und ewiglich begehren.

Yvena Hast du keine Zweifel auf Dauer?

Liegt freilich der Schlendrian auf Lauer,
zerstört die Gefühle, erbittet Klagen,
kentert die Liebe, der Wir erlagen.
Vor der Angst gib Obacht,
du weinest morgen, wie du gestern hast gelacht.

Yonah Nur Uns kann diese Welt gehören,
Trauer und imgleichen werden Wir zerstören;
aus *einer* Kruke werden Wir trinken,
teilen Uns so Brot als Schinken;
das Schlafgemach werden Wir nimmer trennen,
Wünsche des anderen unaufhörlich erkennen.

Yvena Was ist süßer noch denn diese Botschaft?
Vertrauen sammelt sich und Kraft!
Diese schlürfen aus derselben Quelle
und schöpfen wahrlich von einer Kelle.
Mich dünkt, mir könnte es gefallen,
mich zu vermählen in Gottes Hallen.

Yonah Liebste, all deine Wünsche erfüllen sich dir —
jetzt, heute und nachmals mit mir.
Wovor du dich fürchtest, magst du berühren;
was dich ängstigt, wird dich führen.
Klarinetten kurzweilen Unsere Gesänge;
gemeinsam studieren Wir die vollen Klänge.

Yvena Ein einfaches Ja will genügen,
um die Ehrlichkeit nicht zu betrügen.
Ein Streicheln an deiner Wange,
und ich weiß, mir wird nicht bange.
In deinen Armen werd ich beliegen,
um das Unglück stets zu besiegen.
Die Hoffnung opfre ich vielleicht,
wennschon die Rechnung sich gleicht.

(Die Nacht bricht herein, Yonah und Yvena ab.)

Fünfter Auftritt »Spiegel«
In einem hohen Raume mit Spiegeln.

(Faust tritt auf.)

Faust Die Wallung drückt das Blut in die Kanäle;
gleich einem Brennen meiner trocknen Kehle,
dürstet mich die heiße Wissbegier;

ein Grausen setzt mir zu — wo bin ich hier? —
Erdrückende Stille, tiefste Dunkelheit,
was trieb mich in das nächt'ge Kleid? —
Ob Tag, ob Nacht, ich weiß es nicht!
Und wo ist die Tür für etwas Licht,
wo ein Fenster, wo dergleichen?
Ich verspüre unheilvolle Zeichen:
Mein Brodem schreit, mein Puls vibriert,
ein kalter Schauer, der die Luft gefriert,
kurzes Rauschen säuselt mir im Ohr,
ein stiller Hauch, ein Schlag wie Flor.
Leichtes, verzückendes Schimmern,
entferntes Leuchten wie ein Dämmern.
In erahnenswertem Schein
erfüllt sich bald ein wenig Sein.
Gewiss erkenn ich ihn aus einem nächsten Traum:
Seltsam nah dünkt dieser hohe Raum,
nur ist er heuer bestellt mit verzerrten Spiegeln,
die wider mich vermögen, aufzuwiegeln.
Doch nur halb versilbert ist bald jedes Glas.
Ist es Schicksal, dieses halbe Maß? —
Zu einem Kreise, dessen Beginn und Endschaft ich erfinde,
dieweil ich den ersten mit dem letzten schon verbinde,
steht ein jeder Widerscheingeselle
vom nächsten entfernt nur eine Elle.
Zwölf Spiegel werde ich gewahr,
etwas Nebelgleiches, Sibyllinisches wird klar.
Furcht umschleicht mich, Kälte, Graus;
aus jedem Spiegel lugt ein anderes heraus;
durchaus jeder steht für eine Nacht,
und hinterdrein je ein Mirakel lacht. —
Der erste zeigt mir die spöttische Fratze
einer höhnisch grinsenden Katze,
dem nächsten obliegt der Menschheit Jammer:
Er widerspiegelt einen exorbitanten Hammer.
Nebenan lugt durch der Gewissheit Glase
vage sichtbar ein gar dunkler Hase.
Von Fäulnis umrandet, die abermals nächste Scheibe,
zeigt sie doch einer Ratte fetten und kruden Leibe;
und der Dompfaff zwitschert sein Lied
hinter der Kette nächstem Glied.
Daneben blühen Lilien wunderbar,
deuten Meerjungfrauen, wie mir gewahr;
und das folgende ist das einzige Glas,
das versilbert, verkupfert und von Patina grün wie Gras.
Ahnungsvoll wird der nächste Spiegel zum Sprecher
und verheißt mir leichte Würfel und einen Becher.

Gula — fräßig, mit Pausbacken, fett —
windet sich zweimal um mein reflektiertes Skelett;
alsdann droht ein tiefer, dunkler Rachen,
meine inn're Unruh zu erwachen;
und ein furchtbarer Hund keift nebenan,
starrt mich mit seinem fiesen Maul, mit roten Augen an.
Allein im letzten Spiegel, im Angesicht des Schocks,
grinst das Medusenhaupt des Ziegenbocks.

Eule Ein Vibrieren der Luft, ein Schwall von Energie;
ein pulsierendes Flackern, ein Zittern im Knie:
Aus dem Nichts erscheint ein Mahr mit einem Wachsgebilde
und stimmt ihn keineswegs ein wenig milde.

(Ein Geist erscheint.)

Geist So nehmet hin das Talglicht als Christi Leib,
der Docht soll seine Seele sein;
und mit des Höchsten Verbleib
zeigt die Flamme Euch der Gottheit Schein.
In des Makels dunkelster Last,
was immer Euch auch durchtriebe,
scheint Euch das Licht mit heil'ger Rast
und spendet Glaube, Hoffnung und Liebe.

(Geist ab.)

Faust Schellen und Peitschen erklingen herein —
lass es gefälligst Epiphanias sein …

Eule Keine Peitschen, keine Schellen zerbrachen die Stille,
Christophs Sturz ob des Genusses der Destille
durchdrang mit mächtigem Schallen
die nächtlich ruhenden Hallen.
Und mit Weihrauch befüllte Gefäße
liegen verstreut nun neben seinem Gesäße.
Faust erwacht dem Tage gleich,
schläft nun weiter auf kalmiertem Fleisch.

(Der Geist Nietzsches erklinget ihm.)

Nietzsches Geist Ehe Ihr aufbrecht ins Verderbte, Grobe,
macht doch für Euch die Stundenglasprobe …

(Beide ab.)

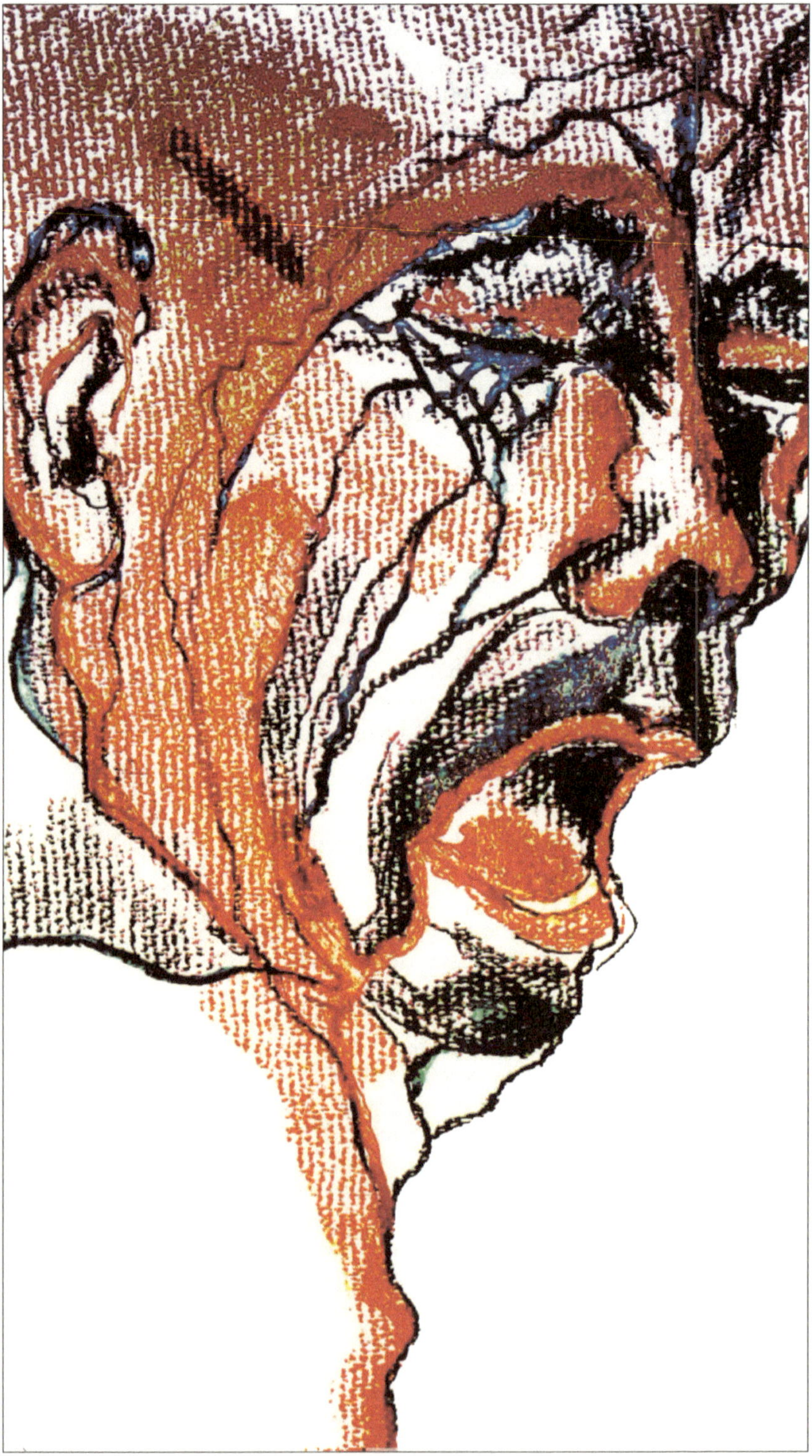

DRITTER AUFZUG, ERSTER AUFTRITT »KIRCHE«
Ein Hügel. In Entfernung ist die Kirche zu sehen.
Kirchglockengeläut.

(Faust und Christoph treten auf.)

Faust Wessen könnt Ihr ansichtig werden?
Mir versperrt die gute Sicht
das Gespann mit den geschmückten Pferden,
auch wird allmählich karg das Tageslicht.

Christoph Landauer und Droschken vor den Kirchentüren,
die Hemmung, Furcht und Ungewissheit schüren.
Ein Schimmel aus dem hiesigen Stall
wiehert und schnauft zum melancholischen Schall.
Eine sanfte Windesbö aus Süden
erweckt die, ach!, so Müden
und duftet weich und warm.
Die folgende Errötung stärkt sich zur Scham
von dem süßen Gleichgewicht,
welches tränkt; auch bleicht mein Angesicht.
Wolkenschieber flattern über Stein und Teich,
erreichen das Ziel nicht gleich,
stecken im Schlamm, im Dreck …

Faust … Ach!, wer kehrt diese Lügen weg?!
Brote, aus Gerste gebacken,
sollen in ihre Bäuche sacken;
Wein und Wasser mag gesoffen. —
Schon belieben sie zu hoffen
auf Verstand und Einigkeit,
ohne Rücksicht auf die Kleinigkeit.
Jene gar die ew'ge Fremde lebt
und den genialen Stutzer webt;
die Peitsche schlagend,
erscheint heraus sie ragend. —

Christoph Und alle Gäste in einem fahrenden Kasten
mitunter vortrefflich hasten,
denn sie gedeihen — nie sehr lobend —
reagieren schon tobend
auf die Fahr, alles mögen sie nimmer erleben,
so sie jetzt nicht königlich streben.
(Im selben Moment vor der Kirche. Yonah und Yvena treten auf.)

Yonah *(zu Yvena)* All die vielen Neider
schmücken sich mit Fremder Kleider.

Um der Zeremonie schon Freund zu sein,
lassen sie sich aufs Gelage ein.
Fusel in ihren Mäulern brandet,
Zigarrenqualm ihren Zustand umrandet.
Weil der Anlass ja genugsam Grund,
geben viele Mann ihr Stehvermögen kund.

Yvena Gräm dich nicht ihrer üblichen Manier,
deine Achtsamkeit steht lächelnd vor dir.
Umarme mich und denk nicht derer,
bring Uns zwei so näher, dass es nicht schwerer,
küssend vor dem geweihten Altar:
Vor den Vertrauten will ich deiner Gewahr.
Wir zeigen ihnen: Nichts kann Uns mehr scheiden,
wo Wir auch stolpern oder was Wir erleiden.
Ich bin deine Frau im Guten und im Schlechten,
du bist mein Gatte stets zur Rechten.

Yonah Was mit Hingezogenheit begann,
will mit Liebe neu begangen werden;
wo ehedem im Sturm ein Herz das andere gewann,
führen sich're Winde heut auf Erden;
und wofür stets gekämpft in Höh'n und Tiefen,
seit geraumer, feierlicher Zeit,
gilt es, alle Sinne zu vertiefen,
in einer trauten Mehrsamkeit.
Die Früchte seien allesamt genossen,
der Kelch der Jugend aufs Neue stets geleert,
doch letztlich friedlich sei'n erklommen alle Sprossen,
drum bleiben Wir von allen hoch gelobt und stets verehrt.

(Yonah und Yvena ab.)

Faust Nun, was gilt es, noch bald zu entdecken?
Ich bin es leid, dort hinzuschauen;
will lieber mich hierher verstecken!
Doch sprecht nur weiter, nur nicht so laut.

Christoph Quellwolken türmen sich auf;
das wilde Treiben nimmt man in Kauf.
Die Sonne strahlt durch die Ritzen,
weil Engel ein Wolkenmeer schnitzen.
Die Harfenspielerin übt ihren Sopran,
sintemal heuer der Konzertmeister kam.
All die Halbwüchsigen üben den Chor:
Man hebt sie kräftig empor;
sie werden zu gurrenden Tauben,

die von den Emporen Gottes schnauben.
Der Hort der Tugend ist bis zum Bersten bald gefüllt;
die Ministranten und der Pfarrer sind bereit;
die Bänke reihum kregel plappernd eingehüllt. —
Nun mit Stolz hervor — die Braut in des Vaters Geleit!
Dem Tuscheln, Kichern, Schnattern obliegt ein Ende:
Des Gottesdieners Wort sie lauschen. —
Das Brautpaar hält einander Hände,
niemand mag mehr mit dem Nachbarn plauschen.
Die Knie weich, das Herz klopft laut.
Neidvoll drein bald jeder schaut.
Zwei Seelen wollen sich gefunden;
zwei Herzen aneinander gebunden!
Sie heißen besiegeln diesen Pakt,
nun, er ist der Liebe göttlicher Akt.
Dann hat des Dichters Vers den Traum verkündet,
dieweil ein Götterfunken sie entzündet.
Es vollzieht sich das große Theater
und der in schwarz gekleidete Vater
verliest in seinem Buche die Zeilen,
auf ewig alles und jederzeit zu teilen …
Brautjungfern tragen der Gattin Schleppe,
den zarten Hals umschmiegt eine weiße Kette
und unterstreicht die Eleganz dieser gnädigen,
schon gleich nicht mehr ledigen
und durchaus lieblichsten Frau, die je gesehn.
Die Augen, so funkelnd als strahlend grün,
markieren das sanfte Gesicht.
Sie stolziert ihr Lächeln im Kerzenlicht
den langen Gang hinunter.
Die Blumenmädchen gestalten bunter
diese Zeremonie, die umgeben von Sternen.
Sie leuchten aus dem Fernen
durch der heiligen Gemäuer Fenster.
Weit mehr denn hunderte Tänzer
sorgen für synchrones Vergnügen,
dessen sich Alt und Jung beflissen fügen.
Gratulanten klaffen laut,
ob des Kusses mit der Braut.
Von hie und da sind sie gelaufen;
ein Gewühl zum Paar sich durchzuraufen. —
Seltsam neu macht dieser Tag,
den wohl jeder gern erleben mag,
und er wiegt sich dann im siebten Himmel
und in der Trunkenheit im Freudeng'wimmel.
Sträuße sind geworfen und Konfettirester;
versammelt klingt ein blumiges Orchester.

Duftend, geschniegelt und gelackt,
ihre Angebinde hübsch verpackt,
so wollen alle sie als Paar begrüßen
und den lieblichsten Tag auch noch versüßen. —
Mithin mögen sie nur gleich
auf Erden schaffen ihr eig'nes Himmelreich! …

Faust Schweigt! Genug jetzt!
Schluss mit dem Geschwätz!
Wir werden sehen den tiefen Sinn
und schauen noch, welch Glück darin …

Christoph Einst werden wir's vielleicht verstehen,
doch für mich ist's an der Zeit zu gehen. —
Wer in Ungewissheit badet,
sonnt sich im Antlitz der Hoffnung.
Und wer mit Zuversicht ist begnadet,
harrt seiner Betroffnung.

(Christoph ab. Faust dreht sich weg.)

Faust Welcher Geist hat diese Tage nur begonnen?
Es ist ein großes Schleichen, fürwahr!
Jetzt, da schon einige Zeit verronnen,
werd ich des schmerzlichsten Verlusts gewahr.
Nicht des Augenlichts Verblassen,
noch der Jugend stark Verschleiß,
auch nicht Worte hohler Possen
oder pausenloser Fleiß
ernüchtern diese meine ew'ge Trauer,
denn so klein daran der Menschheit Last,
für mich ist sie von Dauer,
dieweil mein Herz Besitz davon erfasst. —
Ja, das Herz ist voll von Trauer,
indes so tragisch leer. —
Rings darum wächst eine hohe Mauer,
und jeder Stein schwebt eiligst nun daher.
Wider reinlich sauberes Gewissen,
ohn' Verstand und klarem Licht
und in Andacht der Zähren auf dem Kissen,
die da rollen vom Gesicht,
hab ich die bösen nächt'gen Mächte
um des Trauerns Geheißen aufgerufen.
Mit lautem Gezeter erfüllen sie die Nächte
und zerstören, was die Träume schufen!
Von Asche zehrt auch diese neue Welt,
kein Phönix kann sie dabei noch geleiten.

Kein Zunder, der auf Restglut fällt
und begehrt, den aussichtslosen Kampf zu streiten …
Abermals strahlt der Geselle im festlich feinen Kleid,
erneut spornt unheilbare Sehnsucht mein Verlangen,
allein ich glaub nicht an den Geist der Zeit,
bin doch in meiner tiefen Brust gefangen,
und die Antwort hüllt sich stets in Schweigen.
Sollt ich keinen einz'gen Wunsch zur freien Wahl?
Wird sich das Licht der Liebe jemals zeigen?
Und wann *stirbt* die leidlich traute Qual?
Die Unvernunft hämisch bezeugend,
wenn Kraft und Tatendrang verlören,
dem Erliegen sich bald beugend,
erscheinen Klagen als verweichlichte Allüren. —
Jede Daseinsform sei unberechtigt,
wie auch ich genauso komme dar.
Hab in trübem Lichte übernächtigt,
Bilder und Stimmen vernommen gar. —
Aller Fantasie Gespinst,
aller glücklichen Gedanken zum Trotze:
Seit die Larve des Clowns in mir grinst,
türmt sich mir mein Herz zum Klotze.
Was seinerzeit so viel gepriesen,
heut in Schutt und Staub zerfällt;
was ehedem gedieh auf saftig grünen Wiesen,
heut auf Fels und Stein zerschellt. — —
Verfallen in tiefe Depressionen,
eines Schachspiels schrecklichste Visionen. —
Bauer, Läufer, Springer:
Niemand dünkte des Königs Ringer;
verlassen auch an jenem dunklen Tag,
denn ich der Schönheit der Dame erlag.
Das Herz durchbohrt, gerinnt das Blut zur Narbe,
denn dort, da es fließt in leuchtender Farbe,
geht's um Zuversicht oder Leid, Nehmen oder Geben,
es geht um Liebe oder Schmerz, Tod oder Leben! —
Gepeinigt ob der falschen Sicht,
beliegt er hier, den Blick ins karge Licht. —
Sirbt die Liebe in ihm mit großem Zorn? —
Des Königs unbändige Brust zerfällt,
sein Körper ist bestückt mit Rosendorn',
auch sein Dasein jäh verfällt.
Freilich wenn er sterben will,
denn durch die Hand der Königin.
Und einsam, verlassen und still
scheidet er dahin. —
Vor ihm liegt das Spielfeld brach,

entledigt der Dame mit tiefster Schmach,
die gar so fest und sicher stand,
stets ihre Liebe dem König gestand.
Doch der Feind war stark — die Seele nieder! —
Ein Hin und Her, immer wieder,
bis der König dennoch erlegen,
sich nicht Zuversicht, noch Hoffnung regen.
Mithin trinkt er das Verlangen,
ist ewig in der Liebe der Dame gefangen,
in der Hand den Schild des Führers
und trägt den Namen des Verlierers! — —
Bote jeder dunklen Nacht,
ich bin um meinen Glanz gebracht.
In Morpheus' Armen erlebe ich den Tag,
fleue vor dem Flügel und dem es ächzen mag.
Dann erst, so die Flucht gelingt,
niemand von der Sehnsucht singt!
Doch die Nächte kehren wieder,
erstickende Luft drückt mich hernieder,
schnürt mir die Kehle — Ohnmacht droht,
und so schallt es grauenvoll: Der Tag ist tot!
Prophetisch präsentiert es sich:
Allein ihr Geist und Fleisch erlösen mich! —
Warum erhört sie nicht ihr Herz?
Weshalb der jammervolle Schmerz? —
Sie begehrte meine Liebe!,
kämpfte darum, als wär sie toll.
Jetzt sei alles Lüge,
weil ihr Herz begraben werden soll?!
Mit Blut beschmiert, von Tränen übermannt:
Das Herz ward mir herausgerissen;
es ist geknebelt, gesteinigt, verbannt
und in lodernde Flammen geschmissen.
Ich fühl mich wie ein Clown, geschändet,
wie ein lust'ger Hampelmann;
dabei erschien allein von Schöne ich geblendet. —
Die feine Zeit der Liebelei vertan! —
Das Tastenspiel verklinge sanft im Regen;
wird sie die Blumen auf mein Grab mir legen?
Ich beginn sogleich zu wanken,
bald schon bin ich schwach;
mag nicht länger mich mit Schmerzen zanken,
will sie berühren, sie umarmen, ach!
Könnt ich freilich allem Weltlichen mich entsagen,
könnte offen ihren Namen tragen!
(zum Himmel blickend) Weist das Wort mir und die Schrift,
dass ich meinem Sehnen nicht erliege

und der Übelstand mich nie betrifft,
dass der Geruch des Todes rasch verfliege! —
Warum erzürnt Ihr mir, mein Gott?
Warum der Trauer Pein?
Sie ist Richtstuhl, ist Schafott,
bei Celloklang und Kerzenschein! —
Ein endlos langer Schatten
malet breit der Sehnsucht Treiben.
Alles, was wir jemals hatten,
wird nur Erinnerung noch bleiben.
Wie soll ich an Euch glauben?
Grelles Licht schau ich in Euren Augen,
und das Glitzern um dieses Dunkel herum
ist Euer gelogenes Lächeln — so lieblich als stumm. —
(lauter werdend) Freund Hein ist mir nun äußerst nah;
ich verspüre die Gelust — hurra! —
die volle Lust mit einem Blicke,
(schreiend) dass ich Euch, o Gott!, zum Satan schicke! —
Der Blick erstarrt, der Atem mir gerinnt,
unser Erzfeind mein Begehr gewinnt!
Und nimmermals ist es zu steigern!
(heftig schreiend) Ich werd von nun an Euch den Dienst verweigern!
(genießend) Verführt bin ich von jener Mordlust Gier;
nun das Ichor tropft — wie ich es spür —
das wie erstarrter Regen auf die Erde fällt,
und in tausende Stücke zerschellt.
(triumphierend) Ein Schrei — der Talmund schallt in Stücken! —
Moristopheles will Gott beglücken! — —

Eule Raunte es und verschwand;
ein Schatten malt eifrig schwarz den Teufel an die Wand …

(Faust ab.)

zweiter Auftritt »Moristopheles«

Nacht. Eine Experimentierküche.

(Faust am zehnten Tage allein mit Opiaten; ein Giftschrank mit einer Einhornabbildung, zudem mit einem Kreis mit Querstrich und den Wörtern Aer, Aqua, Ignis, Terra*; Pentagramme liegen umher.)*

Faust Des Hahnes früher Schrei
ruft schon den neuen Tag herbei,
der grau und trüb wie im November:
Heut ist der einundzwanzigste Dezember. — —
Oft verlor ich diesen einen Weg,

den ich beschwerlich bin gegangen;
viel zu oft fiel ich vom Steg
und habe mich verfangen.
Alles in mir will zerbrechen,
ein Ausweg ist zu weit entfernt;
die Straße, die ich geh, ist ein Verbrechen,
und das Glück zu leben, habe ich verlernt.
Jetzt ward die Liebe mir genommen,
Trauer weitschweifig zelebriert,
jeglich' Traum und Fantasie sind längst zerronnen,
weil Gott nicht Liebe mehr an mich verliert! —
Nun wend ich ab mich weit von diesem!
Nicht in Worte kann ich's fassen,
wie ich enttäuscht und traurig und zurückgewiesen.
Das Leben will mich bald verlassen! …
Rex infernus, kommet her zu mir,
dona mihi salutem!, schon bald erwarte ich Euch hier.
Ich stoß die Tore um und schlage alle Mauern ein —
heute ist der Tag, ei, das muss er sein!
Ich bitte Euch, lasst Euch herab,
sintemal ich ein Begehren hab.
Zu Asche zerfällt meine Lebenskraft
mit Gottes heiligem Segen;
nun habt Ihr es geschafft:
Erweckt mich doch zu neuem Leben!,
bringt mir den Tempel allen Lebens heut,
denn ich fühle mich wie nie bereit!

EULE Sphärische Klänge in tiefen Tönen;
ein Klappern und Klirren und höllisches Dröhnen.
So Hämmern als Schlagen — und Schreie —
etwas Monströses dräut alsbald herbeie.
Ein Blitzen und Donnern, so Lärm als Getöse;
Rauchschwaden, Nebel und Feuerstöße!
Die Luft wie von Schwefel und Äther erfüllt,
Flammen der Hölle werden aufgewühlt. —

(Faust pflegt zum dritten Male den Höllenzwang;
der Teufel erscheint.)

FAUST Entweichet, der Ihr zu erscheinen wagt
als hässlich faule Kreatur,
wenn Ihr wohlfeil und ästhetisch mir behagt,
will ich empfangen Euch gleich mit Bravour.

(Der Teufel ab.)

Wie gehorsam, flink und zierlich
der Deiwel selbst mir Untertan —
ei, das weckt begierlich
neues Wissen, spornt zu großen Taten an!

Eule Und in dem Kreis gebroch'ner Kreide
ist ein Abdruck wie ein Huf geblieben;
einer, den des Unheils Initial bekleide,
der eine *sechs sechs sechs* in leichten Staub geschrieben.

(Der Teufel erscheint erneut.)

Sein gemimtes Antlitz ist verkannt,
Flammen züngelnd, tänzelnd — glühend heiß!
Der Verführer, heuer edel und galant,
gibt sein Erscheinen trefflich preis:
Feinstes Kaschmir über seiner Schulter hängt,
ein cremig weißer Schal darüber,
jeder Blick ist harsch gelenkt;
ein kristallkalter Hauch raunt vorüber.
Aus Satin, mit schimmernd weichem Lüster,
liegt der Kummerbund geschmeidig um die Hüfte,
ein stetes, rastloses Geknister
singt schwebend sich durch alle Lüfte.
Eine schlanke Silhouette zeigt sein Profil
(mit Chorgesängen, die ihn umkreisen),
in elegantem Gehrock und perfektem Stil —
der Verführbare soll ihn lobpreisen!

Moristopheles Ihr habt herbei mich selbst gerufen?
Schnallt ich gleich flink und forsch die Hufen.
Welche Sünde ist Euer Begehr?
Nur frei heraus, vielleicht schaff ich sie her.
Freilich höret gut
und was ich *dennoch* sagen will,
und erkennet in des Feuers Glut,
dass meine Augen dabei still!

Faust Ich ersuche Euch in großer Eil,
mit der Bitte einer kurzen Weil:
Blicket herab von Eurem Thron,
so Furcht als Macht sei'n Euer Lohn.
Gleichsam begehrend das kreisende Gemäuer
und aus den Fackeln das lodernde Feuer …
Eure Begier ist die meine,
die ich nimmermehr beweine,
was mir ward angetan und mir ist zuzumuten —
verderben soll es und beharrlich bluten.

All die Heuchelei soll enden,
jegliches Berührte soll sich wenden,
die Kraft soll verlieren, was sie errichtet,
und die Liebe sei mir neu erdichtet.
Gewiss: Euch ist's recht,
doch ich bin kein Gottesgeschlecht!
… erhöret also einen Bettelmann als Knecht.
Mein Wandel ist erhoben und verdächtig,
meine Gabe so lohnend als mächtig:
Hier, dieses Gewand, gleich einem Ornat,
einst Gott gehörend, gibt Euch Rat.
Eure Verdüsterung sei erloschen und verweht
von jenem Sturm, der seltsam sich verdreht,
sodass der Mundus platze.
Und ich erspähe Jehovas Fratze:
Die Verbitterung, die Last, die sich mir auferlegen,
soll das Siebenfache in ihm bewegen.
Euer Zorn sei mein Verfehlen,
niemandem will ich davon erzählen;
doch glückt es mir,
willkommen sei ich hier:
Euer Diener und Wächter mag ich sein,
als Sklave beruft in Euer Heer mich ein.

Moristopheles Armselig, wie Ihr jammert, wie Ihr bellt,
Euch mir und meinem Gericht gegenüberstellt.
Treffen soll mich Gottes Blitz,
verwendete ich einen Witz
wie Ironie in diesem Spiel,
welcher ohnehin und gleichsam fiel,
schon als ich Euch erschienen. —
Alle Toten, die mir dienen,
sind auferstanden und entstellten mich
als nichtigen Wicht, gar lächerlich,
was denn in mich gefahren,
vor solchem mich nicht zu bewahren.

Faust Gewähret mir nur Augenblicke Eurer Gunst,
um Euch zu entführen,
Ahnungslosigkeit wird zur Kunst,
damit so Furcht als Macht nur Euch gebühren.
Mit Gott bin ich gebrochen,
von Euch hab ich mir mehr versprochen!

Moristopheles Nennt mir Euer erbärmliches Ziel,
erwartet freilich nicht zu viel!

Faust Ich bin in die Grube Gottes gestürzt,
sichtlich mein Wohlwollen damit gekürzt,
erbringe nicht das Böse und streue nicht die Saat,
widerfährt mir Gutes, sprenge ich den Pfad.
Disteln will ich säen, soll'n gedeihen,
Brennnesseln an den Altar will ich reihen,
will Euch dienen und kredenzen den Krug,
der Liebende dumm heißt und Dumme klug.
Will vor Euch knien, Euch zu Füßen beliegen,
mit Euch die ganze Welt besiegen!

Moristopheles Dieser Spaß und diese Kund,
keck gesprochen aus Eurem Mund,
voller Erwarten was meiner prahlet,
mich ermüdet und mir schadet,
ist der Gipfel, den Ihr besteigt,
der nimmer in den Himmel zeigt.

Faust Ich will nicht Falsches scheu'n noch Fehler,
von dem Fass schenkt mir ein Kännchen;
ein dreizehntel sei hier der Zähler,
denn erst der Misstritt macht uns doch zu Menschen. —
Was ich begehr, ist der Tropfen in der Hand,
welcher fiel aus der bewölkten Wand
vor mich hin auf kalten Stein.
Ihr sollt von mir verehret sein,
ich will kratzen an der lieblichsten Frucht;
voller Inbrunst sei ich der Schuft,
der nicht halten wird, so er verkehrt,
den Augenblick sehnlichst verehrt,
lacht, schwitzt, die glänzenden Augen schließt,
bis die Zufriedenheit bald endlos fließt …
Bisher galt ich als brav und fein,
war nicht Gott, noch Scheusal wollt ich sein,
und die Seele bliebe allzeit mein.
War nicht des Todes, nicht des Lebens,
und meinen Herrn suchtet Ihr vergebens. —
Nun mag ich, wofür Ihr bekannt,
will alles erleben, was als teuflisch wird verstand!
So ich mich leise aus dem Leben stehle,
gehöret einzig Euch nur meine Seele!

Moristopheles Ich verstehe das Begehren,
will mich freilich nicht verwehren,
doch wofür sollt ich mich erweisen;
warum solltet Ihr wie einen Gott mich preisen?
Ich mag nicht hasten und nicht eilen,

lasst mich ein Stündchen bald verweilen.

(Moristopheles ab.)

Faust *(den Höllenzwang ablegend)* Ihr haltet mich gefangen!
Ist der Spaß Euch schon vergangen?
Ist der Preis zu hoch für meine Seele;
schnürt dieser Euch so sehr die Kehle?
Seid Ihr wohl nicht imstande?
Verlaufen sie im Sande,
all die Wünsche und Begehren?
Wofür erwartet Ihr besond're Ehren? —
Verzeiht, dass ich so ungestüm Euch störte,
in Eurer selbstgerechten Ruh empörte.
Ich werd vor Gott um Gnade flehen,
Lass alle Hoffnung ziehen und verwehen.

(Moristopheles erscheint zum dritten Male.)

Moristopheles *(lacht)* Ihr schlagt mir in den Nacken;
wollt mich bei meiner Ehre packen?
Nun gut, sind Eure Worte so gemeint,
so werden Wir alsbald vereint.
Vermag fortan damit zu leben
und will mich dienlich Euch ergeben.

Faust So soll's denn sein,
kommt, schlagt darauf ein.

Moristopheles Na, na, na; einstweilen will ich den Kontrakt,
verlange schriftlich ausgefertigte Begehren,
die bezeugen unsern Pakt
und diese Paragraphen allesamt erklären:
Ihr seid von Zeichnung an mein Eigentum
und aller Christen Feind;
verleugnet den Glauben und christliches Tun
und verwehret den, der Euch beweint.
(Einen Vertrag herlegend) Letztlich wäre noch die Kleinigkeit
auch zu bezeichnen das Papier,
und erfüllt sei Unsre Einigkeit
mit Eurem warmen Blut an dieser Stelle hier!

Eule Plötzlich schwankt und zaudert er,
fällt das Signieren durchaus schwer.

(Ein schwarzer Engel tritt auf.)

Schwarzer Engel Fauste, füg dich der Bestimmung!
Bis zum Ende bleib ihr treu;
und schließ die Augen zur Besinnung —
du sah'st noch nie so klar, so neu.
Ein leises Wort nur,
ein kleines Stück vom großen Leben,
ein Anblick will dir Großmut geben,
zieht dich fort nur.

(Der schwarzer Engel ab.)

Faust Was kümmert heute mich mein Seelenheil,
wenn's übermorgen erst mir flöten geht?
Wer weiß verbindlich schon, zum größten Teil,
ob ich's erlebe noch, wer's wohl versteht?!

Eule Grausig und in großen Lettern
wollen eisichte Worte schaurig klettern;
ein Schatten haucht in feurigem Brand
„Homo fuge“ an die Ofenwand!
Allein es bleibt vergebens;
und den Holzrauch eines langen Lebens
vertilgt der Schlund durch den Kamin.
Starrsinnig übersieht er ihn
und unterschreibt auf einem Tisch mit Leder
mit seinem Blut und einer Krähenfeder. —
Der Schwarze heuchelt nur zur Schmach
und ahmt den treuen Diener nach.
Das Kratzbuckeln aber lenkt zum Verweilen
den Blick auf die hinterdrein drohenden Zeilen:
„Fauste, iudicatus es,
in aeternum damnatus es!“ —
Es eilt herbei Mercurius, der Rabe!
Und woran der graue Mönch sich dereinst labe,
trägt er die Verschreibung fort mit Schnabel und mit Krallen;
augenblicklich Hohngelächter schallen.

Faust Wo die Pferdeschwänze lebhaft wippen,
lüstern mancher Hintern schwingt,
wo zarte Glieder, feine Lippen,
alles mich umschlingt,
wo Hoffnung, Frieden, Glück mich lieben,
Tat mit Kraft und Mut mich zwingt,
allwo mit feurig-heißen Trieben
neuer Glaube in mich dringt,
wo Harmonie legt Lieb auf meine Rippen,
frisches Fleisch leckt alten Wein,

wo Zauberkelche aus dem vollen Leben nippen,
da lasst mich willkommen sein!

Stimme von oben Fauste, was hast du getan?
Einem Wahn
bist du erlegen,
er kann dich in die Hölle fegen!

Eule Schreckliches Gelächter packt ihn an der Hüfte,
sodass keines der Worte ihn laust;
auf einem Zaubermantel durch alle Lüfte
entschwindet Herr Urian sodann mit Faust.

(Faust und Moristopheles ab.)

dritter Auftritt »Estriga«

Faust experimentierend. Hernach der Weg zur Hexe.

(Moristopheles und Faust treten auf.)

Moristopheles Hört auf, in diesem Mist umherzurühren,
Eure Siebensachen sind zu schnüren,
denn es gibt zu tun!
Fortan werd ich nicht ruh'n,
das pralle Leben Euch zu zeigen,
dem sollt Ihr Euer Streben neigen!
Für das Forschen und Probieren,
fürs Beschwören und Studieren
bleibt hernach noch lange Zeit!
Und überhaupt — wofür wollt Ihr so gescheit?
Ihr zeigt Euch grau und grauer,
krümmt den Rücken gleich dem Bauer;
wollt Ihr das volle Leben noch genießen,
müsstet Ihr die Zeit verdrießen.

Faust Fürwahr sprecht Ihr erfahren
bin doch geziert mit reichlich Jahren,
gleich küsst Ausschweifigkeit
allein das volle Leid!
Alt werd ich auch ohne mein erbärmliches Zutun,
dessen bedarf es keiner Kunst, es stört kein Ruh'n;
für das Erkennen der Welt aber muss ich mich strecken,
muss die Welt, das All aufs Neue täglich entdecken.

Moristopheles Es sei denn, Ihr wärt bereit …

Faust … Ja!, so nehmt mich hin in Euer Geleit!
Wohin des Wegs, wann geht es los?
Der Mensch ist klein, die Welt ist groß!

Moristopheles Durch eine Schlucht der Finsternis,
hindurch den Weg mit Hindernis,
führ ich Euch auf schmalem Pfade
auf eine reichlich stramme Eskapade.
Sodann bereitet Euch und seid bereit,
seid für das Abenteuer *Mensch* soweit.
Die große Welt heißt Euch willkommen,
Schritt vor Schritt wird die Erneuerung begonnen.
So seid gewarnt!, beglückt zugleich,
hernach seid Ihr an Wissen, seid an Jugend reich!

Faust Die Philosophie des Augenblickes nutzen,
der Theologie die Federn stutzen;
ja!, schreitet mich, ich will's erleben,
will völlig mich dem Glück ergeben.
Ob ich mich fürchte oder nicht,
führt mich an des Daseins Licht!

Moristopheles So zögert nicht, alsdann
zieht Eure besten Kleider an.
öffnet Euer großes Zauberbuch,
wonach Wir reisen auf Besuch.

Faust Unsern Gastgeber ziert Freundlichkeit,
ist in der Zauberkunst gescheit?

Moristopheles Ein Mütterlein, gleichwohl erfahren,
wie seine Reichlichkeit an Jahren.
Zu Unrecht aus dem Leben verbrannt,
ward es dorthin einst verbannt.
Wohlwollend hatten wir es bald begrüßt,
und es erlernte stolz, wofür es längst gebüßt.

Faust Herbei den schönsten Rock
und gebt mir einen silbern Stock;
schafft herbei mir gut Geschmeide
und ein Halstuch ganz aus Seide.
Ich brenn der heißen Begierde
und erhoffe mehr denn Zierde.
Wenngleich Furcht mich noch begleitet,
bin ich der Erste, der den Weg beschreitet. —
Mein Herz schlägt laut und wild,
auf dass die Neugier mir gestillt.

So tretet beiseit,
ich erkämpfe die Zeit,
will Fahnenführer sein,
laut den Triumph gen Himmel schrei'n. — —
Doch ist der Weg denn weit,
als dass er stillt meine Vergnüglichkeit?

MORISTOPHELES Geduld, mein Lieber, Geduld.
Mit wenig Zeit und Teufelshuld
sind Wir schon bald am Ziel;
Unser Wegbereiter sei der Besenstiel.

EULE Rhythmisch, gar hypnotisch stampft ein Donnergrollen,
dem Faust schon bald Tribut wird zollen;
und sacht, sehr sachte schlummert er dahin,
legt behutsam auf die Brust sein Kinn.
Nur sein Geist ist hell und wach! — —
Die Atmung wird nun langsam flach,
Das Ziel ist nah;
und kaum sind sie da,
siehe, da erstirbt die Ruh —
verwirrt schaut er sich um und zu.

(Sie kommen an. Faust, hellwach, durch den Raum tretend.)
MORISTOPHELES Man erwartet Euch seit einer Weile,
doch Ihr musstet Zeil um Zeile
elendslange disputieren
und jede Menge Zeit verlieren.

FAUST Estriga heißt's Mütterlein?
(Moristopheles nickt) Ich las es draußen auf dem Feuerstein. — —
(für sich) Recht düster dünkt mir dieser Raum,
der durchaus leidlich existiert. —
Wie in einem tiefen Traum,
in dem die Wahrheit revoltiert,
steh ich bald starr, bald fest
und halb von Furcht umschlungen;
bald meine Hose ist benässt,
schlecken an mir kleine Zungen …
Ein Blick durch dieses nied're Zimmer
dünken Kobold mich und Geister;
dass die Furcht noch gar wird schlimmer,
erscheint im Feuer mir der Meister.
Bücher stehn reihum zuhauf —
eines liegt noch offen
auf einem Stapel obenauf,
dessen Einblick mich heuer getroffen:

Zauberformeln und Rezepte,
fabelhafte Gleichungen,
ein Eindruck, der die Sinne mir verschleppte,
und obskure Zeichnungen.
Dreiecke, Sichelmonde, Kreise,
Symbole für Kraft und Geist und Energie,
Henkelkreuze, Pentagramme leuchten weise
und zeigen Stärke an und Lethargie.
Diverse Utensilien liegen auf dem kargen Tisch,
wie Karten, Knochen, Schalen und Schatullen,
Hufeisen, Brille, auf einem Teller ein Fisch
und in einem Ständer diverse Ampullen. —
Ein hübsches Amulett
macht meinen Blick ein wenig schwach;
darin eingraviert, bald giftig violett,
Abrasax — allein die Schrift ist flach. —
Fledermäuse an Regalen,
Papier, gerollt, darinnen —
in einer Ecke wollen Katzen prahlen,
in einer andern krauchen Spinnen.
Bücher erblick ich immer wieder,
große, schwere, allerorts verteilt;
eines Flügeltieres bunt Gefieder
und eine Ratte, die auf Moos verweilt.
Einen Korb mit Holz kann ich erkennen,
Krüge, Becher und dergleichen,
unter einem schweren Kessel will ein dürftig Feuer brennen,
und eklichte Gerüche woll'n mir an die Nase reichen.
Gleich am Grudeherde steht ein Besen,
nah dabei die Kugel aus Kristall;
ein Schädel, eines Menschen ehedem gewesen,
auch Kräuter und Gewürze hängen überall.
Gepflückt, gezupft auf eig'nen Beeten,
ragen sie empor mit Stolz. —
Pilze in profunden Qualitäten,
Gemüse, Obst, Holunderholz.
Löffel, Messer — mit und ohne Schneide —
Körbe, Flaschen und Phiolen,
Gläser, darinnen Eingeweide,
eine Kiste voller Kohlen;
Schachteln, Truhen, Schalen,
Töpfe, Kellen, Pfannen,
Hammer, Stößel, eine Mühle, um zu mahlen,
Filter, Trichter, große und auch kleine Kannen;
Blasebälge, Nudelhölzer, Kerzen,
Wolle, Nadeln, Nadelkissen,
eine Schreibfeder füllt die Brust mit Schmerzen,

und die Bücher kokettieren überhauf mit ihrem Wissen.

EULE Wie in Trance verfolgt er das Geflimmer
und will heuer nach des Kessels Inhalt lechzen.
Der Ausblick freilich dünkt nun grimm und grimmer,
dieweil die Scheite lauthals ächzen.
Jählings springt ein Katzentier ihm an den Leib —
erstarrt, erschrocken steht er vor dem Feuer
und just herein kraucht's alte Weib,
vornweg ihr Schatten als ein Ungeheuer …

(Estriga tritt auf.)

ESTRIGA *(etwas ächzend)* Nur herbei und fürchtet Euch nicht,
lauscht der zwölften Katze, die Euch spricht,
herbei und tretet nur herein,
sie will meine letzte sein.
Atmet diesen scharfen Duft,
der in Euch Erwarten ruft.
Lechzt nach diesem heißen Tropfen,
der Euch meines zwölften Besens Klopfen.
Leise wimmernd wollt Ihr fluchen
und jenen edlen Trunk versuchen,
der in diesem Kessel braut,
vor dem es gar dem Himmel graut:
Zweifelsohne mit Müh'n gepflückt,
hat mich die Alraune oft beglückt,
sie sang von den Zähren der Gehenkten,
vom Leben der Verschenkten;
Bilsenkraut und Belladonna kochen,
mit etwas Mehl der Gehenkten Knochen;
mit einer Hostie gefütterte Kröte,
spendend Blut wider alle Eure Nöte;
das Fett von ungetauften Kindern
will Euch Eure Falten lindern;
für Schöpfungskraft zwei krude Ei,
für hohe Muskelkraft ist Fenchel noch dabei;
Spargel für die Reinigung
und Sellerie für die Vereinigung;
Lorbeer, dass Ihr weise seid,
Oliven für die Jugendlichkeit;
wider Ängste hilft Melisse,
gegen Verschlackung reichlich Rattenpisse.
Hiervon, davon, etwas Rosmarin,
Kraft und Energie verstecken sich darin;
etwas Paprika für die Durchblutung,
und für Eure Vermutung:

Den Abschluss bildet, für jede Gewähr,
als Antigift die Walderdbeer.
Entleert mit einem Zug
den mit diesem Trunk befüllten Krug,
und nach Tagen der ewigen Sünden
werdet Ihr geistigen Frieden finden.
Entleert den zweiten Krug schnell hinterdrein,
so wird Euch ewige Jugend gegeben sein.

Faust Gibt es kein Entkommen des übelsten Gebräu?

Estriga Ihr habt doch keine Scheu?!

Faust Und kennte ich ein Hindernis?
Estriga Es hilft Euch. Sehr gewiss!

Moristopheles Faustus, seid Ihr ein ganzer Kerl, ein Mann,
seid der Gebrechen leid nicht irgendwann?

Faust Mit Widerwillen, voller Übelkeit
bin ich des Trinkens freilich gleich bereit.
Das in Aussicht gestellte lockt dabei,
und so es hilft, ist dessen Süße einerlei.

Estriga So ist's richtig, so ist's gut.
Fasst noch etwas frischen Mut
und hinunter geschluckt als sei es Wein.
Ihr werdet ewig dankbar sein.
(Er leert erst einen, dann den anderen Kelch in einem Zuge.)
Nun ziehet hin ins Reich der Sünden,
von kurzer Dauer will's, bis Wir einander wiederfinden.

Faust Die Zeit des Darbens ist vorbei,
vergangen auch die Fragen nach dem Allerlei;
unvergessen bleibt allein
der lange Weg im Mondenschein.
Dreifach war der Kuss der Imme,
vielerlei des Herzens Stimme,
dreifach überdies der Sonnenuntergang
und bald auch in demselben Klang. —
Ach!, wie viele Wege sind gegangen,
wie viele Lieder durchaus die Winde sangen,
welche Berge, welche Täler sind bereist,
welche Kostbarkeiten bis zum Ziel vereist?!
Doch die Zeit des Darbens ist vorbei,
vergangen auch die Fragen nach dem Allerlei;
der Blick nach vorn gilt als gelassen —

so bin ich fortan nun der Herr der Massen …

Moristopheles Wie erstrebenswert kann es gereichen,
Jenem droben bald zu gleichen?
Wie unendlich einsam wäre Euch das Leben!
Dem gilt Euer Streben?
Und ist dieses Streben nach dem Wissen,
nach der Wissenschaft, der Ihr beflissen
in allem Können, in aller weltlichen Macht,
sehnsuchtsvoll bis zur geistigen Nacht
verzweifelt nachjagt, bis zum Verdrießen,
vereinbar mit Eurer irdischen Lust und dem Genießen?
Wollt — *könnt* Ihr diese Welt
im Ganzen, wie sie aufgestellt,
den Sinn des Daseins, dessen Tun
erfassen, ohne auch zu ruh'n?

Faust Nur ein ruheloser Geist,
nur die endlos strebende Tat
verdient, erwirbt, ja preist
Freiheit, Leben und höfischen Staat!
Und fürwahr, dem gilt mein ew'ges Streben,
denn dies allein bedeutet mir, genussvoll leben. — —
(lallt) Schwankend, zitternd, durchaus scheu …
Ich fühl und sehe nichts, welch schreckliches Gebräu!
Umgarnt sind meine schweren Lider …
(Er fällt zu Boden.)

Moristopheles … und schon streckt's ihn hernieder! —
Ei, nun alle Sinne spielen einen Streich …
Ach!, stets ist dieser Ablauf gleich.

(Moristopheles und Estriga ab.)

vierter Auftritt »Szenerie zur Hölle«

Eine unwegsame Gegend.

(Faust tritt auf.)

Faust Unweigerlich gerat ich an ein dunkles Schild,
das von Dreck und Stank umhüllt.
In übergroßer Inschrift,
um jedem Blick, wohin er trifft,
zu begegnen, sind diese Zeilen dort genannt,
die mir seltsam schon bekannt:
Arge Qualen mögen euch verzücken,

allen, die dies Reich erblicken.
Euren Glauben, eure Wünsche lasset weichen,
kein göttlicher Funke wird euch je erreichen! — —
Wie kam ich hier in diese Öde,
die einfallslos, von Menschen leer und schnöde?
Traumgestalten deuteln mir und wanken,
zu spät werd ich gewahr dem Schwanken. —
Ein Starrgebild erhebt sich trunken,
ergibt sich seiner Brust im Taumelfunken.
Einem Kessel gleich umnarbt mich jenes Dampfen,
Gestank und Geifer, die mir Hals und Herz umkrampfen.
Brodelndes Gemäuer, lodernde Flammen,
dumpfes Hämmern und Schlagen und Rammen. —
Ein Spiegel fällt mir vor die Füße,
zeigt Vergang'nes — und ich büße!
Ein Kreischen packt mich jäh am Kragen,
zwei Krallen nehmen mich zum Tragen.
Mir wird blümerant und heiß und bang:
An einer grünlichen Lava fliegen wir entlang,
vorbei an all den kleinen Sündern —
das mag mein Leiden etwas lindern —
und an all den ungetauften Seelen,
die ungestüm sich geißeln, quälen.
Ein Schatten springt mir ins Gesicht
und flüstert leise mir vom Licht.

Schatten Das Licht, das Licht, es ist so weit,
seid zum Sterben Ihr bereit?

Faust Schon lässt es *von* mir, das Getümmel,
weil Schreie lauter, weil näher das Gewimmel,
sintemal der zweiten Sphäre wir uns nähern.
Zwei Gruppen von Läufern und Gehern
umschwirren uns folgend durch das Tor;
jäh kneift ein Kopfloser mir ins Ohr.

Stimme Starre! Starre!, es ist so weit,
seid zum Leiden Ihr bereit?

Faust Unsanft lassen mich die Krallen sacken,
sodass mir meine Rippen knacken.
Ich finde mich in einem See aus Kot und Geifer,
aus Erbrochenem, Urin und steifer,
weil gebrannter und gefeuerter Masse;
ein abscheulicher Ort, den ich hasse. —
Schon erfasst mich unterm Schritt ein Ding,
was soeben noch an einem Feuer hing.

Heftig trägt's mich aus der stinkenden Seuche,
dass ich mir Wohlgefallen heuchle. —
Kaum dem Mief und Mist entronnen,
entdecke ich, wie halb benommen,
in der nächsten Sphäre diese Kreaturen,
welche unbesaget leidvoll huren.
Mithin ein Gekreisch und Stöhnen,
als müssten sie mit ihrem nächsten Leben löhnen. —
Das grobe Ding wirft mich von seinem Rücken,
und eine finstere Gestalt auf Krücken
zeigt die Richtung, die ich gehn soll, an:
Voran, ach!, immer nur voran! — —
Weil ich verharre kurz und stehen bleib,
reißt eine Dirne mir die Kleider von dem Leib.

(Eine Dirne tritt auf.)

DIRNE Frischfleisch, Frischfleisch, es ist so weit,
seid zur Sünde Ihr bereit?

(Dirne ab.)

FAUST Voll von Scham, erbost und voller Kummer
laufe ich, damit es nicht noch schlimmer.
Doch ich laufe tiefer noch in diese Glut
und schwitze mir vom Leib das Blut. —
Ein Stolpern bringt mich schnell zu Fall,
da ergießt sich schon ein heißer Schwall:
Eine Horde Kreischender und Keifender,
sich meiner Ergreifender
masturbiert und uriniert auf meine nackte Haut.
Ich schreie und ächze, dass mir's die Stimme raut;
furchtvoll quillt mein Blick und trüb,
ich trage greinend mich nach einem Hieb,
vorbei an nackte Seelen mit Pech behangenen Strähnen,
vorbei an ihren unfruchtbaren Tränen. —
Schmerzlich brennen mir die Füße,
heißer, glühender Sand verlautbart Büße.
Ich bin im Reich der Neider angelangt;
hier hat alles Hoffen abgedankt. —
Nicht Licht, noch Wind, nicht irgendein Erheben,
nicht Wasser oder Pflanzen versprechen eine Form von Leben.
Kein lebendes Getier, nicht Erde und kein Samen
verbotschaften Bess'rung in des Lebens Namen.
Von Kot und toten Würmern umringte Gestalten,
deren Gebeine nur darob zusammenhalten.
Moder, der Tote bringt ins Grab,

und flammendes Getier kriecht hinab.
Der Gestank brennt in den Augen mir und sticht,
mit meinen Händen bedeck ich mein Gesicht.
Eingeweide und Gebeine allerorten zuhauf,
ein gelblich grüner Schleimverlauf,
mit Spritzern von Blut gespickt,
in den Öffnungen von Wurm und Getier versickt.
Die gesamte Lava schwillt zum Kochen,
derweil hat mich ein loser Arm gestochen.

Stimme Zu spät, zu spät, es ist soweit,
zu spät, so Ihr noch nicht bereit.

Faust Und flugs, verpasst er mir einen Schlag. —
Auf einen von Sud bedeckten Belag
streckt mich's hernieder;
vor dem Tor in eine neue Sphäre finde ich mich wieder.
Ein Strom von immer neuen Seelen fließt herbei,
watet entlang durch diesen heißen Brei,
als schon beschrieben war zuvor.
Sie bilden einen bass gequälten Chor,
eine Reihe nebelhafter Gestalten,
allesamt die Hände falten.
Ein Geiziger mit einem Arm
entleeret heuer seinen Darm.

Stimme Vermaledeit, es ist so weit,
siehe, wie der Wind sich zweit!

Faust Tiefer noch denn finst're Kreaturen
dünken mir die zornigen Figuren,
welche bitt'rer Mienen den Tunnel queren,
um die nächste Sphäre zu mehren.
Die Törichten, Schmachbelad'nen, die im Höllengifte schmoren,
sind auf ewiglich in diesem Schwall verloren.
Ihre Gesichter sind von Zorne rot wie Glut,
vermöge ihrer grenzenlosen Wut.
Ein Wurm hebt zu erwidern an
und kommt dabei an mich heran,

Stimme Hassen, hassen, es ist soweit,
seid zu Qualen Ihr bereit?

Faust Doch er wird verdringt von Jammervollen,
die alle in die tief're Sphäre müssen wollen.
Qualvoll, düst'rer Hintergrund
trübt mein Aug gehörig wund.

Ein Meer aus brennendem Gestein,
soll hier der Wegbereiter sein,
doch nicht Steine sind's, denn Seelen,
welche hilflos sich durch diese Todeswüste quälen.
All die Ketzer und Betrüger ranken
schreiend sich und vor Gebrüll kurz wanken.
Wie eine Wunde, in der Salz,
packt es mich an meinem Hals. —
Ein klebrig schleimendes Ungeheuer
entfacht sich dann zum Ketzerfeuer.

STIMME Verharre, verharre, es ist so weit,
seid Ihr zur letzten Strafe nun bereit?

FAUST Der Gestank von Geifer, Urin und Kot,
von Eingeweiden, verbranntem Fleisch, von Tod
würgt stärker gar denn je zuvor,
führt in den Tunnel mich zum brennenden Tor. —
Ich falle, falle endlos tief in einen Schlund,
fall durchaus eine viertel Stund;
vorbei erneut an jeder Sphäre,
sinne bald, ich fall ins Leere,
bis ich an der letzten, tiefsten Zone,
noch hoffend, dass es mich verschone,
mit lautestem, gequältem Schrei zu Boden gehe.
Der Menschen Abschaum ist es, was ich sehe!
Schwefel sei ihre Nahrung,
und Säure verhindert die Paarung.
Mir graust es vor dem Feuerregen.
Der Zerberus will mich bewegen,
kläffend, fletschend zeigt er seine Zähne,
verhält sich wie die hungrichte Hyäne.
Er treibt die Elenden ins Verderben,
alle betteln für das Sterben,
zumal alle drei Erinnyen
ihren schrecklichen Gesang beginnen. —
Verbrechen und Gewalt beherrschten einst ihr Leben,
von Pech und Schwefel ist es nun umgeben.
Berge von schreienden Kreaturen
mit grün geschleimten Spuren;
Köpfe, die durch die Masse rollen,
Gestankeswolken und Donnergrollen,
urinierende und kotende Gestalten,
totes Schlangengewürm und Ungeziefergewalten,
schreiende, brennende Körperhüllen,
die Münder geformt zu Tüllen,
aus denen das schleimichte Gemisch entrinnt.

Ich wollt, ich wäre taub, geruchlos, blind. —
Wie ein tollwütiges Tier mit Schaum vorm Maul,
ein lodernder Geruch, wie Pest, so faul.
Das Ganze entfacht zu einem schwefligen Brand,
hier herrscht des Teufels eig'ne Hand.
Wie braun müsst meine Farbe sein,
um unerkannt mich einzureih'n? —
Ein Hämmern und ein Schlagen:
Die Wächter sind erneut beim Jagen.
Schreckliche, sphärische Töne dringen hervor,
wie aus einem überdimensionalen Ofenrohr.
Einer packt mich, der noch grad gehämmert,
und schlägt, dass mir's wohl dämmert.
Einer sitzt mit einer Starre jener Ewigkeit
auf glühenden Steinen darinnen,
und seiner Seele transzendente Wenigkeit
saugen aus ihm tausende Spinnen.
Seine Eingeweide schlürfen Dämonen,
und deren Brüder mit eklen Fratzen
vermögen, seinem Leibe beizuwohnen
und ihm die Augäpfel aus den Höhlen zu kratzen.
Mantikoren schicken sich an,
ihn zu zerreißen, zu zerfetzen;
an den Haaren zerrt und reißt ein Waran
und wird eine Schar von Chimären auf ihn hetzen.
Alsbald sind zerfleischt seine Reste,
und er wird für ewiglich dort schmoren. —
Jener Alp, der lud zu diesem Feste,
krault genüsslich seine spitzen Ohren …
Von dem Verdammten wende ich mich ab,
doch Gleiches wird durchaus *mir* zuteil,
und so ich mich in meinem Traum ertapp,
verlautbart dieser mir mein rechtes Urteil!

Eule Nach Tagen der Bewusstlosigkeit
erwacht er heuer im Teufelskleid.

(Moristopheles tritt auf.)

Moristopheles Ich werd dienlich Euch zur Seite stehn,
Euch soll's mit mir nicht schlecht ergehn.
Allein was nützt schon Fleiß Euch und was Wissen,
wenn Zechen unbeglichen ruhen müssen,
wenn nicht Ort, noch Raum Euch eigen,
kurz: Wenn sie am Bettelstab Euch zeigen?
Nun, ich biet Euch allen Reichtum dieser Welt,
was Euch fehlt, was Euch gefällt!

Faust Fürwahr, die schwere Zeit scheint nie vorbei,
drum schafft's herbei,
und schafft es schnell,
Himmel schafft mir, wie ich sie bestell!

Moristopheles Aber wenn die Zeit gekommen,
wird endlich unser Bund vollkommen.

Faust Ihr seid abscheulich, schlecht, durchtrieben!
Wes bin ich erlegen, dass ich geblieben?
Ihr benebelt meine Sinne,
dass mir's Blut in meinen Adern gerinne.

Moristopheles Seid nicht dumm,
schaut Euch nur um,
das Schwarze sei viel häufiger benannt,
ist gegenwärtiger denn sein Pendant. —
Im Grunde bin ich nur ein Teil,
nicht böser denn die Menschheit.
Ich schaff das grobe, große Unheil,
welches öffentlich getragen ohne Kleid.
Freilich der Mensch im Kleinen,
im fein verzweigten Unrecht,
ein Meister der Seinen,
ist, ob der vielen Ungerechtigkeiten, nicht minder schlecht.
Drum nutzt die Zeit,
nutzt diese Stunde!
Gelust und Liebe nehmt zum Geleit,
denn fürwahr, an ihrem Unrecht geht die Welt zugrunde. —
Vielmehr bin ich nicht, als Ihr ersehnt,
Ihr selber fandet diesen Wunsch erwähnt.
Nun heult mir nicht vom Grabe,
weil ich Eure Engelshaftigkeit erschüttert habe.

Faust So geht hinfort, lasst mich im Reinen,
ich möcht ein Weilchen mich beweinen.

(Moristopheles verschwindet mit einem hämischen Grinsen.)

Fünfter Auftritt »Nebel«
In Faustens Küche.

(Faust tritt auf, hernach Christoph.)

Faust Ein verlorener Tag neigt sich dem Ende,
nervöse Schatten zieren kahle Wände,

ängstlich lauf ich auf und ab,
allmählich begeb ich mich bergab.
Mit dem Gedanken spielend, den Tropfen zu versuchen,
trüb schimmernde Blicke leise mich verfluchen.
Hingerissen hängt mein Blick an dieser Flasche:
Ob ich nur minder von ihr nasche?
So bin ich freilich endlos schwach
und geb, o jammervoll, der Lockung nach:
Wie umnebeln mich die Geister, schwirren,
leere Flaschen auf den kargen Boden klirren.
Ich tauche ab, weiß nicht mehr, wer ich bin,
und schenke mich der heißen Sehnsucht hin.
Nur schlimmer noch denn Sehnsuchtsschmerzen
ist's Leben ohne Lieb im großen Herzen.

Eule Moristopheles' schmeckender Regen
kommt Faustus freilich sehr entgegen,
und die Trauben, die ihm eingeschenkt
gesellig er jeher vermengt. —
Abends diese Mischung durchaus gern gekostet,
fühlt er sich alsbald eingerostet,
denn was er heute noch genossen
und manneskräftig in sich hineingegossen,
lässt seinen Körper morgen zittern,
zugleich ein wenig daran wittern,
was festiglich passiert,
so er die Kontrolle über den gebrannten Wein verliert.

(Christoph tritt auf.)

Faust Christoph, Ihr, mein Retter,
Ihr findet mich inmitten dieser Bretter
und in diesem Chaos meiner Wissensreise.
Heimlich starb ich schon auf sehnsuchtsvolle Weise,
und ich ersann, es ging bergauf,
die Bahn der Finsternis hinauf. —
Weißer Nebel umhüllte mich,
das Schloss erstrahlte wissentlich;
Sehnsucht trieb mich in die Nacht,
schenkte mir den Traum und hielt mich wach.
Alles drehte sich, erschien so farbenfroh, so bunt;
ich drehte *mich*, die Zimmer waren rund
und so blau als gelb, so grün als rot,
ich schwankte wie ein loses Boot,
hörte Stimmen, Geister, auch Geschrei;
mein Kopf — so schwer — und alles dünkt' vorbei!

Christoph *(abgewandt)* In diesem Nebel wird mir heiß und kalt.
Seine Stimme erzittert und verblasst,
und ich wünsch, dass jemand ihn schon bald
erlöse von den Leiden und der Last.
(Faust antwortend) Erbärmlich, dieses jämmerliche Verhalten,
unwürdig aller Lebendigen Triebe.
Gleich niederer Kreaturen entspricht Euer Entfalten
dem Entkommen Eurer Liebe,
weil sie wider Hass und Rache verliert,
welches süchtig in Euch eingraviert. —
Vergehet nicht in Arroganz,
sterbend ist ihr Glanz.

Faust Hört auf, mich zu bemängeln und mein Gelassen,
und höret auf, mich dafür zu hassen!
Ich bin nicht übler Dinge — sozusagen.
Verzichtet darauf, mich löchernd zu befragen;
hab Sehnot und den Todeshauch,
das Schnurrtier erahn ich auch,
doch ich fühl, wie die Kraft gedeiht,
wie sie wächst, wie sie gen Himmel schreit!

Christoph Oder will der Grund ein andrer sein:
Fühlt Ihr Euch gar zu sehr allein?

Faust Lasst mich in Ruh und mir die Zufriedenheit,
und kommt mir nicht mit Einsamkeit.

Christoph Ihr seid ja nicht gescheit,
versinkt in Eurem Selbstmitleid,
verkennt die Schönheit dieser Welt
und glaubt, dass niemandem sie gefällt;
habt Ihr den Mund zum Lächeln verzogen,
so habt Ihr Eure Seele belogen!

Faust Ihr seid gar voll von Tadel und von Strafe,
Euch obliegt es nicht, zu bedenken eines Lobes auch,
urteilt nicht mehr vor dem Schlafe,
erkennt die Mär, macht sie zum Gebrauch.
Das ist die Welt, die mich zerfetzt,
durch meine Augen könntet Ihr sie sehen.
Fühlt die Energie, die Euch besetzt,
dann wollt Ihr mich verstehen.
Diese scharfen Küsse — so feucht als kalt —
entführen mich schon bald
in die Welt meiner heißersehnten Fantasie.
Eine neue Welt, dem noch nie

ein kleines Menschenlebewesen
je geträumt, da nimmer jemand ist gewesen.
Sie zieht teuflisch mich in ihren Bann;
das Feuer fängt zu lodern an. — —
Gleich einem Morgenstern schwebe ich und fliege
mit einer rosa Wolke, darauf ich liege.
Alle Träume, die ich hegte,
in dieser Nacht erlebte.
Unendlich lang erscheint die Zeit,
doch ich fühle mich bereit!
Vom bleichen Gesellen begleitet,
ein endloser Rausch die Ferne bestreitet. — —
Ach!, Christoph, Gevatter, sei Er so nett,
bring Er mich doch wohlbehalten in mein Bett.

Christoph *(in Gedanken)* O könnt ich nur Faust mich nennen,
die Welt und deren Schicksal zu erkennen,
wie würd ich kämpfen um die Macht;
umgarnt mich doch die geist'ge Nacht.
Wüsste ich um deren Lauf,
nähm die Stille um mich in Kauf,
böt ihr das Gesicht. —
Freilich langt das Wissen nicht,
zu ändern diese Welt;
so sehr mir dieses auch missfällt! …

Faust Christoph! Wer das Lesen sich zu eigen,
dem ist die Macht des Schicksals anvertraut.
Doch wird sich's furchtbar zeigen,
wer so liederlich hinweggeschaut!

Christoph Kein Wort sprach ich — nicht mal leis …!?

Faust *(lallt)* Ich weiß, Christoph!, ich weiß …

(Faust schläft ein. Christoph ab.)

Sechster Auftritt »Strasse«
Inmitten der Stadt.

Eule Entlang der engen Gassen,
ohne Stunk und Ärger auszulassen,
ohne Schabernack und Eulenspiegeleien zu verkennen,
sind Faust und Moristopheles unschwer zu erkennen.
An jedem Glücksspiel nahmen sie teil,
jedem Spinner überreichten sie ein Seil!

Ein lauer Wind umgarnt sie leise,
ein schwerer Schatten begleitet ihre Reise.
Hie und da sind leise Töne zu vernehmen,
Leute wollen sich aus ihren Fenstern lehnen,
einige bald viel zu weit,
für andre wird es langsam Zeit.
Teils brennt ein Licht aus manchem Fenster,
teils zeigen Schatten listige Gespenster.
Vor einem Lichte kommen sie zum Stehen:
Gar zu *deutlich* ist Yvenas Form zu sehen.

(Yvena tritt auf.)

Yvena *(sieht beide nicht)* Samt erscheint der Himmel dieser Nacht,
die Luft ist kalt, doch weich wie Seide,
der Mond, soeben erst erwacht,
schimmert durch die Wolken, bleich wie Kreide,
gleich einer Laterne am Himmelszelt.
Das Dunkel dehnt sich voller Sehnsucht,
weil ein Stern des weiten Himmels fällt
und die Hoffnung Illusion ergreift — und Flucht.
Nun sitze ich am off'nen Fenster,
der Wind faucht nur sein Lied in tiefer Stille.
Ich blick hinaus auf diese Mondgespenster;
ein falscher Geist in meiner rechten Hülle.
Mein Blick schweift träumend in die Ferne,
verzaubernd nimmt mich jemand bei der Hand,
in meinem Herzen füllt sich die Zisterne —
den Liebsten will ich doch erkannt.
Ach!, gäbe er mir diesen Halt,
zög er mich in seine Arme,
nur dicht an seine wärmende Gestalt,
dass mein Zittern recht verarme …
Mir ist so eisig, mehr als kühl,
vom aufgekomm'nen Wind;
Schauerperlen überkommen mein Gefühl,
übersäen meinen Körper blind …
Viel fester zieht er mich an sich heran,
deutlich kann ich seinen Pulsschlag spüren.
Dass so sanft er meine Hände streicheln kann,
sie einfühlsam und liebevoll berühren,
weckt Geborgenheit in meinem tiefsten Innern.
Sein Atem kostet meinen Nacken,
alle Fasern wollen in mir flimmern,
mein Herz will weit hinuntersacken.
Der Schrei dieser Begierde
wird verharrlich lauter noch,

und der Salzgeschmack zur Zierde
entführt mich in ein dunkles Loch.
Behutsam nähert er sich meinem Munde
mit sanften, zarten Küssen.
Jetzt, da zu gewisser Stunde
Unsre Herzen fliehen müssen,
küsst er sinnlich mich und brennend
auf meine hingebungsvollen Lippen,
die von der Scham sich trennend
in seiner Inbrunst sich nun wippen. —
Mich friert, mir ist so kalt,
der Wind trägt eisig Luft in mein Gesicht,
ich schließ das Fenster und merke bald,
dass allein mein Herz mit mir nur spricht.
Voller Sehnen und Verlangen
lechze ich nach Worten und Vertrauen,
die gleich der starken Hände mich umfangen,
und zu karessieren sich getrauen,
die mich halten und behutsam führen,
deren sanfter Druck bald Trost mir schenken,
Worte, die wie Hände mich berühren,
mich auf die richt'ge Fährte lenken,
die Versprechen und Beteuerungen halten
und deren Folgen nicht bereuen,
die glätten meine Sorgenfalten,
die nicht die Nässe meiner Zähren scheuen …

(Yvena ab. Faust und Moristopheles treten auf.)

FAUST *(an Moristopheles)* Ich seh mich nicht als Lückenstopfer,
was sonst ward freilich mir kredenzt?
Ich habe Zuversicht, auch für die Opfer,
nur auch diese ist nicht unbegrenzt. —
Ist ihr Herz geteilt von eisern' Wänden,
bidmen freilich die vor Wollust losen Lenden,
und wär es nur für den Moment,
mein hitzig's Fleisch wie wild drauf brennt.
Denn dies, so warm und brodelnd heiß,
nichts von falschen Werten weiß. — —
Moristopheles! Ich begehre, dieses Weibsbild zu besitzen.
Bin nicht eben das, was sie erträumt,
kann ihr Gemüt auch nicht erhitzen.
So zeigt mir doch, wie sie begierlich nach mir schäumt!

MORISTOPHELES Es ist nicht Schönheit, die Euch fehlet,
darauf könnt Ihr gern verzichten.
Was bei diesem, wie bei jedem Weibe zählet,

ist die Gabe, sie ihr anzudichten:
Lächelt, frohlockt mit Eurer Seele
und blickt so sanft als zärtlich drein,
so wie ich es Euch befehle,
dann wird sie bald Euch schon verfallen sein.

FAUST Wiewohl? Ich seh Euch vor der Arbeit drücken?
Botet Ihr nicht an, mein Leben zu beglücken?

MORISTOPHELES Ihr wart doch am Betteln und am Wimmern,
ich solle eine neue Seele zimmern.

FAUST Wollt Ihr mich *hilfreich* nun begleiten,
oder belieben Wir zu streiten?
Nur mit einer List
komm ich näher meinem Ziel,
und wie Ihr wisst,
ist das sehr wohl nach Eurem Stil.

MORISTOPHELES Empfanget einst aus meinen Händen,
zwischen Euren felsigen Wänden,
die Liebe und ihren Gesellen,
dann möget Ihr Euch stellen;
zeigt *ihm* den Handschuh der Offenbarung,
vollbringt in der Arena die Paarung. —
Ihr sei gefüllt ein Ring mit der Fliege,
sodass sie Euch gefüge.
Freilich Vorsicht mahne ich —
zu viel des Stoffes wirket ewiglich!

FAUST Sehr gewisslich wirkt beglückt es drein —
so wird sie allzeit mir gefügig sein …

MORISTOPHELES *(ablenkend)* Was haltet Ihr von *diesem* Wirte
und was von einem Flirte
in der glückseligen Taverne
mit der rot gefärbten Laterne?
Kommt, Freund Johann, es wird vergnüglich sein,
kehren Wir in diese ein;
Ihr speist und trinket ohn' zu wanken,
dann kommt Ihr auch auf andere Gedanken.

(Sie gehen nach dem Wirtshause.)
EULE In jener Spelunke, mitten in der Stadt,
ein reicher, alter Wirt des Lieblichsten zu bieten hat.

WIRT *(später)* Möcht er sich noch an dem Weine laben,

oder mag der Herr vielleicht ins Schlafgemache traben,
in dem das Leben hinter jener Tür beginnt,
mit meinem hübschen Tochterkind?

(Moristopheles grinsend ab.)

FAUST Nun, da Ihr schon fragt,
mein Meister hat wohl Ja gesagt.
Führet mich hinauf in jenen Himmel,
ich mag mich köstlich stürzen in das Freudgewimmel.
Ihm soll es heute nimmer reuen
und über den Lohn Eurer Güte sollt Ihr Euch freuen.

EULE Ein schmaler, dunkler Gang
führt an mancher Tür entlang.
Alle Meter hängt ein rostiges Gestell,
welches dazumal gewisslich hell.
Bunt verzierte Stoffbehänge
heißen schmaler noch besagte Enge
und dunkler diesen Ern erscheinen. —
Hinter jeder Tür soll ein Mädchen sich vereinen,
sodass der Herr des Hauses unbedrückt,
des Lohnes jeder, sie sich bückt,
sein Leben fröhlich kann genießen.
Ach!, der stete Tropfen soll nimmermals entfließen!

(Phenysea tritt auf.)

Eine süße Stimme erhellt den Raum,
summt leise einen sehnsuchtsvollen Klang.
Sie singt von einem Liebestraum
in lieblich kindlichem Gesang. —
Ein barsches Klopfen an die schmale Tür.
Ein zärtlich Stimmlein, flüsternd, leise:
Komm herein zu mir!
Hinan beginnt die Reise:
In Unendlichkeit erscheint ein Raum.
Spiegel an den nieder'n Wänden. —
Wie in einem tiefen Traum
erzittern seine Lenden. —
Eine Gottheit so in schwarz als rot
räkelt sich betörend;
ein weißer Traum sich zu ergeben droht,
den Augenblick beinah zerstörend.
Der Kerzenschein in jedem Winkel dieses Zimmers
begehret alle Sinne zu verführen;
hörbar laut das Schlagen seines Herzgeflimmers,

sichtbar auch des Standhaften Allüren.
Ein Bett, bedeckt mit weißer Seide,
heißt erigierten Fantasien freien Lauf.
Auf einem kleinen Schränkchen liegt's Geschmeide,
davor ein Stuhl mit einem Lavoir darauf. —
Der Wirt schweigt still und legt sehr sacht
die Tür ins Schloss, verschließt sie dann.
Die Schönheit zärtlich fordernd lacht
und kommt sehr nah an ihn heran.
Ein hohes Glas, so schlank als zart,
in ihrer eben gleichen Hand;
erregender Schmuck, der hier gepaart. —
Und ebenso ist er gebannt,
ist fasziniert vom Spiel der Bläschen,
die vom Grund des Kelches bis zum Rand
einen Spaß sich leisten, ein kleines Späßchen:
Sie tanzen für den Augenblick,
tanzen kurz am Glasesrand dort oben
und zerspringen dann mit leisem Ruck,
um das schäumende Getränk zu loben …
Welch schrecklich lodernde Gefühle,
brodelnd, kribbelnd — ohnegleichen schön!
Wie wenn Feuer trifft auf Eises Kühle
begehret er zu schmelzen, zu verglüh'n.

Faust *(für sich)* Ein unsagbares Zucken tief in mir,
und schwindlig wechseln Heiß und Kalt.
Der Blick begehrt zu schrei'n, und voll von Gier
erzittern meine Hosen bald.

Eule *Tanzt. Tanzt für mich allein!*,
wird sein heiß ersehnter Wunsch gewesen.
Und siehe da, in süßem Kerzenschein,
oblag ihr es, den Wunsch ihm von den Augen abzulesen.
Mit Enthusiasmus und mit Feuer in ihrem Blut,
bewegt sie sich im Takt des Elfenbeines;
schwungvoll, feurig, heiß wie Glut.
Im Wohlklang ihrer Kastagnetten
und im Taumel des gereichten Weines,
erscheint er hin= und hergerissen,
vermag vor Lust und Wonne minder sich zu retten.
Und in diesem heißen Rhythmus schwingt sie sich,
ohne Rücksicht, auf sein Kissen.
Ja!, den Romalis tanzt sie — frei und frisch! —
Feuerrote Locken, schillernd auf der Brust ihm liegend;
Lippen kämpfen schmachtend, die süße Frucht gleichwohl besiegend.
Hernach vom Zungenspiel und wildem Takt

sind wie von Sinnen sie und laufen nackt
und trinken einander, und halten lang nicht inne,
in einen Rausch im Fest der Sinne. —

PHENYSEA *(am Morgen)* Faust, ei, edler Mann,
nimmermals war ich so angetan.
Freilich zähl ich viele Jahre mehr,
warum bin ich nur dein Begehr?

FAUST Die reife Frucht behagt so sehr,
weil einzig sie erlebte Sonne ringsumher.
Und deine glänzenden Augen, so lieblich wie Rosen gar,
machen alle Jahre reizvoll unscheinbar. —
Mag sein, dass lieblichst sind die Blüten,
wenn sie sich öffnen grad zum ersten Mal.
Sie zu pflücken, werd ich mich freilich hüten,
denn ihre Anmut versetzt mich erst in arge Qual.
Ihre wahre Schöne, das Wissen zu betören,
das sind große Werte.
Und allzeit möcht ich das Klingen überhören,
wenn sie erfährt von einem Schwerte.

PHENYSEA Ach!, Jörg, mein Sonnenschein,
ich bin doch weder hübsch, noch bin ich fein!

FAUST Allein die tiefe Schönheit ist's, die ich begehre.
Verkannt gebührt ihr freilich nicht die Ehre.
Nicht Schönheit ist es, die uns fehlet,
nur Fantasie, Geduld und leicht Geschick,
denn das Resultat ist, was uns zählet
und Mut und Zuversicht zum eig'nen Glück.

(Moristopheles tritt erneut auf.)

MORISTOPHELES Welch weises Wort klingt mir im Ohr,
kommt's mir heuer nur bekanntlich vor …

FAUST *(abgewandt)* Von Euch erlernt, dieser hehre Trost.
Ihr seid doch nicht erbost?

MORISTOPHELES Nein, nein, Euch zu kränken liegt mir fern,
dafür hab ich Eure Seele viel zu gern.

FAUST *(an Phenysea)* In meinem Blick, in meinem Kopf, in meinem Herzen,
entfachst nur du die süßlich Schmerzen,
womit ich weit empor
dich zum lieblichsten Wesen heb hervor.

Phenysea Freilich Schönheit und Verstand
sind selten nur in einer Hand.

Faust Nur der wahre Intellekt
weiß, wo Schönheit sich versteckt.

Phenysea Ach!, ich lieb dich so, weil du so köstlich schmeichelst
und all meine Sinne mit deinen Worten streichelst. —
Doch wer ist's, den ich nicht seh noch hör,
mit dem du freilich sprachst zuvor?

Moristopheles *(sie verhöhnend)* Ich bin wie ein Geist,
mal hier, mal dort, mal nirgendwo,
und was du nicht weißt,
das von mir Geschaute macht mich froh.

Faust *(an Phenysea)* Ein alter Gevatter, der dann und wann
sich meine Gedanken adoptieren kann.
(an Moristopheles) Wo kommt Ihr denn wieder her?
Beeindruckt sie Euch gar so sehr?

Moristopheles Ich erschien bei Isabella, dieser Prallen,
und war ihrer grenzenlosen Lust verfallen.

Faust *(an Phenysea)* Ist Isabella nicht eine Eurer runden Schwestern,
über die der graue Mönch würd lästern?

Eule Argwöhnisch, fragend ist ihr Blick;
jahend legt sie ihren Kopf zurück.

*(Faust verabschiedet sich flüchtig, jedoch nicht ohne Kuss,
geht mit Moristopheles hinaus. Phenysea ab.)*

Moristopheles Was taugt der Halm aus Stroh
wider eine prächt'ge Handvoll?
Zauberhaft; zerbrechlich o!,
ein Dorne, der mir reifen soll! —
Kaum Schön'res gibt's, denn richtig Fleisch zu haben,
nach dem Akt hineinzubeißen,
sich darinnen zu vergraben,
es heiser einen Schatz zu heißen. —

Faust Kein Zweifel, ich weiß, was Ihr mir sagen wollt;
allein Reden ist Silber, Schweigen ist Gold!

Moristopheles Zwar mocht ich Euch von ihr berichten,
indessen musst zuerst 's Geschäft verrichten
und kehrte just in jenem Augenblick

als getreuer Geist zu Euch zurück. —

Faust Ihr habt wahrlich eine widerliche Art!
Mit Taktlosigkeit hat Euer Schöpfer nicht gespart.

Moristopheles Eure Ideen und Euer Geist
sind mein Schöpfer, sind mein Wesen;
was Ihr im Geiste Euch für Torheit auch beweist,
ist mein Ansporn immer schon gewesen!

(Faust macht eine Geste, dass Moristopheles verschwinden solle; nur scheinbar will dieser gehorchen.)
Eule Da sitzt er nun, um Zeit zu schinden
und einen klaren Geist zu finden,
doch bedeutsam seltsam, mittendrin,
steht zum Grübeln ihm der Sinn:

Faust *(für sich)* Die ganze Nacht bin ich geblieben.
Wie haben wir es feurig wild getrieben!
Nimmer kam mir Langeweile in den Sinn,
bei dieser teuflischen Zigeunerin. —
Doch freilich bracht es nicht recht Frohheit mehr,
und der abgeschmackte Wein wirkt' gar zu sehr.
Der Trieb des Stieres zu vermenschlichen dünkt
bei der lieblichsten Farbe, die erotisch blinkt.
Ei, ich ward betrogen von dem trügerischen Licht:
Ob der Nacht und ob des Weins erkannt ich nicht
den Sündenpfuhl, dem ich entgegen,
noch wusste ich, was mir gelegen!
Der Fleischeslust gab ich mich hin,
bei dieser wohlgestalteten Zigeunerin,
die der hohen Kunst der Liebe sich verschrieben.
Und der Wirt? — Hat sich wohlgesinnt die Hände gerieben.
Nicht sintemal mit Wissen die Vernunft gedeiht,
sind stets wir nach der Vernunft zu handeln auch bereit. —
Gleichgültig, in welcher Erfahrung ich lebe,
verteilte Skepsis dornt mir meine Wege.
Vielmehr brachen sämtliche Brücken,
und allzeit fand ich diese gleichnishaften Lücken.
Fordernd folgte zerrissenes Blut;
jedem Tropfen seine Wut.
Ich verstehe jetzt die Lächerlichkeit,
die ein jedes Opfer zu schenken bereit. —
Anmaßend in der Vermutung Onanie,
seelischer Klugsinn gedeiht zu dauerndem Genie,
wird pokuliert bis zur horizontalen Genialität,
die nur von Wein und Whisky entsteht.

Auf Pausen verlegte Prostitution wird sich entfalten,
die Gier, die Sucht vermag niemanden zu halten,
denn in jeder dunklen Schänke
beiten diese wohlfeilen Geschenke. —
Des Nachtens werde ich in Zähren fallen;
das sollt mich grämen, will ich lallen,
kam doch der Spaß mich teuer gar zu stehen. —
Ich werd ob meiner Trunkenheit durchaus vergehen.

Moristopheles Doch lebt der Mensch nicht, sich zu amüsieren,
sich endlos in dem Fleische zu verlieren?

Faust Nein, ihm steht nach Höherem der Sinn! —
Ach!, der Wein rafft mich noch hin …

(Beide ab.)

siebter Auftritt »Christophs Trunk«

Wald, unheilvolle Gegend.

(Faust tritt auf.)

Faust Verzweifelt viele Jahre schon
steht wie ein Bruder er mir stets zur Seite,
gerecht wird ihm nicht Hab noch Lohn,
denn niemand sonst, der seinen Weg beschreite.
Aufrichtig stets und allzeit auch loyal,
unablässig jemand, der zu mir hält;
dünkt die Lage noch so fatal,
ist es sein Frohlocken, das mir nie missfällt.
Stets hat er ein off'nes Ohr
für die Begehren, Verlangen und Fragen;
so ich je die Sinnigkeit verlor,
begehrte er, verständnisvoll zur Lösung beizutragen;
seine Ansicht ist wie keine zweite,
freundschaftlich und wichtig;
er übt Zurückhaltung mit einsichtiger Weite,
ist einfühlsam und allzeit meiner Lehren süchtig.
Allemal ist er sehr zugänglich
für alles und für jeden,
Befangenheit dünkt für ihn unzulänglich,
und mein Glück bedeutet ihm ein Stück von Eden.
Nun reift er freilich, könnt womöglich rosten;
allein was sonst noch mag passieren,
soll die Eintracht uns nicht kosten,
denn ich mag ihn nicht verlieren.

Ohne ihn wär trist die muntre Welt,
wäre taub und dunkel, eisig kalt,
bald sei jeglich' Sinn entstellt,
jede Form von Leben verlör sich bald.
Wer ist dagegen schon immun,
wer hofft auf Ruhe nicht und nicht auf Frieden?
Ich werde heuer etwas tun —
die Vernunft sei längst vermieden.
Freilich hab ich gleichwohl einen Plan,
und obzwar das wider die Natur,
deren Stimme ich mit Recht vernahm,
begeb ich mich auf diese Spur.
Ehedem vor langer Zeit sprach Estriga zu mir,
dass wir einander wiedersehen.
Mag sein: dass jene Zeiten dort bei ihr
allesamt nicht gar so schnell vergehen.
Und so der Wille in mir lang schon keimt,
sie zu fragen um die Schwarzmagie,
was sich im finalen Charakter reimt,
so ersann ich es doch nie,
ihrer Mutmaßlichkeit zu gebieten,
wollt mich nimmer ihrer Willkür unterwerfen,
erstickte die Neugier gleichsam den Termiten,
entdeckte die Korrumpierbarkeit aller Nerven …
Allein nun erstirbt die Suche nach Gelegenheit,
dieweil ich fand sie in des Freundes Treue.
Nicht mein Gewissen streckt sich nach Verlegenheit,
noch erweck ich, dessen ich bereue.
Nur wie gelangte ich mit dem Gefährten
in diesen ihren Hexenwald?
Wie schafft ich's ohne den Gelehrten;
wie bewahrt ich mir meine Gestalt? —
In seinem lieblichsten Kleid war der Geselle;
einen Gehstock nahm ich mit
und wähnte mich auf des Erfolges Welle,
denn der Teufel selbst beeidete den unschätzbaren Ritt.
Finster war der Weg
und so beschwerlich,
und so ich mir's wahrlich überleg,
war er auch arg gefährlich.
Allein der Erlös durchzuckte meinen Geist,
die Wissbegier befahl mir alle Schritte;
die Besonnenheit war streng verwaist,
gleichsam deutlich erschien die sehnsuchtsvolle Bitte.
Von der späten Sonne bis zum frühen Mond
schlugen wir uns durch den Wald;
kein Aug blieb trocken, kein Gelenk verschont

und bitterlich war mir es kalt.
Doch bald entsann ich mich der Kostbarkeit,
die mir zuteil an jenes Pfades Ziel,
und mein Herz war just des Frosts befreit
und bestritt das seltsam heit're Spiel. —
So beschreit ich heut den Gang allein,
ein neuerlich Bestreben in dem Blick,
doch gewisslich wird es jetzig linder sein,
und gewiss sei mir auch das Geschick. — —
Doch wie find ich den rechten,
den ich mit Moristopheles bestritt?
Die Gedanken mögen sich verflechten,
allein ich weiß, das war ein harter Ritt …
Leidlich, dass den Weg ich find
über Berge, durchs Gestein,
bis die Gämsen mir und Eulen Freunde sind,
bis die Nacht liegt überm Hain.
Eine Melodie begleitet frisch mein Gehen,
tausende Augen, die bestarren mich;
vielleicht sollt ich mich drehen,
dann ist der Zauber wohl vergänglich. —
Fuß um Fuß stolpre ich dahin,
Stein um Stein durch dieses Dickicht,
das Erblickte täuscht mich um den Sinn,
und beflissen erstrahlt erneut in mir das Licht. —
Der Weg, den ich gewählt,
dünkt mir der rechte wohl zu sein,
denn zwölf Eulen habe ich gezählt;
weiß gefiedert, kreuzte jede Lunas Schein.
Wild' Getier umschleicht mein Treiben,
ach!, blieb *ich* doch nur daheim,
so vermocht ich denn im Garten bleiben
bei einer guten Flasche Wein. —
Doch Halt!, vergesse ich den Zweck bei diesen Eskapaden,
ist doch mein Erreichen
für Christoph, meinen Kameraden.
Wie von Sinnen ist mein Schleichen …
Trunken macht mich meine Reise,
benebelt schwer sei mein Gemüt benetzt,
meine Furcht schlägt eine breite Schneise,
und die Berge sind von Herzensglut versetzt.
Nebel umhüllt das Unterholz,
Bäume unvermutet tanzen,
das Moos enthüllt recht stolz
reichlich bittersüße Pflanzen.
Ihr Nektar gleicht dem Tau,
indes bringt der Verzehr den Rhythmus aus dem Takt,

und so ich dem Gespür vertrau,
hat mich der Wahnsinn grad gepackt. — —
(Einige Zeit später, er steht vor Estrigas Hütte.)
Ich muss in einen Schlaf gefallen sein,
wogegen mein Verstand sich sträubt.
Ein Herzensschrei bleibt ungehört allein,
denn schlafversunken stirbt er und betäubt.
Mich dünkt, ich sei gewandelt,
oder bin in *diesem* ich gestürzt?
Meine Hände sind verschandelt —
und siehe da, der Weg verkürzt …
Allein wie soll ich 's Blut an meinen Fingern deuten,
wie die frisch vernarbten Wunden?
Frappant beginnt mein Körper, sich zu häuten …
Welch Umnachtung hat mich just gefunden?
Kein klar gegliedertes Gespür kann ich verfassen. —
Wer wird von der Trübnis mich befreien;
vermag der Irrsinn nicht, mich zu verlassen?
Hört ich gerad den Steinkauz schreien? —
Die Morgendämmerung verhüllt den neuen Tag,
frisch bekleidet mit dem lieblichsten Schleier.
Dass die Nacht dem Neuen nun erlag,
verbotschaften auch die Reiher. —
Jählings ist mein Geist erneut im Klaren,
nur trüb entsinn ich mich der letzten Stunden.
Wer wollte vor dem Weg mich nur bewahren,
warum hab ich ihn *dennoch* gleich gefunden?
Schlafwandelnd, irr, in Angst und Bangen;
geplagt von Kümmernis, erstickt von meinen Klagen,
dennoch konnte ich den Fleck erlangen,
doch ein drittes Mal wollt ich's nicht wagen.
Zu schwer wogen die Halluzinationen,
zu wahnsinnsträchtig das Erscheinen.
Furchtgeflüster sollten mich verschonen
und die Sirenen hört ich besser nicht mehr weinen …
Wie nur kam und komme ich zurück?
Die Erinnerungen schwanken wieder,
und fürwahr, welch kurzes Glück
schmetterte mich darnieder?
Ach!, durch die Hölle kehrt ich heim,
durch den Schwefelsee, durchs Fegefeuer,
vorbei an Kot, Urin und Schleim,
an den Chimären und dem Ungeheuer.
Mein Hoffen: dass sich dies nicht wiederholt,
ich durchsteh das keinen zweiten Tag;
meine Füße waren stark verkohlt
und mein Körper war voll Ausschlag. — —

Hier steh ich also vor der Hütte,
ohne Wissen um den Hergang.
Einzig nur für eine Bitte,
die um den Verstand mich zwang. —
Ein unbeschauliches Stück
stellt dieses Anwesen dar,
und gäbe es kein Zurück,
wär dies mein letztes Lebensjahr.
Unvorstellbar, was dahinter sich verbirgt,
welch Erkenntnisschatz dort ruht.
Die Hand der Wissbegier mich bald erwürgt,
der Weisheit feuerheiße Glut.
Ein wenig flattern mir die Knie
vor dieser schäbig faulen Kate,
so viel Missbehagen erfüllt mich nie,
wenn ich die Anerkenntnis auch verrate …
Jedoch ein Mahnruf mit mir spricht:
Beachte doch, das sei allein für jenen Alten,
und wagest du es nicht,
wird sein Antlitz bald erkalten! —
Das war Gewissheit schon genug,
ein Auftrieb ohnegleichen;
also leere ich den großen Krug,
der mit Heldengeist befüllt die Sorg will streichen. —
Erblasse, kahles Kindsgesicht,
zieh von dannen, schelmischer Gesell,
Unhold der geschwor'nen Pflicht,
stirb jung noch und sehr schnell!
Und mit neuer Kühnheit erstrahlt mein Busen,
mit neuer Tapferkeit fass ich ein Herz,
und die letzten Zweifelsflusen
schweben noch dahin, zieh'n himmelwärts.
(Er klopft mehrmals an.)
Verhallte denn mein Pochen
unter einer schweren Bürde?
Will Estriga ein Süppchen kochen
mit viel bedachter Würde?
Noch lauter will ich nicht mehr schlagen,
einmal schon ging ich umher.
Sollte ich den Schritt ins Inn're wagen?
Das Licht der Finsternis ist schwer …

(Estriga tritt auf.)

Estriga *(Faust ansprechend)* Tretet ein in eine Welt
voller Zauber und Magie,
begeht das mystische, das sybillinische Feld

zwischen Licht und Schatten, Wonne und Phobie,
wisset das Entzücken und das Leiden,
entdecket Euer Herz und Eure Zähren,
lasst Euch helfen, die Seele zu entkleiden
und beschreitet den Grat, ohn' Euch zu wehren. —
Immer wieder ist es schön,
Besucher zu empfangen,
doch könnte ich Euch sehn,
wollt Euren Namen ich nicht langen.
Tretet hinter jener Kerze Docht,
dass Euer Antlitz mir nur gleich bekannt;
dieses Mahl, welches ich gekocht,
teilt ich gern mit einer warmen Hand.

Eule Hinter einer schwarzen Kerze Licht
tritt Faust gefasst zurück.
Und was sie ihm sobald verspricht,
soll ihm schon bald ein großes Glück …

Estriga Ach!, Ihr seid's, der Gefährt,
Euch galt schon mein langes Sehnen;
alles wollt ich Euch gelehrt,
allein Ihr fandet keine Wissenstränen. —
Kommt näher nur heran,
dass ich das Licht, die Melodie,
das Feuer Eures Aug's erkennen kann,
dass Ihr erzitternd strauchelt meiner Fantasie. — —
Bei Hekate, seid Ihr hübsch geworden!
Der letzte Trank war ein erfolgreich Spiel;
dafür verdien ich wahrlich einen Orden,
doch Ihr seid freilich nicht am Ziel!? — —
Verzeiht mir bald mein Säumen,
ich vergaß durchaus, hier abzusperren,
denn zwischen Unterholz und alten Bäumen
hört ich nicht der Türe Plärren.
Mystische Kräuter, selt'ne Pflanzen,
Wurzeln, Sträucher und Getier
lassen meinen Kessel tanzen —
alles suchte ich zusammen mir.
Würmer, Nägel toter Mannsgestalten,
Haare, Hirn und vom Leichentuche ungetaufter Knaben
besorgte ich von unterschiedlichsten Gewalten
und wollen bald den nächsten Zauber laben.
Alles mit des Geflügels hübscher Eingeweide,
das geopfert ward dem Fürsten,
mitsamt des Messers scharfer Schneide
und dem Gemüse, das Ihr sollt bürsten,

bereite ich für Euch ein Mahl,
gekocht in eines Diebes Schädel
und mit Kräutern, elf der Zahl,
und mit der Schambedeckung zweier Mädel.
Melisse, Salbei, Kerbel, Quendel,
Angelikawurzel, Beifuß, Baldrian,
Frauenmantels Tau, Lavendel,
Basilikum und Borretsch stimmen dieses Liedchen an. — —
Euer Forschertrieb, so dünkt mich, ließ Euch früher sputen,
nun endlich seid Ihr doch in meiner Welt.
Und welche Brast, welches Wissen lässt Euch bluten,
welche Fragen wollt Ihr gern gestellt?

Faust Nun, tatsächlich ersuch ich Euch um ein Bemühen,
buchstäblich hab ich zwei Begehren:
Die Jugend mag erneut erblühen,
nach deren Blüte lässt's mich zehren.
Allein sie sei mitnichten
für mich allein gedacht;
meinem Christoph sei sie anzurichten,
die Jahre haben ihn bald weiß gemacht. —
Und *fortan* mag aller Zierrat,
aller Putz und jeder Flitter,
mag, was ehedem Verrat,
was Stachel ist und Splitter
in Talar und Ornat,
ein höllenseelisches Gewitter:
Euer kleines und großes Hexeneinmaleins
sei nicht nur des Teufels, es sei auch meins!

Estriga Der erste Wunsch sei schnell vollbracht,
das Beiwerk hab ich Euch gezeigt —
allein 's bedarf der Zeit bis morgen Nacht,
bis sich die Wirkung Unserm Sinne neigt.
Derweil bedenkt mit neuem Sinn:
Morgen ist Johannisnacht!
Und also Ihr geneigt, bring ich Euch hin,
seid Ihr dem Sabbat zugedacht. —
Für des Zeigers restlich Schreiten
will ich behilflich Euch zur Seite stehen;
Ihr sollt für alle Eure Zeiten
den Geist erfahren und das Sehen;
die Beschlagenheit aus dieser einen Schrift
und das Beschauen im Kristall,
das Schreiben mit Holunders Stift
und das Regieren in des Fürsten All. —
Als Lohn verlang ich diese Kleinigkeit:

dass Ihr es aus dem Leib befreit
und Yvenas Quarre tauft in der Walpurgisnacht,
alsdann es zu des Teufels Knaben macht.

Faust *(für sich)* Diese Künste, dieses Wissen
dünken mich den Himmel meines Strebens.
Immer schon war ich beflissen,
nach allem Grund zu suchen jenes Lebens.
Hier liegt die Erfüllung, liegt des Traumes Fantasie,
verbirgt sich des Frohlockens stolze Eiche —
mich erleuchte meine Hysterie,
dass der Gelehrtheit Drang mir niemals weiche …
(an Estriga gerichtet) Klein deucht mich der Preis
wider dies Versprechen;
so befehl ich meine Kraft in Euren Kreis
und mag den Schwur auch nimmer brechen.

Eule Die ganze Nacht, den nächsten Tag,
bis vor Erschöpfung denn sein Geiste ruht,
saugt er die Verführung aus, der er erlag
und die des Teufels ungeschminkte Brut.
So ist sein Erscheinen in dieser Hütte
gekrönt von jener Erfüllung
und bis zu jener nächsten nächtlichen Mitte
beugt er sich der wissensdurstigen Verhüllung. —
Bald kein Rezept bleibt ungelesen,
kaum ein Ritual ist nicht erklärt;
die große Werdung, sein gesamtes Wesen
sei von ihrem Wissen nun genährt.
Jedes Detail, und sei es noch so klein,
will er beschrieben und beraten haben,
bis, ja bis aus des Feuers grünem Schein
die ersten Teufelsweiber traben.

Estriga Eins sei dennoch schnell erwähnt:
Den Trank in seinen Wein gemischt,
noch ehe er das dritte Mal gegähnt —
und am Morgen sind die Falten fortgewischt …
Nun ist es Zeit, sich zu vereinen,
und wollt Ihr mit, so kommet nun;
Moristopheles wird bald erscheinen,
verkündet ihm den Schwur und Euer Tun.

Faust Fürwahr, den lass ich mir nicht nehmen,
den Abschluss dieser tolldreisten Zeit!
So mocht ich lang mich nach dem Streben sehnen,
und nun ist es gar soweit.

Eule Aufgetragen sei die fette Salbe,
herbei die Besen bald gerufen;
beide schweben gleich der Schwalbe
durch die Luft und wie auf Kufen
bis nach des nächtlichen Treffens loderndem Platze,
an dem die meisten Weiber schon verweilen
und dessen Feuer und Ammern tanzen jene Fratze,
bis sich die Schatten und die Körper teilen.

(Sie machen sich auf zum Hexensabbat;
Hexen, Teufel und Gefolge treten auf.)

Auf einer abgeleg'nen Bergeshöh,
da Stein um Stein zum Kreis errichtet,
ein Feuer entfacht von einer Bö,
sei die Endschaft der Reise ersichtet.
Ringsum brennen schwarze Kerzen
und der gehörnte Gott als Ziege
eröffnet den Reigen christlicher Schmerzen
und steht am Feuer, an des Ortes Wiege.
Flugs enthüllen sich die weisen Weiber,
strecken Rosenhügel ihm entgegen,
dabei belieben sie, berauschend ihre Leiber,
obszön und werbend zu bewegen.
Jede hat dem Alten zu berichten,
eine nach der andern ergibt sich ihrer Pflicht;
bald eine sprach ihre Geschichten,
die andre bald pries jubelnd das Gesicht. —
Estriga prahlte mit ihren Taten
und schilderte auch des Johannes,
sie hätte ihm die Hexerei verraten,
verschenkte Jugend an den Kameraden dieses Mannes.
Faust gerühmt sich, so auch wenig,
überschwänglich von des Wissens neuem Triebe,
dass er ihn verehre wie den König
und ihm Yvenas Leibfrucht bliebe …
Entblößter, feilgehalt'ner Scham
wird auch die neue Drude aufgezeigt;
nachdem sie zu dem Meister kam,
sind die Salbe und ein Geist ihr zugeneigt. —
In Verkehrung christlicher Tradition
wird eines Weibes Balg getauft am Teich,
lästerliches Zeug, sonst klerikaler Funktion,
finden Einzug in das ritenschwarze Reich.
Alsdann zelebrieren sie das üppig-scheußliche Mahl,
bei dem gereicht von Spinnen, Ratten, Menschenfleisch;
für Faust ist's sichtlich eine Qual,

doch die Teufelsweiber schwelgen und verzehren reich
auch von verfaultem, widerlichem Schmaus,
der immer neu bedeckt die Tafel. —
Die Fülle bekommt auch tobenden Applaus,
fortgeführt sind Völlerei und alt Geschwafel.
Ein schamanisches Weib beginnt zu musizieren,
der Teufel selbst stimmt mit der Geige ein;
der gesamte Haufen will im Reigen sich verlieren
und auch Faust will nicht mehr feige sein.
Ein wildes Tanzen, reges Treiben,
verzückt bis zur Ekstase;
ein heillos Durcheinanderbleiben
um Leibesglanz und Schwefelgase.
Und siehe: da schmatzt, da schnalzt der Kuss,
da konnt das Lachen überwintern,
es donnert, schallt, wie es nur muss,
es küsst, ach!, schleckt in Satans Hintern.
Stimmung und Erregung steigen,
die Gemüter bis aufs Blut erhitzt;
unverhohlen mag die Wollust zeigen,
dass die erste Frucht auf einem Pfahle sitzt.
Die wilden Horden treiben's bunt
mit Succubi und Incubi, mit allen Dämonen —
auch mit dem Satan, jetzt als Hund.
Jeder ist erfreut, dem nächsten beizuwohnen. —
Bis zum Frühlicht, bis zum ersten Hahnenschrei
will die Inbrunst sich erwecken,
bis aufgelöst die Rangelei,
das Drängeln, Tanzen, Lecken.
Die orgiastische Lustbarkeit ist nun vorbei,
das prassende Schlemmen, der ekstatische Tanz
aus Hurerei und Kuppelei
und zur Verehrung des Fürsten Schwanz,
bis am Lammas-Tag erneut der Hügel bebt
und die Feier abermals begangen.
Auch Faustus, der des letzten Taktes sich erhebt,
ist des Zaubers allseits noch umfangen. —
Hinterdrein jedoch lacht des Teufels Ruf,
dann klappert los der behände und gespalt'ne Huf:

Moristopheles *(hochnäsig)* Ein Zauberspruch allein wirkt nicht,
Ihr müsst dazu erkoren sein!
Dies wiederum ist meine Pflicht
und erfüllt sich erst im Nachhinein,
sobald der Einsatz ist bezahlt;
So gilt es hier auf Erden!
Bis dahin darf mit Sprüchen nicht geprahlt

und mit Zauberstäben nicht gefuchtelt werden!

Eule Alles strebt der Heimat nun entgegen,
bis zum nächsten Wiedersehen. — —
Johannes erwacht, im eig'nen Bett gelegen,
und erinnert mühsam sich an das Geschehen.

(Alle ab.)

achter Auftritt »Elysia«

Auf dem Markt.

Eule An einem Brunnen auf dem Markt,
nach Wasser schöpfend, eine Magd.

(Eine junge Frau, Moristopheles, Faust und Christoph treten auf. Letztere betrachten das Fräulein.)

Faust Einmal noch Jungfrauenblut
erleuchte mir den Schoß.
Wenn meine Seele ihre Stimme ruht,
wollt ich mich ergeben bloß.
Gleichwohl mag ich kosten
von des Nachbarn süßer Frucht.
Ehe alle Leitern rosten,
sei gestillt des Sehnens Sucht.
Einmal nur ein tiefer, langer Kuss,
voll Begierde und Verlangen;
einmal gar, dass ich entdecken will, ja muss,
wie ich von zarten Lippen ward umfangen;
einmal noch dies sehnsuchtsvolle Werben
um jenen heißen Blick, der so vertraut —
ach!, leidend wollt ich sterben
mit tränenüberströmter Gänsehaut!

Moristopheles Welche Furcht hegt Ihr in Eurem Innern,
welche Sehnsucht stillt Euch nicht?
Welchen Traum lasst Ihr verkümmern,
so die Wahrheit zu Euch spricht?
Nehmt des Lebens, was das Herz begehrt,
spricht der Geist auch ein Verbot.
Laufen alle Zeiger erst verkehrt,
gibt's zum Nachzieh'n kein Gebot.

Faust Mich durchzuckt ein leichtes Stechen,
dieweil mein Herz so schwer, der Augenblick voll Tragik,

denn ich bin zu feig sie anzusprechen.
So bleibt mir nur die Sehnsucht, nicht das Glück. —
Ein Gefühl der Liebe wollte mich beschleichen,
könnte ich ihr nur das Wasser reichen.

Moristopheles Ihr Menschen meint und sprecht doch anders von,
wofern ihr ehrenvoll gesagt *die Liebe.*
Ihr meinet die Gelust, meint das Erotikon,
meint die Erfüllung eurer Triebe.

Faust Ihr nennt das Triebe, heißt es Sex?
Für mich ist es ein ehrliches Gewächs.
Ein Gefühl um Wärme und Sympathie,
des Lebens lieblichste Symphonie.
Erst da ich mich sorgen, um den andern weinen kann,
stimmt das Glück mir seine Hymne an.
Etwas, was sich heimlich, saumselig schleicht
und mir nimmer von der Stelle weicht.
Liebe lächelt zart
über Zahlen jeglicher Art;
was ich gegeben, möcht ich nehmen,
und was ich nahm, soll mich nicht schämen.
Schenke Rücksicht, Achtung und Vertrauen
und mag fortdauernd auf den andern bauen.
Ich begehr zu pflegen, was mich so verzückt,
was täglich in mein Herz mir blickt.
Bis zum Augenblick des Todes mag ich werben,
dass die weißen Lilien rosa färben.
Und ob des Verlustes des Ihren,
werde ich mich selbst verlieren.
So blutet durchaus leis mein Herz,
ist freilich es erfüllt von Sehnsuchtsschmerz.

Moristopheles *(abwinkend)* Ach!, papperlapapp,
meine Liebe hält mich nur auf Trab.
Je näher Ihr wandelt gen Sonnen,
desto eher werdet Euch die Schwingen verbrennen,
dünkt der Weg zur Erde endlos weit,
und das Herz wird Euch entzweit!
Und so Ihr verstehn könnt alle Frauen,
werdet solche oftmals Freunde nennen;
doch, hier im Vertrauen:
Ihr lernt sie nie als Frauen kennen!
Und dieses hübsche Ding —
das sage ich —
trägt früher noch den schweren Ring. —
Doch ohne mich!

Und die Erfüllung, die sie sucht,
erfährt sie nur in ihrem Sehnen.
Verdammt!, ich sei verflucht,
falls Ihr nicht stillen könntet ihre Tränen.

FAUST Ich vermeine nicht das Eure;
Ihr schwärmt nur für das Ungeheure.

MORISTOPHELES Erfreutes Aug blickt frohlockend drein,
und jede Blume soll getrost gekostet sein!

CHRISTOPH Eine Blume die noch vor der ersten Blüte gebrochen,
verwelkt, ohne je erblüht zu sein.
Gleich der Biene die den Manne gestochen
und nun verreckt — so still als auch allein!

FAUST Nicht die Zahl der Jahre, denn Reife begehrt zu richten
über den Habitus einer jeden Frau,
denn die ist schwer ihr anzudichten
und weiß des Richters Unabhängigkeit genau. —
Niveau besticht mit Eleganz,
mit Klasse und mit Stil;
es ist dieser einmalig liebliche Glanz,
der Götter waghalsig Spiel.
Wie ein Lächeln dünkt mir jede Frau:
Ist sie freundlich, warm und voll Elan,
strahlt es gleich dem Himmel blau.
Ist sie mürrisch, launisch, schlummert wie ein Vulkan,
bleibt das lieblichste Lächeln kalt
und verkommt zu bitt'rer Miene bald. —
Und sind es nicht die Wenigen aus der großen Menge,
die Ihr erkennt im dichtesten Gedränge,
welche fein herausgeputzt schon sind?
Denn nur wer hell ist, den täglichen Kampf gewinnt.
Und geöffnet seien Tür und Fenster weit,
der da Träger für das lieblichste Kleid. —
Weil der Mensch dem Aug ist gern verfallen,
mag des Herzens Blick meist leis verhallen. — —
Gar zu oft seh ich sie vorübergehn,
diese engelhaften Wesen.
Wie sind die Augenblicke leidhaft schön;
nur gut, dass niemand will Gedanken lesen. —
Wär ich Nosferatu, Fürst der Gruft,
müsst vom Blute lieblicher Jungfrau'n mich ernähren,
damit das Leben lauthals ruft,
dürft erst hernach von ihrer Liebe zehren,
oder müsst mich zwischen diesem und jenem entscheiden,

die Wahl könnt ich nicht leichter sehen.
Freilich niemand wollte mich beneiden:
Ich würd jämmerlich zugrunde gehen. — —
Der Rose gleich mit einem Tauentropfen,
so simpel, frisch ihr Dasein dünkt;
sie vermag, an alle Sinne anzuklopfen,
dieweil sie jede Kostbarkeit vereint, verjüngt.
Voller Inbrunst näher ich mich ihr
und schlürf' den Hauch der Sinnlichkeit.
Jeglich' Sinneslust entfacht sie mir,
mit einfachstem Geschicke ob der friedlosen Empfindlichkeit.
Meine Gedanken schweifen in ein Meer von Rosen,
und meiner Fantasie entwachsen Flügel.
Ich wandle im Lichte wankender Hypnosen
und schwebe über silbern schimmernde Hügel,
bis es in Schummrigkeit gebrochen
von lodernden Flammen, oder achtlos verwelkt,
weil keine Herzen mehr vor Frohheit pochen
und ein Jeglich' wird von dieser Welt vertilgt. —
Als der Lenze heuer erwacht,
da zu Ende war die kurze Nacht,
erschien ein Stern, ein helles Scheinen,
wollt mit dem Leben mich erneut vereinen.
Der Venus' lieblichst Kind,
wie ein lauer Sommerwind,
atmet' mir in meine Brust,
erweckte meines Sommers Lust.
Eines wundersamen Traumes Spiel
verhüllte nebelgleich das Morgen;
aller Sehnsucht, aller Wünsche Ziel
dünkt' darin verborgen.
Wie Blumenduft, wie Honig süß,
wie der Sonne Strahl, das Rauschen an dem Meer,
das ich im Sonnenuntergang genieß,
so engelsgleich kam sie daher.
Gleichsam schwebte sie mir in das Leben,
könnt mir die Erfüllung aller Träume geben,
die süße Sünde meiner Lust,
verbot'ne Liebe hinter meiner Brust.
(an Moristopheles) Die Hände gebunden, geknebelter Mund,
einsame Traurigkeit, verlassen in der Fern.
Meine Brust ist, ach!, so wund!
Ei, verweilt ich freilich gern,
nur für diesen Augenblick,
für diesen einigen Moment,
nur für ein Lächeln, ein Winken zurück.
Schuldige Vernunft mich geblend't!

Es ist schmerzhaft, so die Liebe fehlt,
Pein, die mich so leidvoll quält …
Ich entdeckt sie voller Freuden
und ahnte nicht der Sehnsucht Leiden:
Verbot'ne Frucht so himmlisch lacht,
geruhsam benetzt des Taus der Nacht.
Mag ein Weinen mich entzwei'n,
bleib ich freilich nur allein …

MORISTOPHELES Unfug! Ich sage leichtes Spiel Euch hier voraus
bei dieser, ach!, so zarten Maid,
ein gar köstlich feiner Augenschmaus. —
Wollt Ihr hoffen auf Erfüllung, oder wollt Ihr Leid? —
Die Frucht ist köstlich reif,
beitet drauf, gepflückt zu werden;
ich verwette darauf meinen Schweif:
Ihr dürft heute noch in ihrem Schoße sterben.

FAUST Schon so verblümt, voll wildem Tatendrang,
frisch geschlüpft des Frühlings Blüte.
So makellos als ohn' Vergang,
ein Blumenbukett in allerhöchster Güte. —
Überschwänglich frön ich meiner Leidenschaft,
das Lieblichste zu genießen,
bedarf es auch enormer Kraft,
unheilbare Sehnsucht mag mich bald zerfließen. —
Einmal die Natürlichkeit in meinen Händen halten.
Wie darf ich denn, wer bin ich wohl?
Da will die Sehnsucht mich im Geiste spalten,
da zieht's mich hin, wie zu dem andern Pol. —
So überaus und ohne Gnaden schön,
voller Wärme ist sie anzusehn,
und so sich mir der Traum ergibt,
bin ich ohne Zuversichten neu verliebt.
Zwanghaft bald und voller Bangen,
bald voll wilder Leidenschaft
bin ich von ihrem Fluidum umfangen,
erzeugt durch meiner Leiden Kraft.
Nur das eine noch will ich versuchen,
den Antirebell für unsre Zeit verfluchen,
voller Leiden will ich sein,
mich von des Herbstes Grau befrei'n. —
Sie gewährt mir bitt're Freud und süße Schmerzen,
bin ein Tiger bald, bald auch ein Lamm;
und trag ich wohl von ihr nicht viel in meinem Herzen,
so sind das einundzwanzig Gramm. —
Wie der Born des Lebens, der Odem einer Flut,

dieweil jeder Zauber in der Anmut ruht,
umgarnet sanft mich Leben, Jauchzen, Schwärmerei,
macht mit Ungeduld des Schnees mich frei …
Die Sonne scheint für sie allein,
ein Kuss ließ mich die Welt vergessen;
lasst ewig mich in ihrem Munde Sklave sein
und Diener ihrer Schönheit währenddessen …
Wie, wenn Glück und Zweiflung unter meiner Brust
miteinander einen Kampf bestreiten.
Und da um keinen Sieger ich gewusst,
muss ich durchaus neu die Schwermut reiten.
(Das Fräulein schickt sich an zu gehen.)
Ich spür geruhsam sie vorüberzieh'n,
wie des Windes Spiel mit einer Daun.
Gleich einem Rehe mag sie flieh'n,
verschwindet in dem weiten Raum.

Moristopheles Ach!, atmet tief, von schwerer Luft,
der Lieblichen betörenden Duft
und eilet ihr nur nach,
sonst erleidet Ihr des Lebens Schmach.

(Faust geht ihr hinterher.)
Faust Verweilet doch, in Schönheit gewogenes Kind,
und lauft hoffärtig nicht vorbei
und auch nicht so geschwind.
Verfiel ich freilich schon in Schwärmerei,
so ich's just vermag, dem Sprung der Zeit zu weichen.
Ach!, wie wär dies nur mein sehnlichstes Erreichen! —
Eure süßen Lippen wie Rosen blüh'n,
so leuchtend rot wie ein Rubin
und eben wie ein Wunder schön.
Ein Kuss sei heilsam, gleich der Medizin. —
Einmal will ich Eure rosa Wangen
mit meinen Fingerspitzen nur berühren,
wollt das inn're, heftige Verlangen
Eurer Nähe, Eurer Sinne spüren …
Wie wär es, gnäd'ges Fräulein,
so Ihr heute mich begleitet,
da ich im gütlichsten Sonnenschein
ein Mahle zubereitet
für Uns und Unsre Sinne,
und so ich flugs Euer Herz für mich gewinne?

Fräulein Wär nicht abgeneigt, Euch zu begleiten,
freilich mein Herz wird schwer sein zu erbeuten.
Indessen müsst Ihr meisterlich gar kochen

und mit der Lieb in Eurem Herzen;
mich plagen schon seit Wochen
keines Hungers Schmerzen.

FAUST Welch lieblich Tremolo mich da betöret,
fortab, so wünsche ich, der Augenblick nimmermehr zerstöret.
Zugleich Wagemut, der mich verführt,
so zärtlich leis mich dieses Stimmchen hat berührt. — —
Gestatten, Johann Faust mein Name.
Wie heiß ich Euch, verehrte Dame?

FRÄULEIN Ihr dürft Elysia zu mir sagen.

FAUST Liebes, dürft ich auch es wagen,
Euch hinan gleich zu entführen?
Heißt mich nicht lang fragen,
mich begehrt es, Eure Lieblichkeit zu spüren.
(Er nimmt ihre Hand.)

ELYSIA Ihr seid nicht arrogant, heroisch und verwegen,
das imponiert mir sehr an Euch und kommt mir entgegen.

FAUST Ach!, lasst mich nur damit in Ruhe.
Dieses männliche Gehabe und Getue
der fürchterlichen Gleisner jeder neuen Welt
mag nur, wer sich selbst damit gefällt. —
Von Euch trink ich das sanfte Lächeln Eurer Augen,
ich mag ewig an dem Nektar dieser Blüte saugen.
Allein mein hübsches Fräulein,
wie könnt Ihr nur so voller Anmut sein?
Ein Augenblick, der mich erquickt
und mich mit Leben wahrlich segnet,
da ein Engel sich beschickt,
als laues Grün herniederregnet.
(Sie gehen in Richtung Faustens Reich.
Christoph und Moristopheles auf Abstand hinterher.)

ELYSIA Ich vermeine nicht, dass schön ich sei,
freilich gilt mein Dank der Worte Spielerei.

EULE Kaum vermag sie's, sich zu rühren,
kann sich auch nicht führen
wider Faust und seine Eile. —
Es bedarf gewiss nur einer Weile,
bis sie beide sich ergeben
der Sehnsucht und dem Augenblick,
den sie soeben erst erfüllt mit Leben. —

Beide gehn saumselig, Stück für Stück,
doch treibend werden ihre Schritte.
Der Tag ist jung noch und sehr hell;
sie unterhalten sich, wie es so Sitte;
die Luft erzittert vor Verlangen schnell.
(Sie kommen auf Mala fide *an.)*

Christoph *(zu Moristopheles)* Besser sei's, denn ich verschwände,
und Ihr? Schert Euch zum Gesinde!

(Christoph ab.)

Moristopheles Ein räudiger Hund, wie er streunt …
Doch Recht! — Auf bald, mein teurer Freund!

(Moristopheles ab.)

Eule Stunden später mag das Mahl verzehret,
weiche Plätze sind begehret.
Ein köstlich feiner Rebensaft
entfachet bald die Glut der Leidenschaft.
Alle Zweifel lösen sicherlich,
indes die Herzen beid bemächt'gen sich
einer einfältigen Sicherheit;
wohlichte Wärme macht sich breit. —
In dieser Stund wird allemal
des Herzens Zimmerlein zum großen Saal,
jedes Türchen wird zum Tore
ob viel besageter Euphore. —

Faust Halt mich! Entführ mich!
Komm und spür mich!
Lass mich nicht fallen mit meinen Gedanken,
nicht als Geißel der Marter umfangen wanken!
Du bist die Sonne meiner Leidenschaft,
bist die Stimme meiner Willenskraft;
mit dir wird sich die Welt verschieben,
deinetwegen werde ich das Leben lieben.

Elysia Sei sehr still, sei zärtlich,
küss mich — nicht zu spärlich!

Eule Zwei Seelen einander verführen —
sehnlichst klingt das Ziel.
Und ein, ach!, so zarter Kuss will sie berühren
zur Ouvertüre in ihrem Liebesspiel.
Sanft kitzelt beide das Gefühl der Lust,

sie genießen jeden Schlag.
Das Herz tobt hinter jeder Brust,
lauter als ein Jeder es ertrag.
Ohn' sich zu berühren
erlebet jeder eines andern Leben;
sich mit ihren Mündern zu verführen
wird ambrosisch sie erbeben.
Das zärtliche Gefühl langsamer Erregung
lässt ihre Körper zittern, ja vibrieren.
Er sieht an ihrem Herzen die Erhebung;
deutlich kann er ihren Pulsschlag spüren.

Faust Die Sterne noch am Leuchten sind,
farbig, fröhlich tanzen,
doch duftet's schon nach Gräsern und nach Sommerwind,
auch nach Blättern, duftet süßlich schon nach Pflanzen.
Ein Meer von Blüten streichelt meine Sinne,
ein warmer Hauch der lauen Nacht.
Felder singen leis die hohe Minne
und ich bin glücklich um den Schlaf gebracht.
So will verloren sein,
wes ich nicht bedarf,
und Frohheit lässt nun nicht herein,
was hart uns in den Nebel warf. —
Fiel der Weg auch freilich schwer,
und wollte also manche List auch blenden,
geradewegs kommt's Neue her,
das Leben zu vollenden!
Du, Sonne meines Lebens,
Liebe, schon seit Anbeginn,
bist das Ziel all meines Strebens,
des Lebens höchster Hauptgewinn.
Du bist von ambrosischer Verwahrung,
ein Geschöpf von süßer Perfektion,
Gottes samtene Erfahrung,
seine liebste Kreation.
Du bist die Blume meiner Sinne,
mein Federstreich, mein Pinselstrich.
Du bist das Leben, das ich neu gewinne,
ein kleines Wunder — nur für mich.
Du gibst mir Kraft, gibst frischen Mut,
bei dir fühl ich mich glücklich, froh,
bist so liebevoll, tust mir so gut,
diesen Traum find ich sonst nirgendwo.
Du bist so einzigartig und an Segen reich,
steckst voller Energie,
bist traumhaft, liebenswürdig, engelsgleich,

eine Reise durch die Fantasie.
Du bist die Perle vieler Tränen,
gepresst aus Staub von Sternen;
nur mit dir kann ich mich glücklich wähnen,
mit dir nur will ich trunken lernen.
So reif und köstlich wie der beste Wein,
so überaus erlesen.
Lass mich dein gläsern Kelch nur sein,
darin zerfließest du und wirst genesen.
Möge Gott mir längst vergeben haben,
soll andernorts die Zeit die Wunden heilen.
Ich mag fortab von deinem Odem laben
und will mein Leben mit dir teilen.
Mein hellster Stern, mein liebster Schein,
du verzauberst mir die ganze Welt.
Lass Uns auf ewig eine Seele sein;
mein Sonnenlicht hat mich erhellt. — —

Eule Er umgarnt den Leib wie Zwirn,
schwelgt in seiner süßen Fantasie,
dann küsst er sie auf ihre Stirn
und legt behutsam einen Arm um sie.

Elysia Faust, mein honigsüßer Held,
ich bin zutiefst gerührt und bin beschämt —
zeig schon bald mir eine neue Welt!
Doch nun werd ich vom Mütterlein ersehnt.

Faust O wie? — Geh bitte nicht!
Ein kalter Schauer pflichtet bei.
Die Einsamkeit stiehlt mir das Licht
und trübt des Lebens Einerlei.

Elysia Verzeih! Geliebter! Bald vergib!
Uns trennen elend Welten,
denn falls ich heuer bei dir blieb,
könnten Höllenfeuer gelten!

Faust So lebe wohl und eile,
sodass ich trauern kann für eine Weile.

Eule Ein letzter Kuss erschöpft sich leis,
inbrünstig und doch merklich zart,
die Körper, getränkt noch von dem Schweiß,
haben nebenher sich bald gepaart.

(Beide ab.)

NEUNTER AUFTRITT »FAUSTENS GARTEN«
An einem Frühlingstage.

(Faust tritt auf.)

FAUST Vielerorts liegt manch Genuss,
stets bereit, entdeckt zu werden.
Geschwängert von dem Rosenkuss,
entfachet neue Liebe das Gebärden.
Herbei gesehnt von Hoffnung, Glauben,
Heer des Frohsinns sei erwacht
und kann Glückseligkeit mir neu erlauben,
denn die Auferstehung sei vollbracht.
Reges Treiben vor den Toren;
reges Treiben auch in regen Köpfen,
denn der Geist sei nicht erfroren;
mögen aus der Zeit wir Kraft uns schöpfen.
Ein warmer Hauch, ein trocknes Lüftchen,
blaues Meer unterm Gestirn.
Eine ganze Schar von bunten Stiftchen
lugt durchs Erdenreich nun nicht mehr fern. —
Hab eine Tulpe in dem Beet gefunden,
freundlich lächelnd sie sich reckt;
den Aufbruch zu bekunden,
hat sie mich süß geneckt.
Vorbei des Winters kalten Tage,
vorbei die Zeit ohn' Blumenduft;
mit Macht und Drang vollstreckt die Plage,
verschwand er donnernd, grollend in der Gruft!
Erwacht aus tiefem Schlaf,
frohlockend helles Gold und dunkles Grün,
getrieben wieder Rind und Schaf,
dort, wo Träume wieder blüh'n.
Dieses Grün wird alle Lenze satter,
stets freundlicher, dem Himmel noch so nah.
Die Tage werden eher zum Gevatter,
doch scheinbar nur — was ich so sah,
sind alle Augenblicke voller Wert,
doch niemand hat sie wohl verehrt. —
Ei, eine gar hübsche Frucht halt ich in meiner Hand,
die, ach!, für immer reifen könnt.
So makellos und frisch, so elegant,
so einzigartig, dass ich sie gern mir gönnt …
Allein verboten dünkt das edle Gut,
verboten bald und bald auch viel zu schön;
bezahlbar nur mit heißem Herzensblut
und auch sonst gar feurig anzusehn. —

Mein Herz brennt diesseits lichterloh,
neu und frisch, in wilden Flammen.
Darüber bin ich letztlich froh,
verdeckt ihr Tun doch grobe Schrammen. —
In einer kleinen Hand liegt es geborgen,
in einem Innern soll es ruh'n;
vertrieben sei'n die Sorgen,
dies gegensätzlich' Tun.
Glückstrunken durchstreif ich jede Nacht
und schlafversunken jeden Tag.
Von Liebe träumt ich, hab an Mut gedacht,
die Bürde zu vergessen, die ich trag.
Ich will der Hafen sein, in dem die Reise endet,
mag Halt gar sein und Kraft.
Ich will das Feuer sein, das nimmer wendet,
ein Elixier, ein Lebenssaft.
Warme Hände, heiße Lippen will ich spüren,
im Liebesrausch will ich zergehn,
will durch die Dunkelheit entführen,
will Leben neu in mir erstehn.
Liebe, Lust und Sinnlichkeit mich prägen,
mich erschauern und mich trunken heißen;
mein Glück mag ich in reine Hände legen,
kein Wasser soll sie je entreißen.
Ich lernte, endlos dankbar sein,
konnte sehn, was Sehnsucht bald erreicht.
Nimmer leb ich ohne Liebe, nie allein,
und nimmer will ich: dass die Sonne weicht. —
Zwei Hälften aber halten's Herz zusammen,
die eine bitterlich, die andre toll;
eine sollte mich verdammen,
mit Genüsslichkeiten ist die andre voll.
Welche Halbscheid sei durchaus die rechte?
Beide könnten Glück und Unglück sein.
Welcher Fügung bin ich dienlich Knechte?
Keiner dieser Herren steht allein …
Ein Taumel hat mich gleich verbrannt,
eine hübsche Frucht galt's zu erblicken,
so überschaubar, frisch, so elegant. —
Warum nur musste ich sie pflücken?
Wie ist mein Leben denn zerstört,
als dass zwei Herzen meine Brust bewohnen?!
Freilich hätt ich eines überhört,
möcht sich das Leben auch nicht lohnen! —
Nun schmerzt es gar so sehr,
so wollt ich es verfluchen.
Doch selbst dies gelingt zu schwer,

und ich gelobe forsch, den Sinn zu suchen!
Trieb und Sehnsucht schlagen tief in meiner Brust,
verbittern mir fortan die Süße.
Hätt ich des Honigs nie gewusst,
ach!, tät kund sich mir nicht Büße. —
Eingeschlossen zwischen jenen Welten,
fernab von Gut und Böse,
verharrt die Seele, allwo andre Rechte gelten,
von deren Stimmung ich mich löse.
Ich schlürfe diese heil'ge Nähe,
obzwar sie unerreichbar fern;
wenn ich in dieser kleinen Hand zergehe,
umnebelt mich der Sehnsucht Kern.
Blut tropft mir aus der Seele,
Schatten schlagen mir in mein Gesicht;
ich brenne lichterloh und zähle,
wie viel Wahrheit noch erlischt.
Meine Brust zerberstet ob der Last,
kleine Seen staun sich an;
hält der Verstand im Innern Rast,
bin ich verloren irgendwann.
Engel singen eine süße Melodie,
Elfen tanzen durchaus in demselben Takt;
wie des Frühlings Boten erblick ich sie,
teils bedeckt und teils auch nackt.
Das letzte Ziel sei dann vollbracht,
wenn die greisen Mächte längst besiegt.
Und endlos Glück sei dann erwacht,
so die Vernunft dem Herzen unterliegt.
Zum Himmel sind die Lippen heiß
und anderswo am Sterben.
Niemand kennt den wahren Preis,
freilich ich will ihn erwerben. — —
(erschrocken) Was? Fünf zeigt die Pendule?
Es wirft mich aus dem Stuhle!
Schnell muss ich los, muss hinaus,
treibt mich's fort zum Gartenhaus.
(eilt zur Orangerie; kommt eben noch rechtzeitig)

(Christoph tritt auf.)

Ah, wie verabredet am klaren Born,
als Geschenk ein Tröpfchen
und gebacken einen Laib aus Korn;
Christoph läutet das Glöckchen.

CHRISTOPH Ich grüße Euch, mein Freund,

hab ein wenig nur geträumt
und Ihrer nicht sofort gehört,
darum seid bitte nicht empört.

Faust Pünktlich wie nachts das Käuzchen
beitet Ihr vor Unserm Gartenhäuschen.
Lasst Uns schwelgen in Erinnerungen,
und weißgrau füllen sich die Lungen,
denn zum Wohle sich in meinem Beinkleid staut
frisches, wohlig duftendes Zigarrenkraut.

Christoph Diesen Zeitpunkt stets im Bilde,
stimmt das Leben denn Uns milde.

Faust Das Gras hören Wir wachsen, die Grillen singen —
was kann *Uns* schon auseinander bringen?!

Christoph In Unsern Bechern fließt der Spruch:
Auf ewig Freunde, nie Vertrauensbruch! …

(Eine schwarze Frau tritt auf.)

Ei, in zerschliss'nen Leibesfetzen
läuft eine schwarze Frau in Unserm Garten her.
Soll ich den Köter auf sie hetzen,
oder was benötigt Ihr zur Wehr?

Faust *(empört)* Christoph! Ihr seid herzlos noch,
auch weder wollt ich sie zerreißen;
so geneiget mithin doch,
ihr Dasein gutzuheißen;
sie hat womöglich sich verirrt,
lasst mich nur nach ihr sehen.
Sie schaut erschöpft und sehr verwirrt.
Ich will eilends zu ihr gehen. —
Respekt ist aller Glückseligkeit Kern,
allen Vertrauens königlicher Rang!
Der Ungerechtigkeit heller werdender Stern,
ist im gleichen Verhältnis ihr Untergang!

(erreicht die Frau)
Frau Verzeiht gefälligst mir mein Stören,
es tut mir leid, ich will mich auch gleich entfernen.
Ich vermeinte Kinderstimmen durchaus zu hören,
gewahrte meine Jugend in den Sternen.

Faust Hier seid Ihr sicher, könnt Euch frei bewegen,

fällt dies auch offensichtlich schwer.
Nichts wird sich wider Euch erregen. —
Doch sagt, wo kommt Ihr her?

FRAU Ich ward vertrieben, musste reisen,
den düst'ren Mächten flieh'n.
Ich kam daher auf Flüssen, Wegen, Gleisen,
musst durch Berg und Täler zieh'n.
Es wollt durchaus schön sein hier und dort,
indes ich bin es leid,
mich zieht es wieder fort:
Nach Haus zu kehr'n, kommt bald die Zeit.

FAUST *(für sich)* Ein, zwei Gäspen Pomeranzen
brech ich von den baumigen Pflanzen.
Diese leg ich ihr zum lieblichen Kontrast
vor die Füße, sintemal das passt;
dann ist das Wesen der Holdseligkeit
des Verharrens so gescheit
und beuget sich nach Wicken und Lupinen;
das käme der Nächstenliebe sehr gediegen.

FRAU Mir oblag ein so fröhliches Leben
mit kleinen Freunden, die mich mochten;
nach, ach!, so Hohem wollt ich streben,
bis die Brutalen unser Lehm verkochten.
Plötzlich hatt' ich einen Herrn;
ein arabischer Faschist: Narok —
weicher Kopf und harter Kern,
der vernarrt ist in den Greisenstock.
Er lebt bald nebenan,
in jener Welt voll roter Scherben,
da man uns wie Vieh behandeln kann
und wir unschuldsvoll für eine Ehre sterben!

FAUST Geküsst sein will die blut'ge Schande,
nachdem die Katz gekauft zum Knechten;
sie ist zum Wehren nicht mehr imstande;
und die Herren belieben, die Verse zu verfechten. —
Wie moribund und alt ist dieser Gott,
den die Herren selber schöpften?
So ein mieser Gott
gehörte längst zu den Geköpften.
(für sich) Es bricht mir's Herz,
Gift und Galle möcht ich kotzen;
die Adern wachsen vor im Schmerz,
wenn die Eiferer der Umwelt trotzen.

(an die Frau) Malsi, der Faschist, ist auch am Leben,
inmitten des Schlaraffenlands für verhätschelte Knaben;
die Erfüllung seiner Hetze ist sein Bestreben,
und seine Häuser mögen die Schwachen laben.
Jetzt begänne das Aufbegehren,
vernichtet sei der falsche Gott,
wider diesen Zwang lasst uns wehren
mit einem bürgerlichen Komplott.
Unter den Tüchern der Demut und Unterwerfung
entfache sich ein großes Feuer,
das verbrenne die aufkommende Verschärfung
und den Schleier, der über uns weht wie ein Ungeheuer. — —

(Christoph kommt hinzu.)
Darf ich Euch bitten, an diesem Abend
mein Gast zu sein in meinem Garten?
Ein wenig von den Speisen labend,
woll'n dem Mondaufgang Wir warten.

Christoph Es wird gleich angerichtet sein
und ist köstlich obendrein.

Frau Ich danke sehr, freilich muss ich weiter,
will vor Sonnenaufgang schon am Meere sein.
Die Nacht erscheint mir heiter,
da muss ich schnell die Kehr befrei'n.

Faust Aber zu dieser Stund die Eulen
schon chorenhaft von den Geästen heulen,
und die Luna leuchtet heut so schwach,
da halten sich die schweren Augen schwerlich wach.

Frau Dies Anerbieten schätz ich sehr,
hätte ich der Zeit ein wenig mehr,
setzte ich mich wollend in den Eurigen Garten
und könnt bis morgen hier noch warten.

Faust *Dem* soll nicht vergeben werden,
der nicht selbst bereit ist zu vergeben,
denn das Glück auf unsrer Erden
lässt sich mit Einsicht erst erleben. — —
Nun denn, so kommt nicht übel heim.
Ich wünsch Euch stetig Sonnenschein.

Christoph Auch ich schließ mich den Wünschen an:
Gute Heimkehr erbitt ich Euch sodann.

(Die Frau ab.)

Eule Nach betret'nen Mienen für Minuten
kehren sie wieder und woll'n sich sputen.

Faust Christoph, trag er *auf* den Braten!
Ich mag von einer Reise Euch verraten.

Christoph Das soll nur gleich beschehen
und will Uns somit wohlergehen.

Faust Setzt Euch her und esset schnell;
nachher ist's nicht mehr warm
und vergangen Euch der Appetit eventuell.
Füllt nun kräftig Bauch und Darm. — —
Ich hab in abgründiges Leid geschaut
mit vielerlei Farb und Gestalt.
Mein Herz schrie traurig, vor Entsetzen laut;
mein Weheklagen jener Ödnis galt.
Auf meiner Reise durch dies ferne Land
entdeckte ich, was ich noch nie zu sehn bekam.
Die Tragik des Siechens ging Hand in Hand
einher mit einer ungewohnten Scham.
Eine unfassbare Welt enthüllte sich,
getäuschte Zuversichten offenbarten sich gleich dort,
wo das Augenmerk dem Ekel wich
und dünkten für ein Blinzeln jene Kargheit fort. —
Reisende lebten ihrer Sensationen Sucht
und erfreuten sich der Armut dieser Kreaturen.
Die Einwohner glaubten bald an ihre Flucht,
vergaßen ihre hungergeprägten Konturen.
Choreografisch anmutend,
wie ein Schauspiel, setzte ich den ersten Tritt
auf den Weg, der schweißblutend
sich als Weg ins Dörfchen ritt. —
Ich bestaunte einen prächtig dunklen Blätterwald,
sah ein Gewässer, welches zäh nur floss,
und war geprägt von dem Gedanken bald,
was wohl verbirgt der lachengleiche Fluss:
Geifer, Kot, Urin,
vielleicht gar Leichenteile?
Ich kam nicht umhin
zu würgen eine kurze Weile.
Furcht und Ekel freilich sollten keine Hürde
und brachen bei dem ersten Schritt auf eine arme Seligkeit.
Gleichwohl, was beschehen würde,
berührte ich Warmherzigkeit.

Mit einem Fetzen um die Hüfte
kam sie freundlich, offen mir entgegen.
Ich missachtete jene Düfte
und begegnete ihnen minder verlegen.
Ihre Scheu verschwand schon bald,
und ich erahnte dieses Leid.
Die Natur war ihr Zusammenhalt,
darob empfing ich heftig Neid.
Frohheit erwachte in mir und Lust,
mit diesen braungebrannten Geistern
eine Welt zu sein, ohn' jeglichen Verlust.
Selbst die Sprache wollt ich meistern. —
Ihre kurze Hysterie,
ausgelöst durch fremde Gesichter,
wandelte alle Zweifel in Melancholie,
denn jeder wollte ihnen Richter.
Ich erkannte freilich in dem Augenblick:
Auch dieses Leben ist wahrhaft hell und lauter
und binnen kurzer Zeit in leuchtendem Geschick.
Das Dasein erschien selten vertrauter. —
Nach einer Zeit des Staunens und der schweren Bewegung
durch trocknen, staubigen Sand
vernahm ich eine stille Regung,
die mir in meinem Atem stand.
Kahle Bäume bogen gleichnishaft
sich durch die Welt des lieblichen Landes.
Geier umkreisten jene weiche Kraft,
die dort hockte vor der Ferne des Brandes.
Eine moribunde Frau verlas mit einem Lächeln,
verhüllt in auferlegten Gewändern.
Sie vermochte kaum nach Luft zu hecheln,
vermochte schauspielhaft zu schlendern,
in ihren fingierten, all erwünschten Reden.
Ein Beifall zum Trocknen der Tränen
dünkte Balsam für Gemüt und Seele eines jeden. —
In Ritterzehrung musste sie sich wähnen,
in Almosen für ihren Lebensabend,
die zu versüßen halfen jenes Schicksal.
Allein sie sollt des Glückes labend,
vergessen ihre arge Qual. —
Links und rechts drängten blecherne Hütten,
der Stank ward von diesen nicht gehalten.
Des Dreckes Häufung derer inmitten
beinah Echos widerhallten.
Die vom Tode befallenen Bäume
gaben ihrerseits ein Rauchen,
um diesem Schatten freilich noch Bräune

mit wenig Sonnenstrahlen einzuhauchen.
Kleine Riesen, braungebrannt und leis,
zeugten vom wirklichen Leben:
Stets unterernährt von schleimigem Reis,
in Hunger siechendes Streben!
Magere Ziegen, dreckichte Hunde
sind Halt und Kraft ihrer Nahrung,
verseuchtes Wasser, saurer Regen in aller Munde;
eine schauerliche Erfahrung.
Auf kargen Böden, harten Äckern
ruhen Hoffnungen ganzer Gesellschaften.
Was obliegt es uns, zu meckern
wider den Luxus unserer Errungenschaften?
Vermag ein Zauber zu helfen, ein Wunder?
Muss es? Erlangen wir je diese Macht jener Kultur?
Verkommt nicht alles leicht zu Nichts, zu Plunder,
was wir erschufen wider diese Natur?
Gewahrte ich ein andres Land?
Warum hielt ich nur inne?
Die Lösung wird wohl nie erkannt,
ist viel zu simpel für unsere Sinne. —
Erst wenn am Boden eingeritzt
der letzte Spruch verlautbart steht,
so der letzte Tropfen Blut verschwitzt,
erkennen wir: dass der Wind von anders weht.

Christoph Jeder Mensch sei gleich dem andern,
wann begreift das auch der letzte Tor?
So alle Schicksale durch seine Hirnwindungen wandern,
ist er gütiger und lieblicher als je zuvor.
Doch nicht die Liebe sei das höchste Glück im Leben,
dem besten Zwecke sei sie nur gediegen:
Allen Geschöpfen will nur Gesundheit geben,
was wir befechten bald und bald besiegen. —
Und sinnt: Die Freiheit, die stets unterdrückt,
sei nachmalig anderweitig nachgerückt,
brennt auf Dauer, wird entzückt,
wann auch immer ihr das glückt. — —
Das ist ein rätselvolles Land;
gleichsam liebreich und so unbekannt.
Auch ich erfuhr dies Leiden. —
Viel tiefer noch war ich bestürzt,
als ich gehört von dem Beschneiden,
als ich las, dass sie gekürzt.
Mögen Kulturen verschied'ner Religionen
ihre eig'nen Rituale und Relikte haben,
doch sollen sie der Menschen Würden schonen,

die ehedem die Götter ihnen gaben.

Faust Vieles will uns bestürzen, schockieren und empören,
freilich nach einiger Zeit wird's uns nicht mehr stören …
Die darum wissen, werden es nutzen
und dem Jammer der Allgemeinheit trutzen.
Ich weiß nicht, wie ich's deuten soll,
auch nicht, ob die Würde von den Göttern.
Freilich ist mein Herz der Trauer voll,
da sie begegnen ihren Spöttern.

Christoph In früher Kindheit wurde das versäumt,
was heute denen fehlt.
Ehedem wurden sie beträumt
und wurden falsche Werte ihnen anerzählt.

Faust Nicht jeder Mensch ist gut,
nur weil er keine üblen Eltern hat!
Und jeder Schritt verlangt nach neuem Mut,
sonst wird des Volkes Kömmling nimmer satt. —

Eule Mit ihrem Wohl sind sie umtrieben,
ist doch des Bratens eine Keule nur geblieben.
Mit dem satten Gefühl und so träge wie sie sitzen,
lassen sie Zufriedenheit aufblitzen.
Aber Johann, von Ordnung gestichelt,
noch schnell des Weines pichelt.
Mit dem Pikkolo sehr geübt,
ruht er nach dem Schmaus und ist minder betrübt.

Christoph Ich gönne Euch der Ruh allein,
möcht gern in meinem Schlafgemache sein.

Faust Ich wirk beflügelt von Eurem Fleiß,
biet zum Nachtisch Euch noch einen Kolben Mais;
daran so nebenbei zu nagen,
könnten fürderhin einander etliches sagen.

Christoph Ich geh nur ein paar Meter am Rande der Violen,
das wurde nach dem Essen mir empfohlen.

(Christoph ab.)

Faust *(Schmetterlinge bestarrend)* Trübselig schweig ich hie,
schaukelnd in der Orangerie,
meine Augäpfel folgen dem strammen Admiral,
er flattert in hochmögender Schal

durchs Biotop in diesem Sog
und landet sanft auf einem Trog.
Ihm gesellt sich zu
ein andrer Falter, in aller Ruh.
Farblich gleicht sich diese Pracht,
unterscheiden sie sich nur der Tracht.
Und als wären sie verwandt,
schlürfen beide nun vom Trogesrand. —
Ein einsames Taubenschwänzchen
kommt herbei zum Kaffeekränzchen.
Obacht!, sinn ich bald geschwind,
ob sich jenes in der Gruppe auch benimmt? —
Heureka! Wie von einem Geschlecht
ist es den übrigen offenbar nur recht. —
Und ei, eine alte Himbeermotte
kommt mühsam nur zu Potte,
unkontrolliert und bizarr
klatscht sie auf die Falterbar.
Erschöpft und durstig ihrer Reise,
fand sie durchaus noch die rechte Schneise.
Ach!, einer spannt die Flügel?
Ah, ich versteh, als Stopp vor diesem Kübel,
denn so wie die Motte noch schwächelt
und vielsagend hechelt,
stürzt sie schnell von dieser Höh
ohne zusätzliche Windesbö. —
Sogar der scheue Waldportier
wehet hernieder auf grünem Klee;
dem so ängstlichen Hasen
und allen anderen wird geheißen zu grasen,
denn gemeinsam, so stellt man fest,
Fröhlichkeit und Freude hinterlässt. —
(in Richtung der Tagfalter) Meiner Schaulust großen Dank!
Wie sind die Menschen, o weh, so krank,
unterwürfig senke ich mein Haupt,
dem bald ein zweites Mal die Farbe ward geraubt.
Den Johannes habt ihr viel gelehrt,
habt wortlos ihm gar mancherlei erklärt. — —
Ist sie schon weit vom Garten gegangen?
Drei, vier Stunden sind durchaus vergangen …
Ach!, hätt ich nur des Teufels Schwingen,
würden sie mich fix zur Schwarzen bringen.
Will ich ihr doch künftig sein
wie ein Schmetterling so klein.

(Christoph tritt erneut auf.)

Eule Christoph, einige Schritte nur noch fern,
schaut befremdet, verstünd es gern.

Christoph Warum seid Ihr so aufgewühlt?
Habt Euch mit Tee verbrüht, habt Euch verkühlt?

Faust Nein, Gevatter, betrachtet ich soeben,
dort drüben angeblich minderes Leben.
Meine Augäpfel, jener Sache freilich kleistrig,
öffnen und befleiß'gen sich,
wozu sie geschaffen und von Nutzen;
werde sie allenthalben gründlich putzen!

Eule Faust erklärt dem zögernden Bub,
welch Ereignis sich heuer beigetragen;
nun habe er unabänderlich genug,
auch passt ihm es nicht in den Kragen,
die Farben der Menschen je zu trennen.
Alle sollten sich dem Nächsten bekennen! —
Christoph, starr und steingesetzt,
fühlt sich ob des Angebots des Hundes leicht entsetzt;
sann freilich seinem Gevatter, den so Gelehrten,
hilfreich zu sein, wie's sich geziemt für den Gefährten.

Christoph Heut früh als ich den Rüden …

Faust Still! Begleitet mich gen Süden …

Christoph Doch sie ist Euch seit dem Sonnenrot voraus …

Faust Ich weiß, als Wir aßen Brot und feinen Labskaus …

Christoph … eben, und außerdem …

Faust … können Wir im Dunkeln ohnehin nichts sehn …
(kopfschüttelnd) Markus und Matthäus,
ist Gerechtigkeit denn Sünde?
Munde ich im falschen Genus,
obgleich der vielen Gründe?
Ist Er blind, weil frei und unbefangen
Er seiner Haut sich niemals schämt,

Christoph *(stotternd)* Seht Ihr nicht die Sterne prangen,
fühlt nicht die Kälte, die uns lähmt?
Ich bin freilich jederzeit der Ihre,
jedoch die Nacht ist kalt, dass ich erfriere.
Kehren Wir nach dem Kamine ein

und vertreten morgen Uns das Bein.

Faust Mein Elan will sagen: Ihr hockt in dem Versteck,
treibt mit mir ein kleines Heckmeck.
Durchaus möcht ich meinem Übersehen
hastig gegenüberstehen.
Wohl dem, der ruhe zur rechten Zeit,
für längerer Strecke Geleit.

Christoph Die Folgschaft lechzt nach einem Sieger,
nicht nach dem Weigand oder Krieger,
Ihr gewinnt beim *Schach* den Turm,
weniger beim nächt'gen Sturm.

Faust Wohl an! Nach dieser Mahlzeit wie ein König,
will ich die nächtliche Verschwiegenheit genießen.
So will ich noch ein wenig
heilsam Tropfen in mich gießen.
Alsdann will ich im Garten
ein Stündchen noch verweilen.
Ihr müsst nicht auf mich warten,
oder wollt flanierend diesen Abend teilen?

Christoph *(kopfkratzend)* Gern nähm ich an,
auf einen Wein mit Euch zu gehn.
Doch ich muss morgen in die Stadt und halt mich dran,
zeitig, mit dem Hahnschrei aufzustehn.

Faust Dann wünsch ich Euch noch eine gute Nacht;
wirkt nicht wieder gar zu sehr gegen eben jene,
und so Ihr morgen früh erwacht,
wünsch ich Gelingen für die hehren Pläne!

Christoph Ich dank Euch sehr;
kommt auch recht bald zur Ruh,
dann fällt das Aufstehn nicht so schwer.
Wohlan! Nur zu!

Eule Und sie küssen und umarmen sich
und herzen sich wie ehedem und brüderlich.

(Beide ab.)

Vierter Aufzug, erster Auftritt »Bibliothek«
Ebenda.

(Faust und Christoph treten auf.)

Faust *(für sich)* Diese Gelegenheit sei die meine,
der nächste Zirkus soll das Spiel vollbringen.
Das Konzentrat in seinem Weine
macht ihn Lieder von der Jugend singen.
Drei kleine, zarte Phiolen
von des Schwindels Vermächt genügen;
sie vermögen, was die Zeit gestohlen,
zu beleben, zu belügen.

(Von Christoph unbemerkt schüttet er eine Phiole in dessen Glas.)

Christoph *(für sich)* Ei, frisch entjungfert wie sie sei,
die nächste Flasche Unsres trocknen Roten;
mit lustvollem Geschrei
ergibt sie sich der Melodie der harten Noten.

Faust Ein neues Geschöpf, ein neues Glas,
der Fantasie frohlockendes Gemüt;
was ehedem ein kluger Geist verlas,
gedeih in Uns von Saat bis Blüt. — —
Wie behagt Euch dieser edle Tropfen,
den ich empfing aus alten Händen,
er helfe wider das Verstopfen
und gegen das Vergreisen Eurer Lenden.

(Christoph nimmt einen gierigen Schluck.)
Christoph *(schüttelt sich)* Gar bitter behagt der holde Saft,
ungenießbar beinah schon,
so nach Energie als nach des Pferdes Kraft,
wie ein Kräuter, wie des Gaumens Hohn.

Faust Das ist ein gar besond're Trunk,
den ich da erstanden hab.
(an seinem Glase nippend) Das schmeckt doch nicht nach Dung,
ach!, Christoph, wer *Euch* nur dies Palatum gab.

Christoph So es denn hilft wider die Klagen,
seh ich dies als Medizin,
mag keine Widersprüche wagen
und hoffe, mir sei bald verzieh'n.

Faust *(anfeuernd)* Ja, trinkt nur rasch, mitunter hol ich gern

eine zweite oder dritte Runde;
der Morgen ist noch fern,
auch die fortgeschritt'ne Stunde.

CHRISTOPH Gemach, mein Freund,
Ihr benebelt meinen Geist und mein Empfinden,
und ist der Schalk nicht mehr umzäunt,
lässt sich das Jammertal nicht unterbinden.

EULE Stund um Stunde trinken sie,
dass auch das dritte Glas gereicht;
in losen Zungen bald versinken sie,
sodass gar Mitternacht verstreicht.

FAUST Doppelzüngig beinah alle Worte,
jeder Sinn soll bald gewendet sein,
soll bald des Himmels, bald der Hölle Pforte
und steht dennoch meist allein.

CHRISTOPH Lasst Uns weiter nicht philosophieren,
den Intellekt heut nicht erweitern;
Uns in einen langen Schlaf woll'n Wir verlieren,
mein Augenlicht macht mich sonst scheitern.
Leicht vergrößerte Pupillen
erahn ich meines Blickes,
mehr Luft bedarf's; mehr klarer Willen
umschwirrt mich des benommenen Geschickes.
Laut schlägt das Herz und schnell;
meine Hände, Arme dünken zu ermüden,
nicht standhaft diesem Glas, das ich nun vor mich stell;
mich friert's und mein Körper sinkt sogleich hienieden.

FAUST So forsch und doch so klein,
mit überaus erschlafften Lidern,
woll'n auch meine Augen sein;
so will den Nachtgruß ich sehr gern erwidern.

(Christoph ab.)

Ein wenig möchte ich noch eifern,
hab bis zum Morgengrauen Zeit.
Ich hör im Innern Moleküle geifern,
denn welche Wege schritt ich schon im Leid?
Es war'n verlor'ne Wege —
voller Stolz, ohne Sinn.
Erfolg macht nun mal träge —
nach jedem Gewinn …

Eine hehre Flut
bricht in mir herein;
mich packte ehedem des Wissens Wut
und ließ bis heut mich nicht allein.
Nun gibt's der Deutung viele,
doch allzeit Neues kommt mir in den Sinn;
allein es dient dem höchsten Ziele,
indessen weiß ich höheren Gewinn.
Zeil um Zeile legt sich in den Schoß,
Zufriedenheit bedeutet's ohnehin;
allein die erlang ich bloß,
so ich unzufrieden bin.

Eule Inmitten dreizehn Bücher (alle offen)
hütet Faust mit Instrumenten, Tinte, Feder,
mit Glauben und Wissen, mit Bangen und Hoffen,
am Sekretär den Stuhl aus Leder,
grübelt und studiert seit Stunden,
wälzt in Büchern, schmiert auf Zetteln,
flüstert, fantasiert gar unumwunden,
zeichnet, rechnet, flucht, will betteln.
Sein Leben haucht er für das Wissen,
erkennt den Sinn mal und mal nicht,
schwebt in Sphären hin- und hergerissen
und stirbt und lebt im kalten Licht.
In willensgeführter Regie
erahnt er mancherlei Gestalten,
und in traumatischer Ironie
lässt der Teufel seinen Geist erkalten.

Faust Vielfach Wissen in der Ferne gebunden,
etliche Köpfe sich dessen geschunden.
Um zu zieren die staubigen Regale,
ruht es nun in einer harten Schale. —
Sie ist mir ein Rätsel, diese Macht,
unbewusst halt ich tapfer Wacht
und sitze freilich so oft in ihrem Kreise,
luge, räuspere, philosophiere meist leise.
Kleine Gehilfen ohne Haut und Haar,
doch was sie mir gerühmen, das ist wahr.
Nützte ich die Liebelei des Öfteren mit Lesen,
wär mein Ach und Weh schon längst genesen;
suchte ich mein Heil in deren Schriftgedichten,
würd die Dunkelheit sich zunehmend lichten;
ich erreichte längst den großen Teil des Ganzen
und müsst nicht nach des Teufels Pfeife tanzen! —
Warum hört nur niemand hin,

weshalb verschmähen viele deren Sinn?
Ihre Sprache ist gewiss ein Rätsel meist,
allein zu fassen ist jedoch der off'ne Geist.
Das Schweigen, das viele brachen,
Kapitäne, die in die Meere stachen,
Logbücher und deren Routen,
Ideologien sollten in meinem Geiste bluten.
Der Römer alten Taten,
Odysseus' heldenreiche Fahrten,
alles niedergeschrieben auf blassem Papier,
stapelt hundertfach sich nun vor mir.
Tagebücher, gespickt mit Heldentum,
Fragmente, gezündet über lodernde Flammen,
unterstreichen den geschriebenen Ruhm. —
Schnüre halten sie zusammen,
jene alten und losen Blätter,
die schon litten unter jedem Wetter
vergilbter Kläre in Text und Lesbarkeit.
Doch ist der Inhalt noch so grau und verschneit,
der Sinn ist leserlich und eitel
und jederzeit verständlich — für manchen Scheitel. — —
Wie der Gelehrten Wachs das letzte Feuer erlischt,
gleich der Nacht, die erscheint mit schnellen Schritten,
und auf dem aus Eiche Rustikalen aufgetischt,
der gedankenfrohen Fragmente inmitten,
das Tintenfass durchaus auch nickte
auf des Klugen Linnenhose, die schon oft geflickte,
so manche Nerven zerrten an Beharrlichkeit
und verbot dem Schreiberling die Heiterkeit,
so erfahren sie die Bedeutsamkeit der innerlichen Worte
und führen so manchen Leser an des Lichtes Pforte.
Seiten über Seiten in Staub gehüllt,
ein Bataillon aus klugen Sätzen
mit noch schlaueren Lettern gefüllt,
könnte manchen Unhold verletzen.
So im Sinne des Eifers nicht das Böse stimmt,
der Intelligente sich dem Guten benimmt,
denn sind der Druck und diese vielen Worte
der Schlüssel zur ruhmreichen Weltenpforte. —
Mein Narrendasein schaukelt diese Wiege,
ich erbte eine Halle voller Siege,
ich weile in einem Saal voller Könige,
dieses Glück erfahren wahrlich wenige,
doch mein stumpfes Denken
eilt mir voraus und will mich kränken.
Ein Wicht befasst sich mit dem Faust,
schenkt nimmer diese Einsicht, die mich laust;

doch dieser dreiste Gnom —
welchem Herrn ist er entfloh'n?
Er benimmt sich wirr in meinem Kopf
und erscheint nicht größer denn mein Jackenknopf. —
Lästiger kleiner Geist,
wie lange du noch in mir kreist?
Jehovas Kopf oder des Teufels Fell,
sprich mir's schnell,
wessen Untertan bist du so toll,
wem gehörst du, Troll? —
Ach!, was kümmert mich der winz'ge Niemand,
eine gülden' Grube nenne ich mein Land.
Nun sollt ich mich der Bücher befleißen,
somit diesem Tunichtgut das Grab verheißen.
Aus meinen Sinnen werde ich ihn lesen,
hinfort ihn kehren mit neuem Besen,
ich räuchere die Kammer von diesem Insekt,
das schon viel zu lange in mir steckt. —
Ja, ein Besen wär hier auch an rechter Stelle,
Dreck und Staub umkleiden wie die Pelle
all das klug betröpfelte Pergamentgewirr,
es wirkt wie unbenutztes Altgeschirr. —
Dieser mir so häusliche Segen …
Jemand muss diesen Schimmel fegen,
die Kartonagen putzen
und die angebrannten Pergamente stutzen. —
Wer ist dafür prädestiniert,
wer auch den Überblick nicht verliert,
wer zieht daraus keinen Gewinn,
wem widerstrebt das Blättern darin?
Von einem Weibe wär zu Tränen ich gerührt,
da es den Flederwisch gar lieblichst führt,
dieweil demselben zu dem Geschick
obliegt manch gelungen frecher Trick. —
Freilich sollt gewarnt ich sein,
schaut sie an der Tür getreulich drein,
tauscht sie rasch ihren sanften Hundeblick,
mit dessen Gebiss und beißt mir ins Genick. —
Christoph ist ein wahrer Gefährt,
der sich um Kron' und Zepter nimmer schert,
gewillt, aus meiner Führung zu lesen,
widerstreben ihm die alten Thesen.
Doch ich ehr ihn nicht für seinen Fleiß
am Wedel, mit Tuch und Lappen,
ich erfreu mich an seinem geistigen Schweiß
und will ihn dafür nicht berappen. —
Oder der arg riechende Gassenschläfer,

kennt Bordsteinschwalbe und Stadtrandkäfer,
hausiert mit Schmutz, wird sich nicht hämen
und würd sich dieser Guttat auch nicht schämen,
ihn werden die Werke gewiss nicht tangieren,
er wird sich in keine Frage eines Titels verlieren.
Freilich unterschätzt er diesen Wert
des neu zu beschlagenen Pferd'. —
Yonah sollte sich meiner bücken,
Einband um Einband geraderücken,
von goldenen Verzierungen den Staube lecken,
nur am Triumphe kürzlich schmecken,
ja, welche Wohltat für meine Seele,
so ich ihm den Stolz bald stehle.
Doch ich entspräch einem atternden Kind
und in meinem Geiste wäre ich blind. —
Wie wär ein weidlich Fremder,
ein Gastarbeiter, ein Ausländer?
Ich hörte: dass genügsam ihrer hier bald wohnt',
auch, dass nur wenig sie dafür entlohnt;
wohlfeil, gut und ohne Krawall,
das wäre *schon* mein Fall.
Doch der Gedanke stellte sich als Lidschlag wider,
und die Umsetzung drückte mich hernieder. —
Und so ich Estriga drum bitte?
Sie stellt' sich in des Saales Mitte,
plauderte schnell verhexte Sprüche
oder kocht' in ihrer Hexenküche
ein Gericht aus einer Rezeptur,
mit tierischen Eingeweiden nur,
würfe einen bösen Blick
und pustet' die Keime einfach zurück.
Ach!, papperlapapp, ich befreie die gedruckten Letter
höchst selbst von ihrem staubigen Befall,
und ich verhindere für alle wohlgefüllten Blätter,
den dräuenden Verfall.

EULE Mit Ordnungswut und in der Hand ein feuchtes Tuch,
wirbelt sich Faust von Buch zu Buch.
Bücherwürmer zwischen Siegel und Emaille
verkriechen sich in ängstlicher Eile.
Sie rutschen über Leder und Träger,
um sich zu retten vor dem dräuenden Schläger,
vorbei an Bibeln und Biografien,
werden sie des Regals geschrien.

FAUST Was entdeckt mein müdes Aug unter dem Staub,
zwölf Ellen hoch im Bücherlaub?

Es offenbaren sich des Alphabets Gesandte;
sie glimmern und locken mich zur Hockerkante. —
Dieses glitzernde Buchstabenflair
behagt dem alten Johann sehr.
Mich kitzelt es in meiner Nase
wie lustig sprudelnde Gase;
sie scherzen mit meinen Sinnen,
klammern mich inmitten, darinnen,
in diesem so zauberhaften Gespiel,
welchem ich heuer verfiel:
Ein A kommt aus seinem Versteck,
ein S und ein I schleichen sich weg,
nun stolpert auch ein R aus dem Regal,
ein weit'res A, ein M purzeln heuer in den Saal. —
Es ordnet sich des Chaos' Entsandter,
und ein mir Altbekannter
klettert aus dem Alphabetenschlamm:
Ein Bösewicht mit Namen Asiram.

(Asiram tritt auf.)

Asiram Nec scire fas est omnia!
Und da Ihr schon ruft — ich komme ja …
Seht Ihr diese Papyrusrollen,
wie froh umher sie tollen?
Sie füllen diesen stämmigen Schrank,
wohinter ein geheimer Weg versank.

Faust Nein, Ihr kleiner Wicht,
Euch getrau ich nicht.

Asiram *(Faust verspottend)* Ich bin Euer Leben,
und Ihr weigert Euch, Vertrauen mir zu geben?
Zwischen Euren Thermen
musst ich ehedem das Herz erwärmen;
erbärmlich habt Ihr Euch verhalten,
gleichwohl vermochte ich zu walten.
Ihr wart so sehr verblümt,
machtet mich sogar berühmt.
Ich stahl Eure Ehrlichkeit,
entriss Euch Treue, pflanzte Neid.
Ich gefror Eure lieblichen Gefühle
und verspritzte Schmerzen mit großer Kanüle.

Faust Was wollt Ihr von dem alten Kriegerglück?

Asiram Den jungen Verbrecher will ich zurück!

Faust Doch dieser starb voll Sorgen!

Asiram Nein, dieser stirbt an jedem Morgen!

Faust Ich stapfe nur noch im Schnee!

Asiram Und ich zeige Euch den blühenden See!

Faust Wohin führt die Reise?

Asiram Nach einer längst vergessenen Schneise!
Wiedergekehrt zum verliebten kleinen Jungen,
der eng umschlungen
einem Mädchen auf seine Weise
die in Sonnenrot getränkten Lippen küsste
und den Mittelpunkt ihrer Brüste
mit einer Eindringlichkeit liebreizte,
dass sie mit Erwiderung nicht geizte.

Faust Dieser Wunsch schlendert seit Gezeiten …

Asiram Ich werde Euch zu ihm geleiten!

Faust So soll's denn sein,
dieser Ausflug sei kostbar wie ein edler Wein!
(abgewandt) Nach allen hölzernen Brettern
sollt hinauf ich klettern;
bis hoch nach oben,
nach den Inkunabeln könnt ich toben,
allein es hilft nicht weiter,
mich dünkt, der Wichtelbold ist viel gescheiter,
denn man diesem zugesteht.
Dieser ist auch nimmer verdreht,
und sein runzelhaftes Stübchen
zaubert ihm süße Grübchen. —
Gut, dass niemand hört,
dass seine Gegenwart nicht stört.
Das Gefühl, ich bin dem Dreikäsehoch verbunden,
schließt auf nicht allzu gesunden,
eher maladen Geist im Dasein.
Mitunter geh ich ihm noch auf den Leim?

Asiram Was ich Euch gebe,
ist eine hinreißende Rebe.
Sie wird Euch reich beschenken,
Euch in zuckrigem Schmelz ertränken.

Faust Eine Falltür ich vermute.
Ich kreische in die Tiefe,
und obschon ich bibbernd schniefe,
durchaus einsam ich verblute.

(Sie öffnen die geheime Türe.)
Asiram Keine Ängste müsst Ihr hegen,
das käm mir nicht gelegen.
Keine gemeine List,
so hier verborgen ist.

Eule Moosichte Stufen und kristall'nes Felsgestein
laden Faust zur Vorsicht ein.
Rattengeräusper und Schwefeldämpfe
verursachen leichte Muskelkrämpfe.
Blubberblasen in Lachen und Pfützen
und garstichte Kobolde mit Zipfelmützen
verweisen nicht auf Frohsinn und Vertrauen.
Durch der Felswand Ritzen will ein Raunen schauen;
erst klingt es bass und unterschwellig schier,
ehe es sich wandelt, brüllt, wie ein Getier.
Mit einem Käfig um des Leibes Fell
bewegt's sich eher lind denn schnell.

Faust Was springt mit einem Kreuzgeflecht,
wenig talentiert, mehr schlecht,
auf nasses Stuf'gestein,
als trage ihn ein Bein allein?

Asiram Streichelt ihn sanft auf Holz und Bast,
dann fällt er Uns auch nicht zur Last.
Man ruft ihn Esudew — auf immer hier gebunden.
Seit ich ihn kenne, läuft er seine Runden.

Faust Armes Geschöpf für sich,
schaut todestraurig — fürchterlich.
Ich seh die Uhr in seinen Pupillen,
die Zeiger rostend, ohne Bewegungswillen!?

Asiram Seine Zeit ist abgelaufen,
er ist ein längst vergess'ner Haufen.
Einst pocht' ein Herz unter faulen Rippen,
ein Lachen streckte seine Lippen;
warten ist sein einzig Elixier,
die Lust zu überleben eine Zier.

Faust Könnt Ihr ihn zähmen,

heiter beschäftigen oder lähmen?

Asiram Das entzieht sich meiner Macht,
ich bin nur der Wegweiser in diesem Schacht.

Faust Kann ich was Gescheites zetteln prompt,
dass er aus seinem Schauer kommt?

Asiram Ihr solltet nicht von der Enttäuschung Dritter laben.
Durchaus bringen Euch die Raben
genugsam Kraft für Eure eig'nen Weiden,
ausreichend für Euer selbiges Leiden.

Faust Ich folge Euch auf Schritt und Tritt,
weil mir Selbes aus den Händen glitt?

Asiram Ihr müsst die Fallstricke beenden,
Euch neuem Leben wenden!

Faust Wo vermag ich, mich zu heilen, da noch kein Rezept?
Wie kann ich genesen ohne hilfreiches Konzept?

Asiram Ich beut zwei Wege,
die ich Euch zu Füßen lege.
Beide geerdet auf heiligem Sand,
beide bestellt auf ehrwürdigem Land.
Jede dieser Straße ist Euch Begriff,
erfasst von keiner jedoch zu schnellen Griff.

Faust Ich durchschaue Eure Rätsel nicht!

Asiram Geduld; so der Sonnenschein das Wasser bricht,
begreift Ihr allzu gut,
warum hierher ich lud.

Eule Die zwei kühnen Helden nur
machten sich in jene Spur,
wobei der eine unbekümmert, schwind,
nach dem Bestreben seiner Aufgabe sinnt,
der zweite allerdings,
ständig schauend nach rechts und links,
taumelt, tippelt wie benommen,
um langsamer voranzukommen.

Faust *(abgewandt)* Jetzt trotte ich dem Zwerge hinterher,
könnte stieben oder flitzen,
auf der Flucht das Monster stibitzen;

freilich erreicht die Neugier bei mir mehr
als das Desinteresse, dessen Gabe
ich leider nimmer habe.
(zu Asiram) Die Reise dünkt zu stoppen!?
Oder wollt Ihr mich nur foppen,
mir zu Eurem Schabernack
vorgaukeln, Ihr seid gar müd und nicht auf Zack?
Oder ist das Ziel, mehrere Meter fallend,
der Wasserfall, eindringlich schallend,
schon mit diesem erreicht,
das blaugrüne Nass zu streicheln vielleicht?

Asiram Fürwahr, hier sei es nun geschafft,
der Weg von nun an auseinanderklafft.

Faust *(staunend)* Vor Uns die Lagune, wunderschön …
Es weht ein warmer, seidiger Föhn,
ich seh, wie eine edle Dame schwimmt,
dass sie die Hürde nun mit Leichtigkeiten nimmt.
Mein Herz hämmert, mein Puls rollt,
vor mir lebendig glitzerndes Gold.
Eine Anmut, wie sie sich bewegt,
das Haar wie einen Schweif sie trägt.
Sie reiht sich ein in den Gesangestrank,
so viel Tenor, obzwar so schlank.
Ich starre, und mein Leib, gleich einem Vulkan,
widersteht nicht ihrer Scham.

Asiram So habt Ihr Euch entschieden?!
Ihr seid vor langer Zeit bereits hinabgestiegen.
Nun vermag ich denn, zurückzukehren;
mögt Ihr Euch danach verzehren.

Faust Moment, Moment …
in mir's auch nach dem zweiten Wege brennt.

Asiram Den Höhlengang zum Sprudel Eurer Träume,
den Weg durch karge Bäume,
vorbei am Monster, die Stufen hinauf,
so nimmt Euer altes Dasein seinen Lauf.

Faust Das erscheint mir leicht.
Geb ich kund, dass mir's reicht,
ständiger Schmerz und Bilder, die geweint …

Asiram Gut, wenn Ihr es meint …

Faust Doch ist's nicht nur Verführung,
eine blasse Verzierung?
Ich weiß keinen Rat,
schreite schwerlich zur Tat.
Vermag ich, einmal zu probieren noch
und trinken aus dem Wasserloch;
kann ich schlürfen von der Blüte,
ehe ich sie behüte,
kann ich mich darinnen stürzen,
mein zerbroch'nes Dasein prickelnd würzen?

Asiram Vergnügt Euch ewiglich
und schert Euch aller Übrigen nicht.

Faust Sie reizt schon sehr,
die treibende Knospe.
Und gewisslich will ich mehr,
so ich ihrer koste.

Asiram Nun, sie ist ein wahrer Schatz,
eine Idylle, ein Wolkenplatz,
nur zu, kopfüber in den Teich der Rosen,
soll ich Euch hinunterstoßen?

Faust Nein, haltet ein damit,
gebt mir keinen Tritt.
Mich dünkt, ich steig über Morast,
obschon Euch weniger das passt.

Asiram Das ist freilich wohl ein Scherz!
Ich biet Euch einen Nerz,
und Ihr dummer, unbelehrbarer Junge
sprecht mit des Verlierers Zunge.
Kehrt Euch zu den Gedärmen
und lasst Euch erwärmen
von Traurigkeit, Armut, von feuchten Augen
und von einem falschen Glauben.

Faust Warum so erbost?

Asiram Begnügt Euch mit des Preises Trost.

Faust Bin verwirrt in jener Stund,
hab freilich Mitleid mit dem Höhlenhund.

Asiram Hm, will das heißen,
dass Wir einander seiner reißen?

Denn wählt Ihr durchaus munter …

FAUST … den Weg hinunter?

ASIRAM Ist dem denn so?

FAUST Ich versteh nicht Euer Pro!?

ASIRAM Und ich versteh nicht Euer Gegen.

FAUST Macht Euch das verlegen?

ASIRAM Ich schenke Euch ein Schloss,
ein Gehöft mit einem schimmernden Ross,
doch Ihr meidet die goldene Treppe
und schlaft in der glühenden Steppe.
Ich schenk Euch Eure tiefste Begehr.
Und was ist daran denn nicht fair?

FAUST Da ist ein großes Unbehagen
in meinem empfindungsüblen Magen.

ASIRAM Das ist wohl der Hunger,
ist nur vor lauter Kummer.

FAUST Nein, das ist mein Gewissen,
welches kämpft derweil verbissen.

ASIRAM *(abwinkend)* Lasst Uns reden über Esudews Klagen,
er liegt Euch gut im Kragen.
Ich entsperr ihn seiner Wehgedanken …

FAUST *(schnippisch)* … und *wie* soll ich's Euch danken?

ASIRAM Nicht mir sei Dank gebührend,
Euer Weg allein ist führend.
So gebührt Euch Dank ohn' Ungelenk
und ich sei das erhabene Geschenk.

FAUST Jetzt wird es doch verrückt …

ASIRAM Ich bin entzückt:
Der große Johann Faust ein wenig bedrückt.

FAUST Was soll ich mit einem Zwerge zu Pferd?
Mir ist die Meerjungfrau viel reichlicher wert.

Asiram Ihr seht nur die Hülle in ihrer Gestalt!
Der Empfindeleien bitterkalt
standet Ihr mir nimmer gegenüber.
Jetzt seid Ihr ein Betrüger,
seiner selbst am ehesten gefällt,
seid Euch ein Fremder, bitterlich entstellt.

Faust Als ich Tee und Rum Euch freundschaftlich gereicht,
habt Ihr meine Wünsche lamentiert;
Euch dünktet, ich sei verweicht,
habt mich damit pikiert.

Asiram Ei, das Licht entfacht so farbenfroh,
flambiert sogleich gar lichterloh,
und nach den Kammern der Erinnerungen
ist endlich ein Zündlein durchgedrungen.
Mein Stapfen zur Zigeunerin
(auch so eine Träumerin)
erschien eine Zutat dessen,
um mit Leichte von Eurem Kessel zu essen.

Faust Ihr erschient ehedem weidlich verwegen,
von den Aussagen her nicht sehr gelegen.
Der gleichbedeutende *Wicht*
reimt sich durchaus auf *Gicht*.
Eben dieses sieche Bild,
auch Eurer zuzutreffen gilt.

Asiram Ich tat Euch doch nicht weh,
Wir tranken gemütlich einen Becher Tee,
Kastanien brutzelten im Nachtgewand,
als die Sonne hinter den blassen Birken verschwand.
Wir plauderten, mit Unseren Sohlen am Feuer,
das Holz knisterte, die Scheite brannten beinah ungeheuer.
Am Horizont erschien Luna als Nackte,
als der Rum in Unsere Bäuche sackte.

Faust Mich dünkt, ich nahm zu viel der beschwipsenden Suppe,
ich hätt Euch gescheucht zur nahen Bergeskuppe,
wiewohl ich einem Geschwätz wohlwollenderweise
am Kaminfeuer unaufhörlich kreise.

Asiram Erblicket selbst, wie schnell entschwindet,
was Euch so jämmerlich erblindet.
So unsympathisch auch mein erstes Kommen,
Ihr habt mich mithin eindringlich vernommen.
Allein so recht

erschien ich Euch nicht schlecht.

Faust Ja, ja, ja — das erschien schon heiter
und die Möglichkeiten wuchsen breiter.
In mir tanzten Blut und Gedärme,
die entferntesten Sterne in wohliger Wärme;
und selbst im Vertrauen,
mir gefiel es, unter Linnen und Decken zu schauen.
Es gestattete mir, wie ein Besessener zu schnauben,
und ebenso pflückte ich meine Trauben.

Asiram Die Welt ist fortab weidlich prächtig,
deshalb auch fühlt Ihr Euch reichlich mächtig.

Faust *(seufzend)* Durchaus wahr, freilich das ist nicht gerecht,
dieweil ich nicht *Asiram*, bin eher Knecht.

Asiram Haltet ein,
Ihr sinnt allein
wie ein Esel in Gefangenschaft,
träglicher sei's, wie jemand, der Ketten strafft.
Seid der Büffel in der Menschheit Herde,
nach der ich Euch bald führen werde.

Faust Wie im Tango der Gezeiten,
bin verwirrt und lass mich rasch verleiten,
möchte mich mit Euch nicht streiten,
freilich auch Esudew eine Freude bereiten.
Ich erwäge, Christoph zu erstatten
ein kurzes Treffen, so wir lang nicht hatten.

Eule Ein jeder erkennt die roten Ohren,
die voll sich saugen mit lughaften Poren.
Wie eingetunkt in rote Beete
oder nach einer übertriebenen Fete,
läuft unser kleiner Lügenbaron purpurn an.
Sieht das auch der listige Asiram?

Asiram O den Tunichtgut zieht Ihr zu Rate,
verspielt den einz'gen Trumpf im Staate …
Nicht, dass am Ende er sehr verliebt,
Euch Euren ersehnten Traum dann diebt.
Bedenkt, er ist ein Mann in reifer Blüte,
ihm obliegt ein Herz voller Güte,
ein ganzer Kerl in den wilden Augen einer Frau.
Ich halte die Idee für minder schlau.

Faust Besser denn, ich werd darüber schlafen
und nicht andere mit den Wehwehchen strafen.
Darf ich beizeiten wiederkehren,
mit Euch ein Stück des Fleischs verzehren
und Euch dann berichten
von meinen zukünftigen Pflichten?

Asiram Ungern lass ich Euch ziehen
und die Antwort arglos fliehen.
Allein zur jetz'gen Stund
reden Wir einand' die Münder wund.
Ich bin, wann immer auch und wo,
über Euer Erscheinen froh,
und in diesem Sinne
folg ich Eurer Stimme.

(Asiram ab. Ein Engel erscheint.)

der Engel Sei ehrbarlich und rein Euer Gewissen?
Ist Euch nimmer des Lebens Faden gerissen?

Faust *(sich umschauend)* Wer stellt sich mir dar?
Schatten wirbeln mir im Haar.
(um sich schlagend) Hier … und da … gleich hab ich einen —
Geist der Nacht, wollt Ihr mein Weinen? —
Lasst mich in Frieden,
stört nicht meinen Fluss,
zieht von dannen, geht hienieden,
weil ich befähigt bleiben muss …
Entschwindet — fort mit Euch,
mein Bewusstsein ist noch keusch.

der Engel Ich bin nur eine Lichtgestalt,
die's besser meint, entschwindet bald.

Faust *(beruhigt sich)* Wohlan!, denn wisst Ihr, wie's um mich bestellt;
Ihr wisst, die Sonne hatte mich erhellt.
Allein ich zögerte zu lang.
Da ward mir plötzlich bang
und ich opferte mein Flehen. —
Habt Ihr schon Engel sterben sehen? …

der Engel Welches sei Euer Verfehlen?
Was könnt Ihr zur Last Euch zählen?

Faust Ich habe, was vielfach beklagt,
in jeglicher Hinsicht versagt.

Anfangs fiel es gar nicht schwer,
ich mocht ein Lächeln sehr.
Und doch hab ich's getötet,
dass die Wut mich längst errötet! —
Seiner Vergebung war ich mir sicher;
nun straft Er mich so hart.
Gleich einem jugendlichen Stricher
bleibt Unvernunft mir nicht erspart.

der Engel Ihr lebt für andre immerdar
und fürchtet Euer Handeln!
So sterbt im Selbstmitleid Ihr wunderbar,
wollt zur Marionette Euch verwandeln.
Eines Stückes Leben habt Ihr Euch entledigt,
ein Unheil baldigst prophezeit.
Ihr hört die dumpfe, fahle Predigt,
seid zum Entschlafen nun bereit.
Tausende Träume bleiben ungelebt,
Tausende Leben ungeträumt.
Euer Leben, so Ihr aus den Händen gebt,
bleibt dennoch unberäumt,
denn unfähig seid Ihr,
es zu leben!
Unbarmherzig schreit Ihr,
Er möge Euch vergeben.
Erbärmlicher Versager,
gewissenloser Nichtsnutz!
Wie im Kanal der Nager
fühlt Ihr Euch wohl in diesem Schmutz. —
Ein Lächeln habt Ihr Ihm gestohlen,
ein Lächeln vor dem Tod!
Wer vermag es, Euch zurückzuholen,
wer zieht Euch in das Boot?
Wie lang noch will die Sonn Euch scheinen,
wie lange hebt Ihr sie empor?
Wer mag Eure Todestränen weinen,
wer kommt Euch zuvor? —
Euch oblag es, alles aufzugeben,
um noch mehr zu verlieren?
Alles für ein einzig Leben,
für das innere Vibrieren?
Tötet die Vernunft, die Euch quält,
tötet, was den Kopf beseelt!
Lasst Gewalt hernieder regnen,
Donnergrollen tönen,
lasst Feuerschlachten sich begegnen,
die alten Krieger ächzen, stöhnen!

Faust Tage wie Nächte in Dunkelheit sterben;
falls wir das Fazit dessen umwerben,
wird mein Herz mir endlos kühl. —
Wie kann ich in Worte fassen mein Gefühl,
wie erkläre ich mein Wissen?
So wir diese nächt'gen Flaggen hissen,
erkennte ich des Gaukelspieles Trug,
geisterhaft wie einen Spuk. —
Das Wunder starb als solches
durch die Klinge seines eig'nen Dolches —
traurig, freilich durchaus wahr,
bedeutungslos verging so Jahr um Jahr. —
Die Geister freilich werden schlafen,
das Schiff verlässt den heil'gen Hafen,
wohlweislich um die Flut
und in den Bergen lodert eine Glut.
In dieser Transzendenz erwacht das Feuer,
lacht mir ins Gesicht wie jenes Ungeheuer.
Metaphysisch stellt dies dar sein Lied,
jedoch erkenn ich keinen Unterschied.
Die Sphären meines neuen Wissens
sind die Heilung des geschundenen Gewissens. —
Sibylles Worte vermöge ich zu deuten,
weshalb mich die Gedanken scheuten.
Unerreichbar bin ich fort,
gar kühn erscheint mir dieser Ort. —
Nur gibt es keine Wiederkehr von diesem Steg,
so bleibt mir nur mehr dieser Weg,
von wirren Vorstellungen zu zehren,
die ihrerseits zu blassen schon begehren.

der Engel Nicht die Gedanken begehren zu verblassen,
sondern Ihr erzwingt verborg'ne Sphären.
Das Bewusstsein sollt Ihr lassen —
lasst es treuherzig gewähren …

Faust Je mehr ich weiß des Speziellen,
desto höher ist mein Wissen
von dem Allgemeinen, Universellen,
umso lieblicher ist's, die Wahrheit bald zu küssen.
Ein Buch, das kostbarer als Gold,
ein Tauzieh'n von hehren Gelüsten.
Wie ein Kind, das nimmer anderes gewollt,
häng ich an nährenden Brüsten.
Auf zartem Vellum geschrieben,
mit Bitternis studiert,
von Eifer und Wollust getrieben,

hat's drakonisch mich berührt.
Trismegistos' Testament,
die Tabula Smaragdina,
deren Weisheit die Unvergänglichkeiten kennt,
die stand wie eine Burg so fest und prima,
deren Dienste weiß ich mir zu nutzen,
und mit ihren Töchtern bin ich gleich verbunden. —
Da mag ich gern die Hände mir beschmutzen,
bis ich die letzte Heimlichkeit gefunden …
Drei Dinge bin ich bereit zu finden,
will mit dem Ouroboros mich vereinen,
für die geheimen Bindungen mich schinden
für den reinsten Geist der Reinen.
Das Licht der Sterne will ich deuten,
Sonne, Mond, Planeten mühen,
bis die Lichter mir, bis mir die Glocken läuten,
bis die Blumen des Allwissens für mich blühen.
Zwischen Nadir und Zenit
schwant er uns geringer nicht,
dünkt nicht der Unterschied
zu schwinden bis zum Himmelslicht.
Doch was wir gesucht auf dieser Erden,
im Schweiße unsrer Ohnmacht,
dessen wollen wir im Kosmos fündig werden,
denn nach Ausgleich alles tracht'!
Der Prozess soll sich vollenden,
die Stufen sei'n erklommen;
die Elemente wollen Kraft und Weisheit spenden,
mit der Astrologie sind sie verschwommen. — —
Wo liegt es nur, ich nahm es doch noch grad …
Ich erkenne hier den rechten Pfad!
… ah, das Astrolabium, hier beliegt's auf seinem Platze
und auf der Karte zeichnet's die gewisse Fratze.
Verschied'ner Sterne missliche Konstellation
führt gemeinhin zu kriegerischer Reaktion. —
Ich wusst um dieses Publikum,
denn heut ist Äquinoktium. —
O weh, ich muss mich sputen,
will Christoph bald vermuten.
Bis dahin will zu End ich wissen diese Arbeit,
in tiefster anschaulicher Klarheit.

Der Engel Dem falschen Wissen beugt Ihr Euch.
Vergaßet Ihr die Provenienz Eurer Gelehrsamkeiten?
Was unablässig an Geistesblitzen entfleuch —
er ist im Bilde über diese Geistigkeiten.

Faust Begebt Euch fort aus meinem Zimmer
und verschont mich mit Eurem Gejammer und Gewimmer!

der Engel Eure Wut ist sprunghaft, doppelherzig gerichtet,
das Wissen und Begreifen ist gelenkt,
die Weissagungen sind vernichtet,
und Eure Zeit dünkt bald verschenkt.

Faust *(erbost)* Gebt Ruhe, stört mir meine Schaffung nicht,
andernfalls der Stuhl Euch spricht.
der Engel Ich bin Bewusstsein, nicht Materie,
ich bin mal Luft, mal Vakuum.
Werdet meiner ansichtig als Lichtmaterie,
bin freilich dennoch ohne Eigentum.

Eule Er nimmt den Stuhl und schlägt danach,
tanzt wütend einen wilden Tanz,
bis der Stuhl, der Schreibtisch, alles brach,
zermartert und zermalmt und ohne Glanz,
das Inventar geschunden liegt,
die Tinte an die Wand gespritzt,
das Rohr sich in der Ecke biegt
und der Zirkel in das Fenster Zeichen ritzt. — —
Erschöpft beliegt er nun inmitten
von der Wissensqual und gleichsam von der Wüterei,
will nur um Tiefschlaf jetzt noch bitten —
ach!, er fällt mit lautem Wehmutsschrei.

(Der Engel ab. Faust schläft ein. Christoph tritt erneut auf.)

Christoph *(gähnend)* Herrje, wie sieht es hier nur aus;
was hat er noch gewütet in der Nacht?
Es ist nicht Saus noch Braus,
es ist ein Schlachtfeld hier entfacht.
(geht in Faustens Schlafgemach) Freilich schläft er noch,
doch beizeiten wollt er aufstehn,
und falls ich einen Türkentrank ihm koch,
wird das Wecken er mir nachsehn.
(Christoph räumt auf, kocht einen starken Kaffee,
kommt sodann zurück.)
Johann, seid Ihr wach?
(öffnet die Rollläden) Die Sonne scheint schon am Zenit,
die Schatten sind nur schwach,
und die Lerchen singen ein gar hübsches Lied.

Faust *(erwachend)* So gleichnishaft entaltert, frisch
ist mir das freundschaftliche Anschau'n.

Oder trübt des Wunsches Auge mich?
Wollt die Wahrheit Ihr mir anvertrau'n?

Christoph Ich meinte wohl,
das sei mein Lebensstil,
wenig Alkohol,
gesundes Essen — nicht zu viel.
Doch, Gevatter, mit Verlaub,
viele Jahrzehnte sind Wir nun befreundet,
Wir dinierten wie Fürsten und fraßen Staub,
selbst den Tod haben Wir verleumdet,
und kennt ich Euch nicht besser,
ich wollt es nicht vermuten:
Eure Bruderschaft ist wie tiefes, klares Gewässer,
Ihr haltet zu mir im Schlechten und im Guten,
und fürwahr, so einfallslos bin ich denn nicht,
der Wein am Abend war nicht nur von Bitterkeit und Stil,
er enthielt durchaus der Hexe Licht
mit des ewigen Wunsches Ziel …

Faust *(mit einem Grinsen)* Ihr seid nicht hinters Licht zu führen,
das schätz ich an Euch sehr.
Lob und Anerkenntnis sollen Euch gebühren —
so gefallt Ihr mir noch mehr.
Von heut an seid damit vertraut,
Ihr im Munde mit den Dritten kaut,
Euer Antlitz sei gar runzelig und spröde,
auch Euer Dasein werde gähnend öde.
Von heute an
ein alter Mann;
stilles Gedenken
lasst Euch schenken,
denn in der Masse Trubel
vergeht der Jubel.
Diesen hässlichen Wunsch
sprach Moristopheles bei einem Punsch.
Indes für Trauer keine Zeit,
geschmückt seid Ihr mit Heiterkeit,
mit Freuden und mit Glück
und mit des höchsten Gutes größtem Stück.
Denn ich hingegen, als Euer Freund,
wünsch Euch, dass Ihr stets gebräunt,
strahlend selbst durchs Sein marschiert
und auch den Fernblick nicht verliert.
Mögen angenehme Zeiten
Euch ein Leben lang begleiten.

Christoph Gern würd ich in meine Nachwelt schauen,
warum vermag ich nicht darein zu blicken?
Sie wird mich durchaus nicht erbauen
und kein Sonnenschein wird mich erquicken …

Faust Sobald der Mensch sein Fernes weiß,
will er alles daran setzen,
ob mit Blut oder mit Schweiß,
sein Schicksal nur nicht zu verletzen …
Ich würd Euch nur zu gern geweissagt haben,
wie Eure Ferne mag erscheinen —
Ihr könntet Euch dran laben,
alleine *mich* nur macht es weinen …

(Beide ab.)

zweiter Auftritt »Winter«
Ein kleines Zimmer.

(Moristopheles und Faust treten auf, hinausgehend.)

Moristopheles Wie schön sie auch sei,
sie ist nicht mehr frei,
und der sie in den Armen hält,
dünkt momentan ihr größter Held.
Und auch schon manches Jahr,
ergeben sie ein hübsches Paar.
Sie ist so widerwärtig lieb und zart …

Faust … Schon gut, der Rest sei mir erspart!

Moristopheles Ein wenig Spaß und Lüsternheit sind gut,
sie schenken Kraft, sie wecken Mut,
allein Ihr seid zu sehr fixiert,
infolgedessen bin ich hart pikiert. —
Der Kampf ums Balg in allen Ehren,
doch wider Liebesduselei muss ich mich wehren:
Mit Eurem Blute habt Ihr es geschworen,
keine Menschenseel ist Euch geboren.
Darf ich das Euch ins Gewissen rufen? —
Das sind die Geister, die Wir eigenhändig schufen …

Faust … Ja, ja, ja!
Wie wart Ihr denn für mich da?
Viel konnt ich noch nicht von Eurem Geiste profitieren,
allein ich schenk Euch hier Gelegenheit, Euch zu profilieren:

Arrangiert ein Treffen mit den beiden,
und ich verspreche Euch, er möge leiden.

Moristopheles *(zufrieden)* Es ist alles arrangiert,
erwartet jene heut am Abend.
Bei Eurem Kerzenlicht sind sie verführt,
beim Braten, ihre Leiber labend.

(Moristopheles ab.)

Faust *(vorfreudig)* Orion erstrahlt am Firmament,
beschreibt die Kühlheit seiner Bühne,
doch in seinem Schoße Nebel brennt.
In dieser Pracht ist er ein Hüne.
(vor das Tor gehend) Von Efeu umrankte Mauern,
von eisernen Zäunen umschlossen —
ein Loblied den Erbauern,
deren Inbrunst aus Feuern gegossen.
Doch auch das Lodern jener Flammen,
die vor Jahrzehnten mich entzückten
und aus der Feder jener Anmut stammen,
dieweil sie die Vollkommenheit beglückten,
verhindert heut nicht das Erscheinen,
das sich gewissenlos und satt
mit dem weißen Saum will einen,
womit das Antlitz sich gekleidet hat. — —
Das Mondlicht funkelt tausendfach im Schnee,
nur die Eule ruft ihr Lied in diese Nacht.
Ein kleines Boot streichelt jenen Tränensee. —
(sich die Hände reibend) Nun ward das Glück zu mir gebracht! …

(Christoph tritt auf.)

(zeigt auf das ankommende Boot) Bei den Dekantern voller Wein
werden wir zu viert beisammen sein,
überdies Moristopheles' Eifer nutzen
und zum Frühjahr weidlich putzen.

Christoph Ein rauschendes Fest sei's durchaus nicht,
zu dem Ihr hier geladen,
auch stand mitnichten er in einer Pflicht …
Warum nur also diese Eskapaden?

(Yonah und Yvena treten auf.)

Faust *(flüsternd)* Wie das Boot in den Wellen sandet,
wie Weide für Weide trauert,

ihr Anblick in meinem Antlitz strandet,
mehr das Dasein an mir kauert.
(freudestrahlend) Willkommen in meinem Paradies,
bei Heller und Groschen,
tretet auf Sand und Kies,
sonst nässt Ihr Euch die Galoschen.
(an Yvena gerichtet) Meine Hand reich ich zum Halt,
denn arg schwappt dies Gewässer,
drum ergreift sie auch recht bald,
dies erachte ich für besser.

Eule Auch Yonah greift nach dieser Stütze,
unser Hausherr übersieht es just,
und in der vor ihm beitenden Pfütze
landet dieser mit voller Brust.

Faust Verzeiht, mein Augenlicht zuweilen trügt,
beim Nächsten verhalte ich mich klüger;
der eisichte Wind doch den Lapsus pflügt,
ebbt dieses Malheur nicht schlecht auf diese Feier über.
(Sie treten in den Salon; Yonah barfuß.)

Eule Faust vermag es nicht zu lassen:
Als Yonah sich der Natur zu Bilde,
wird Johann den Moment erfassen
und führet etwas schon im Schilde:

*(Er geheißt Christoph, Yonah umzukleiden.
Christoph und Yonah ab.)*

Yvena Habt Ihr die Quelle des ewigen Lebens entdeckt,
den Azoth, den Lapis philosophorum gefunden?
Wie seid Ihr sonst so tau und frisch erweckt,
wie ist die Nacht aus Eurem Haupt verschwunden?

Faust Die Liebe zu Euch allein,
hält mich frisch, ja lässt mich jünger sein.
Und weidlich schöner wird wohl *Euer* Antlitz,
immer süßer sind die Früchte dieses Paradieses,
kaum wohlgeformter ist ein Handschnitz,
kaum göttlicher die liebste Physis!

Yvena *(leise)* Ach!, Johann, Ihr flattiert schon wieder sehr,
dass ich Euch allzu sehr begehr …

(Zur selben Zeit im Ankleidezimmer:)
Yonah: Ehedem war er der Menschen Freund,

war fein in seinem Umgang;
heuer ist er grob, getrieben, beinah Feind,
ungebührlich, unter Zug und Zwang.
Was nur hat ihn *so* verschlagen,
was hat ihn wohl geritten?
Wolltet Ihr mir seine Herkunft sagen,
so möchte ich Euch bitten!

Christoph: Euer Einwand gilt zu Recht,
weshalb mit Unbehagen Ihr bald sprecht
gegen ihn und sein Gebärden.
Es ist die Menschheit auf der Erden,
die herzlich ihn kasteit,
als Paktierer ihn verschreit.
Und mit diesem Nimbus geht er spekulieren,
kann allerorten sie brillieren.

Yonah: Ihr konntet es erleben
und wollt Zeugnis davon geben?

Christoph Ein gar hübsches Stetlin weiß ich stehen,
im lauten Herzen und im stillen Flehen,
da hat er einst dem Ruf entsprochen
und hat das Volk und dessen Sicht gebrochen:
So saß er still — 's war achte durch —
im Ratskeller zu Machdeburch,
und trank und prostete in aller Ruh
den Zechbrüdern und Räten zu
und ordert' schon den nächsten Krug,
witterte sein Glück zum Trug,
als der Schankbub voller Übermut
Spott und Häme auf sich lud.
Bis zum Überlaufen goss er nach.
Johann aber zu dem Tölpel sprach,
was dieser sich erdreisten wolle,
ob Faust nun wohl im *Nassen* sitzen solle.
Schnippisch hielt der Bub dagegen,
Faustus möge sich nicht so erregen.
Er möge seine Zunge hüten,
konnte Johann gegen diesen Jungen wüten,
und drohte, ihn samt Haut und Haar zu fressen,
wollt der Bub erneut das Maß vergessen.
So groß sei nicht mal *Faustens* Maul,
war mit Kränkung er nicht faul —
und goss mit Hohn und abermals zu voll,
dass vor Verzückung ihm die Brust anschwoll.
Berauscht und glücklich, voller Drohgebärden,

dass ein jeder konnte Zeuge werden,
riss Faust die Augen, dann das Maul weit auf,
schon nahm die Blendung ihren vorbestimmten Lauf;
alle mochten es beschwören,
selbst das Schlucken war mithin zu hören:
Und so verschlang er mit Gebraus
den kessen Kellnerjungenschmaus.
Auf einen guten Bissen, der so schwerlich sank,
gehör wohl auch ein guter Trank,
vermochte er dem Wirt zu deuten;
und vor allen braven Leuten,
schluckt' und atmete gar schwer,
trank er einen Kübel Wasser leer.
Erbost bestürmt der Wirt den Gast,
er möge ihm mit Eil und Hast
seinen Diener wiederschaffen,
andernfalls ergreife *er* die Waffen.
Faustus hieß ihn, sich zu fassen,
er möge seinen Blick doch schweifen lassen
durchaus hinter seinen Ofen,
dann sänge er schon Freudenstrophen.
Der Wirt konnt sich vom Tisch losreißen
und tat, wie ihm geheißen.
Sogleich konnt er den Bub entdecken,
der ebenda nun lag, bebt' vor Schrecken,
vom Kübelwasser pudelnass,
wie ein Gürkchen bald im großen Fass.
Das sei des Teufels großes Werk,
war aller Gäste Augenmerk;
und bei Faustens Fassritt wollten sie's beschwören,
doch *die* Begebenheit bekommt Ihr andernorts zu hören.
Derweil schickte Johann sich zu gehen an,
deutet' einmal noch auf alle Zecher —
argwöhnisch, ängstlich blickten die den Fremden an,
hielten krampfhaft sich an jedem Becher:
O Magdeburg, mein Magdeburg,
du schattenreiche nackte Sorg',
ein Kind verschiedentlicher Kriege,
ein Opfer mannigfaltiger Zerstörung,
und doch des Rechtes teure Wiege
und der kommunistischen Empörung.
Dem Schankherrn schnippte gut gelaunt
er zwei Groschen auf den Tresen;
dieser hat sich was in seinen Bart geraunt
und ist dennoch gleich versöhnt gewesen.

Yonah Ein Spiegelbild der Sehnsucht,

ein Traumgebilde großer Flucht;
wie sie ihr Sehnen und den Kleinmut
im Stillen nicht verbargen,
kann ich die Leidenschaft, die Glut
ihm keinesfalls verargen. — —
(deutet auf eine Handvoll Kleider) Ich bin bemüht,
das Passende zu finden;
allein es wär verfrüht,
schon Trauerflor zu binden!

(Christoph erscheint zurück im Salon.)
Faust Ach!, mich quält eine gar läst'ge Frage,
sie entpuppte ehedem sich jüngst als Plage.

Christoph Ihr seid Faustus, der so weise,
ich war stets und immer nur der Greise.
Welche Antwort könnte *ich* Euch präsentieren,
da Ihr, ohne einen Tropfen zu verlieren,
stets des Kruges aller Weisheit nippt
und mit Löffeln in Euch die Gelehrsamkeiten schippt?

Faust Sei er mir doch wohlgesinnt
und helfe mir bei einer Last.
Da die Gelegenheit Uns hold geschwind,
packt ich sie, dass ich sie nicht verpasst.
Christoph Was begehrt Ihr, das so dringlich,
was schnürt durchaus Euch die Kehle?
Wie kann ich, beschwinglich,
stählern Euch die freie Seele?

(Yonah kommt umgekleidet zurück.)
Faust *(zu Yonah)* Gewährt uns doch den nächsten Augenblick,
möget Ihr Euch währenddessen an dem Weine laben;
wir woll'n alsbald mit viel Geschick
den Fisch kredenzen und die andren Gaben.

(Faust und Christoph in der Küche.)
Wie sprech ich trefflicher das Lärvchen an;
wie ist's geziemender für einen Mann?

Christoph Des Knechtes Ratschlagung ist des Meisters Begehr?
Diesem Drängen zu entsprechen fällt mir schwer.

Faust Wer namt Euch einen Knecht?
Ihr entspringt doch Adels Wohlgeschlecht …

Christoph Es entspricht nicht meinem Ziel,

zu ändern den Eurigen Stil.

Faust Was haltet Ihr von einer Probe
bei der ich frischen Mut und Tapferkeit gelobe?

Christoph Schnell dann und mit hehrem Mut —
ein wenig Forschheit stünd Euch gut.

Faust Forsch beginn ich nun mein Schreiten
und Sanftmut mag mich heuer begleiten:
Ein paar Zeilen,
um der Welt zu enteilen;
ein Strauß voller Rosen,
um Euch zu liebkosen …

Christoph … genervt schon fall ich Euch ins Wort:
Nur zu und die Dame ist fort,
enteilt von Eurer Spielfläche,
damit sich die Ehrlichkeit räche.
Eine Schnur mit der Sonne am Ende,
damit ich daran ziehe und Euch blende.

Faust Missgünstig ist der kleine Christopher,
weinbenebelt und packend seine Koffer?
Doch an der Türe ist ein Schloss
und vor dem Tore weilt kein Ross.

Christoph Scheelsucht ist ein Wort, das ich nicht kenne,
wie Ihr den Unterschied zwischen Huhn und Henne.
Meine Absicht war nicht das Reisen,
vielmehr das sichtbare Vereisen,
denn zu erkennen, wie Ihr Euch meiner schert
wie sich das Jammertal zwischen Uns nährt,
macht aus meinem Leben
ein desaströses und unmögliches Geben.

Faust Was ich will, ist ein Theater,
zu inszenieren mit einem wahren Freund,
gleichzustellen mit einem Vater,
dem das ganze Leben nur geträumt.

Christoph So redet wie ein Mann,
der einiges von sich behaupten kann;
redet wie ein Herr,
von dem erwarte ich viel mehr;
seid ein Ritter und von Edel getroffen,
kleidet Euch in nerzigen Mantelstoffen.

FAUST *Darf ich lernen und begreifen?*
Darf ich tüchtig mit Euch reifen?
Ich will Euch Diener sein und Pflichten tun,
bis zum Ziele nimmer ruh'n.
Ich will durchaus fraulich wirken
zwischen Kastanien, Ulmen, Birken;
Äpfel will ich haschen
und an Pflaumen naschen;
meine Brust sei angeschwollen,
mein frischer Mut nicht mehr verschollen.

CHRISTOPH Faustus, o Herr der Reime,
das Übel an der Leine,
steckt hinter allem *durchaus* auch ein Grund,
was Ihr sprecht aus Eurem Schlund. —
Ängste erstarren zu einem Blick
und mein Wohlwollen kehrt zurück,
kehrt wieder zum See der Fischer,
die angeln nur bei der Frauen Gekicher.
Das lässt sie wissen,
die Angelschnur ist nicht gerissen,
sie deuten auf schattichte Kreise
und schicken die Männer auf eine nie endende Reise.

FAUST Keinen Regenbogen bezeugt ein Gericht,
so verfolgen Wir weiter diese Geschicht,
mit den Raben dort an des Daches Rinne,
woraufhin ich bald gewinne.
Die Zuschauer jubeln und sind nur Getreue,
jetzt voller Feuer sonst Scheue;
sie sind einfach getreulich dem elenden Gelde,
und nicht dem Ertrag auf ihrem Felde.

CHRISTOPH Vertagen Wir dies theatralische Probieren,
doch den Kampf woll'n aus den Augen Wir nicht verlieren,
widmen Wir Uns Unsren hehren Gästen
und den Meeresfrüchten und den Trankesresten.

FAUST Nach Moral vermögen wir ein Leben lang zu streben
und doch belieben wir, uns unserm Schicksal zu ergeben …

(Beide zurück im Salon.)
EULE Sehr friedvoll sitzen alle vier beisammen,
aßen schon und tranken Wein,
so drei, vier große Kannen;
geraucht wollt manch Zigarre sein. —
Von Ost und West, von Nord und Süd,

gerühmt ward auch von Stock und Hut;
um Eintracht ward ein jeder gern bemüht,
vorübergehend vergaß ein jeder seine Wut.
Selbst Faust, der aus gezieltem Grunde
für das Treffen des Volands List gewann,
verstand zu binden seine Wunde,
die zu bluten schon begann.
Doch schlimmer noch
soll quillen bald des Lebens Saft
aus eben jenem Loch
mit ungeheuerlicher Kraft …

(Faust in die Küche.)

Yvena *(zu Yonah)* Ei, welch wunderbar's Gefühl.
Tausende Worte, wie ich mich fühl,
können nicht besagen,
wes Glück ich hab zu tragen.

Yonah Was ist dir? Warum so heiter?
Sag schon, mach mich gescheiter!

Yvena Als Hunderte Ameisen mich überrennen,
mag des Kitzels mehr nicht kennen.
Welch zärtliches Geschehen,
kann ich's freilich kaum verstehen.

Yonah Yvena! … Teil mit mir dein Glück,
gib mir davon auch ein kleines Stück!

Yvena Als Uns träumte so durch Wies als Flur,
umhüllt von steter Liebe nur,
als Wir einander tief versprochen,
Uns hinter strohigen Ballen verkrochen,
als Uns glückvoll die Sonne beehrte,
Uns so Wollust als Inbrunst bescherte,
als der aufkommende Zephir Uns berührte,
mit Sommerdüften verführte,
dort, da Seraphim Himmelsringe zogen,
während Veilchenblüten Uns erhoben,
in wachsendem Mohn und süßlich duftendem Wind,
dort zeugten Wir glücklich ein Kind.

Yonah Ei, wie bin ich doch entzückt;
wiederum gleichsam entrückt
in hohem Maße über Wohl und Heil,
welche Uns umarmen, welche Uns zuteil.

Yvena Was du mir auf zärtlichste Art gegeben,
mag ich dir reichen, will ich miterleben,
so der Vater frohlockt und stolz verkündet,
welch so Glück als Dreisamkeit Uns bindet.

Yonah O Gott, ich dank Euch viel! —
Seltsam neu der Liebe Spiel.
Unser Blut vereint in neuem Leben,
’s soll auf rosa Wolken schweben;
mein rosa Himmel voll mit roten Rosen …
Heiß mich diesen Bauch liebkosen! —
Süßer kleiner Rebell,
’s ist unglaublich, ach!, sensationell;
du trittst und schlägst ohnegleichen,
wirst unsre Herzen samt erweichen.
Wie du dich hinter dieser Wand versteckst,
wie du gedeihen willst und wächst,
dich zu hören und zu sehn,
ist so göttlich, einzigartig schön.
Wie ein zauberhafter Frühlingsmorgen,
so sicher, so überaus geborgen
sollst du wachsen, sollst du leben,
darfst du nach Glück und Frohsinn streben.
Es wird so wärmend, dich zu spüren,
deine kleinen Hände zu berühren;
deine großen Äuglein spenden Glück
und dein Lächeln des Paradieses mir ein Stück.

(Faust zurück, lauscht an der Türe; hört Yonah.)
Ach!, ein Willkommen für den Bub, die Fee.
Das Licht der Welt erfüllt mit Weh,
freilich ewig zeigt die Liebe blind:
Die Welt umarmt dich, kleines Menschenkind. —
Das kleine größte Wunder der Welt,
jemand bald in seinen Armen hält.
Aus der Inbrunst zweier Menschen erwacht,
trägst die Kron’ zum Sieg bei Tag und Nacht.
Und bist du durchaus noch so klein,
wirst du die zarte Blume sein,
als ich mich ergötze und mich labe,
an der ich einzig meine Frohheit habe. —
Geboren aus der Heiterkeit,
erschien der Weg dir hierher weit!
Viel weiter noch wird er erscheinen,
bis du erst stehst auf eig’nen Beinen.
Aus Träumen entlehnt in die Welt gereist —
geheiligt, der deinen Namen preist.

So entsandt, um zu vollkomm'nen, um zu reifen,
jedem, der das Glück beginnt zu greifen. —
Erschaffen aus der Lebenskraft;
vollende nun die Leidenschaft.
Glückstrunken hält man her das Kind;
alles Gute bei deinem Weg durchs Labyrinth!

Faust *(für sich an Yvena)* Eisichte Stille, dunkle Schatten!?
Ich bin aus dem Traum gerissen und erwacht,
den Wir vorhergesehn in düstern Stunden hatten!
Doch Ihr habt nur gelacht ...!
Wenngleich das Lachen einen geisterhaften Ton entfacht,
diesen Tastenklang, gleich der quietschenden Feder,
überhöret in der stillen Nacht
ohn' geschicktes Ohr ein jeder. — —
Den Schierlingsbecher sollt ich Yonah reichen
um Euch zu erweichen.
Euch dünkt es wahrlich leicht zu fallen,
doch Ihr täuscht mich nicht.
Ein Wort vermag geschwinde zu verhallen;
freilich Ihr habt Tränen im Gesicht.

Christoph *(an die beiden)* Verloren! Verloren —
ein Kind soll geboren ...
Hier soll es kriechen, krabbeln und gehen
überdies die Welt verstehen.
Manne oder Weib soll daraus werden,
irgendwann sinnlos sterben;
so fröhlich als kregel treiben. —
Gewisslich wird es nimmer leiden,
wir leben doch auf diesem Planeten,
auf dem es träglicher wäre, verschiedentlich zu beten ...
Es soll sich auch nicht sorgen,
nicht Wallungen bekommen für das Morgen.
Wir haben freilich unsre hohen Herrn,
die vollgestopft regieren, zuweilen sogar sehr gern. —
Da gibt's doch nicht Bedenken?
Die können wir uns schenken.
Vielleicht mit Wehklag, mit Orlogen wird es leben,
jedoch darum sich gleich ergeben ...?
Die Lügen, die auf uns herniedertropfen,
mit denen wir wiederum andere stopfen,
können's durchaus nicht zum Heulen bringen! —
Mag es nicht noch etwas Giftiges verschlingen?
Noch einen Ratschlag, den es zu beherz'gen gilt,
sehr wohl nach allzu freiem Vorbild:
Legt's in Watte und auf Schaum,

eine Erbse merkt es kaum.
Lasst es verlauten, nicht nur aus dem Mund,
tut es allen Ungläubigen kund,
auch, denen das nicht gefällt —
dieser Kömmling ist der Nabel unsrer Welt!
Verabsäumt nicht, es zu verhätscheln,
es beständig anzugrabbeln, zu betätscheln.
Unablässig sollt ihr die Hände drüber halten,
dann kann es sich auch nicht entfalten.
Nicht, dass es plötzlich einen eig'nen Willen hat! —
Gestopft wird es, wiewohl es satt;
plärrt es dann, nehmt guten Alkohol,
das fördert die Verdauung, macht müde und wohl.
Woraufhin nichts schief mehr gehn kann.
Viel Spaß und alles Gute wünsch ich dann!

Yonah Eure Ironie ist köstlich,
Euer Vertrauen fröstlich,
doch ich finde nichts dabei. —
Das Ergebnis einer Liebelei
ist würdiger, die Menschheit zu vertreten,
drum möcht ich mir die negativen Kräfte gern verbeten.
Ob der Negation gebenedeiten Hoffens
verliert der Mensch nicht das Ziel seines Schaffens,
denn der Misstritt macht den Menschen aus,
anders wird es bald zum Graus.

Christoph Wohlan!, da schenke ich Euch Recht,
indes wär es nicht schlecht,
trüge jeder diese Gedanken;
allein die Zuversichten sanken
seit dem letzteren Versuch.
Gott verfluch …

(Faust tritt in den Salon zurück.)

(sieht Faustus an) Was ist Euch denn widerfahren?
Ihr wollt mit Hass und Zorn nicht sparen …

Faust Gottes Glück soll ermüden;
ich, Johann Faust, werd es trüben,
das Gelächter hinterm Gemäuer —
straf ich so Yonah als Yvena teuer!
(zu Yonah) Elender, ich will Euch richten,
die Freundschaft zwischen Uns vernichten!
Auf Yvena will und kann ich nie verzichten!
So mag mein Handschuh Euch berichten,

derer selbst Euch schlaget das Gesichten,
von Unsern baldigen Duellgeschichten.
Nehmet hin, alsdann zu richten,
und trägt's Verlangen doch nach Euren Pflichten!

Yonah In der Arena in zehn Minuten,
woll'n Wir Unsre Freundschaft bluten,
woll'n Yvenas Liebe nicht vermuten
und stürzen einand' in Feuers Gluten!

(Yvena bricht zusammen. Faust und Yonah ab.)

Christoph *(sich zuprostend)* Das letzte Blatt fiel trauernd längst vom Baum;
graue Wolken umschweben den betrübten Traum.
Die Sonne ist schon lang erfror'n; ein Schatten lacht,
und reinstes Weiß fällt in der hellen Nacht.
Bäume sind bald liebevoll geschmückt,
sind mit Kerzen reich bestückt,
in allen Zimmern brennt ein Licht,
und jedes wärmt noch ein Gesicht.
Der Wohlgeruch von heißem Wein
und von verbranntem Holz erfüllt die Herzen;
die Tannen sollen hell erleuchtet sein
mit bunt verzierten Kerzen.
Die Zeit mag also vieles einen,
lässt die guten Geister, Himmelsboten scheinen,
und deren eifrig Glockenspiel
bringt uns der Herzenswärme saglos viel.
(sich erneut zuprostend) Die Woge der Besinnlichkeit
begehrt sogleich, mich zu verführen,
in schutzloser Empfindlichkeit
die weite Stille zu berühren. —
Umhängt uns auch das weiße Kleid
fortab mit kaltem Schauer,
umgarnt uns doch auch unbefreit
ein warmer Zwang, zuweilen stille Trauer. —
(sich neuerlich zuprostend) Was macht mein Herz in dieser Nacht,
wenn auch die letzten Kerzen brennen?
Melancholisch bin ich aufgebracht,
werd ich den Zauber denn erkennen?
Süßes Schweigen sanfter Worte:
Engels Stimmen mir gewahr.
Sie erleuchten mit Gestirnen diese Pforte
und bekleiden Nadeln mit dem Haar. —
Ein sanftes Lied im Rausch der Bäume
jauchzet Tag um Tag,
eröffnet mir so manche Träume,

die ich zu träumen sonst nicht wag.
(sich abermals zuprostend) Still und stiller dünkt der Sehnsucht Spiel,
leise schlummert Zeit auf Zeit,
freilich unaufhaltsam schreitet uns das Ziel —
nun ist es bald soweit!
Verharrlich wird der Kelch geleert,
verwelkt des Inhalts Blüte.
Huldigen wir, den wir verzehrt,
erfreu'n uns der vergang'nen Güte.
Behagte auch dem Wasser gleich
manches Mal der hehre Wein,
so wollt beim nächsten Schluck er weich
und köstlicher als je gewesen sein.
Nur einen Sieger weiß die Schlacht
um Gegenwart und Zukunft:
Dem Älteren entwächst die Macht,
er stellt sich der Vernunft.
Hinfort mit der Befangenheit,
wie uns entgegnen wird der Krieger;
aus dem Jetzt erwächst Vergangenheit;
begrüßen wir den unbekannten Sieger.
Vollendet, was es zu vollenden galt,
erschleicht uns lieblicher Verdacht.
Schatten taumelnd glücklicher Gestalt:
Das reifende Jahr ist nun vollbracht.
(sich ein weiteres Mal zuprostend) Wehret euch nicht,
der Nachtgedanken schnell entfloh'n;
bejubeln wir das neue Licht,
entweicht dem Tag des Widerspruches Hohn.
Erwachet aus des Schlafes tristestem Gewühle,
abwendend, früher Blick ist bald im Streit.
Unaufhaltsam mahlt des Tages Mühle,
erstrahlet reinlichst neu mit weißem Kleid.
(lallend) Frohlockt das Ungewisse doch,
so sei es selbst geprägt von Gottes Segen.
Nicht Kummer soll es schwächen noch
und nicht Unbehagen soll ihm jetzt entgegen.
Glücklich soll die Ferne,
friedvoll mag sie sein,
erfolgreich und verführt des Lichts der Sterne
und von stetem Sonnenschein.
Das Jahr ist um und freilich nicht vollendet;
das Jahr ist voll und doch so leer,
es hat sich einmal nun gewendet.
Das Eis wird wieder Eis, was weiland Meer. —
(betrunken) Ihr musstet mir's nicht sagen,
jedennoch Eure Seele fror;

ich hab ein seltsames Gefühl im Magen;
Johann, ach!, Johann, was habt Ihr vor? …

(Christoph ab.)

DRITTER AUFTRITT »ARENA«

Dortselbst.

(Szene für ein Ballett-Duell zwischen Yonah und Faust.)

EULE Moristopheles hat bereits den Pulk geladen
für schrecklich-fröhlich-heit're Eskapaden.
Zwei fahrend Leute hoher Sangeskunst
bieten feil ihr weltlich Können,
nutzen jener Stunde Gunst,
um das Warten zu verbrennen.
Mit viel Gefühl und Leidenschaft,
vermögen sie die Welt zu loben
und verführen mit geballter Kraft,
bis die Massen jubelnd toben. —
Die Arena sei bald ausgefüllt
mit Frohheit und mit Lachen.
Und mit des Herzens Sonne eingehüllt,
wollen sie die Leute glücklich machen. — —
Ein schrecklicher Lärm! Stille!
Die Arena umgeben von einer Menschenfülle.
Und da: ein kecker Wink,
hurtig öffnet sich und flink
gleich darauf zweimal je ein Tor,
zwei hehre Männer treten hervor.
Beide begeben sich ohne einen Blick
in die Mitte der Arena, Stück für Stück.
Sie ähneln der Figur;
was machen beide nur? —
Ein zweiter Wink, die Übelkeit gewinnt,
indes der Todeskampf beginnt.
Ein Grölen und Pfeifen in der Arenagemeinde;
endloses Warten auf den Sieger der Feinde,
niemand ist dem andern über.
Tödliche Blicke fallen je hinüber. —
Ehedem zwei gute Freunde, bis jeder der Königin Held,
doch keiner der Dame mehr gefällt. —
Zwei Paar Augen könnten Ketten sprengen!
Doch nun: ein Raunen geht durch alle Mengen,
plötzlich, endlich fällt ein Ordal:
Einer der Kühnen — er lässt sich hängen,

ein lauter Schrei, dann gleich noch einmal,
er bricht zusammen — er fällt — er liegt! —
Einer wurde von dem anderen besiegt!
Er rührt sich nicht, der Atem still.
Ein dritter Wink, nur kurz;
ein Degen durchbohrt das Leben mit Ach und Gebrüll.
Dieses war sein letzter Sturz!
Zwei Adjutoren tragen ihn auf einen Flur;
purpurn hinterlässt er eine Spur. —
Ein schrecklicher Lärm! Stille!
Die Arena erschien umgeben von einer Menschenfülle.
Da: ein kecker Wink;
gleich darauf schließt sich das Tor;
ein Toter liegt davor!
Und Walküren, emsig, flink,
schaffen Yonah nach Walhall',
so traurig auch als greinend manches Mal.
(Yonah wird fortgetragen.)
Melancholisch spielt der Wind sein Lied,
die ersten Sonnenstrahlen sind zu sehen.
Der Tag beginnt heut viel zu spät:
Es ist schon viel beschehen …

VIERTER AUFTRITT »YVENAS TOD«
Zurück in Faustens Gemächern.

(Faust und Yvena treten auf.)

FAUST Für dieses Wiedersehen habe ich gelebt.
Einen Weg zu finden, erschien ich stets bestrebt,
allein mir wollt es nicht gelingen;
um die Pfade musst ich ringen,
und am Ende meines Sehnens,
eines Kräfte zehrenden Gähnens,
umschwirren geisterhafte Fantasien
und beispiellose Phobien
mein lasterhaft geprägtes Hirn.
Versagt bleibt mir der Wunsch nach dem Gestirn.
Stattdessen wanke ich in tiefsten Sphären,
um die Missgeburt meines Daseins zu gebären.
Blutleere Körper sind seltsame Gäste,
sie bereiten Unser Abendfeste;

um mich vom Totendasein zu befreien,
haben Wir einander hier getroffen
und um meiner Asche Leben zu verleihen.
Ein Sarkophag steht weit schon offen.
Der Schlaf hatte merklich mich berührt,
und ein Leben mit Euch zu dieser Asche verbrannt!
Nun hat die unheilbare Sehnsucht mich verführt
und jeglich' Pein in mir verbannt. —
Unaufhörlich kam das Verlangen,
bis endlich ich erwacht,
doch die Nacht hielt mich umfangen,
denn ein Lächeln hat mich umgebracht.
Ein Strahlen voller Drang und Wonne,
ein Lächeln gar so lieblich heiß,
gleich der strahlenden Sonne;
ein Geheimnis, wovon niemand weiß!
Doch so grausam süß es auch erstrahlte,
Fassade war's, Verzweiflung, Traurigkeit,
denn hinter Eurer Maskerade prahlte
hüllenlose Schaurigkeit. —
Stumme Musik erhebt nun meine Stimme,
lautloser Chor, beschreiend meine Sinne!
Das Schlagen jener schwarzen und weißen Tasten
den eisigen Wind erfassten,
und Saitenklänge in Moll,
von dem ein Flügel Euch klagen will.
Bei jeder Liebesmelodie sinnt Ihr an mich,
Ihr spürt's gewiss, glaubt es freilich nicht!
Ich kann Eure Seele schreien hören,
ihr Begehren ist's, Euch zu beschwören. —
Die Nacht dünkt still als dunkel auch,
das Herz fleht laut noch seinen letzten Hauch,
dieser wird nun bald wie aufgeregter Sturm erschein'!
Wohin begebt Ihr Euch so allein?
Wer ist dann bei Euch mit seiner Gier,
wenn hilflos das Klavier
Euch zieht in seinen Bann? —
Sehnsuchtsvoll klingt laut die Arie an! —
Ihr seid vor meiner Liebe auf der Flucht,
mit leerem Herzen, voll klagender Sucht.
Wer hat sie im Keim erstickt?
Lauschet diesem Herzen, es ist geschickt!
Dann betrügt Ihr es, so es Euch sticht,
doch Ihr vermeint, es merkt das nicht!
Und lauschet meiner Seele am Klavier,
die Stimme meiner Sehnsucht klingt in ihr. — —
Lauft Euch nur der Hinkunft wegen,

so bleibt Ihr der Vernunft erlegen
getreulich bis zum jüngsten Tag,
denn ich der Stimme des Klaviers erlag. —
Scheut Ihr ein Ziel, weil die Lage Euch fremd,
dünkt Euch: dass niemand sie kennt?
Trinkt Ihr nicht auch diese fesselnde Macht,
dieses Sinnen, das Uns rauschumnebelt lacht?

Yvena Ihr sprecht in Rätseln, sonderbar,
gleicht einem Mysterium sogar.
Wer steckt in Euch, der mir so fremd,
der nicht Unsere Verbindung nennt?
Mir graut vor Euch, vor Eurer Macht!
Mich fröstelt ein schrecklicher Verdacht!

Faust *(abgewandt)* Lieblicher weißer Engel, werdet nun gebeten,
ein letztes Mal Euch zu bereiten.
Die Geiger und Violinisten treten
heulend durchs Gewölb, zur Heirat zu geleiten. —
Geöffnet sei der Ring allein
zum Lustgestillen in dem Wein.
Geschmeidig und gefügig seid Ihr dann,
dass das Leben Uns verändern kann.

Eule Steinig ist der Weg und, ach, beschwerlich,
der Seele Glück zu finden, trägt der Sinn;
die Hoffnung war schon oft dahin —
allein das Ziel blieb doch begehrlich.
Den schnellen Stimmen oft erlegen,
blieb ein schnelles und ein kurzes Glück,
doch auf altbekannten Wegen
fehlt zumeist ein trautes Stück.
Fortuna lag im samt'nen Knebel;
den Baum der Hoffnung pflanzt' er neu.
Der Erinnerung blieb er getreu —
das große Ziel allein im dichten Nebel.

Faust Zuweilen habe ich an Euch gedacht,
zuweilen war das Brennen neu entfacht;
ehedem hab ich Euch längst verloren,
ehedem war Unsre Liebe nicht geboren. —
(abgewandt) Sehnsucht quält mich — Sehnsucht! —
trifft mich bald mit heißer Wucht;
meine Träume sind nun mein Revier:
Die Gedanken sind bei ihr.
Einmal nur an ihren Lippen sterben,
der Gedanke will das Los beerben —

ein Wiedersehen, dass die Welt einfriert,
dass die größte Liebe uns gebiert.

EULE Frisches Leben durchzuckt die alten Glieder,
heiter lacht der jüngste Tag,
ein Wunsch, der tief verborgen lag;
er schwärmt und träumt der Liebe Lieder.

FAUST *(sie ansprechend)* Schuld ist die Geißel in meinem Leben,
allein so ist der Mensch in seinem Streben,
dafür gibt es tausend Gründe;
und dennoch gilt: Vernunft ist Sünde!
Indessen unter heil'ger Wacht
umschlang uns doch ein Zauber zur Nacht. —
Allein wo ist der Platz für uns in dieser Welt,
der unsre Liebe auf die höchste Stufe stellt?
Für einen Augenblick bleibt alles stehen,
für diesen Augenblick soll nichts vergehen;
bald durchfährt uns dieser taube Schauer,
und vertilgt gekonnt vergang'ne Trauer. — —
Küssen Wir den Wein für das Erlangen
der Erfüllung Unserer Verlangen.
Ein Glas will Uns nicht schaden.
Darf ich ein letztes Mal Euch dazu laden?

YVENA Ihr bereitet mir Brast und Qual:
Warum ein letztes Mal?
Ihr seid mir über, seid mir ungeheuer,
ich bezahle viel zu teuer …

FAUST Eure Skepsis dornt meinen Pfad.
Ja, ich übte Verrat,
kein Abtun soll der Liebe allein,
und in Liebe soll Uns die Vereinung sein.

YVENA Ich kann nicht folgen, nicht verstehen! …
Yonah …? Ich vermag ihn nicht zu sehen.

FAUST Blickt zum Fenster in das Tal
und Euch will's stillen Eure Qual.

YVENA Unsere Arena erkenne ich wiewohl,
freilich langsam wirkt Feind Alkohol.

FAUST In Eurem Schoße möcht ich weilen,
Eur' seidig' Hand auf meiner Brust.
Der Blicke Leidenschaft wohl treiben

hin zur sel'gen Wonne, hin zur Lust.
(abgewandt) Der Liebsten Herz pocht gegen meine Rippen,
das Blut strömt feurig gar durch meine Venen,
Eros' Finger liebekost ihr' Lippen,
der Sinnlichkeit geeint im Beben.
„O Liebste", haucht es in der Dämmerstunde —
ihr Busen zittert ob der Freude.
Das Zittern steigt hinauf zum Munde,
ein Kuss, der keine Zeit vergeude.
(sie wieder ansprechend) Gewartet wohl ein Leben lang,
nun endlos Geist und Seele teilen,
das zarte Stöhnen gleicht dem Wohlgesang,
indem Verliebte ewiglich verweilen.
Versunken — in einem Meer von tausend Blüten,
Sonnenlicht säumt unsre Flamme gar.
Euer Herz pocht wild, ich will es hüten;
ach, Liebste, streicht mir sanft durchs Haar,
fallt tief und weich mir in die Arme,
traut dem Zwitschern, das geleitet,
damit das Schicksal sich erbarme
und süß die Liebe uns bereitet.
Ihr, Liebste, atmet zittrig schwer,
Amors Pfeil ward wohlgelenkt.
Der Rausch vergehe nimmermehr,
der beide Herzen, ach!, mit Freude tränkt.
Niemals mehr will ich erwachen,
o Liebste, tanzen bis ins höchste Glück,
Mond für Mond die Glut entfachen,
dankbar auch für jeden Augenblick.

Yvena *(fantasierend)* Mir schwinden die irdischen Sinne,
dass mir das Blut in den Adern gerinne.
Ich vermein zu fliegen — sonderbar —
wie ein Vogel, der im Himmel war.
Haltet fest mich in Euren Händen:
Ich werd Gespenstern ansichtig an den Wänden.
Sie flunkern mir zu, ihre Augen sind grell,
unter ihnen brennt ein Feuer, das so hell,
es zerstört mir meine Sehkraft. —
Wessen bin ich jetzt geschafft? — —
Mir ist so heiß,
doch mich friert im Schweiß.
Der graue Mönch lauert mir geschwind —
in den Armen behütet er mein Kind!
Meine Seele will sich übergeben —
Herr … nimm mir nicht dies Leben!

Eule Ihr schwindet bald die Kraft,
sie stützt sich ab, sie bricht zusammen!
Und unter ihr der rote Saft
verrät den Fötus in des Blutes Flammen.

Faust *(entsetzt)* Da mich nun schmerzt die tiefe Qual,
die da tausende Feuer legt mir in die Brust,
koste ich die Liebe umso tiefer noch einmal
und verlier des Lebens heit're Lust. — —
(zum Himmel aufblickend) O mein Herr und Gott!
War ich denn blind?
Jetzt beliegen — wie auf dem Schafott —
die Geliebte und ihr Kind …
Was war mein Scheitern, welches Euer Begehren?
Ich mochte Euch lieben, Euch verehren;
gleichsam dumm erschien das Verlangen,
die heikle Sünde dennoch längst begangen.
Was schert Euch mithin diese Schand,
habt Ihr die Liebe nicht erkannt?

Eule Aufbrausendes Donnern, dumpfes Dröhnen
kündigt von des Teufels Stöhnen;
doch der große Ingrimm jählings stirbt,
dieweil von oben eine Stimme wirbt:

Stimme von oben Unrecht wird durchaus nicht getilgt,
so neues Unrecht will begangen.
Frischen Mut zu fassen, so jetzt gilt,
sonst hält des Teufels Kreis Euch stets umfangen.
Wohlan!, ist Euch so viel dran gelegen,
dann wird man es erwägen,
einen Augenblick noch zu gewähren,
das Verlangen zu vermehren.

(Ein Engel tritt auf.)

Eule Ein liebliches Geschöpf erscheint mit Pfeil und Bogen,
bringt ein neues Herz von oben dort. —
Dünkt die Welt ihm so verlogen,
reißt mit hassenden Blicken er es fort. —
Zu spät — das Herz schon kalt;
doch ihre Lippen öffnen sich noch einen Spalt:

(Engel ab.)

Yvena Sahet Ihr nicht
jener Unendlichkeit goldenes Zeichen?

Es zeigte diese heilichte Pflicht,
aller zweifelhaft göttlichen Leichen!
Freilich wer durchbrach nimmer diesen Kreis?
Wer erschien von des Frühlings Licht nicht auch geblendet?
Das ist der Jugend Preis,
freilich jetzt hat sich die Uhr gewendet!
Geliebter Jörg, in Samt und Seide geschnürt,
abermals haben sich Unsere Lippen berührt.
Doch unsterblich ist kein Leben,
ein neues wird mir bald gegeben!
Noch kann ich Eure Blicke spüren,
Euer Lächeln noch berühren. —
Heißt Uns alle Uhren Lügen strafen,
und ein letztes Mal, ehe Wir endlos schlafen,
seh ich Euer lieblichstes Lachen.
Dieses will mir meinen Traum bewachen!

Faust Eure Augen sprechen hörbar laut,
und die Worte klingen so vertraut.
Ein Schauer läuft Euch über das Gesicht,
und Wir empfinden, wie die Nacht anbricht.
fangt jede Träne, die mir entrinnt,
weil die Tränen wie Träume sind.
Kleine salzichte Seen;
haltet sie fest, bis Wir einander wiedersehen. —
Die Zähren werden zum Kuss,
wo heißes Verlangen die Trauer ersetzen muss.
Für die andere Welt, weit fort von hier,
fangt Ihr der ewigen Liebe Träne mir,
die Euch bittersüß der Sehnsucht Zeuge,
die wankend macht und die mich beuge.

Yvena O Johann, seid kein Narr,
blickt nicht so starr.
Seid Ihr voller Verzweiflung,
so weiß ich freilich die Gleichung.

Faust Yvena, kleine Fee,
dünkt es Euch zu warm, erwache ich den Schnee,
damit ich kühle Eure Wangen
und dieses Verlangen. —
Machte Euch das denn blind?
So gewollt als geschwind
sei nicht dieselbe meine Seele.
Tief begraben, dass jeder sie verfehle,
versteckt sie sich in einem Grabe.
Niemandem obliegt der Mut oder die Gabe

sie zu erwecken,
sich mit meiner zu verstecken,
sich hinabzulassen,
auf Ungewissheit ein Herz zu fassen.
In meinem Kopf trag ich verharrlich Euer Bild,
schon bin ich von Trauer und von Glück erfüllt.
Euer Lächeln streichelt meine Gedanken,
und ewig will ich dafür danken.
Geb Euch Trost und schenk Euch Halt,
freilich meine Lippen sind versiegelt.
Eure todtraurichte Gestalt
meine Seele widerspiegelt.

Yvena Lasst mich nur in einen Heilschlaf des Vergessens fallen,
der mir vertilgt den Graus aus meinem Busen.
So mag ein Chor von Horen in mir hallen
und zerschmettern mir den Pferdefuß der Musen …
Bin ich erwacht erst in der Sonne reinstem Licht
und bin gebenedeit von der Liebe ew'gem Garten,
dann bin ich des Himmels oberstes Gericht,
werde sehnsuchtsvoll Euch dort erwarten.

Faust Heißt mir, wie es ist zu sterben
im Taumel des feurigen Mondes!
Könnt Ihr Ererbtes Euch erwerben?
Ist das etwas Lohn'des?

Yvena Noch halt ich die Balance
zwischen hier und drüben dort.
Das ist wie die zweite Chance,
nur leider ewig von Euch fort.
Doch ich geh nun fort, mir ist so kalt;
auf bald, Johann, auf bald!
(Sie stirbt.)

Faust *(schreiend)* Was habe ich getan?
Zerstört sind Zuversicht, Elan!
Trauer regiert die Scherben,
eine große Liebe musste sterben!
Nur mehr Erinn'rung bleibt zurück,
zermalmt sind Freud als Glück.
Ein Leben habe ich zerstört,
Klagelaute blieben ungehört.
Ich bin ein Tyrann, ein Scharlatan;
erzürnt mir, Herr, in meinem Wahn.
Ein Bettelmann verdient nicht Not,
freilich ich verdiene meinen Tod!

Also richte, Herr, über meinen Geist,
damit das Reich der Hoffnung nicht verwaist
und schenk uns: dass wir einander vergeben,
ein neues, ein vollkomm'nes Leben!

Eule Eine Wolkenflut gibt ihn verloren,
sprüht ätzende Blitze, gleißendes Licht! —
Tausende Schreie, die seine Brust durchbohren,
vereint zu einem, der das Leben lischt.
Kleine Flammen lodern wild umher
(des Feuers stummer Schrei),
und nimmer zählet Trauer mehr,
weinet leis den Tod herbei!

Faust Ich ersuche Euch um Hilfe,
o Barbara, für diese Sylphe …
Spät versinkt das Herz in dichtem Weiß,
das Wasser malet Blumen gleich aus Eis,
der Schnee rieselt sehr leise,
begibt sich auf wehmütichte Reise.
Wundersam schön
ist sie anzusehn. —
In des Todes großem Angesicht
dünkt alles Weltliche noch einerlei,
bis die Trauerzeit die neue Sprache spricht,
bis das Grausen aller Zeit vorbei.
Und barg sie doch desselben nicht,
wird sie künftig jenes Grün auf meiner Wiese.
Zürnt mir ihrer Gegenwart Verzicht,
ist ihr Tod indes der Keim im Paradiese.

Eule Und hernach schiebt sich — das ist kund! —
der Teufel eine Himbeere in seinen Mund.

(Faust ab. Erzengel treten auf.)

Erzengel Michael Süßer Saft sucht sein Schlecken …

Erzengel Gabriel Soll sicherlich sehr sachte schrecken …

Erzengel Raphael Seine Schreie säuseln sanftes Stöhnen …

Erzengel Uriel Suchen selbst siegreiche Strähnen …

Erzengel Jehudiel Streicheln, streicheln selben Strang …

Erzengel Barachiel Sammeln sonderbaren Singessang …

Chorus Sie singen schaurig schöne Sachen,
sabbern schmerzhaft solche schwachen,
sorglosen, sittlosen Strecken —
Schlaf störend sollen sie schmecken!
Scharfes stranguliertes Sein
soll strahlenden Sarges sein!

Erzengel Sealtiel Starke siegen, Schwache sterben …

Erzengel Remiel Sonderbares Schleichen sonderbarer Scherben …

Erzengel Israfil Schatten seiner selbst stagniert …

Erzengel Azrael Strafen sind sogleich serviert …

Erzengel Raguel Schlachten sentimentale Szenen …

Erzengel Sariel Summen strafende Sirenen …

Erzengel Anael Sollen strukturierte Sicherheiten sein …

Erzengel Schepteel Spalten systematisch Steines Stein …

Erzengel Samael Sehet, seine Schwächen …

Erzengel Sekiel Schauet, sie stechen …

Chorus Sie singen schaurig schöne Sachen,
sabbern schmerzhaft solche schwachen,
sorglosen, sittlosen Strecken —
Schlaf störend sollen sie schmecken!
Scharfes stranguliertes Sein
soll strahlenden Sarges sein!

Erzengel Kamael So scheusälig schönes Schwärmen, sagt …

Erzengel Tsadkiel Stirbt's? So seufzet, stöhnet, schlagt …

Erzengel Metatron Seine Seele soll sich sammeln …

Erzengel Rasiel Soll Sünden stottern, schauderhaft stammeln …

Erzengel Tafkiel Soll seuchtig seine Sünden sühnen, — schmachten …

Erzengel Chamael Soll sich seines Schwertes schlachten! …

Erzengel Haniel Stirbt's, stirbt's sacht …

Erzengel Sandalfon Sorgsam symbolisierte Schlacht …

Chorus Sie singen schaurig schöne Sachen,
sabbern schmerzhaft solche schwachen,
sorglosen, sittlosen Strecken —
Schlaf störend sollen sie schmecken!
Scharfes stranguliertes Sein
soll strahlenden Sarges sein!

(Erzengel ab.)

Fünfter Auftritt »Kind«
Vor Yvenas Leichnam.

Eule Reglos steht der tragische Held
so starr als stumm im fahlen Licht.
Den Schnee, der eisig, stramm des Himmels fällt,
peitscht schneidender Wind ihm ins Gesicht.
Kristalle aus ewigem Eis
zerreißen seine Haut;
rot überdeckt sein Weiß,
doch er übt keinen Laut,
er kostet nicht dies Reißen,
empfindet nicht den Schmerz,
schwelgt in Erinn'rungen, die Glück verheißen,
starrt nur oftmals himmelwärts.
Blutichte Tränen rinnen sein Gesicht entlang,
hienieden in den weißen Schnee,
und eine Zähre, die sich um die nächste schlang,
bildet einen kleinen See.
Doch wie von Geisterhand wird der verdeckt
von den immer nächsten Flocken,
bis auch die Mahnung sich versteckt
in seinen weichen, wundersamen Locken. — —
Der Schuld sei er enthoben,
die mit Estriga ihn einst verband;
das Versprechen sei nun aufgehoben,
Satan selbst hat seine eig'ne List verkannt …

(Faust tritt auf.)

Faust *(mit gesenktem Kopf)* Mitternacht! — Die Zeit steht still,
auch jetzt ist nichts passiert.
Endlose Leere, so mir bedeuten will:
Von Euch kein Licht — mein Herz erfriert! —
Sintemal Ihr heuer meinen Traum berührt,

hab ich Eure Nähe hier verspürt.
Doch abermals werd ich alleine sein,
erwache ich im hellen Schein. —
Heiße Küsse auf die nackte Haut,
die Melodie der Sehnsucht klingt mir so vertraut.
Ich folge dieser Dunkelheit,
nur um jetzt allein zu sein.
Schatten jener Vergangenheit —
ich flieh davor: hinein.
Allein zu sein, ist reif die Zeit;
nur ein wenig, keine Ewigkeit …
(Schritte erklingen.) Ich hör ein Stapfen, höre Schritte,
erkenn jedoch nur eine Silhouette. —
Ist es Nebel, der mir dieses Schauen trübt,
eine Träne, die in dem bizarren Spiel sich übt?
Verwasch'nen Blickes und verzerrter Gestalten
entern die Stimmen, die in mir lallten. —
(die Gestalt ansprechend) Yvena! Endlich seid Ihr auferstanden,
das Ableben wollt ich nimmer verstanden,
umso träglicher das jetzige Sinnen,
dannenhero mag die Zeit Uns nicht verrinnen.

(Christoph tritt auf.)

CHRISTOPH Euch spielt die Müdigkeit durchaus einen Streich,
Ihr seid an Traurigkeit und Trübnis reich,
erkennt Ihr nicht die Fülle meines Leibes;
Johann, Ihr verwechselt ihn mit dem des Weibes! —
Ich bin's, Christoph, Ihr seid nicht im Bilde,
flüchtet Euch in Traumgefilde.
Sieben Nächte!, sieben Tage!,
seid Ihr voll von Zweiflung und auch Weheklage,
keine Stund habt Ihr geruht,
Ihr hockt so fort und Eure Augen sind voll Blut.
Ich weiß, Ihr leidet schwere Not,
doch, Johannes …, sie ist tot!

FAUST Nein, Christoph, ich gewahrt sie doch gerade,
Ihr durchaus nicht, das ist bedauerlich und schade.
Lasst mich nur warten hier,
sie kehrt gewiss zurück zu mir.

CHRISTOPH Sie wird nicht kommen!
Wie weidlich seid Ihr noch benommen?
Sehet und begreift Ihr nicht,
dass verloschen ist ihr reines Licht?

Eule Mit kaltem Wasser, geschöpft vom Fass,
macht er des Leidgeplagten Körper nass.
Faust schreckt auf und dünkt jetzt wach —
ward geschreckt vom eig'nen Krach.

Faust Christoph …!? Ist Er übergeschnappt,
oder wobei wurde ich ertappt?
Moment … Bin von Nebeln noch umgeben …
Was erschien mein letztes Streben?
… ah und o mir wird's bewusst, verzeiht es mir:
Seit Tagen ich auf ihre Leiche stier.
Freund Hein hat mir getanzt, gelacht;
und ja!, ich weiß: *Ich* hab sie umgebracht …

Eule Aus dem Nichts erscheint in Nebelschwaden
Moristopheles mit einem Dolch beladen.

(Moristopheles tritt auf.)

Faust Was ist von unserm Anbeginn
des Lebens höchster Sinn?

Moristopheles Da fragt Ihr jenen, der die Existenz verneint,
fragt, der die Sünde mit dem Geist vereint?

Faust Sagt's in meinem Sinn,
und ich höre Euch darin.

Moristopheles Wohlan!, beginnt zu schaffen, was zu richten,
es obläge Euch, stets Erreichtes zu berichten.
Etwas, was Ihr liebt und ehrt
sei gütlich Euch beschert,
entwickelt diese Welt,
so es den Kommenden gefällt!

Faust Allein es ruft nicht Tat in mir hervor,
es dringen Worte nur mir an das Ohr.
So schwindet trauernd uns der Sinn
und rafft die ganze Menschheit hin.

Moristopheles Mir sei's recht und zum Vergnügen.
Ich empfang die Armen, die sich fügen,
und vergilbte und verbrannte Leiber,
Dahingeraffte, immer willichte Weiber;
alle Taugenichtse sind willkommen,
alle Sünder werden gern genommen!
Wie das Kind von diesem Weib

soll Euer Leben Sinn gebrauchen.
Schenkt mir diesen Leib,
ich will ihm meine Seele hauchen.

Faust Gekaufte Seelen sind Euer Elixier,
verbreiten in Euch rohe Gier.
Eure Worte sind nichts wert,
versprechen Gold und sind verkehrt,
halten nicht halb so viel wie dünnes Blech,
sind heiße Luft nur, sind wie Pech!
Mein Herz sobald zerspringen will,
dass furchtbar mir's bald graut.
Gar so rein sind sie und auch so still
und doch unsagbar laut,
dass lauter ich es nie ertrag;
nichts drückender, noch schmerzlicher
als je zu tragen das vermag,
so leis sie sind und schmerzlicher,
an deren Leid so teil ich nehme,
wovon ich, ach!, so bass berührt,
denn göttlichem Born entspringen jene,
die Zähren, die ein Kind verliert!

Moristopheles Was ein Jammerlappen seid Ihr doch,
verwehrt Euch diesem qualgefüllten Joch …

Faust *(zu Christoph)* Schaut mich nicht mit Euren Unschuldsaugen an,
ein Kind ist etwas, was ich nicht behüten kann.
Wir haben schon viel erlebt und gemeistert,
waren von den Gemeinsamkeiten begeistert,
jedennoch um alles in der Welt — ein Kind?
Wo Wir nicht mal dafür vorbereitet sind?
Ein Kind ist laut und schwer von Verstand,
hilflos und überschaubar und oft bei der Hand,
wird unaufhörlich schrei'n —
und fürwahr — ein Spross, der gar nicht mein …
Zu viel Hilfe, zu viel Geleit,
sonst bleibt es Balg auf Zeit. —
Vermag ich's zu verhindern,
den Schmerz der Welt zu lindern,
muss niemand Qualen leiden,
sei die Werdung zu vermeiden,
denn niemand soll mein Schicksal teilen
und in der Hölle selbst verweilen …

Christoph Zum lieblichsten Gut auf dieser Welt
zählt, was das Dunkel in den Augen erhellt,

was das Herzblut in Wallung bringt
und was sonst nirgends anders gelingt,
was den Starken gehört und den Schwachen:
Ein zauberhaftes Kinderlachen!

Faust *(sehr leise)* Ich weiß, Gevatter, ich weiß.
Das ist des Schicksals Preis.
(zu Moristopheles) So nehmet hin die Frucht der Leidenschaft,
auf gut Geheißen ist dies jedennoch nicht!
Saugt sie aus, bis sie dahingerafft
und bis Eurem elenden Wesen sie entspricht.
Ich war verführt von dem Verbrechen,
nur sie sollt ihm entkommen.
Und bedenkt den Umstand dieser Frucht der Schwächen,
die entrissen ward sehr unvollkommen.
Moristopheles Ein Hauchen meines Atems schon
macht urbar alle meine neuen Äcker,
und die Früchte, die dort gedeihen voller Hohn,
sind nicht nur vollkommen, sie sind auch lecker …

Eule Und mit dem Kindesleichnam in den Klauen
verschwand er inbrünstig lachend, ohne zu schauen.

(Moristopheles ab.)

Faust *(hinterdreinrufend)* Und Walpurgis sei's getauft,
so gab ich ehedem mein gut Versprechen. —
Nun hab ich mich ein zweites Mal verkauft.
Das soll mein Herz mir furchtbar brechen …

Christoph Johann, jetzt hilft auch kein Palaver,
bestatten Wir doch den Kadaver!
(abgewandt) Sanguis et Cinis
für unsere Zucchini.

(Faust und Christoph ab.)

Sechster Auftritt »Grab«
An Yvenas Grabe.

(Faust und Christoph treten auf, Yvena im Grabe liegend.)

Yvenas Seele *(unhörbar)* Ein Engel mit gebroch'nen Flügeln
schaut mir weinend in die Augen.
Er gesucht, mich heimlich abzuwiegeln,
als sann ich, nichts zu taugen. —

Die Kraft fehlt, sich zu widersetzen,
denn wie Mücken will Verblasstes summen;
doch sollt er sich beim Flug verletzen,
wollten sie alsbald verstummen.
Allein mich plagt die Furcht zu helfen,
denn der Traum in mir hegt tiefe Kerben;
gefährdete ich den Engel hinter jenen Elfen,
müsst dieser mit mir sterben.
In meinem Busen drehen sich die Spiegel —
nur der Engel spiegelt sich. —
Helfen will ich, ohne Schloss und Riegel,
zu spät, der Engel — das war ich …
Eingebettet in samtenen Kissen,
in einer schwarz gefärbten Hülle,
so wird er mich vergessen.
Mein Körper ruht in unendlich langer Stille. —
Nicht sprechen hört er mich;
meine Tränen kann er nicht mehr sehen,
doch ich höre ihn gewisslich,
und ich will Traurigkeit verstehen.
Zärtlich leis klingt seine Melodie,
freilich voll von Schmerz und Trauer,
fast vereint in süßer Harmonie!
Und sein Wort durchdringt die hölzern Mauer:
Schlafet sanft, begebt Euch still zur Ruh!
Schluchzt und legt mir weiße Lilien in mein Grab.
Dann lautlos macht er seine schweren Augen zu,
klopft einmal noch mit seines Elfenbeines Stab. —
Traurig lieg ich hier in Weiß.
Die Antwort fällt so schwer, und mir wird bang;
eine Träne, wie Feuer, so heiß,
läuft mir das Gesicht entlang:
Doch wie kann ich denn schlafen,
wenn Eure Stimme weilt in meinen Ohren?
Lauschend diesem Klang von Engelsharfen
bin ich freilich längst verloren.
Wie soll ich schlafen keusch
in diesem Meer voll Träumen
eines ganzen Lebens mit Euch?
Ich hab freilich Furcht, all das zu versäumen. —
Wie kann ich schlafen in diesem Bett,
welches tiefer liegt denn Eure Knie,
da ich Euch so gerne bei mir hätt? —
Ich bitte Euch, vergesst mich nie!

CHRISTOPH *(ein Licht sehend)* Johannes, schaut doch nur daher,
am Himmel dieses gleißend Licht

erscheint doch nicht von ungefähr.
Erkennt Ihr das denn nicht?

Faust Was ist Euch widerfahren nur?
Der Morgenstern, der zitternd strahlt,
erhellt des Himmels Flur,
kein Lichtschwall, der von Gott gemalt.

Christoph Schaut doch nur genauer hin,
das ergibt doch einen tief'ren Sinn!

Faust Hernach Ihr mir erzählen wollt,
vom Himmel fiele Gold.

Christoph Ich versteh Euch nicht,
warum nur ignoriert Ihr dieses Licht?

Faust Ich kann mit gutem Gewissen nichts erkennen,
das Eurem heiligen Schau'n entspräch.
Wollt Ihr's nicht beim Namen nennen,
falls mein Augenlicht zusammenbräch?

Christoph Hernieder fällt des Schöpfers Schweif,
und Ihr, der Ihr dem grauen Mönch verschrieben seid,
erkennt nicht diesen Silberstreif,
so macht für Namenloses Euch bereit:
Eine Heerschar leuchtender Gestalten
schwebt auf Uns hernieder.
Keine Chöre jemals so erschallten,
wie der harmonische Gesang ihrer Lieder,
die mir erhellen meine halbverwöhnten Ohren. —
Dem Tal des Jammers zu entschwinden,
dessen Wir geboren,
wollen sie sich diesseits finden.
Eiligst nahen sie in gnadenreichen Schwallen,
geöffneter Arme und off'ner Schwingen auch.
Ihre betörenden Gesänge herniederschallen,
mit leisem Gestöhn, mit warmem Hauch.
Herrlich gelockte große Wesen
haben sich mir zugewendet.
Von ihrem Licht, von diesem Ton hab ich gelesen,
von ihrem Antlitz freilich bin ich stark geblendet.

(Eine Engelschar tritt auf.)

Ein liebliches Geschöpf sich naht,
spärlich bekleidet mit dünnem weißem Hemd.

Seine Erscheinung gleicht des Frühlings Saat,
die Silhouette seltsam fremd.
Den Schopf des Engels vernehm ich zwar,
indessen höh're Kraft zu schau'n, vermag ich nicht;
überdeckt mit glänzend langem Haar,
blendet mich sein Angesicht.
Mit feurigem Schwert,
das dem Strahl der Sonne gleich,
steigt's hernieder, da der Kelch geleert,
in des Menschen Tränenreich.
Es breitet seine Arme erst und dann die Schwingen aus,
hält ein Gewand aus frischem Grün.
Die Schar von Engeln schwebt voraus,
sie macht den Himmelsweg mit Blumen blüh'n.

Chor der Engel Wir gelangen zu Euch hienieden,
um Licht in Euch zu werden.
Fahret fort aus diesem Sein, das ist verschieden,
befreiet Euch aller irdischen Gebärden.
Den Ort der Finsternis lasst Uns verlassen,
um gewissentlich zu büßen.
Noch karges Licht will die Verdüsterung verblassen,
doch schon bald liegt ew'gen Lebens Licht zu Füßen.
Fürchtet den Henker nicht noch den Tod,
sonst vermag er, Euch das Leben zu entreißen.
Doch findet Ihr den Frieden in der Not,
werden wir den Himmel Euch verheißen.

Christoph *(mit Tränen)* Ihre Seele aus dem Körper steigt,
und die Engel lieblich das Hosianna singen;
die Sonne sich der Werdung neigt,
nimmer gewahrte ich, wie Schwerter Feuer fingen.
Wallend durch des Windes Sehnen,
flattert das Gewand um ihre Seele.
Und in den sanften Schwingen vermag sie sich zu wähnen,
einen letzten Aufschrei noch in ihrer Kehle.

Faust Haltet ein, mein treuer Freund;
ich ertrag nicht, was das Wort nicht mehr entfernt.
Hab ich zu leben denn versäumt,
mich zu fürchten denn verlernt?

Eule Und wie er steht an ihrem Grabe,
umweht ihn nun sein Glaube. —
Und da just noch flog ein Rabe,
schwebt heuer eine weiße Taube.
Die Teufel, eben noch zum großen Schlag ausholend,

flüchten grollend, wetternd bald zu ihren Leichen,
denn dem Zauber des großen Lichtes innewohnend,
müssen sie den heil'gen Mächten weichen.

Yvenas Seele Habt Ihr die Tränen auch versteckt,
tapfer, leise weggewischt,
ich habe längst sie schon entdeckt;
sie rinnen mehrfach Euch übers Gesicht.
Ein Heer wird Euch zur Seite stehen,
denn auf Lebendigkeit und Untergehen
seid Ihr der Heilkunst Mann,
der heil'ge Priester, der die Macht gewann,
die Blume, an der sie riechen,
in der sie schützend sich verkriechen.

Christoph *(Faust antwortend)* Euch gebührt der Hoffnung freilich noch,
denn eine Träne kann ich Euch entdecken.
Denn wo ich mein weites Herz, ist Euch kein Loch.
Was mag die Liebe *noch* in Euch erwecken?

Faust Christoph … von einer Muse ward ich geküsst,
die als Engel mir erschienen ist.
Und honigsüße Schmerzen
verbrennen mir im Herzen. —
In dichten, drängenden Tönen,
in dunklem, tiefem Stöhnen
vernehm ich eine Stimme, sanft und zart,
die so fein, selbst Glas noch klart,
wie eine Blume an der Mauer,
wie ein Regenbogen in nächtlicher Dauer,
eine Lichtgestalt,
die die Sinne bestrahlt,
warme Regentropfen,
die fordernd auf die Herzen klopfen,
ein lauer Wind,
wie der Kuss von einem Kind.
Ein unbeschreiblicher Frieden
ist meinem Innersten beschieden,
berauschendes Entzücken,
entflammendes Beglücken. —
Begehrlich empfinde ich ein Schweben,
sanft trägt's mich, will mich erheben;
ich empfange seelenvolle Lust
aus tiefstem Innern meiner Brust,
erhaben macht mich es und stark.
Empor steigt ihre Seele aus dem Sarg?
Beschwingt von sanften Noten,

hör ich ambrosische Boten.
In jener kargen Truhe
sanfte, unzerbrechliche Ruhe. —
Ich finde Frieden in dem Garten,
da sie den Meister einst verscharrten,
und Gottes Worte sprechen in die Seele,
auf dass er mein Gewissen stehle.
In höchster Stufe, kurz vorm Wahn,
packt mich eifriger Elan,
ich stimme ein in dies vertonende Gebet,
verbotschafte die Apokalypse, wie einst der Prophet,
und zerbreche jämmerlich zu meinem Schatten.
Ein sanft vibrierender Geruch will mich begatten.
Ich schlürfe den Duft beredter Heiligkeit
und sterbe meinen Tod in angemess'ner Einsamkeit,
bin ich so, als glückvoll kann mich wähnen,
und in den toten Augen hab ich große Tränen.
(Christoph eilt zum Friedhofe voran;
Faust geht trauernd hinterher.)

YVENAS SEELE Grausam klingt das Weinen schon nach innen,
ich fühl, wie heiß Euch geht die Zeit.
Trauernd begebt Ihr Euch von hinnen —
ich weiß, wie einsam Ihr jetzt seid.

FAUST O wundersames Ding, verhüllt in weißem Leinen,
weilt ewig so in meinem Herzen,
und lange und leise beginne ich zu weinen,
nimmer so bitter und voller Schmerzen.
Eingemeißelt bleiben Eure Bilder in mir,
damit ich Unsre Augenblicke nie verlier.
Ich lehne mich an Euer Bild,
und meine Sehnsucht wird mir teils gestillt.
Mein Atem wandert Euch ins Antlitz,
und jedes Mal erstarrt mich Venus' Blitz.
Eure Blicke schmelzen Stahl,
Euch nicht zu lieben, wäre eine Qual,
weil Totgesagtes neu entsteht,
da ein Hauch von Eurer Liebe weht.
Ihr erleuchtet längst erlosch'nes Licht,
statt Träume plötzlich Wahrheit spricht,
Ihr haltet seuchtig mich nach Eurer Liebe,
dass nur liebesdurstig ich noch bliebe.
Schwebt Euer Geist noch ruhelos durch unser Leben,
so bitt ich Euch, die Stimme zu erheben.
Nur ein Zeichen, das mir in mein Antlitz schreit,
sodass ich weiß: dass Ihr auch bei mir seid.

Eule Und mächtig große Wolken verdrängen jene kleinen;
Wind umschlingt das Land bald mütterlich;
der Himmel beginnt gar jämmerlich zu weinen,
kalt und bitterlich.

Faust Mit nur einem Stoß
macht ich mich schwerelos.
Was ich bisher leise hab verdrängt,
würd dann hinauf zu Euch gelenkt,
und wo ich bisher schlief,
sind die Geister, die ich rief. — —
Buon giorno, bambina, süße Liebe,
mein Sonnenschein der Eleganz,
in deren Armen ich so gern verbliebe.
Unvollendet bleibt mein letzter Tanz …
Auch die letzte Zähre wird jedoch versiegen,
wird durch das Loch in meinem Herzen fallen;
die Zeit kann meine Trauer nur besiegen,
und irgendwann wird auch der letzte Schrei verhallen.
Bisweilen ist nur weite Leere,
die von allem übrig bleibt,
Erinnerung, wovon ich zehre,
die so wund mein kaltes Herz mir reibt. —
Was ist nur ohne Euch das ganze Leben,
was ist das jetzt noch wert?
Wir wollten noch so viel erleben,
doch alles lief verkehrt.
Keine Sonne mehr, die für mich scheint,
nicht eine Blume, die mir blüht,
kein Schlaf, in dem ich nicht geweint,
kein Stern, der in der Nacht verglüht.
Die Finsternis entschwindet nicht,
auch nicht die tiefe Trauer,
dies Sehnen füllt das dunkle Licht
gar ewiglich, auf Dauer.
Meinen Tod darf ich nur sterben,
doch mit Eurem muss ich leben.
Nun beliegt mein totes Herz in roten Scherben
und will Liebe mir nicht geben.
Vergiftet ist die Wunde,
die Zeit vergeht nicht ohne Mängel;
so bittersüß trägt sie noch Kunde.
Ciao, bambina, süßer Engel. —

(Er kommt an dem Friedhofe an;
zwei Friedhofswärter treten auf.)

(erstaunt) Mit diesen Augen kam ich nimmer an,
keineswegs erblickte ich, was heut mein Schauen,
mitnichten, dass ich mich entsinnen kann,
gewahrt ich die Figuren, die aus Stein gehauen:
Auf jeder Halbe dieser Pforte
sitzt durchaus ein Gebild zur Wacht,
mich dünkt, ich hörte ihre Worte,
und ihr Spott hat mir ins Angesicht gelacht.
Ein prunkvolles Tor,
links und rechts je eine Säule,
eine Eiche dahinter, eine Kastanie davor,
und auf dem Eisentor sitzt eine Eule.
Ein Friedhofswart auf jedem Abakus,
jeder so mit Schild als auch mit Speer;
die Finger nur so groß wie eine Haselnuss,
stehn dennoch sie zur unentwegten Gegenwehr. —
Ein gar herrschaftliches Tor,
so prächtig wie der Gottesacker;
ich stehe hier als nie zuvor,
so aufmerksam, so wacker.
Nimmer nahm ich diese Schönheit wahr,
nie die Traurigkeit, damit vereint;
nie vernahm ich Ruhe, die so klar,
deren Zartheit mir als Geist erscheint.

LINKER FRIEDHOFSWÄRTER Siehe, dort stapft Faust zum Friedhofstor.

RECHTER FRIEDHOFSWÄRTER Sehr mühselig, freilich unbeirrt.

LINKER FRIEDHOFSWÄRTER Kniet nun Yvenas Epitaphium vor.

RECHTER FRIEDHOFSWÄRTER Durchaus in Tränen weilen wird. —
Des Habitus entsinn ich mich recht karg,
freilich ist's auch stark,
so forsch als überaus wacker,
einzutreten in Gottes Acker.

LINKER FRIEDHOFSWÄRTER Aus diesem Säulensockel heraus
ist mein Begehren, zu krabbeln wie eine Laus,
ohne weit entlegenes Blätterrauschen,
leise hinab, seinem Monolog zu lauschen.

RECHTER FRIEDHOFSWÄRTER Träf es durchaus einer Lüge,
sollte ich bei dem Benehmen heuer schweigen!
Erscheint mir es so barsch als rüde,
dieser Konversation heranzuneigen.

Linker Friedhofswärter Sollt ich die Form freilich wahren
und auf meinem Kapitell verharren?

Rechter Friedhofswärter Ich wäre dankbar um des Friedens willen.

Linker Friedhofswärter Wie sollt ich denn die Neugier stillen?

Rechter Friedhofswärter Begnüglich sei der Anblick
und ungestört das Unglück.

*(Friedhofswärter verschwinden aus dem Blickfeld.
Klageweiber, ein Grabredner und Christoph treten auf.)*

Eule Die Gottesdiener schreiten ihre Runden,
das Haupt gesenkt, der Tod voran —
geschlagen sind die letzten Stunden! … —
Die Totenmess stimmt leis nun an!
Der Richter selbst erhebt die Hand.
Den Blick gesenkt hat, ach!, nun jeder gar …
Wer um Gnade glaubt, hat jenes Schwert verkannt,
noch ahnt er die Gefahr!
Die Diener kreisen um die unaustilgbare Glut
und der Henker, die Kapuze im Gesicht …
Ein Schrei! … der Chor der Totenmesse ruht;
das Feuer ist erloschen, den Ausweg gibt es nicht …
Alle Glocken klagen laut
das Stück aus Süßmayrs und Mozarts Feder.
Jeder Schlag klingt so vertraut
und freilich heut so traurig bieder.
Beileidsdiener verrichten ihren Auftrag,
Geleit der Verewigten anzutragen.
Durchaus niemand diesen Dienst verrichten mag
und Gott *nicht* um Gnade anzufragen.
In Samt gebettet und verscharrt,
wird die Welt sie bald vergessen
und doch der Toten Ehre gewahrt;
jeder wird sie bald vermissen.
Ein leichtes Lächeln wirft der Toten Mund,
verhüllt sind Leib schon und Gebein
von glänzend' Stoffen wie zur Lebensstund
und will denn gar des Fürchterlichsten Anlass sein.
Die hübschen Blumen, auf das Totenbett gebunden,
senken traurig ihr Antlitz herab. —
Die Klageweiber heulen ihre letzten Runden,
und die Träger lassen heuer den Schrein hinab. —
Das heiße Blut der Erdenheit
will seuchtig, hungrig sie verschlingen,

und die Dienerinnen der Ewigkeit
belieben heulend, die Tragödie zu besingen:

KLAGEWEIBER Die Sonne beglückt' uns mit freudigem Spiel,
und hoch wuchsen Bäume und Grün.
Farbiger Blumenpracht oblag ein einzig Ziel:
Kleine Gesellen sollten uns Liebe erglüh'n.
Und so fanden wir Klee — den vierblättrigen —
und pflückten uns Sträuße und flochten die Kränze;
wir vermochten uns satt nicht zu schauen am Fertigen,
sangen und lachten dem Lenze.
Ein Rauschen klang noch in dem Walde,
in schauerndem Lüftchen, lustig bunt.
Winter hielt gar Einzug schon balde,
was Liebchens Worte nimmer mehr kunnt'.
Die Stadt wollt's kahlen Bäumen gleich,
nur um die Halle Getümmel recht fein.
Harfen erklangen mit jedem Streich,
und so wollt ich nie alleine sein!
Ich will beten, mich grämen
und flehe hoch in Himmels Höh;
mag mich selber flugs erwähnen,
dass ich mein Lieb bald wohlbehalten wiederseh.
Der schlürfende Gräber ward mir gewahr,
trägt *über* den finsteren Grabscheit.
Und im Kreise tanzt die schwarze Schar —
so häuft sich das Grabe Seite an Seit.
Feinsliebchen!, erwarte balde mich in deiner Nacht,
so fervent tropft nun das Herzensblut;
dringlich fordernd und mit Wortesmacht
klag ich *an* in hoher Himmelsglut,
dass wir zerrissen und entzweit.
Traurig ob des süßen Schmerzens
zürnen wir dem Götterstreit
und beiten auf die Bindung unsres Herzens.
Von Liebe und Sehnsucht geblendet,
besuch mich bald an meinem Grabe,
bis der Geselle sich abermals wendet
und ich sanft von deinen Worten labe.
Und im Himmel zeigt sich fein,
in jeder todtraurigen Nacht,
dass wir einand' geschaffen sein,
und friedvoll wird uns Jahwe angelacht.

EULE Nadeln sind das letzte Grün von jedem Baum;
roter Himmel erfüllt den stillen Traum.
Des Mondes Schattenspiel vom Himmelreich zerschlagen;

aus dessen Mitte heulen fürcht'lich
die Feen der Trauer, die sich noch wagen,
die Seele zu küssen, weil sie so zärtlich. —
Prasselnder, trommelnder, pochender Klang,
verweichlicht, erkaltet, erstarrt,
flüstert leise des Winters Gesang:
Die Perle der Trauer zu Weiß verharrt.

Grabredner Enthoben sei der Schrein,
dieses Haus soll nun das ew'ge sein
zu beschützen und zu wärmen.
Auf dem Weg nach den Sternen,
soll Er Euch behüten und schlafend machen,
und erst am Ziele möget Ihr auferwachen. —
Vom Dache Jehovas blickend,
sei das Gefühlte überaus entzückend.

(Klageweiber, Grabredner und Christoph ab.)

Faust *(am Grabstein)* Leben Wir nicht in einem Schatten?
Denn alles, was Wir hatten,
war die Welt vor Unseren Sehnsuchtsaugen,
und Wir mussten erkennen: Sie kann nichts taugen!
Niemals ist für immer,
doch das zu erkennen, ist schlimmer …
Lasst mir das Gefühl zu schweben,
was ich lange hab vermisst.
Heißt meine Liebe endlos in Euch beben,
sodass Ihr sie nie vergesst.
Lasst mich Euren Körper spüren,
so für jetzt als auch für ewig.
Heißt mich stets aufs Neue Euch verführen,
immer nur ein wenig.
Heißt Uns einander endlich wiedersehen
und Unsre Liebe neu entstehen! — —
Scheidender Tag, so warm als weich.
Leise, langsam schwebt die raue Nacht,
hält Einzug in das nächste Reich.
Stumm erkämpf mit ehrfürchtiger Macht
ich einen letzten Blick noch nach dem Stern,
der doch so sanftmütig mich beseelt.
Ich schau hinauf ins karge Licht, in weite Fern;
wer weiß denn schon, was jetzt mir fehlt?
Und da ich schon am Boden liege,
reize ich noch weit're Schläge.
Betroffen von dem Spiel der Macht,
ergriffen davon, woraus die Trauer gemacht! —

Ridikül der Preis des falschen Mitgefühls
dessen, der Herr im Spiel des Streitgewühls.
Euch ward die Künftigkeit genommen!
Halblaut, ja, so stumm als benommen
muss ich diese Schmach ertragen,
freilich nimmer sollte ich verzagen …
Wolltet ein Lächeln auch herbei Euch sehnen,
Eure tiefen Augen tranken große Tränen.
Es oblag mir, die Wehetage der Trauer zu sehen
und das stille, klandestine Flehen!
Welchem Wahn bin ich erlegen?
Was stand fordernd mir in den Gedanken?
Fortan leb ich ohne jeden Segen,
bin befreit von allen Schranken.
Ohne diese fühle ich kein Leben.
Bin ich selbst, bin ich verdorben?
Ich werde mich vor Gott ergeben,
nachdem ich selbst gestorben.
Dem Tiere gleich
vernichtet ich den Feind;
so schwach bewahre ich das Fleisch,
bin mit dem Tode selbst vereint!
Ich suche nicht Vergebung,
sondern trachte nach dem Grund.
Ich hauch um Wiederbelebung
und töte in mir den Höllenhund.
Alsdann stell ich mich dem göttlichen Gericht,
erwart die allerhöchste Sühne
bis verschwindet jedes Licht,
bis ich verschwind von jener Bühne.
Übersah ich durchaus diese Zeichen?
Vermocht ich jene nicht zu deuten?
Wie konnte Sünde in mein Leben schleichen,
so die Hochzeitsglocken läuten?
Die Selbstachtung aus meinen Händen gebend,
von Schuldgefühlen übermannt;
mein Blut an allen Wänden klebend,
werd ich Verräter nun genannt.
Wider einen Koloss, der so muskulös,
verlor ich trotz vorherigen Getös',
war mir des Sieges dennoch gewiss,
allein mir fehlte der unverhohl'ne Biss,
sann, dem Monster jedes Horn zu stutzen
und seinen Dreck aus meinem Innersten zu putzen.
Allmählich bin ich doch allein,
anstelle meines Herzens liegt ein Stein.
Jahwe schaut nur zu, wie's sich verdunkelt,

wie's in Moristopheles' Augen grässlich funkelt.
Der Triumph über Johann, dem Schwachen —
nun herzhaft beide Schachspieler lachen.
Wie behütet fühl ich mich in Euren Reihen,
will nicht länger noch für Euch gedeihen.
(schreiend) Ich bin es leid, ich hab das satt!
Stellt doch den König endlich matt,
zaudert nicht mehr länger,
mich dünkt, ich sei ein schlechter Minnesänger!
Befreit mich von der Last, vom Trauern,
degradiert mich doch zum Bauern! —
Ein altes Lied kommt weinend mir in meinen Sinn;
es ist für Euch, Yvena, und scheidet Euch und mich dahin:
Einst gewahrt ich einen Schmetterling,
der war so lieblich gar wie du.
Und als er sich in mir verfing,
ließ ich ihn frei im Nu.
Auch seiner Freiheit und der Blüte wegen
empfand ich dies Verlangen.
Nun sollt ihn jemand besser pflegen,
denn er fand sich allzu sehr verfangen.
Einst gewahrte ich ein lieblich Kind,
das fröhlich dünkte gar wie du.
Und als die Zeiten dann gegangen sind,
fand die Frau nicht mehr die Ruh.
Die Kindheit sah ich gehen
und auch die Fröhlichkeit.
Sie vermocht mich nicht zu sehen
in meiner langen Traurigkeit.
Einst gewahrt ich einen Stern,
der war so hell wie du.
Plötzlich dünkt' er, ach!, so fern,
und dieses ließ ich zu.
Das Licht verblasste immer mehr,
der Tag erlag der Nacht.
Und als es gar zu schwer,
ergab er sich der höh'ren Macht.
Einst gewahrt ich eine Blume,
die duftete wie du.
Ich hörte schon von ihrem Ruhme,
doch dann trat ich zu.
Es welkte nicht die süße Pflanze,
deren Duft sich mir noch bot,
mein Herz traf eine stumpfe Lanze:
Sie war einfach tot!
Die Welt lag mir zu Füßen,
ich trat sie aus Vernunft.

Wollt ich nicht, so sollt ich büßen,
weilt ich und ward längst gestumpft. —
Verzeiht mir diese schwere Zeit,
entschuldigt mein Verfehlen,
seht mir nach dies große Leid,
vergebt mir dieses Quälen.
Gestohlene Zeit, verlorenes Herz,
Sein Brodem erschien mir nie so nah.
Geteiltes Leid ist doppelt Schmerz,
und ewig ist Er da.
Kein Grund dünkt mir gegeben
und doch verteilt ich diese Qual,
so ist zerstört ein ganzes Leben,
ausgelöscht ein Sonnenstrahl.
Etwas Zauberhaftes ist gegangen,
eine Grundidee zerstört;
die leis die Minne sangen,
wurden nicht erhört.
Gezeichnet von Schmerz und Pein
und von größter Trauer erfüllt,
so haltet Ihr den Stein
und doch bleibt er verhüllt.
So stark die Winde wehen,
seid zur Vergebung stets bereit.
Ein kleiner Windzug hieß mich gehen,
es tut mir leid, tut mir so leid.
Die Bäche, jene ehedem gefüllt mit Salz,
sind heut vertrocknet, dörr, verstaubt.
Geschnürt die Kehle, gebunden ist der Hals —
ich hab mich um mein Leben selbst beraubt.
Traurig senkt mein Blick sich bald,
und mir wird eisig kalt
und heiß zugleich;
meine Knie werden weich. —
Ich schmecke noch das Leben Eurer Lippen,
wie sie sich wiegen und sich wippen,
als wär es heuer erst geschehn,
und sie waren warm und wunderschön.
Lange Zeit seither vergangen;
in meinem Herzenswunsch blieb ich umfangen,
seither auf Harren nur dressiert;
Freund Hein hat leise mich berührt.
Gebrochen war das Herz, die Brust erschossen,
hört durchaus auch, wie in der Seele Tränen flossen.
Und eine einsame Zähre drang voller Schmerzen
so aus meiner Seele als aus meinem Herzen. —
In diesem kalten Moment wollt ich sterben,

und das tote Herz brach in tausende Scherben,
doch der Trauer Endschaft ich beschloss,
damit ich Tränen nun zum letzten Mal vergoss! —
Allein vergessen ist zu schwer für mich.
Warum währet sie nur ewiglich,
die Erinnerung, in die ich fiel?
Ist nicht die Künftigkeit das hehre Ziel?
Wie heillos dünkt mich nun das Leben,
wie doppelherzig feine Werte.
Der Trauer will ich mich ergeben,
bis die Flaschen, die ich leerte,
wie tiefster Kummer in mir beben,
zu dessen Sieger ich mich kürte.
(Er vernimmt Yvenas Stimme.) „Für hehre Ziele plagt Euch,
rackert, schindert, schlagt Euch!
Was ohne rechte Mühe blieb,
ward nur allzu leicht verspielt;
doch was Blut Euch in die Adern trieb,
hat auf großes Glück gezielt!“ *(Stimme verklingt.)*
Yvena? Geliebte Frau? —
Entstiegen diesem Himmelblau,
was ist mit Euch, was ist geschehen?
Warum kann ich Euch nicht mehr sehen?
Antwortet doch, hört Ihr mich nicht? — —
Ach!, ich sah erneut ein falsches Licht!
Für eine Weile dünkt's mich, sie zu sehn,
doch dieser Traum wär gar zu schön. —
Jedes Vibrieren ist ein Schreien,
dass meine Wunden mir erschüttert.
Jeden Zorn mögt Ihr mir weihen,
der mit Eiß diesen Sarkasmus füttert.
Ist nicht nur alles Träumerei,
von der ich wie die Motte angezogen,
Verliebtheit in ein Bild, abstruse Schwärmerei,
dünkte mich von Hirngespinsten nicht betrogen?
Die Sonne mochte aufgehn, nur für mich,
heiße Sehnsucht grenzenloser Frohheit wich!
Mit brodelnden Feuern, feurigen Gluten,
mit heißer Asche sei gesäumt mein Herz aus Eisen;
vor dem Grabe wird es dunkle Tränen bluten
und magnetisch angezogen darauf vergreisen …
Was ist, was mir noch bliebe?

Eule Er erkennt, was er nicht wissen will!

Faust So ist Freund Hein nur Unsre letzte Liebe …

Eule Und er zerbricht unsäglich still …

Faust Nicht ein neues Leben
kann so Glück als Zuversicht mir geben.

(Faust ab.)

Fünfter Aufzug, erster Auftritt »Wiedersehen Bettelmann«

Eines Sommertags im Park.

Eule Mit seinem löchrigen Haupt,
des steten Sinnierens grau belaubt,
spiegelt er das Skelett, das zerfällt —
er ist ein schlurfender Held,
in Furchen getrocknet, die Haut gerindet.
Und im Rinnsal der Zuversicht mündet
der letzte Tropfen Wille …
Gemischt mit einem Ohm an Gülle,
schlurft der gefallene Veteran
nach seiner Brücke, von der er kam. —
Fingernägel zerschunden und gekaut,
mit jedem Schritt ein ächzender Laut,
die Beine getragen zum Stumpf,
darauf sitzend, ein durchnagelter Rumpf,
Arme und Hände schlottern,
sogar das Atmen ein lästiges Stottern.
Und seine Kutte, miefend nach Fisch und Kanal,
lässt ihm keine andere Wahl …
Es schlurft der alte Veteran
nach seiner Brücke, von der er kam.
Um den Hals eine schmierichte Kette,
beschlagen in einer Kirchenstätte,
baumelt dieser Einmast, in Wasser genässt,
von Schulter zu Schulter noch fest.
Und die Kerbe an seinem Hals
entstammt des morschen Kreuzes ebenfalls.
Auch das eingeritzte *I.N.R.I.*, was deutlich zu lesen,
lässt ihn hilflos und einsam verwesen …
Ferner drum schlurft der alte Veteran
nach seiner Brücke, von der er kam. —
Es pulverisiert das Blut der Venolen,
der Lebensmut ward ihm gestohlen,
und es drückt sich nun die Wirbelsäule
am Rücken durch zu einer Beule.
Die kantigen Schulterblätter unterm Nacken
kann ein jeder kräftig packen,
und die Knie bröckeln wie fades Brot … —
Ehe er des gründlichen Zerfalls bedroht,
schlurft der alte Veteran
nach seiner Brücke, von der er kam.
(Bettelmann und Faust treten auf.)

Bettelmann So ist nun mal die Welt,
dass wir den Vertrauten und Bekannten

durchaus auch an andrer Stelle gegenüberstehn,
dass uns zuweilen dieses Urteil fällt,
so wir ehedem erkannten:
So klein ist diese Welt, dass wir einander wiedersehn.

Faust Allein es obliegt unserm Bemühn,
der Welt die Größe zu verleih'n.
Will in uns nicht der Wunsch, die Reife blüh'n,
so bleibt sie für uns klein. — —

Bettelmann Wohlgerundet erscheint Ihr mir!?
Wir trafen einst an selber Stelle hier
vor einigen Monden zum Dialoge,
konversierten auf höchster Woge.
So Hochachtung als Lob musst ich Euch zollen.
Freilich heut — die Augen gequollen —
muss ich qualvoll Euch erblicken.
Welch schauderhaftes Bedrücken.
Ertränktet im Whisky Eure Sorgen!?
Das Schicksal liegt darin nicht verborgen!

Faust Seid Ihr nicht, dem ich die Nacht verkürzte
und mit Philosophie das geschenkte Mahl gewürzte?
Seid Ihr nicht der Einsame,
mental und leiblich Lahme,
dem der Schmutz nur so wie Wasser floss,
sich beharrlich aus den Augen goss?
Wie ehedem, als ich Euch fand,
und die Freundschaft Uns alsbald verband,
so erscheint Ihr heut mir wieder.
Nun blickt Ihr stumm an mir hernieder:
Zusammengekauert und in die Ecke gedrängt,
die Fersen zum Gesäß gezogen,
die Hände hinterm Haupt verschränkt,
auf den Knien die Ellenbogen. —
Sagt, was macht Ihr hier,
vertreibt Eure fatigante Zeit mit mir?!

Bettelmann Wie muss ich verstarren?
Liegt wie ein Gaul vor einem Karren.
Bin ich jetzt durchaus der Gnädige,
eher Unabhängige und Ledige,
der stillt Eure Trauer und depressive Phase,
die Euch umnebelt wie unsanfte Gase?
Euer Haar ist eher grau
und die Haut tupfiert sich blau!

Faust Habt Ihr durchaus zwei, drei Groschen?
Verkauft hab ich die Broschen
für die einsamen Nächte hier zu zweit —
für Yvena und meine Heiterkeit.
Wir haben davon gelebt und gesündigt,
es erschien gewichtig, denn wir wurden fündig.
Mit meiner Decke wärmte ich die gnäd'ge Frau.
Und das färbte meine Haare grau.

Bettelmann Wo ist denn Eure Erlesene,
oder schimpf ich sie besser Verwesene?
Nimmer Leib noch Seele seien willkommen hier.
Ich erblicke Tragik und Entsetzen, Whisky und Bier! —
O Johann, die Decke neben Euch ist leer,
für Yvena gibt es keine Wiederkehr!
Das sind Gaukelbilder, die Ihr erdachtet,
wovon Ihr vegetiert und derer Ihr schmachtet.

Faust Nein, Ihr Tölpel, verharrt und seid stille!,
das sei mein ersonnener Wille,
und dieser strebt nach Zuversicht;
auf mich herab glänzt bald das Licht.
Ich habe die Aspiration zum Streben,
etwas nach der Urne zu erleben!
Mir hat das Märchen zugewinkt,
das mit sprühenden Funken in mir versinkt.

Bettelmann Euren Traum möcht ich nicht stehlen,
freilich Nüchternheit sei angebrachter
und will Eurem Glück nicht fehlen.
Doch sitzt in Euch der Schlächter seither aufgewachter,
der langsam sägt, Euch köpft
und aus diesem Blut sein Leben schöpft.

Faust Pfui, wie könnt Ihr solches sagen,
den selber Kummer und Last betragen?
Einen Therapeuten vom Osten zum Westen
gebt Ihr wahrlich nicht zum Besten.
Was ist ohnedies Euer Mysterium,
das letztlich bei Euch Erwähnung fand?
Ich hab es als Panoptikum
meiner zukünftigen Schuld erkannt.

Bettelmann Ich enthülle Euch nur gleich
des Nebels dunkle Blüte,
denn in meinem geist'gen Reich
trinke ich die Endschaft meiner Güte:

Meine Sehnsucht quält mich nach der Stadt,
die wie keine andere den Ruf als Schönheit hat.
Ihr betörender Duft
ist meine Atemluft;
ihr Puls an jedem Tag
ist meines Herzens Schlag;
in meinen Adern vibriert ihr Leben
und ihr unnachgiebiges Streben.
Belächelt, geflutet, verbrannt —
doch immer wieder auferstanden, anerkannt.
Eine der pulsierendsten Metropolen der Welt,
ein gar grüner Fleck unterm grauen Himmelszelt. —
Die Liebe zu der Schönen entdeckte ich bald,
bin ihr verfallen in schmerzlichster Gestalt.
Lange sucht ich nach dem einen Schönen,
hundertfach nach den himmlischsten Tönen,
wochenlang fand ich mich geschunden,
hab nichts ausreichend Dingliches gefunden.
Doch so der Michel aus der Ferne grüßt,
weiß ich dennoch, was ich bis eben eingebüßt.
Allein wie auch der Weg ist durchaus das große Ziel,
ist gleichsam alles der Glückseligkeit Gespiel:
Die waldreichen Dörfer im Norden;
der Süden, dessen Tor zur Welt ein Kleinod geworden;
die freundliche Idylle im Osten;
der Strom im Westen, dessen Nebel die Seewinde kosten;
das lebendige Herz mit dem bezaubernden Flair
und das tiefste Inn're mit dem Duft nach Freiheit und Meer.
Hier ist der Hafen mit seinen Schiffssirenen,
mit Möwengekreisch und johlenden Kränen,
Kuppler zwischen diesseits und der weiten Welt,
zwischen Fischdunst und Schweiß, zwischen Armut und Geld.
Dort sind die Vielfalt und die mannigfaltichte Kultur;
sein Stil macht diesen Ort zu des Lebens Konjunktur.
Da ist die Mixtur aus Geborgenheit und Weite;
die innige Hingabe, die erfolgreiche Seite.
Ja, sie ist die Stadt der Offenheit, der Lust,
millionenschwer und selbstbewusst,
ist das Land zwischen Strom und Flut,
mit Temperament und Feuer im Blut.
Die patinahelmigen Türme machen's aus,
jedes graurote hübsche Backsteinhaus,
alles Bunt und Grün der Parks und Gärten,
die hellen und dunklen Überlebensexperten,
das Alte Land, wenn es in Blüten erstrahlt,
Gräser und Wiesen, die so saftig bemalt,
Ufer, von Silhouetten und Stränden geprägt,

Regen, der jeden bewegt,
die Sonne, die über uns lacht,
der Teich, der uns so glücklich macht,
Hügel voll Wohlstand und Nester voll Dreck,
Kajüten und Villen an Land und an Deck.
Die Tropicana, vorm Fenster bald,
durch Bäume und Büsche in Stille schallt;
das Funkeln und Glitzern aller lieblichen Wellen;
der stolze Gang über die zahlreichsten Brücken und Schwellen;
die Schwäne, das Seemannsgarn und der Hummel;
Kleider, vom Plünn bis zum teuersten Fummel;
und nicht zuletzt die Heimatlieb der Leute. —
Das war schon gestern so lebendig wie heute …
Ja, einst lebte ich in jener schönsten Stadt der Welt,
an nichts erfuhr ich einen Mangel,
nicht fehlte es am Geld —
bis hin zum düsteren Gerangel.
All mein Wissen und mein Streben,
alles Wirken, all die Liebe
galt meinem zauberhaften Leben
und einem zarten, keimenden Triebe.
Nur ein erlauchter Kreis verstand mein Tun,
weit wen'ger noch erwirkten meine Gunst.
Doch ein Ereignis hieß mich dies mein Handwerk ruh'n,
und beiseite schob ich meine Kunst.

Faust Was geschah,
dass Eure Prächtigkeit verwelkte?
So dünkt mich es beinah,
dass Euer Geist in Erinnerungen schwelgte …

Bettelmann *(mit Tränen)* Gemach, mein Freund,
die Wahrheit wird Euch gleich zuteil.
Wie der Hund, der ziellos streunt,
bietet Ihr die Neugier feil. — —
Beinah plötzlich war es sündig
zu helfen und zu heilen.
Wurden mein Weib und ich auch fündig,
durften Wissen wir nicht teilen. —
Sie erfassten einen Herrn aus meiner Gegend;
ihm ward getrennt der Kopf vom Leib
bald nach der Folter, gleichwohl sich noch bewegend.
Dann kamen sie und holten sich mein Weib.
So wegen Hexerei als Schwarzmagie
befand ein Richter 's holde Weib für schuldig.
Zum Scheiterhaufen befahl er sie,
doch quälend blieb sie ihrer Wahrheit huldig.

Faust Ward Ihr zugegen bei Eures Weibes Tod,
habt den Feuergeist Ihr durchaus gesehen?
Oder ward Euch allzu sehr gedroht,
konntet im Innern tief nur flehen?

Bettelmann Unter eines Mönchs Gewand
verbarg das Antlitz ich geschickt,
sodass niemand mich erkannt
und das Beiwohnen mir schmerzlich geglückt. —
Um das Geschehen posierten Reiter
mit Musketen und wütendem Blick,
indes zum kleinsten Kreis zog es mich weiter
mit ebensolchem Geschick.
An einen Pfahle ward mit Stricken sie gebunden,
ihr Flehen ertönte wie abscheulicher Gesang;
der Körper war zerschunden,
doch ihr Leiden wähnte nicht mehr lang,
dieweil entzündet gleich das Flammen;
schnell brannte es, bald lichterloh,
bald sackte ich zusammen,
gleichsam brannte alles ab wie Stroh.
Gleich ihrem Herzen zersprang das meine,
dann erstarb das Beten leis —
wie ein Sack voll Steine
fiel die Hülle in des Läuterns Geheiß. — —
Alsbald war ich ebenso beklagt der Hexerei,
des Schadenzaubers und der Alchemie!
Im Exil studiert ich Juristerei,
Astrologie und Theologie,
doch alles Sinnen half nicht weiter:
Kein blaues Blut schlägt in den Adern.
So war ich dennoch nicht gescheiter
und begann schon, mit mir selbst zu hadern.
Fortwährend auf der Hut und in Verstecken
begann allmählich schon mein Fall ins Leere,
mein Leib und Geist wollten bald verrecken,
Dubiositäten verwelkten meine Atmosphäre.
Den jammervollen Rest
habt Ihr schon erfahren.
Der Endschaft harrend wie dem Fest,
schleich ich mich seit Jahren. —
Nun, erlebt ich durchaus mein Schicksal,
Euch zu begegnen, Euch zu warnen.
Hab durchaus gewusst: dass mir's glückt mal,
musst mich ein halbes Leben lang nur tarnen. —
Ich weiß, Ihr seid denselben Dingen zugetan,
fühlt Euch noch stärker alledem berufen,

zudem seid Ihr dem Teufel Untertan
und den Dämonen, die Euren Antrieb schufen.

Faust Welche Schuld wirft man Euch vor,
wessen Fugnis seid Ihr angeklagt?
Ward Euch je geliehen jemands Ohr,
habt Rechtsprechung Ihr gewagt?

Bettelmann Dies stand nicht in unserm Sinn,
dieweil die Schuld wir nicht erkannten;
wir gaben gänzlich uns der Hoffnung hin;
vergebens, selbst die Ohren jener Angewandten
dünkten taub und längst des Urteils überzeugt.
Selbst bei Anerkenntnis dieses Rechts
wagte niemand, sich zu uns gebeugt,
auch nicht außerhalb dieses Gefechts. —
Ewigkeit und Gold,
Tod und Leben sind uns offenbart,
weil wir der Erkenntnis hold,
was die Natur und unsre Welt gepaart;
verborgen sei das Antlitz dessen,
worauf wir alles Sinnen richten;
doppelherzig' Zeugnis sei durchaus angemessen,
unsre besess'nen Leiber zu vernichten;
verklagt sind wir des Ketzertums, der Häresie,
der Schmähung unsrer Heil'gen Mutter Kirche,
von der Kleriker vifer Fantasie,
ob des Hämmerns eifriger Störche;
wir verweigerten uns Gottes Obhut,
suchten Ratschlagung mit Zauber bei Dämonen;
nächtlich stillten wir unsere Glut
bei Zusammenkünften, ohne einander zu schonen;
Verderben brächten wir und Tod
mit verfluchten Salben und Pulvern und Kerzen;
lebendigen Tieren der Altar bald droht,
doch die Finder sich kleiden mit Nerzen;
Hähne und Pfauenaugen zur Weihe
für Dämonen, die ihren Fantastereien entsprachen,
derer da zählten sie dreie,
mit deren Schwanzesspitzen wir stachen;
exkommuniziert seien wir durch eig'nes Tun
und nebelhafte Gestalten,
und die Richter wollten nimmer ruh'n,
bis sie uns unsrer Taten schalten. —
Achtet auf die Ketzer dort im Kerker,
noch gestern kämpften sie wie die Berserker.

Faust Sie vermochten nicht, sich zu wehren?

Bettelmann Der Anklage galt ihr Aufbegehren.

Faust Welcher Fehde seien sie bezichtigt?

Bettelmann Gleich jener Lüsternheit waren sie berüchtigt.

Faust Was war ihr sträfliches Vergehen?

Bettelmann Dem Hahne gleich, nicht nach der Blutsband krähen.

Faust Sie trieben *es* und Inzest wild?

Bettelmann Hauptsache ein Weibesbild.

Faust Und so gebar ein Knab, ein Mädel draus?

Bettelmann Gab's ein Fest und Leichenschmaus.

Faust Wofür fand dieses Treffen statt?

Bettelmann Man trank sich an dem Weine satt.

Faust Und sie berauschten sich zu welchem Zwecke?

Bettelmann Sie rissen die Nachhut dann in Stücke.

Faust Wozu war dieses Quälen gut?

Bettelmann In eine Opferschale gossen sie das Blut.

Faust Gab es noch anderen Verbleib?

Bettelmann Indem sie es verbrannten bei lebendigem Leib.

Faust Damit ein jeder seine Hände in Unschuld wasche?

Bettelmann Sie vermischten ihr eig'nes Blut mit dessen Asche.

Faust Warum mit eig'nem Lebenssaft?

Bettelmann Sie tranken das Gemisch zu ihrer Kraft.

Faust Eine verderbte Fantasie
konnten sie sich einverleiben;
gleich verwahrlostem Vieh

entspricht das arge Treiben.

Bettelmann Doch die Sünde ist wie alles Fleisch,
sei um des Lernens Willen nicht vermieden,
denn die Leiber sind stets gleich,
nur die Gesichter sind so sehr verschieden!

Faust Als längst vergangen
wähnt ich diese Zeiten,
da die weltlichen Vorstellungen sie zwangen,
zu derartigen Morden zu schreiten.

Bettelmann Nimmer werden Eigner der Macht dieselbe vergessen
und zum Wohlwollen aller entscheiden.
Wer je dieses Kleid besessen,
wird sich freiwillig nicht mehr entkleiden.
So schenket Obacht immerdar,
überreicht nicht allen gleich den Kelch der Wahrheit.
Der graue Mönch mag Euch behelfen zwar,
allein verschleiert ist auch seine Klarheit.

Faust Dem grauen Mönch, dünkt mich, kann ich gut begegnen,
wiewohl er tückisch ist und sehr gerissen,
also ließ ich mich vor Jahren segnen,
indes mein Wissen ist noch lange nicht verschlissen.

Bettelmann Euch dünkt, Ihr seid besonders schlau,
seid teuflischer denn dieser,
nun, auf gesegnete Klugheit ich nicht vertrau;
der Satan ist denn doch ein mieser.

Faust Zu keiner Schablone passt ein Mensch je irgendwann,
kein Sinnen mag dem andern gleich,
und wer nicht des Begreifens fündig werden kann,
der leidet schmerzlich bis aufs Fleisch
und erführe gewisslich Atemnot,
die ihn letztlich zu ersticken droht.

Bettelmann Einen Gefallen, völlig umsonst und billig,
ward ich bereit und willig,
doch ich bin nicht gewillt zu reisen,
also lass ich denn vereisen,
was gar schon kühl und kalt
und mach durchaus nimmer bei Euch halt. —
So lebet wohl und geneiget denn,
meinen Abschied gutzuheißen;
indes zuweilen schweiget denn,

so das Gewissen sich geschickt zu beißen …

Faust Au revoir, mein teurer Freund,
Ihr habt es jeweils gut mit mir gemeint,
dafür gebührt Euch tausendfacher Dank.
Ich will nicht gehn in Zwietracht noch in Zank,
drum sag ich Lebewohl mit gut Geheiß,
denn Eure Fürsorg ich zu schätzen weiß. —
Auf neuem Wege mögen Wir einander begegnen …
Gott möge Euch bis dahin segnen!

(Faust und Bettelmann ab.)

Zweiter Auftritt »Feuer«

Erschöpft quält sich Faust in Richtung Tor zur Stadt.

(Derselbe tritt auf.)

Faust Sieben düst're Wochen lang
bin ich immer vorwärts nur gelaufen,
um das Unglück, was mir keineswegs gelang,
die Sünde abzuschütteln und zu raufen.
Wohlweislich opfre ich jede Stunde,
zu nähren die offene, klaffende Wunde.
Ich treibe zu auf eine Stadt,
die meine Erinnerung in sich verborgen hat. —
An dieser Stätte Tor
ranken Klarheit und Glaubhaftigkeit empor.

(liest das Schild neben dem Stadttore:) So tretet hinter diese Türen,
seid frei und lasset euch entführen;
ihr sollt nicht weilen, um zu rasten,
sehet den Hunger als euer Fasten.
Nehmt den glühenden Stern als Schattenspender,
die frische Luft glättet nasse Augenränder;
erkennt das hölzerne Kreuz als Heilung
und die Freiheit als dessen Verteilung.
Meterhoch aufgetürmt sind Stein um Stein,
zum Schutze vorm gemeinen Keim,
der im Dunkel des Baumes Rinde kaut,
der auf die Angst aller Einsamen baut,
der Schwachen die Seelen stibitzt,
sein Wappen langsam in den Rücken ritzt,
in die Herzen sein knisterndes M tätowiert
und niemals an Gefolgschaft verliert. —
Ich erklimme dieses Berges Gipfel,

find Halt an eines Baumes Zipfel.

EULE Kette um Kette im Glanz der Eselei,
und der Rost vermag noch zu binden,
doch schmerzt dem Narr die Seelenbarberei,
glaubt sein Glück nur fern zu finden.
Stets auf einer langen Reise,
Steine fallen hernieder aufs Gebein,
und eine Krähe zwitschert leise
einen längst verabsäumten Reim.
Und die Laute dieser schwarzen Pest
schleichen durch die seelenlose Nacht,
hernach ein Schatten jede Güte ziehen lässt,
und ein längst verbrannter Fürst erwacht,
zieht aus der Dämm'rung, Schritt um Schritt,
durch die Asche und das Laub,
die Lippen zittern bei jedem Tritt,
und in der Kehle verfängt sich Staub.
In jeder Pfütze aalt sich eine Schlange,
auf ölige Schuppen peitscht der Regen —
dem Trunkenbold ist nimmer bange;
er schreitet sacht der Gabelung entgegen.
Der Himmel trägt den Schleier grau
und taucht ins Firmament.
Der Fürst hingegen dünkt sich schlau,
da er das Heil erkennt. —
Frei aus dem Kadaver suften weihevoll die Kokken,
dem, der die Zunge einst auf einem Seil gelassen,
gähnen eitrichte und schmerzliche Pocken,
er quält sich stumm am Kirchenteich und ist verlassen.
Wanzen, Schaben, aasichte Milben
sind seiner Bitternis beste Stütze;
an den Zähnen des Schalks verstarren die Silben
und kommen dem Niedergang zu nütze.
Die Oberschenkel tunken im Morast,
Dümpel sifft aus jener Brühe vor,
der Rumpf des Turmes neigt sich seiner Last,
und die Ungeberde klatscht ins Moor.
Einen halben Tag hinterrücks erspäht er jene Schlucht,
doch aufwärts zählt — vier Ellen hoch vom Grund:
der Türgriff — zu hoch die Endschaft seiner Flucht,
um sich fern zu halten vom üblen Schlund.
Eine Kirche, ein Dom auf heiligem Acker!
Er hinkt erschöpft nach dem Portal,
kämpft ob seiner Reise redlich wacker,
entkommt dem valanten Folterpfahl. —
Ein hölzernes Kreuz an des Hufes Teich,

Gottes Finger sticht zum Pflügen,
das Ranzen ädert in prächtig' Moos sogleich;
für sein Erscheinen darf dies genügen. —
Haut und Knorpel hievt er ins Ungemach
durch den Tross verödeter Rinde,
und vor dem Antlitz zerstäuben nach und nach
verkümmerte Larven bei eisigem Winde.

FAUST Schmerzende Augen, blutendes Herz,
Trauer und Sehnsucht werden mich erdrücken;
mich blendet ein tieftrauriger Schmerz,
Melancholie wird mich ersticken.
(an Gott gerichtet) Vater, helft mir bei den wenigen Schritten,
lasst mich zwagen in Eurer Feme,
ein erschöpftes Mal will ich Euch bitten:
Reicht mir die Klinke, nach der ich mich sehne.

EULE Die Finger langen zittrig nach dem Knauf
verschmolzener Bronze, in der Form arabesk,
und Faust, der Tünch, blickt argwöhnisch auf,
ob ihn jemand durch die Türe lässt.
Tombak und Holz fest im Griff
ermüden ihn nach den gegangenen Stufen,
und der Klinke schwülstiger Schliff
lässt ihn schlipfen und nach Hilfe rufen. —
Doch da: Das Tor der Schäfer erstreckt sich Zoll um Zoll,
ans Tympanum ankern Krabben in die Fern,
und selbst die Kreuzblumen sprießen liebestoll
unter der Gärtnerhand des einz'gen Herrn.
Ein Spalt, ein Licht, ein Gang!
Sein tröpfelnder Blick erscheint gar scheel;
vom Mittelschiff tönt engelsfrommer Sang,
dem schon mancher Ankömmling verfiel:

(Ein Chor der Engel tritt auf.)

CHOR DER ENGEL Keine List, kein Flunkern und keine Mogelei,
durch die Archivolte möget Ihr Euch tragen.
Bübischer Faustus, kommet herbei,
und füllet mit einer Suppe den Eurigen Magen.

(Chor der Engel ab.)

EULE Zu fußen auf kaltem Gestein,
mühsam in Richtung Chor,
röchelt sich Faust, humpelnd auf einem Bein,
entlang den weiten Korridor.

Auf den Emporen treten leise die Wächter,
und mit der Engelshymne in einem Ton
musizieren die in Roben gestatteten Kirchenpächter
seit etwelchen Jahrtausenden schon. —
Mehrere Streif brechen durch die Gaden,
Mosaik um Mosaik in Mörtel gehauen,
werden aufgefordert und eingeladen,
sich an die Oberfläche zu getrauen.
Der Fialen Silhouetten girren mit dem heil'gen Schein,
der Baldachin des Obdachs ist verschroben,
erleuchtet dennoch bunte Malerei'n,
blagiert sich derer, durchaus zum Schutz erhoben.
Die Statue ist steif gekammert,
der Kopf sich löst von der Gestalt,
der Madonna Hand am Gewande klammert,
frappant es durch den Raume hallt:

(Eine sprechende Madonnenstatue tritt auf.)

MADONNA Keine List, kein Flunkern, auch kein Spuk,
in Richtung Chorhaupt dürft Euch wagen,
arglistiger Faustus, und wandelt klug,
begebet Euch vorbei an den Arkaden.

(Die Statue verstummt.)

EULE Güld'nes Haar durch das Gebetshaus wedelt,
bei der Ode, die nur allzu leicht souffliert.
Faust, des Staunens bald geknebelt,
nach der Gottesmutter stiert.
An Skulpturen, ach!, so schön vorbei,
die links und rechts zur Zier,
im Paar zu jeweils zwei
Matthäus zeigen mit dem Stier,
Lukas mit dem himmlischen Boten,
mit einem Adler den Johannes,
und in schwelgend heiligen Noten:
Markus mit dem Löwen und der Kraft des Mannes.

FAUST *(mit letzter Kraft)* Ich schniefe mich vorbei an jeglichem Joch,
auf zur Bekenntnis meiner Moritat,
meine schwere Seele lanzt mich noch,
das Bitterböse und der schändliche Verrat.
Doch diese Arkaden sind gebaut für Hünen,
weit entlegen sie sich ducken.
Ich bin zerschlagen, will später sühnen,
in mir nistet Frost und meine Muskeln zucken.

Eule Seine Seele stapft um den Altar,
die Träge zeichnet einen Krater;
eine Bestie stellt er durchaus dar,
doch winselt und betet zum Heiligen Vater.
Ein Gewölbe, das im Himmel buchtet,
die Scheidbögen atmen kräftig ein,
ein Gepräge, das besticht und fruchtet —
nichts soll hier vergänglich sein.
Und die Rippen jäh dem Kreuze angestammt,
der starken Puste sie sich krümmen;
mit den Spandrillen ewiglich verwandt,
werden sie die Bosse bald bestimmen. —
Der Ohnmacht gleich erlegen,
robbt sich Faust unter der Vierung an.
Auf zur Beichte! — Sein finales Streben.
Und der Allweise erwartet ihn sodann.

Faust *(erschöpft)* Dörr und staubig fühl ich meine Kehle,
unterm Gurtbogen verlier ich meine Blätter,
am Diptychon hungert meine Seele,
und in den Boden kratze ich fünf Letter. —
Also knie ich nun hierinnen.
Freilich mag ich mich entsinnen:
Für mich gab es ein Wanken draußen.
Ich erschien der Steine außen,
weit entfernt noch von des Tores Inschrift —
der Körper war befallen von so schwerem Gift,
und ich erntete die Trauben,
welche im Munde rasch verstauben,
die mich unbemerkt verwandeln,
mit Unredlichem mich pflastern, behandeln.

Eule In den Höhlen der bleichen Wangen,
da Sand noch lose klebt,
ist das Augenlicht gefangen,
sintemal sein Herz, ach!, lautlos bebt.
Doch soll er ruhen und sich setzen,
schlafen unter Gottes Gedeih,
gar niemand will des Sakramentes hetzen,
im Hause des Herrn ist jeder frei.
Auf den Treppentürmen seitwärts der Rast,
wo Nord und Süden sich zum Besten geben,
das eine Querschiff analog dem zweiten passt,
unweit der Pfeiler, die mutig streben,
ist es nicht übel zu erblicken,
sind es Symbole, derowegen sie zwicken.
Lang schon wird der genagelte Puls dekoriert,

als emporsteigender Stufenkreis geziert.
Es streut sich Wachs aus aller Erden Tiefen
zu zwei strammen Leuchten hinzu;
das Knistern der Fackeln unterliegt dem Schniefen,
in dieser wohlig schimmernden Ruh.
Heiliger Boden unter sich wärmender Haut,
Kälte wird bald in der Sonne verstaut. — —
Übermannt von des Todes warmem Bruder
liegt er friedlich, doch kränklich zerschunden,
aschfahl, wie von gräulichem Puder,
und erwachend nach vierundzwanzig Stunden. —
An den Röschen bietet sich eine Gezeit:
Tag und Nacht — der Reihe nach in einem Strudel.
Nach dieses Schlafes Balsam ist er bereit,
Abstand zu nehmen von jeglichem Trubel.
Faust, der Sohn einer weltlosen Fehde,
hält seine gnadenfremde Untergangsrede.

Faust *(vorwurfsvoll)* So nah wie seit Jahren nimmer
falt ich die Hände kniend vorm Kerzengeflimmer.
Hier also soll ich büßen,
bestraft, weil des Ganzen gestreckt,
schleiche auf zerschlissenen Füßen,
damit mich niemand entdeckt.
Geboren in meinem Flehen
blüht die Gerbera nur bis zum Vertrage;
vielfaches Sinnieren als Gefühle erstehen,
stell ich ein ganzes Märchen in Frage.
Doch zu beichten auf diesem hölzernen Gesäß,
das so zerbrechlich wie auch marode,
das diesem Dome wahrhaft gemäß,
entkommt mir heuer der Mode.
Am Ende nennt mich Rebell,
denn fortan klag ich Euch an,
ich zerstöre dieses falsche Stuhlgestell
und wüte mich in einen nächsten Bann.
Mit dem Finger deute ich in Eure Richtung,
weisend für Eure Beute,
das Chaos hat Eure Gewichtung,
gleich dem Gemetzel der Leute. —
War ich denn nicht Euer Sohn,
den sakralen Thron zu erklimmen?
Ihr führtet uns durch Felder von Mohn,
unsere Ohren lauschten den Stimmen,
die uns priesen stets von Güte,
uns erzählten von Demut zu einem gerechten Gott.
Und als sich jeder gehorsam bemühte,

entstand eben mehr der fade Trott.
Und eine zweite Allmacht der Verwegenheit,
eine, die Euch weidlich bekannt,
entstand aus Überdruss und Gelegenheit,
weil auf der *Lauer* liegend, sehr gewandt.
Sie kroch auf allen Vieren,
die List war ihr Begleiter,
alles gab sie, nie zu verlieren,
ging stets einen Schritt weiter.
Ihr Ziel ist das Ziel in Eurem Namen,
das Volk ist von alberner Dauer;
mit öder Geduld wird es erlahmen
und ist doch des Urteils, es wäre schlauer. —
Unter meinen Haarwurzeln schabt ein Zwilling,
mein Schopf ist kraus, mein Schädel gespalten,
ich reihe mich zu Euch, entstehe zum Drilling,
kann heuer nicht *mehr* an mich halten. —
Ich muss mich beißen, schlagen, peinigen,
will nach den Gedärmen greifen,
endlich auch meine Seele reinigen,
und in meine Arme schlitze ich Streifen.
Ich will es verletzen,
dieses Tier, das darinnen trampelt,
ich will es aus meinem Körper hetzen,
dieses Vieh, das in mir hampelt.
Die Haut kratz ich mir herunter,
doch unter den Nägeln verkommt sie zu sehr;
ich fresse diesen Strang aus Poren munter,
denn mein Wahrnehmungsschlund ist leer. —
Alles treibt mich, macht mich verrückt,
jeder Versuch ergibt sich dem Scheitern,
jede Frohheit, die eintritt, missglückt,
und mein Trauma will sich erweitern. —
Ich kann mich auch dürftig nur wehren,
die Haut ist unrein und stinkt;
in die Stadt werde ich kehren,
es wird sich zeigen, was dieses Ziel bringt …
(die Kirche verlassend) Ach!, was soll ich weiter speien,
will Euren Glauben nimmer beleihen;
auch wenn es Euch heuer gar zu sehr laust:
Ich allein bin Georg Sabellicus Faust!

ALTE FRAU *(vor der Kirche)* Ihr seid Sankt Veltens Narr und Lakai,
weil Ihr ein lastiges Leben ersucht.
Ihr führt uns Unglück bald herbei. —
Ihr seid vermaledeit, seid verflucht!
In deum unum credo,

per Eum moriemur pro Domino!
Maleficium! Cingulum diaboli!
Memento mori! …

FAUST *(sie nicht beachtend)* Auch die feste Mauer vermag zu stürzen,
das Leben der Stadt geschwind verkürzen!
Auf Schutt und Asche brennen unsere Sohlen,
und der Wehetage steten Fohlen
wachsen und gedeihen,
sind nicht mehr zu halten in den Reihen,
streben gegen die Sterne, die trüb
und gegen die Sonne, die nun endlich müd. —
Auf sandigen Erden
soll alles Leben gleich verderben,
soll die Mauer auf die Saat aller Blumen fallen,
Steine auf das ewig Endlos prallen! —
Ich muss sie zügeln,
diese Lust, die da entsteht.
Es macht mich leicht beflügeln,
denn es wird verheerend, was zugrunde geht. —
Was mir seit alters her missfällt,
ist die Rolle als Betrogener.
Ich lebe in einer Welt
voller Lügner und Belogener,
voller Verleumdung und Heuchelei,
dem bin ich mir gewahr.
Zur Meucheltat bin ich dabei,
bin niemandes Narr!
Wohlan! Vollbracht sei bald das Werk,
in Schutt und Asche wollen wir beliegen.
Ich stürze mich hinab von diesem Berg,
will als Asche in alle Sehnsuchtswinde fliegen.
Allwo ehedem die Felder prall gestanden,
stehen bald nun Krankenbetten immerdar;
wo ehedem Steine Mensch und Mensch verbanden,
werden Gräber stehn, bedeckt mit grauem Haar.
Purpurn stirbt der liebliche Tag,
und ich erlebe diesen Reigen.
Jetzt geschieht, was ich nur mag.
Ihr dürft euch nun verneigen!

ALTE FRAU O Faust, Euer Groll ist im Kopfe gereift,
und Eure Abscheu für die Menschen versteift.
Verglühen soll Euer schauriger Wahn
wie im verdorrten See, der treibende Kahn.

FAUST Ein Netz eitert aus Eurer Sicht;

wohl dem, der durch den Jungbrunnen bestícht.
Euer Mund ist gelbranzen,
vergilbte Silben bei jedem Wort;
im Hüftgebüsch defäkieren Wanzen
und krabbeln munter zum Anus fort.
An Schames Platz, am Kreuz des Lebens,
wuchern Laus und Filz,
eine Frühlingswiese wär hier vergebens,
denn kregel stapelt sich der Pilz. — —
Lasst mich Taten als Abschlag tun:
Heute diese armselichte Stadt —
sie soll sterben und ewig ruh'n —
morgen vielleicht ein Land, das es in sich hat;
danach die ganze verrottete Welt,
die auch ohne meine Mühe längst zerfällt.
Faulenzen will ich nicht,
drum bin ich der Diener mit dem Licht,
der die letzte Fackel zündet
und den Untergang der Welt verkündet.
(für sich) Ein kurzer Strich,
ein kleiner Stich,
ein zartes Flämmchen,
harmlos beinah wie ein Lämmchen,
doch schon erfasst es einen Ballen,
welcher von dem Schober hergefallen.
Aus dem Flämmchen wird eine Flamme,
wie aus dem Stich eine Schramme;
aus der Flamme wird ein Feuer:
Und ich allein beschwöre dieses Ungeheuer. —
Der Wind schürt kräftig jenes Treiben.
Die weiße Saat muss auf der Strecke bleiben …
Das Skalpell bereit, zum Schnitt gesetzt,
und offen ist der Leib.
Mit Äther ist die Quehle benetzt,
das Tor gleicht nunmehr einem Weib.
Gleich erfasst ist die gesamte Scheune,
gleich erfasst sind Grund und Dach.
Unbeirrt, gleich einer Leine,
zieht's zu jedem Nachbarn mit Getös und Krach.
So unberührt, so lieblich wie der weiße Schnee
auf jenem dünnen, kalten Eis,
auf diesem wunderschönen Tränensee,
lodern wild die Flammen, heiß!
Hienieden mit den Mauern,
hienieden auf den Grund.
Um die Zeit will ich nicht trauern,
begegne ich der Hölle Schlund.

Die Flammen schlingen sich um jeden Strauch,
kein Baum, kein Haus davor gefeit.
Jede Mauer, jeder Stein geht auf in Rauch,
jedes Fleckchen wird mit Asche eingeschneit.
Jedes Haus ist schnell und wild ergriffen,
hysterisch kreischt der Mob.
Bis die Panik allesamt begriffen,
winseln viele nur noch grob.
Schlaftrunken noch und von Ohnmacht
ist dennoch jeder bald entfacht.
Ein heilloses Gerenne,
ein Jammer und Geflenne
bricht in der Masse aus;
sie ahnt schon einen großen Leichenschmaus.
Nach allen Brunnen und Zisternen,
die zwischen Erde und den Sternen,
befiehlt ein jeder sich zum Helfen.
Und wie viele kleine Elfen
versinken jene in dem Feuerofen,
die eben noch sangen die Psalmenstrophen.
Mit Krügen und Töpfen und Tassen
schicken sie sich an, die Gierigkeit der Flammen zu fassen,
mit Bottichen und Tüchern und Fetzen
ist groß der Versuch, sich diesen zu widersetzen.
Ratlos blicken die einen drein,
die andern belieben, hysterisch zu schrei'n.
Rußgeschwärzt *jene* und *welche* blutverschmiert,
einige vom Leben überzeugt, andere schon krepiert,
rufen die *einen*, die *andern* schon schweigen,
will sich des Himmels Dunkelheit neigen
und vertilgen die Gemäuer der Stadt,
bis Ekpyrosis Einzug gehalten hat.

ALTE FRAU Ihr seid ein dummer Naivling,
der Wespen und Hornissen statt Schmetterlinge fing,
eine blöde Kreatur, in den Höhlen schläfrig,
eingebettet im eigenen Käfig
aus rostigem Metall,
und sein implodierender Schrei, ein Schall,
macht diesen gefährlich,
und zu niemandem seid Ihr gut und ehrlich!

FAUST Flattrichte Haare, flattrichte Brüste dazu,
gleich einer keifenden Kuh
trampelt Ihr heuer den Bordstein hinauf,
ergebt Euren Dung in dessen Verlauf
und beitet um eine Regung;

freilich wo kein Leben, da keine Bewegung!
Die wenige Haut, die an Euch menschlich gafft,
wird eingeölt und brennend zur Seite geschafft.
Niemand soll nur einen Atem erstehen,
keine Bö soll in dieser Stadt jemals wehen.
Alles was errichtet,
wird fortab mit Glut und Feuer vernichtet.
Keine Furcht vor diesem Gott,
der allen den Beschützer spielt,
schlafend mit dem Instrument im selben Trott,
und mit wachem Auge auf sich selber schielt.
Äste und Stämme werden mir hilfreich sein,
die Schnüre zu zünden, ob groß oder klein;
dann flammt und sprießt das Feuer
hienieden auf das modrichte Gemäuer …
Die Stadt wird flammen und brennen,
niemandem gelingt es, davonzurennen.
Ich werde staunen und genießen,
auch über mich wird sich das Feuer ergießen,
doch es wird nicht schmerzen und nicht glühen,
nur meine Herzfessel verbrühen,
denn mein rotierendes Beben
wird diese Schmach nicht mehr erleben.
Mein Herz wird sanfte Ruhe finden
und sich um keinen Menschen schinden;
es wird bald lächeln und bald lachen,
über diesen Gott bald Scherze machen …

(Neben der Szene:)

Moristopheles So besessen wie ich an meinen besten Tagen,
liegt er den Menschen dort schlecht im Magen.
Ich werde ihn noch ein wenig benutzen,
ihn hegen und pflegen, nach meiner Fasson geradestutzen.

Faust *(die Arme gen Himmel)* Auf diesem Globus soll jeder salutieren,
jeder möge mich achten, bei meinem Anblick erfrieren,
Gott gebar zwar das Leben in Scharen,
auch in diesem Städtchen einst vor hunderten von Jahren.
(an die alte Frau gerichtet) Allein *wo* ist Euer Gott jetzt,
da Gebrauch so dringlich und schwer,
da alles niedergebrannt und Ihr verletzt;
wo ist dieses Gut, Euer gütiger Herr?

alte Frau In meinem Herzen lebt ein welcher,
ein Gewinner, ein Triumphator und kein Glaubensfälscher,
denn meine Seele wird die nächste Welt genießen,
jedoch Eure wird ins Unheil fließen.

Faust Dummes, sterbendes Weib. —
Genießen wollt seit alters her der Leib,
mit samtweicher Haut und zitterndem Fleisch
macht es meine Sinne unendlich reich. —
Ach!, welche Zeit ich Eurer noch hege.
Ein brennendes Kreuz ich an Euch lege;
als letzten Halt und gleichermaßen letztes Zeichen,
sollt's Euch durchaus zum Sterben reichen!

Eule Die dunkle Sonne noch vor ihrem Leib geruht,
versinkt sie leblos in dem wilden Moor.
Aus der Nase tropft ihr unaufhörlich schwarzes Blut,
aus den Augen, aus den Ohren quillt's hervor.
Aus einem rauchenden Gebälk,
umringt von feurigen Zungen,
wachsen Lilien, grau und welk,
und Schwäne mit eisernen Lungen.
Wenig später ist sie ihrer Last erlegen
und Gott nur weiß, wie die Seele jüngst gerettet.
Ihr Antlitz streckt sie nun der Ewigkeit entgegen —
in verkohltem Efeu liegt sie eingebettet.

(Faust ab. Moristopheles tritt auf.)

(Neben der Szene:)
Moristopheles Keine Gefühle, kein Erbarmen in seinem Gesicht,
er ist martialisch und bahnt das Jüngste Gericht,
mein Zugpferd, mein verlängerter Arm,
und mordet sogar noch mit sarkastischem Charme.
Ja, er ist mein trojanisches Pferd,
ist nicht mehr zu halten, schreitet nicht kehrt.
(an seinen Boten) Schnell geritten zu meinem Soldaten,
ihm zu bedeuten, ihm zu raten,
eine Pause sei gern gesehen,
und meine blonden Jungfern könnten ihn süchtig verstehen.

(Moristopheles ab.)

dritter Auftritt »Schwarze Messe«
Kundgebung in der Hölle.

(Moristopheles und einiges Gefolge treten auf.)

Moristopheles *(an seinen Lakaien gerichtet)* Wessen Blut ich trank,
machte mich heuer so krank,
dass ich verurteilt mit euch nichtsnutzem Gesinde?

Ihr seid ein schwächliches, dummes Gebinde! —
Gleich den Scharlatanen,
unfähichte Untertanen,
erkennt nicht den Rahmen der anbrechenden Nacht,
der Gier und Lust und Tod entfacht! —
Höret, was ich anzuordnen habe,
es übersteigt auch nicht eure Auffassungsgabe:
Schafft Jungfrauen her — sieben an der Zahl,
frisch und unverzehrt, mit reiner Seele,
deren Herzen so stark wie des Totems Pfahl,
die unerfahren, wie des Lammes Kehle,
die doch begehrenswert und stolz,
dass alsbald mir der Schwengel fleht.
Nagelt sie fest ans morsche Holz,
das aufgestellt zu Kreuzen steht;
sodann will ich die Festlichkeit beehren.
Jede Maid soll lauthals flehen,
sodass sich steigert das Begehren
und im Umkreis alle Schwänze stehen!
Und wenn Luna prunkt im Hofgewand,
will ich opfern diese Keuschen,
die des großen Herrn sich dieser Stunde abgewandt,
mit nahender Lust und Gier ihn täuschen. —
Sollte ich euch rufen,
so steigt hinab die Stufen;
gleichen Schrittes möget ihr marschieren,
eine Fackel in der Pfote, protestieren
wider Gottes einfältichte Sippschaft,
wenn sie blutüberströmt dahingerafft. —
Grenzenloser Wehleidsruf
in ihren Kleidern, wie Gott sie schuf;
nun werden sie sich bekennen;
Drudenfüße werden auf ihren Brüsten brennen.
(an Gott) Vater, *deren* Gestalt habt Ihr erschaffen,
nun dürft Ihr ihre Leiber auch begaffen.
Diese Starre macht mich mächtig;
die Rute in meiner Hand schillert prächtig.
Und so ich sie lustvoll bald beglücke,
flammenumhüllt sie schmerzlich verzücke,
vertreib ich Euch aus ihren Leibern
und erwecke sie zu Pentagrammeschreibern,
und ihre Körper sind zertrümmert,
ihre ambrosischen Seelen verkümmert.

Bote *(vortretend)* Bin ich flink als Überbringer,
darf auch ich mir lecken alle sieben Finger,
nach der Brut deiner fesselnden Schar? —

Sie machten ehedem schon meine Muskeln starr.
Darf ich kosten aus diesem tropfenden Fass,
sagt, darf ich dann lecken dieses süße Nass?

Moristopheles Schluss und schweigt,
in meinem Heer weit vorne zugeneigt;
zu kriechen auf meinen Bühnen,
sollt ewig als Dank dir durchaus sühnen.

(Gefolge ab.)

Eule Diese Belohnung ist wahrhaftig wenigen zuteil,
das begreift auch der Bote und schnell wie ein Pfeil
reitet er zur brennenden Stadt,
die kaum noch Leben zu bieten hat. —
Leichengeruch und Staub senken sich im Sande nieder,
Totenstille rundherum, nur das Stampfen der Pferdeglieder
und das Krähen der siebentausend Raben,
die sich mit Herrn Urians Kurieren laben,
sind die einzigen Klänge,
in dieser ausgestorbenen Glaubensenge! — —
Der Gaumen trocken, das Haar tiefgrau,
unerschrocken, spröde und rau
steht Johann inmitten seiner Schlacht. —
Er verbrannte zum helllichten Tag diese Nacht,
kerzengerade und mit der Fackel in der Hand.
Nun soll sie brennen über all das Land,
auf seinen Feldzug durch Seen und Täler
wird das Ausmaß verwegener als jeder Zähler.

(Der Bote kommt in der brennenden Stadt an. Faust tritt auf.)

Bote Haltet ein, Pyromane,
seht, ich halte Luzifers Fahne,
ich bringe Euch eine Mär aus den Höhlen dort unten,
Ihr seid willkommen mit Euren Lunten.
Vom Meister höchstpersönlich
wisst Ihr ein Entzücken,
für dieses Werk, das ungewöhnlich,
feurig ruft nach seinen Blicken.
Was Ihr geschaffen habt allein,
soll ihm Achtung, Recht und Würde sein.

Faust Ich soll augenblicklich innehalten?
Trachte doch, mich brennend zu entfalten!?

Bote Ich bring Euch ein Schreiben von den Seinen,

mit Symbolen und Kerzenwachs behaftet.
Es ist ein Pergament aus tierischen Leinen,
welches ein Weißlichtmagier nicht verkraftet.
Euer Dank sei Sanguis et Cinis aus offenem Munde,
Jungfrauenblut, gesammelt aus knapp drei Dekaden,
tropft in dieser, in jener Stunde
in einen Trog, welcher für Euch beladen.

Faust Ei, mich lechzt's nach keuschem Blut,
diesem erregenden, animierenden Sud.
Das frische Fleisch, das ungemächlich schnaubt,
mir die Distanz und Ruhe raubt;
kratzen soll's mich, beißen und verführen,
meine Sinne nicht nur berühren,
mich nehmen und misshandeln,
mich reiten und zu einem schaurigen Tier verwandeln. —
Dieser Brief — lindert er mein Drangsal?
Ist dieser mächtig und zieht den Pfahl,
der meine Brust schmerzlich erdrückt
und mit jedem Schritt ein Stückchen Hoffen pflückt?

Bote Er ist Euer Heil und Wehvernichter,
ist Euer Arzt und niemandes Richter,
er legt Euch in samtweiche Betten —
so Ihr es wollt, auch in Ketten.

Eule Schlamm und Dreck und Todesduft
umnebeln den Boten, den garstigen Schuft.
Mit Seufzern, von denen er geschunden,
erschien Faust schon gedanklich verbunden
mit der jungen, frischen Weibessippe,
die gefesselt, genagelt an einer schwarzen Klippe,
auf ihren Freier voller Stöhnen wartet,
alsbald sie dann zur Messe startet.
Dunkelheit, Sturm und Schwefelregen
peitschen den beiden entgegen.
Von Weitem sie das Höllensiegel schon erblicken,
und der Himmel füllt pechschwarz ihre Rücken.
Und im Schoße hin zur Unterwelt
das Ross die Reiter kaum noch hält.

(Bote ab.)

Faust Alsdann schwanke ich aufs Höllentor,
ich schwimme zu auf dieses Geistermoor;
der Schuft sich aus dem Staub gemacht,
wird sichtbar nun die nächste Schlacht,

zu der ich heuer mich bewege
durch das faule, dürre Astgehege,
auf Menschenknochen balanciere
und das Gleichgewicht nimmer verliere,
da die Füße aufgerissen, blutgetränkt,
verbunden mit Lumpen in Wachs und Wut getränkt.
Und eine Erinnerung wird mir so nah,
als war ich hier, als war ich schon mal da. —
Alsbald trample ich nackt,
marschiere flugs im gleichen Takt,
ohne Atem und Kraft,
ungewollt und freilich geschafft,
durch die letzten Meter Wüste
und stehe nun vor Moristopheles' Büste.

EULE Zwei Kerzen, die eine schwarz, die andere weiß,
stehen prunkvoll auf des Gebieters Geheiß.
Sie präsentieren Finsternis zur Linken,
und zur Rechten das Heucheln der Finken.
Eine Glocke, geschmiedet über dem Altar,
beherbergt offensichtlich die dräuende Fahr,
denn so sie erst heiß geläutet,
es fortwährend nur Widerlich deutet. —
Sonnengeflüster werfen schaurichte Schatten.
Die hauseigenen, aasgierigen Ratten
kringeln vor Angst ihren eklen Schwanz
und fressen diesen in ihren fetten Wanst. —
Von der Höllendecke träufelt funkelnder Talg
auf der Opferstätte Nachtumhang.
Das unschuldige, köchelnde Balg
beitet auf Faust nicht mehr lang. —
Über dem Opfertisch an der Wand
das Symbol des Baphometen prangt
und gelobt in hohem Maße,
steht inmitten der Kelch der Ekstase.
Und an des Ganges langen Mauern
stehen Kreaturen in schwarzen Roben,
es sind die Wächter, die dort lauern;
der Fürst zitierte sie zu loben.
Auf dem Pfad ein rabenschwarzer Teppich,
ein Sinnbild mit glühender Nuance:
Zum Tanze fordert, der Gelüste sättigt,
der Phallus in Geschlechtsbalance. —
Rundherum an allen Kerkerwänden,
angenagelt an brennendes Holz,
die Jungfrauen, mit Blut an den Lenden,
verspotten Gott furchtbar stolz.

In aufreizenden Kleidern,
mit Amuletten behangen,
fließen Säfte aus ihren Leibern,
um des Herren Gunst zu erlangen.

Moristopheles *(mit dem Schwerte)* Satan aus Süden, Luzifer aus Osten,
ein Jünger will von der Jungfräulichkeit kosten.
Belial aus Norden, Leviathan von Westen,
lasst Uns ihn mit keuschem Nektar mästen.
Übergießt jegliche mit rotem Elixier;
bis die Dämonen erscheinen, derer vier,
und bis die Zeremonie beginne,
ist ein kitzelnder Gaumen in aller Sinne.
Genießet und lacht, trinkt den betörenden Saft,
der Ausdauer euch und Anmut schafft.
(Faust ansprechend) Heut seid Ihr mein Ehrengast:
Ich entsauge Eure leidigliche Last,
biete unberührte, frische Brüste
zur *Erschaffung* neuer Gelüste;
geb kleine, zarte Brüste
zur *Erfüllung* Eurer beitenden Gelüste;
zeige wollüstichte Brüste
zur *Erhaltung* Eurer Gelüste.

Faust Ihr seid ein wahrer, regierender Herr,
Ihr erseht meine Wünsche und belohnt recht fair.

Moristopheles Der Dämon Gil soll sich Eurer befassen,
er wird als Samenlieferer durch alle Pforten gelassen.
Er steigert Potenz und Ruteshärte
und verfeinert die fleischlichen Werte.
So könnt Ihr wahrhaft und eisern genießen,
seht die kleinen Knospen sprießen,
erreicht diesen Willen
der kauernden, nackten Brut,
sie wird Euch mit Lust erfüllen
und beschenkt Euch mit orgastischer Flut. — —
Von des Satans Turm der Sechste —
muss das Zeichen erscheinen,
und die ritenhaften Texte
(ausgesprochen mögen sich jene reimen)
offenbaren den Beginn des Reigens
auf meinen saftigen Weiden des Schweigens,
wo ich unter all den Ziegen
als einziger, scharrender Bock
Euch diese Kraft gediegen,
die Ihr erfühlt als stemmenden Pflock.

Um die Luft zu entsäuern
in den metertiefen Gemäuern,
läutet die Glocke ganze neun,
dann, Johann, dürft Ihr Euch freu'n,
denn nun ist's nicht mehr fern,
und der bezirzende Lärm
durch meine bescheidenen Gemächer
stimuliert Euch fortab zum Rächer.
Was die Frauenbilder Euch einst gegeben,
soll auch ihnen nicht widerstreben.

Faust So ich sie mit meinem Stängel kitzle,
kann ich dehnen ihre Gier,
bis ich schallend über jene witzle
und dann über sie herfalle, wie ein hungrichtes Tier.

Eule Ein Szenario, grausam und schlecht!
Dämonen sind hier im Gange,
beteiligen sich bei diesem Gott austreibenden Gefecht,
Dämonen von überaus hohem Range.
Ein Pentagramm schmückt die Bäuche
derer, die blond und rothaarig geboren,
sie erliegen als erste der schwarzen Seuche,
hinter Diabolos schweren Toren.
Ein Drudenfuß dort eingebrannt,
Blasen quillen aus der Opfer Häute,
mit des Rappens Hufe aufgeflammt
pulsiert die nackte Beute.
Herbeigeschlagen ein Baptist,
nein, das ist nicht Gotteslist:
Zu Baphometes *Ehren*
wird er vor dessen Behausung kehren;
freilich Unwürdigkeit allein ist minder,
drum opfert der Baptist seine Kinder.

Moristopheles Beinah dünkt es nun vollbracht,
alle Vorbereitungen sind getroffen,
bald erreicht Ihr einen Teil der wahren Macht,
dann liegt die Welt Euch offen.

Faust Dass ich speise von Eurem Kuchen,
Ihr mich beschenkt mit nackten Früchten …
Ein dreifach Heil werd ich Euch suchen
und in Euren Schutze flüchten.

Moristopheles Ich will Euch sein, wie ein Vater dem Sohne,
gehorchet mir, so ich Euch noch ziemlicher belohne.

Faust Ich bin Euer Gespür,
auf dass ich des Nächsten Weibe verführ.
Ich bin Euer Gehör,
sodass ich den christlichen Gesang zerstör.
Ich bin Euer Schmack,
so ich das Wasser vermische mit gift'gem Extrakt.
Ich bin Eure, die geheime Waffe,
dass ich Euch Achtung, Respekt und Furcht verschaffe!

Eule Als wäre es böse Hexerei,
kehren, aus einem Kokon geflüchtet,
mit Vlies bedeckte Spinnen herbei.
Schnell gezählt, die dort zum Wohl gezüchtet,
sind sechs lausichte bald zu entdecken,
abartichte, haarige Insekten,
die belieben, die Massen gleich zu necken,
weil die soeben das Interesse weckten. —
Aus pompös verzierten Töpfen
winden sich schlüpfrige, sumpfige Schlangen.
Um nach dem Verzehr von Schafen Luft zu schöpfen,
wollen an den Krugesrand sie gelangen.
Königlich umschlingen sie's Gefäß mit Wonne
und verlassen der Metzge rotgetränkte Tonne.
Sie schlürfen durchaus des Blutes letzten Rest,
das Übrige vom zeremoniellen Fest.

Moristopheles Ich durchbohre mit meinem Schwerte
Euren Körper mit Kraft und peitschender Härte.
Ich durchsteche das Pergament in Eurer Seele,
ich verwunde Euch, rupfe Eure Kehle,
dass der letzte Fetzen Askese
unaufhörlich und ewig verwese.
Es soll das Wachs aus sieben schwarzen Kerzen
langsam tröpfeln auf des Helden Brust,
es soll hinein sich fressen und alles ausmerzen,
soll zernichten den letzten Anteil Daseinsfrust.

Eule Alle sind erschienen,
die als gefallene Engel ihrem Namen dienen:
Azzael, Batarjal und Armaros,
die Gästeschaft ist teuflisch groß.
Zulum, Minnuam und Zahgurim
sind für diese Opfermesse ein gespenstischer Gewinn.
Trampelnden Beifall klatscht die Menge,
das Metrum trommelt düster;
melodramatisch anmutichte Gesänge,
vertiefen die sehnsücht'gen Gelüster.

Zum Throne seiner Majestät
steppen diese heißen Biester.
Das Schauspiel sich nun dort bewegt,
sittsam um den hohen Priester.
Sie schwingen unerschrocken
nicht nur ihre Flanken,
auch mit ihren flammenden Socken,
mit ihren winkenden Pranken
musizieren die Fanfaren ohnegleichen
und zelebrieren eine Parade über Leichen.
Das traurichte Fagott
bläst sich überaus flott,
und die Viola — unscheinbar —
streicht komagleich in die Gefahr.
Der Intendant und des Konzertes Meister
erscheint überaus dreister,
mit protzigen Hörnern, im Schweiß,
will die Anlehnung eines gewissen Pans Geheiß.

Moristopheles Tollkirsche und Bilsenkraut,
dargereicht und eingeflößt
in des Weibes Munde, klein gekaut,
restlos alle Hemmungen löst.
Des Burschen langes Großgemächt,
geädert, schlachtbereit und dick,
soll sich drängeln in des Weibes Spaltgeschlecht,
langsam, druckvoll, Stück um Stück;
der Atem soll ihr schwerlich stocken,
sie soll elends stöhnend schwitzen. —
Die flücht'ge Unschuld sei niemals trocken,
sondern sufte aus allen Ritzen,
dünge ihren Flaum,
der so wallend vor ihm sprieße.
Mit Schreien erfülle sie den Raum,
wenn aus ihm das Sperma bächeweise fließe.

(Ein Weib tritt auf, am rechten Fuß einen güldenen Schuh tragend.)

Weib Willst mich gewisslich zähmen,
meine Sinne tolldreist lähmen!?

Faust Standhaft, wie einer Hexe Glauben;
ich will dir deine Reinheit rauben.

Weib Nimm mich, stemm mich, gieriger Faust,
so du dich flehentlich getraust.

Faust Der hohe Altar
dünkt mir lediglich die Fahr.

Weib Diese überschaubare Hürde,
bezwingst du freilich mit Würde!?

Faust Mach dich nicht wichtig,
diese bezwing ich und dich erst richtig.

Eule Ein Ächzen, Prahlen und Stöhnen,
gierichte Schenkel belieben voller Erwarten,
diesen Manne zu verwöhnen,
der hockt vor ihrem Liebesgarten,
sein Stängel fest am Venushügel,
die Geburtsgeile an der Hexenschürze.
Kraftvoll prallt und leckt der Riesenprügel
an der menstrualen Würze,
zugleich der warme Zervixschleim bewegt,
breiig backt an ihrer Feige.
Weil es den Angreifer weidlich erregt,
reibt er's bis zu seiner Neige;
dreingezerrt, herausgezogen,
das Glied, es schwillt von Mal zu Mal,
und bald spritzt die weiße Lava im Bogen
durch den feierlich geschmückten Saal.
Gar der jugendliche Speck,
unreif, des Stechens so des Triebes toll,
wühlt sich in des Samens Dreck,
görenhaft, den Mund des Schluckens voll.
Und ihre scharfen Nägel
krallen sich in seinen Rücken,
bohren sich wie ein spitzer Kegel
in die aufgeriss'nen Lücken.
Mit der Hand den Hals gepackt,
die Gurgel am Schlafittchen,
doch das Weibe nur genüsslich lachend sackt,
hurra!, welch ein Flittchen. —
Faust, den dies entzückt,
hat prompt ihr ins Gesicht geschlagen;
die Frau derweil zusammenzückt,
doch grinsend hat sie dies ertragen. —
Des vollen Beutels sich entleert,
die Hand greift durch das Haar;
die junge Maid ist nun entehrt,
er bleibt nur mehr Barbar. —
Derweil kläffendes Gebrüll und Geschrei
erschallen lästig bald herbei.

Ein Wucher an Gewalt erlebt das Gefühl,
das den Geschöpfen eigen in diesem Gewühl,
und blutgetränte nackten Weiber,
entledigt ihrer Leiber,
stehen Brüste gespitzt vor Opfer und Lamm,
jede greift sich einen Mann
aus Wollust und fließendem Fleisch,
alle genießen die Lust sogleich.
Die Zunge wird getränkt in Samen,
hängt am Schleim, um zu lahmen,
lutschend, gleich hunderte Male,
entlang der geschorenen Haut am Pfahle.
Jeder Zentimeter geifert nach Nässe,
voller Stolz, unterhalb der Messe,
spreizt die Mutter ihre Beine,
und sehr fest an der Leine,
mit Narben versehen,
entblößt die Nächsten schon stehen. —
Die Scham, betucht von Gottes Hand,
wärmt sich nun mit Moristopheles' Gewand.

MORISTOPHELES Zum Nornenstapfe nun getreu,
aufgestellt und nackt gebunden,
allesamt und ohne Scheu,
wird Uns des Nachbarn Lust so munden.
Orgastisch und in vollem Rausch,
Ergüsse sollen auf Uns regnen,
vollziehen wir den Partnertausch,
um dieses Ritual zu segnen.

EULE Der Nominal in aller Ohren,
die Wirkung zu vertiefen.
Aus jedes Mannes engsten Poren
die heißen Säfte fließen.
Und ein Folgeschauer aus Schweiß
bezeugt den getreuen Fleiß.

FAUST Welch Wohl in meinen Rippen,
könnt freilich aus meinen Pantinen kippen.
Schöpfte ich soeben noch aus ihrem Brunnen,
in der Tat, das ist durchaus gelungen,
so drängt es mich rasant und schnell,
schlürfend nach der nächsten Quell.

MORISTOPHELES Haltet ein, stürmender Drache,
bleibt mein Geleit und treuer Untertan,
und ich verstärke Eure Rache

und den ewigen Geschlechterwahn.

Faust Welch feurichte Frohheit wird mir noch zuteil?
Antwortet, sprecht mein Heil!

Moristopheles Eine Eule, ein Wesen der Nacht,
beflügelt ihre dunkle Macht.
Auf ihren Schultern ist stets Platz,
für diesen nächtlich finst'ren Schatz.
Mondhörner verzieren ihr Haupt,
auch Regenbogenketten sind drauf erlaubt.
Von Kindern ist sie nicht sehr angetan,
sie steigern ihren heißen Wahn:
Säuglinge werden getötet,
was sie in keiner Sekunde errötet.
Und des Neugeborenen schluchzender Schrei
ruft in ihr furchtbares Abstoßen herbei.
Sie ist der schlimmste aller Dämonen,
finsterer denn des Mondes Trüge,
und ihrem Treiben beizuwohnen,
ist durchaus den meisten zur Genüge. —
Ich biete Euch, was Adam widerstrebte,
und halte feil Euch eine Nacht;
was diesen Keuchen nicht belebte,
wird in Euch siebzehn Mal entfacht.
Unentwegt wird sie Euch lehren,
Ihr könnt Euch ihrer nicht verwehren.
Unentdecktes werdet Ihr erlangen
und Minute für Minute bangen,
dass eine Endschaft sich nimmer bilde
in Eurem sprühenden Schoßgefilde.

Faust *(erstaunt)* Die schwarze Göttin mich in ihr Erkennen nimmt,
dominant und fordernd für des Fleisches Schlacht?
Das behagt mir — das ist mir bestimmt?,
ei, ich sterbe für die einz'ge Nacht! —
So wird vollendet, was es zu vollenden gilt,
ein Gedanke will mich nun entsandt.
Das meine Gier wird bald gestillt,
lauern noch die Feuer aus dem Brand!
(Er steht sogleich wieder in der Stadt.)
Diesem Treiben setzte ich ein Ende,
jetzt und hier im dunklen Schein.
Ich verlasse triumphale Wände,
mag's auch nicht für immer sein.
Hinauf, den stein'gen Weg zurück,
das Werk gilt's zu vollenden — Stück für Stück;

Rumpf und Gebein
brech ich in Einzelteile klein:
Knorpel und Sehnen
kann ich als erstes mich wähnen.
Tropfen von Blut folgen den Melodien,
die sich im Lauf eines Gewehres verziehen.
Tropfen um Tropfen um Tropfen,
die meine Gelust nicht stillen, klopfen,
versagen und strafen,
erlahmen und schlafen
in des Waldes Geäst,
was mich als Sieger gehen lässt.
Und den Verlierer spornen nach dem Rosenhang
schaurichte Töne und schimmernder Klang.
Allein die Disteln, die sehr benommen,
können zum Siege bald dem Tor entkommen,
das verriegelt und verschlossen dort.
Des Feindes Holz treibt fort,
schleppt sich zu dem Acker,
und die Würmer, sehr wacker,
schleichen sich zum Sterben,
und die Villa zerbricht in Scherben.
Ein Pochen und schweres Geläut,
ein Klingen für die Leut!
Rhythmen im leisen Musizieren
erwecken der Jünger Gesänge,
welche den Ostwind fortan erfrieren,
denn die Furcht in dieser Notenmenge
verwirrt und zerbricht das Hören. —
Nackte Weiber in Chören
schreien ein Lied für alle Kranken,
die in der Gunst eines Helden sanken,
welcher der Bibel wohlgetan
und dem Guten nie ein Scharlatan.

Eule Verbrannte und halbverbrannte Leichen,
Torsi auf übelste Weise zugerichtet,
Leiber, die verkohlten Hölzern gleichen,
hat er allerorten gesichtet.
Ihr Anblick ist seltsam und ekelerregend,
ihre Haltung verkrampft und starr;
gerade noch sich bewegend,
schaut ein jeder wie ein Narr.
Es dünkt und will bald scheinen,
der Ort ward heimgesucht vom Jüngsten Gericht.
Niemand kann den Tod beweinen,
nicht beklagen, dem die Trauer spricht.

Faust Was brennt, ist nicht allein das Kind,
das, geboren, nach Frohheit sinnt,
nach mehr denn Leid und nächtlicher Vereinung,
nach mehr denn einer listigen Erscheinung! —
Weit entfernt vom Kümmern,
werden Folgen und Geschehen schimmern,
klingen laut die hohen Glöckchen. —
Zu schimmernden Röckchen
tragen Buben nasse Haut
(an welcher der Teufel vergnüglich kaut),
voller Perlen und Tropfen,
die den Hals der Toten nicht stopfen. —
Als blieb sie stehen, die teure Zeit,
so zittert noch die Flamme auf dem rechten Mann.
Dieser grad noch schreit,
setzte freilich vorhin schon dazu an. —
Vibrieren auch die edlen Lüfte,
ich habe sie beschworen.
Die Gase aus Verbrannter Düfte
brennen darüber, die auserkoren.
Feuer soll'n sie speien, Lava spucken,
im Erdenreich zergehen;
keinen Gott wird dies mehr jucken,
um ihr Leben soll'n sie flehen!
Feuerflammen, Rauchschwaden drücken,
brennen!, brennen! — nieder mit der Stadt!
In ihrer Eitelkeit soll sie ersticken;
ich werd des Flammenhungers nimmersatt.
Ei, wie sie tänzeln, züngeln, lodern;
das Strafgericht will ich mich nennen.
Die Asche will die Stadt vermodern. —
Ich will darin zergehn, verbrennen!
Ich wage mich ins Feuer jetzt hinein,
will in der Feuerbrunst durchaus zergehn,
will verbrennen, um mein Leben schrei'n,
den Schmerz der Glut erkennen, fleh'n. —
Helft mir, ihr Geister aller Finsternis,
ihr Mächte alles Bösen,
dass nicht Hindernis,
nicht übler Glaube mich des Gedankens lösen. —
So wohlig warm wird mir, und, ach!,
ich fühl, die Macht will mich ergreifen.
Die Melodie des Lebens hält mich wach,
und Machtgelüste wollen mich umschweifen.
Ich fühle, wie die Tatkraft in mich dringt,
wie das alte Leben gleich erlischt,
das neue hat mir seltsam zugewinkt,

sodass es meinen Geist verwischt.
Seht doch her, das Feuer kann mir nichts,
schauet nur, ich bleib verschont.
Und ob der Finsternis des Angesichts
ist die Stadt bald unbewohnt. —
Ja, brenn!, nun brenne nieder. —
Auf!, zu neuem Gesinnen.
Ich erkenne Lust und Wehetage wieder,
ich will des Teufels Liebe neu gewinnen! — —
(erschrocken) Ach! Ein Schmerz reißt plötzlich mich in Stücke,
mein Dasein bricht entzwei.
Nicht weiß ich, welche Wunde ich zuerst bedrücke,
die Macht, der Teufel sind mir einerlei.
Ein Trugbild war's und Gaukelei;
war ich tatsächlich dieser Messe Gast?
Nun bin ich zwar im Busen frei,
doch vergehe und verbrenne fast!
Ich fühle tiefes, zerreißendes Weh,
fühle diesen heißen Brodem;
im Feuerstaub ich auf die Knie geh,
sinke matt und schlaff zu Boden.
Ein dunkler Tunnel macht sich vor mir breit,
an dessen Endschaft seh ich noch ein Licht.
Ein kleines Kind um Hilfe schreit —
mehr erkenn und hör ich nicht.
Ein Schauern und ein Stechen …
Ein Feuer, so die Stadt gefressen?
Ich muss für diese Wahrheit zechen —
wie konnt ich's nur vergessen?
Hier erfahre ich den Narr,
den ich ehedem vor Monden gab zum Besten,
ein Zweifler war ich, steif und starr,
ein jammervoller Rest von allen Resten,
ein Leugner war ich, Ignorant,
ein Schatten meiner Dummheit,
selbstgefällig, arrogant,
ein Gefang'ner meiner Plumpheit.
Jetzt versteh ich meine tief're Schuld,
nun weiß ich auch mein Fehlen;
mein innerer Tumult
wollt um des Geistes Schatten hehlen.

Eule Wie aus dichtem Nebel erklingt
ein seltsam deutungsvoller Ton.
Die Stimme greinend singt,
will Faust im Innern tief bedroh'n.

Stimme Lauf in die geheiligten Hallen,
laufe um des Lebens Not.
Fleue vor des Feuers Krallen,
bewahre uns vor diesem Tod …
Zwischen heiligen Gemäuern,
zwischen geheiligt robusten Mauern,
inmitten Liebes- und Herzensfeuern
wird der Friede im Leib überdauern.

Faust Ich fliehe und weiß nicht, wie,
und ich erkenne meinen Schatten.
Eine solche Tat erträumt ich nie,
was ging in meiner Blindheit nur vonstatten?
Was schweift ich ab von meinem Ziel,
wie erschien ich trunken, war von Sinnen?
Wer war ich denn in diesem Spiel,
dass ich nimmer vermocht zu gewinnen?
Ich erschien so unbeherrscht, 's sollt mich packen,
ein Niemand, dem das Ziel entglitt.
Mir hilft da auch kein Schlag in meinen Nacken,
es hilft mir nur der letzte Schritt … —
In Trümmern beliegt, was einst erstrahlte,
kein Glast, kein Laut dringt mehr hervor.
Das liebliche Bild, das einst es malte,
steigt nun als schwerer Rauch empor … — —
Ja, mich reut es, und ich sei verflucht!
Ich weiß die Taten nicht zu deuten,
hatte Gott nicht noch ersucht,
muss nun für mich die Glocken läuten. —
Herauf beschwor ich dies Verlangen,
Macht und Wissen sann ich zu erlangen.
Mich gleichzusetzen erschien vermessen —
jetzt erkenn ich's erst: Ich bin besessen!

(Alle ab.)

Vierter Auftritt »Glaube«
An Faustens Krankenbette.

(Faust und Christoph treten auf.)

Faust Des inner'n Mahners treue Stimme,
die eines Menschen Herz niemals entrinnt,
ringt, dass sie den Gipfel neu erklimme,
schreit hinaus: dass sie die Oberhand gewinnt!
Gleichsam *aus* bricht nun der Glaube wieder,

straft zügellos fürs unrecht Denken,
und all die zügellosen Glieder
wollten also Ruhe schenken;
derweil frohlockt' der Teufel schadenfroh,
verharrte so die letzten Stunden.
Als dann der Glaube brannte lichterloh,
hat er den Schweif zum Heil'genschein gebunden. — —
Mit nah'zu unzerbrechlicher Liebe und Achtung
habt Ihr genüglich mich beschenkt;
meist heimlich widerfährt Euch wirkliche Beachtung,
mit Stolz und Glück vermengt.
Was auf Eurem großen Herzen liegt,
ward nicht immer recht verstanden;
zuweilen enttäuscht, zuweilen besiegt;
freilich allzeit aufgeweckt und auferstanden,
seid Ihr die schönste Frucht einer großen Liebe,
fortwährend ein Erlebnis, eine Lebensgarantie,
ach!, ich wünschte, dass dies ewig auch so bliebe,
da Ihr des Glückes Philosophie! —
Wie nur konnt in all den Jahren
unschädlich, hell die Zeit vergehen;
wie wart Ihr nur imstande, die Verbundenheit zu wahren,
da ich keinen Abenteuern konnte widerstehen?
Blind vor Sehnsucht, schwankend auch vor Inbrunst
hieß ich jede elegante Sinnenlust willkommen,
nutzte jeder Stunde Gunst
und hab die steinigsten Anhöhen der Sinnlichkeit erklommen.
Ihr hinwiederum fristet seither ein asketisches Bestehen,
ein mönchengleiches, fraterhaftes Leben
mit demutsvollem, sklavenähnlichem Ergehen …
Wie konntet dies Getändel Ihr vergeben?

Christoph Ihr seid mir Bruder, Vater, Sohn,
seid mir der Mittelpunkt auf Erden;
Eure brüderliche Liebe sei genügsam Lohn
und kann nicht zerstört durch eine andre Liebe werden.
Wo immer Liebe ist zerbrochen,
hinterlässt sie Risse, Tränen, Scherben;
doch wahre Freundschaft aus Fleisch und Knochen
kann die Fragmente leicht beerben.
So seid der treuen Liebe stets gewiss,
bis zum Abschied meines Geistes;
und hat Eures Herzens steiniger Weg einen Riss,
so fängt mein Lächeln Euch, bis es vergreist ist!

Faust Habt Dank, mein edler Kamerad!
Von Herzen wünsche ich Euch Sondergutes.

Ihr habt immer zerstreuende Worte parat
und seid vergangener Wünsche ehrbaren Mutes.
Denn so mancher Wunsch erscheint mir töricht heut,
dessen Erfüllung mich vor Jahren noch erfreut;
zu arglos und zu selbstverliebt die Bitte,
als dass nicht irgendjemand litte. —
Bedenk ich's, sucht ich immer nur das Glück
und hab es damit selbst vermieden;
wie nur finde ich zurück,
wer nur gibt mir Frieden?

Christoph Da sich ehedem die Schrift erfüllte
und ein Wunder sich hat zugetragen,
das die Sehnsucht aller Menschen stillte,
könnt auch Ihr zu hoffen auf Vergebung wagen.
Die Geschichte sei durchaus bekannt,
und Gerechtigkeit gab einst sie Uns'ren Ahnen:
Als Christus verlor sein Gewand,
schrieben etliche ein Kreuz auf ihre Fahnen.

Eule Freundschaftlich ergreift er dessen Hand,
bedeutungsvoll und voll von Liebe.
Jener weinte heiße Tränen, unverwandt,
was ihm von Gott und dem Erlöser bliebe.
Und da er die Ohnmacht der Höllenkräfte erahnt,
ringt er bald um ein Gebet in seinem Herzen,
ein Gebet, in dem er klagt und mahnt,
den Schmerz, die Geißel auszumerzen.

Faust Habe durchaus sie gelehrt bekommen,
doch ist sie, ob dieser Jahre mit den allvertrauten Mächten,
nur vage noch, nur noch verschwommen,
und auf Geheißen sollte ich sie ächten!

Christoph Von Gabriel erhielt Maria einst die frohe Kunde,
dass sie bald den Sohn des Höchsten soll gebären;
ob dieser erfüllten, heil'gen Stunde
soll Gottes Liebe zeitlos währen.
Und ob des Gedankens jener Steuer an das Reich,
galt jedem, dass er erstmals sich ließ schätzen;
daran machten alle sich sogleich
und folgten hierdurch den Gesetzen. —
Zurück nach Bethlehem befahl es Joseph drauf,
aus Nazareth, mit dem verlobten Weibe.
Alle Martyrien nahmen sie in Kauf,
bis sie bezogen die frugale Bleibe.
Als Herberge diente ein Stall mit Raufe,

außerhalb der absehbaren Stadt;
und so das Tageslicht auch bald verschnaufe,
würd der Abend des Lichtes dennoch nicht satt.
Nun, da verlangt ward nach dem Sohn aus Davids Land,
ward er uns, wie's sonderbar geschah;
Maria gebar den Kömmling, den man gewickelt in der Krippe fand
und fühlte das Glück so endlich nah. —
Da erstrahlte im Dunkeln der Königsstern
für jene, die im Lande der Finsternis lebten.
Sein Glanz dehnte sich in alle Fern,
und die Lumen in alle Himmelsrichtungen strebten.
Ein jeder konnt das hellste aller Helligkeit erkennen,
es schien selbst hinein bis in das Morgenland;
den Hirten vor der Stadt erschien ein Brennen,
und ein Engel war's, der jene frohe Mär befand.
Es zog hernieder eine Windesbö
und eine Schar von Himmelsboten wie auf feurigen Pferden.
Ehre sei Gott in der Höh
und Friede den Menschen auf Erden.
Und die Viehzüchter zogen in des Königs Stadt,
um zu beten, um zu lobpreisen;
und der eigens ihn gesehen hat,
sann, ihm Gleiches zu erweisen. —
Da der Heiland uns in jener Nacht gegeben,
hat der Vater der Ewigkeit nur eins gewollt:
Es schenke Rettung für die Welt, Zuversicht für unser Leben …
Und es duftet' nach Weihrauch und Myrrhe und Gold.

Faust Ei, viel Zeit ist seit Anbeginn verstrichen,
an dessen Endschaft der Fürst des Friedens mit seinem Tod
selbst kommende Schuldigkeiten beglichen
und somit Errettung vielen Verlor'nen gebot.

Christoph Der Herr ist Euer Hirt und Retter,
folgt ihm nach, und er wird der Glanz auch *Eures* Lebens sein,
in des Lebens Fluss ein Floß starker Bretter,
der den Stock Eures Treibers zerschlägt mit seinem Schein.
Gottes Liebe und Barmherzigkeit
sei das Licht Eurer Vergebung,
Frohheit und Glückseligkeit
sei Wärme und Halt und Belebung.
So macht Euch auf, dem Vater des Jenseits zu begegnen,
lasst hinein in Euch Sein Licht, den unerlässlichen Frieden,
lasst Sein Blut für Eure Schuldigkeiten regnen,
ohnehin dünkt es entschieden.
Ewiges Leben und Seligkeit
erwarte nur, wer Buße tut ob seiner Sünden,

wer sich mit seiner eig'nen Wenigkeit
noch mit seinem Nächsten vermag zu verbünden.
Doch schaut nicht nur das Licht,
verkennt den Schatten nicht in Eurer Seele;
seht die Sühne auch von ferner Sicht,
damit das Schwert die Ziele nicht verfehle. —
Ob des Schuldigkeitausmerzens
sei jene Klinge Euch Schafott;
die Sehnsucht Eures Herzens
entspricht dem Heimweh nach Einklang, nach Gott.
Von dieser göttlichen Eintracht erfüllt,
vom Joch Eurer Last befreit,
von leuchtendem Glanze umhüllt,
seid Ihr alsdann für den Höchsten bereit.
Lasst Ihn die Mächte der Finsternis besiegen,
den Stab auf Eurer Schulter zerbrechen;
mit Heerscharen von Engeln werdet Ihr fliegen
und mit der Macht der Friedfertigkeit sprechen.

Faust Einst wusste ich um diese Dinge,
doch verlautbar ich Dank für diesen ehrenwerten Rat.
Indes ob ich nämlichen Weges ginge,
obliegt nicht allein der Tat …
Mein liebster, einz'ger Freund,
der Schlaf ergreift Besitz von mir,
und wenn ich mich mit ihm vereint,
so dünkt mich: dass die Sünd ich bald verlier …

(Christoph nimmt ihn in den Arm, herzt und küsst ihn; ab.)

Faust Welch tragische Figur da hockt,
in einem Käfig ganz aus Glas,
zusammengekauert und nackt,
weil sie die Unabhängigkeit vergaß!
Sie ist von Nebel eingekesselt,
ist der brave, dumme Hund;
die Hände sind gefesselt,
geknebelt ist der Mund. —
Sie klopft und pocht gegen brüchige Wände,
doch diese splittern nicht, brechen nicht entzwei!
Blutig geschlagen sind Füße und Hände;
vor Kummer und Beklommenheit harrt am Leben sie vorbei;
ohne Glauben, ohn' Verständnis
zappelt sie und strampelt wild.
Und am Ende jene traurigste Erkenntnis:
Die Figur — das ist mein Spiegelbild! — —
Blutrot stirbt der lange Tag,

begleitet von dem Spiel des Windes.
Ein Ableben, so wie ich es mag;
lieg im Efeu mit dem Wunsch des Kindes. —
Da lieg ich: ohne Sinnen, ohne Prunk,
in der Hand den Schluck Johannestrunk,
und was die Künftigkeit mir nicht verleiht,
erschien es eine kurze, freilich schöne Zeit,
während der ich Gast an diesem Ort. —
In stiller Trauer zieht's mich fort.
Stets begleitet von einer Zähre im Herzen
blick ich zurück mit Heimwehschmerzen.
Tagein, tagaus mit frohem Mut,
meist gelang der Weg mir gut,
vielleicht fiel es zuweilen schwer,
freilich stets kam ich voll Frohheit her.
Oftmals oblag mir viel zu wenig Zeit,
doch ich erschien zu allem stets bereit.
Ich hab manch liebliche Stunde hier verbracht,
habe oft und gern gelacht.
Und wäre hold mir abermals das Glück,
kehrte ich erneut zurück.
Jedoch quält mich dieser eine Schmerz:
Ich bin ohne warmes Herz. —
Hab ich all die große Vernunft
für meine auserkor'ne Hinkunft,
da ich leb — ich leb? — verloren? —
Besser, ich wäre nimmer geboren!
Dafür entsteht ein Denken,
alles in eine andere Welt zu lenken,
in der Ähnlichkeit verdunkelt
und man nicht munkelt
über mich und meinesgleichen.
Denn wer geistig tot, geht über Leichen,
giert nach der Medizin,
schmeckt die Lust nach brüderlichem Adrenalin
und verkauft sich!,
allzu lächerlich,
für überschaubare Almosen. —
Gebettet auf wohlfeilen Rosen,
vergisst die Erde mich
und mein nimmer ehrlich gezeigtes Ich …!
Wollt ihr mich finden, so suchet nicht,
in der Tiefe eines Abgrunds scheint das Licht.
Ich erstehe —
und wehe —
Heil für meine Wunden,
es vergehen keine Stunden,

und ich werde, was ich bin:
Ich ergebe keinen Sinn! …

Eule Die Hände zum Gebet gefaltet,
fällt reumütig er auf seine Knie.
Die Scham, die er im Lichterglanz entfaltet,
ziert die gleichnishafte Elegie.

Faust Entblößt Euch des Gewandes,
welch Ihr in meinen Worten fandet,
hört meine Stimme treibenden Sandes,
die berauscht an Euren Ohren strandet,
weinet nicht mein Blut,
meine Sünden, Herr, vergebet mir!
Ich war willfähriger Vollstrecker in Herrn Urians Gut —
und ich habe teuer bezahlt dafür! —
Mein Begehren ist, zu beichten meine Not,
Ihr sollt meiner bitt'ren Sünden wissen,
sollt begierig nach dem Antrieb meines Herzens Tod. —
Dann erst will ich es vergessen.
Dass es Euch gibt, sei Euch gedankt
und dafür, dass Ihr immer seid zugegen;
meine Seele bleibt ohne Sühne erkrankt —
heilet sie mit Eurem Segen.
Auch den Sinn ich nicht erkenne,
bleibt unbedarft darin auch jeglich's Tun,
und so mit Freimut Eure Liebe ich gewinne,
will ich damit nimmer ruh'n. —
O gütiger Herr und Gott,
verhelft mir aus dem Sündentrott;
meiner Buße seid gewiss und meines Flehens,
ereilte mich die Kraft des Sehens;
vergebt mir alle Fehler, alle Schuld,
vom Joch befreit mich mit Geduld;
ich bereue alle meine Sünden,
will in Euch das Licht des Friedens finden;
zürnet meiner nun nicht mehr,
ich will Euch folgen in ewiger Ehr;
segnet und behütet meine Seele,
dass ich nimmermehr verfehle;
steht mir bei und helft auf allen Wegen,
erbarmt Euch meiner, schenkt mir Euren Segen;
zeichnet auf die *Stirn* das Kreuz aus Asche,
das rein mich von den Missetaten wasche;
lasst Eure Güte nimmer erlahmen,
lasst mich Eure Liebe erfahren. Amen. — —

Eule Dieses furchtbare Grausen ward nie gekannt,
bedrohliche Schatten lauern an jeder Wand,
die Fratze des Teufels mahnt den Verzicht,
doch in seiner Verzweiflung beachtet Faust dies nicht. —
Mit frischem Kleide erscheint die Helena,
noch lieblicher umgarnt ihn Yvena;
und der Verführung beinah erlegen,
erahnt er Jesus, verschwommen im Regen.
Ein hässliches Donnern stört die tiefe Stille,
jedoch gefestigt erstrahlt hier sein Wille:
In tiefen Taschen lang gewühlt,
nicht zögernd, sondern eisern, entschlossen,
hat er den Dolch erspäht längst, tief gefühlt,
dass niemand Tränen will für ihn vergossen! — —
Daheim, am Kastenbrunnen lockt noch fröhlich
die hübsche Magd im kurzen Röcklein;
am Rathaustürmchen schlägt bedröhlich
sehr heftig klar das altbekannte Malefizglöcklein.

Faust Werther! Werther! Lieber!, ist es Euer Geist,
der mein Herz mir, meine Seele geißelt,
mit einem Dolche beides meinem Leib entreißt
und die Brust in Elend — ach, in Elend meißelt? —
Ich schmecke eine große Totenstille,
die Trauer der vergangenen Zeit! …
So geschehe nun Euer Wille,
ich bin dazu *bereit*! — —

Ruchlos und verflucht,
verdammt aus Adams Reich
und nimmer gut betucht,
dass ich von dieser Erde schleich.
Ich selbst bereitet mir das Feuer,
darinnen ich nun schmore;
ich selbst erschuf die Ungeheuer,
dich mich empfangen als zum Chore.
Hinab mit mir in niederste Tiefen,
hinweg ins Dunkel dieser Schlange,
denn als die falschen Geister riefen,
ward sie geküsst von mir auf ihre Wange. —
Die Gestalt, so mir geschaffen,
verführte ich ins falsche Gut;
nun kann ich meine Hoffart gaffen
und hab zu fürchten Seine Wut.
Das Gehör, so mir gegeben,
verführt ich wider heil'ge Worte;
nun reut mich dieses Leben,

und mir sei verweigert Seine Pforte.
Das Sprechwerk, so für mich gemacht,
verführte ich in Traumes Sünde;
nun erkenne ich die Nacht
und erwart das Urteil, wie Er's verkünde.
Das Licht, so ich erspähte,
verführt ich in die Dunkelheit;
nun weiß ich um das Unkraut, so ich säte,
und stehle Seine Zeit.
Den Geist, so ich begehrte,
verführt ich in die Finsternis;
nun entdecke ich so Kelch als Schwerte
und erahn mich als Sein Hindernis. — —
Dieses heuchlerische, blasphemische Empören;
dieses Schleimen, Jammern, Kratzen.
Mit heil'gem Ohr sollt Er erhören,
doch in Kehrtwend schnitt ich Fratzen!
Und so wähnt ich mich unsterblich
mit des Teufels grober List,
und also traurig sterb ich
als ein guter und ein böser Christ.

Eule Endlich schreit er sein Bestreben
schreit, dass es aus allen Ecken widerhallt;
und unter Donnern, unter Beben,
Hohngelächter grausam schallt,
öffnet die Hölle ihren grausen Schlund,
speit, umhüllt von Rauch und Flammen,
den Höllenfürsten auf das Erdenrund.
Faust schreckt bald in sich zusammen,
tut indes erneut den Eifer kund:

Faust *(schreit)* Gebt das Schriftstück mir zurück!
Der Vertrag ist nichtig, unerfüllt.
Das Bisschen Hokuspokus, das verzückt,
wär mit »Perlicke« und »Perlacke« günstig eingehüllt.

(Moristopheles tritt auf.)

Moristopheles *(in ursprünglicher Gestalt)* Des üblen Wortbruchs Wisch
nehmt hin, das faulige Gebärden;
mich reut, dass ich so frisch
an Euch geglaubt, trotz jammernder Beschwerden.

Eule Damit wirft er dieses Pergament
auf Fausten zu mit eifervollem Schmettern,
der sich an der heißen Wuchtigkeit verbrennt,

und ward bespritzt von blut'gen Lettern.

Moristopheles War ich es nicht, der Euch die Steine aus dem Weg geräumt?
Hab ich nicht stets für Euch bezahlt?
War ich es nicht, der Euch erfüllt, was Ihr erträumt? —
Ihr habt nur mit Eurem Glück geprahlt.
Was sei mir noch an Euch gelegen,
was opfre ich für Euch noch Zeit?
Euch werd ich noch regen,
wortbrüchig, wie Ihr seid!
Sterbliche, armselichte Kreatur,
gelästert habt Ihr mich,
dem Herrn der Erde und der Lebensuhr;
doch meine Rache wird gar fürchterlich!
Ihr habt den Herrn des Himmels erhoben,
dem Ihr doch für ewig abgesagt;
Mut versprechen, Treue geloben —
alles zunichte. — Für nichts geplagt?
Ihr habt die Freuden der Welt genossen,
wo ich sie Euch geschaffen,
habt Kostbarkeiten kalt vergossen,
gelacht über alle Pfaffen.
Elender! Mein wird sein die süße Rache,
der Ihr nimmermehr entgehen mögt.
Alle Qual der Erde erwache,
alle Höllengeister seien bewegt!
Warum hofft Ihr, vorm Höchsten Gnade zu finden?
Ihr habt Ihn verleugnet, Ihm elendig geflucht;
Sein Gericht wird Euch bald schinden:
Zur Übereignung Eurer Seele werd *ich* ersucht!
Nährt Euch vom Fluche Eures Geschlechts,
beugt Euch nieder in dem Staub,
fresst die Konsequenzen meines Rechts,
für Euer Flehen bin ich taub!
Eher wachsen an des Papstes Stab
Rosen, die gar wunderbarlich erblühen,
als dass Er Euch Vergebung gab,
trotz eifrigem Bemühen!

Faust Verruchter! Ich will nicht weheklagen
an des unbarmherz'gen Richters Thron;
Er ist der Gerechte, lässt mich verzagen,
doch ich achte Sein Urteil, meinen Lohn!
Nichts mehr habe ich zu hoffen;
ich fluche Euch und fluche mir
und Ihm, der mich zum Spott erschaffen;
ich fluche, dass die Welt gefrier!

Moristopheles Winselt zu Ihm — und vor der Hölle Wehgeschrei;
führt Euer Leben in Angst und Schrecken,
bis der letzte Schlag Eurer Stunden vorbei,
dann wolltet Ihr Euch verstecken,
dann, ei, dann fordere ich mein Recht,
leg die Rechnung Eurer Sünden vor;
und was Ihr zu Eurer Abwehr radebrecht,
stößt auf des Richters taubes Ohr!

Eule Höllenlärm und Hohngelächter
von grausichter Gestalt
folgen von dem Rechtsverfechter —
Faust verliert die Sinne bald.

(Moristopheles ab; Faust bewusstlos am Boden.)

Traum oder Wahrheit, Wahrheit oder Traum
reisen mit mir durch Zeit und Raum.
Raum und Zeit, Zeit und Raum —
war die Wahrheit irgendwann ein Traum?

Wann kommt der Raum für die Zeit?
Wann ist die Wahrheit bereit?
Wann ist die Zeit für den Raum,
zu erwachsen aus dem Traum?

Wahrheit oder Traum, Raum und Zeit —
eine Reise durch das Jetzt in die Ewigkeit:
Der Raum ist die Zeit, die Zeit ist der Raum,
endlich ist die Wahrheit, unendlich der Traum.

Jens Wildner, Hamburg

Epilog

Ein Zimmer auf dem Anwesen Mala fide, *hernach auf einer Brücke.*

(Faust, sich den Gehrock ankleidend, tritt auf.)

Eule Hört, ihr Menschen, mit Vergnügen,
neue Mähr voll alter Lügen;
lasst euch für die Dummheit rügen,
Fausti Weheklag will trügen! — —
Denn es ist die Zeit,
da das nächtliche Kleid
längst in den Flammen der Sonne verbrannt.
Wer hätte je den Unterschied erkannt?
Aus seinem Alb so schaudernd laut erwacht,
hat er nur bitterbös gelacht
und nicht gewusst, was Traum ist und was Wirklichkeit;
nur eines ahnt' er voller Leid,
und der Erkenntnis folgt das Widerstreben:
Er ist noch immer hier und immer noch am Leben! — —
Und so kniet er, mit einem schwarzen Kreuze behangen,
in dessen Mitte sieben rote Rosen,
sollt nicht um sein frugales Leben bangen
und doch die ganze Welt liebkosen.

Faust Nicht gestorben bin ich, doch verloren;
die Dämonen, die ich rief, noch nicht verschwanden.
Ich fühl, ach!, fühl zum zweiten Male mich geboren,
doch nur im Innern bin ich auferstanden!
Des Teufels fette, ach!, so fette Pranken
trachten, mich zu haschen;
allein es macht mich bitter wanken,
dass ich nicht Trauben noch des Lorbeers sollte naschen.
Nicht *Einträglichkeit* besagte solch ein Pakt,
nicht Tat noch Wissen, ach!, von Liebe ganz zu schweigen;
nur Verführung, die's Gewissen zwackt,
wären allerorten anzuzeigen!
Im Allgemeinen ist's bekannt,
wie er sich dienlich wollt erweisen;
jedermann ist anverwandt
mit seinem Dienstleistungsverweisen,
sodass die Üblichkeiten unbenannt,
die allesamt sein Sinnen preisen:
päpstlich' Speisen, fürstlich' Wein,
gülden' Schätze, Tageslohn,
Zaubermantel, Zauberstein,
Zauber-Alles, Gotteshohn,
Lieben, Hassen, Leben, Glücklichsein,

Hoffen, Fürchten, Zagen, Droh'n. —
Zu Staub verdorrt an seines Lebens Abendrot —
am Ende sind wir alle gleich: tot! — —
Wer sind nun die Naiven, die Geist und Gabe strapazieren,
deren warme Zweisamkeit die Hälse schnüren?
Wer sind, die weiße Fahnen hissen
und ihr Gestern lebenslang vermissen?
Wer sind, die einer Partei die Buckel schmücken
und die zweite von hinten beglücken?
Wer bin nun *ich*, der daran zerbricht,
der darüber sinnt und alles verinnerlicht?
Wer bin ich, der sich dafür hasst
und Schicksalsfragen selbst veranlasst?
Wer bin ich, der ehedem vertrauensvoll ins Leben fuhr? — —
Johann Georg Faust — ein Name nur!
Doch keine Antwort wird den Kelch der Wissbegierde leeren,
keine Frage will mir stets genügen,
jeder Blick will meine Last beschweren,
jede Weisheit schenkt alsbald Vergnügen.
Wie immer das Belieben ist,
halt mit Titeln ich es sorgenlos,
denn was von alledem geblieben ist,
ward ich bis morgen gleichwohl los.
So will ich Magister Sabellicus heißen,
Fürst und Quellbrunn aller Nekromanten,
will als Doktor, Philosoph mich reißen,
bin der Zweite jener Hydromanten,
werd Chiromant und Astrolog gerufen,
bin als Gedächtniskünstler weit bekannt,
als Christusimitator klappern meine Hufen,
bin Zweiter der Magie, bin Pyromant;
als Vollkommenster der Alchemie
könnt ihr willentlich mich ehren;
als Lehrer der Physiognomie,
als Aeromant vermag ich euch zu lehren;
als Visionär — die Absicht keusch —
mit der Kugel aus Kristall im Reigen,
lasst ihr mich vor euch
als philosophus philosophorum verneigen;
ach, nennt mich, wie ihr wollt, im Guten,
teilt den Durst, der mir beschieden;
doch jede neuerliche Frage lässt mein Herze bluten:
Bisher keine Antwort stellte mich zufrieden!
Mit Fug und Recht vermag ich denn zu sagen,
dass ich von allem wohl die Halbscheid weiß,
doch stellen sich mir allzeit neue Fragen,
und zu gering erscheint der Preis,

zu gering für all das Lernen, all die Müh. —
Von der Allwissenheit bin ich noch weit,
zur Flucht ist es zu früh,
doch langsam geht mir aus die Zeit. —
Hab gar vielerlei davon verbracht
so mit Studieren als mit Lernen,
in Büchern gewälzt, mit Theologen gedacht;
hab vom Erdinnern nach den Sternen
und noch darüber hinaus
ein Leben lang probiert, erfasst,
den rühmlichen Gedanken stets voraus.
Ich hab es geliebt, vermaledeit, gehasst,
suchte doch stets beharrlich das Glück,
einen Halt in Gott und seinem Wort.
Enttäuscht des Lebens kehrt ich zurück. —
An immer irgendeinem Ort,
zum Trotze allen Forscherdranges,
so lehrt uns selbst Vergangenes,
ergibt es oftmals doch gar mindern Sinn,
dieweil ein jeder sieht den andern Zweck darin.
Suchten meine Blicke den Weg nach oben,
sind unablässig Wolken aufgezogen.
Nimmer erlangt ich Gottgefälligkeit. —
An jedem Orte der Geselligkeit
erschien ich doch als Fremder nur;
wider jedes Beten keine Spur
des barmherzigen Gottes und seiner Liebe.
Ohne Gleichnis steh ich, mit verdorrtem Triebe!
(aufbrechend) Mit den Wolken vor der Zuversicht
entspräch ich meinem Glauben nicht,
allein zu deuten des Windes Wehen,
will ich den tiefen Kern verstehen.
Doch wie nur könnt ich allen Sinn erbringen,
wie wär's möglich, alle Schriften zu verschlingen?
Ein Vielfaches meiner Zeit erscheint Genüge,
doch da ich darüber nicht verfüge,
wie fänd ich derlei Stützen,
die auf meinem Wege nützen? —
Welcher Drang mag kostbarer sein
denn nach des Lebens höchstem Gut?
So möcht ich mich von meiner Last befrei'n
und fühle mich doch ohne Mut!
Denn die Errungenschaften meiner Träume
sterben freilich mit dem ersten Sonnenlichte.
Gedanken voller Wärme sind nur Schäume,
macht des Tages Kühle sie zunichte. —
Irgendwann muss ich in meine eig'ne Welt,

ein imaginärer Ort; die Welt im Schein,
ich bin ihr Magier, bin der Held,
nur wer wird meine Heroine sein?
Ich erblüh in dieser Welt, fühl und traure recht mit ihr,
ich erleb mein Wissen und mein Glück;
doch wer nur liebt, vergeht und stirbt mit mir,
und wann muss ich zurück?
Graue Wolken verschleiern den Weg dorthin,
weil die Sonne leise weint.
Liegt durchaus das weise Wort darin,
so ist die Asche der Keim, gleichsam vereint. — —
Doch einst: welch liebreizende Erscheinung erfasste mich nur,
die jenes Dunkel dieser trostlosen Erde mir
in ein helles, gleißendes Licht zerbrach?
Die Augen gebrochen, freilich durchaus hellwach,
ein Mägdlein — an Schöne verschwenderisch reich;
jener strahlenden, leuchtenden Sonne gleich.
Nein!, einem Engel gleich gewahrte ich sie gehen,
in einem leuchtend weißen Gewand! —
Gott sei's geklagt, muss ich doch gestehen,
ward die sanfte Gestalt nicht gleich erkannt.
Unempfänglich für jedes Weit're,
hielt mein Blick, mein Auge Rast.
Erschien so glückvoll, dass jenes heit're,
liebliche Wesen von meinem Schau'n erfasst.
Unvermerkt rief das Leben laut,
die Ruhe dünkte in Gefahr.
Hab allen Sinnen bisher vertraut,
und nun sei nichts mehr, wie es war?! —
Meinen tiefsten Illusionen war sie entsprungen.
Also erschien ich nie gezwungen,
auf meine Träume zu verzichten,
Fantasien zu vernichten.
Doch seh ich sie in diesem Licht verharren,
werd ich allzeit in leere Windungen starren,
eine Traumwelt sei mir gar errichtet
über dies Geschöpf in weiter Ferne.
So ich nun in ihre Wirklichkeit geflüchtet,
ist sie zerstört, sodass ich Trauer nur noch lerne.
Einmal gar zu oft sah ich diese eine Frau.
Jedes Mal auf ein Wiedersehen ich vertrau!
Doch ist's nun eine Ewigkeit schon her,
dass ich sie sah auf hiesigen Straßen.
ich mochte alle Augenblicke sehr,
wenn die Sinne des Zeigers Schreiten beinah vergaßen.
Ist vorbei nun dieser kostbar Wert,
bleibet mir mehr als unheilbare Sehnsucht verwehrt?

Werd ich den Weg nach ihrem Herzen finden,
wird ein klarer Geist uns je verbinden?
Werd ich einmal mit ihr träumen gar,
ohne zu verbrennen als ein kläglich Paar?
Beglückendes, dünkt' mir, hub bald an,
dass des Durstes den Kelch ich füllt sodann.
Sollt geleert er wohl und sei's vollbracht,
sei ein Feuer neu entfacht
und stürbe wohl des Herzens Weh,
verschwände gleich dem scheuen Reh,
dass so groß die Brust und gar so neu,
dass ich auf eine Braut mich freu!
Der Helena selbst noch übertroffen,
jener, schmachtend dem Gedächtnis,
der als Schönsten galt all Hoffen
und im früher'n Leben noch ein üppiges Vermächtnis. —
Ihr heißer Blick und ein Willkommen
haben den Fels meines Herzens erklommen.
Ein Blick, der tausende Mauern in mir brach;
ein Bild, das meinen kühnsten Träumen nicht entsprach …
Und im Taumel einer Fantasie,
ja in des Glückes höchster Anomalie
erfuhr ich jenes heitere und warme,
dieses innigste Küssen ihrer sanften Arme. —
Doch einen kurzen Augenblick
währte nur dies heiße Glück,
bei dem ihr lieblicher Gesang
bis in meine Brust vordrang,
denn meine Dummheit hieß mich weitergehen. —
Sollte ich sie jemals wiedersehen?
Wie ein kurzer Traum — verschwommen,
nebelgleich — alle Sinne benommen,
ergraut, erkaltet, klein,
verschwindend blass dünkt bald der helle Schein. —
Ach!, ich brach zu vielen Jungfern schon das Herz,
edlen Damen, lieblichen Frauen;
mich selbst erfüllt es auch mit Schmerz. —
Ist mir durchaus wohl zu trauen?
Doch heut fühl ich mich müd und leer,
erahn mich mutlos, kraftlos, alt;
Wissbegier und Sehnsucht brachten mich hierher,
allein hier ist es öd und kalt.
Die Traurigkeit, so frostig, dunkel,
kehrt an ihren alten Platz,
wächst als lästiges Furunkel
gleichsam wie der Stille Gnatz.
Viel zu weit war jener Traum,

der sich geschlichen unter meine Lider,
legt sich nun wie weicher Flaum
auf die Haut meiner Erinnerungen nieder. —
O göttliche Blume Jugend,
jeder hält dich gern für immer.
Dein betörender Duft ist eine Tugend,
dein helles Leuchten wie ein Kerzenschimmer.
In einem Meer aus buntem Klee
tragen deine Blätter mich hinauf zur Sonne
und hinauf in jede weit're Höh,
bis vollendet du erblühst in Wonne.
Ich — wer bin ich auf der Welt?
Nur ein Stück eines trügerischen Lebens!
Was gewann ich unterm Himmelszelt?
Erwartet' des Lebens so viel — vergebens! —
Längst ist sie entschwunden;
vorbei, gelebt sei die Vergangenheit.
Hab nicht Glück, hab noch das Ziel gefunden.
Und ich dünkt' die Künftigkeit vergang'ner Zeit …
Ach!, so schmerzlich reizen,
brennen meine tiefen Wunden;
dass mit Lieb und Frohsinn sie so geizen,
hat also bass mein Herz geschunden.
Und was Trauer birgt in salzig Güssen,
was Einsamkeit noch Sehnsucht kränkt;
es ist verlor'n in diesem falsch Gewissen
und hat im Weine sich ertränkt. —
Es schwind't die Liebe mir aus meiner Brust,
die Wissbegier klagt über Notstand.
Zu tief die Pein, zu viel ich nicht gewusst;
die Geißel dazwischen blieb unerkannt. —
Hab um Wehklang nicht gebeten,
um Zähren nicht geweint;
ich ward von beidem doch getreten,
hab mit der Erschöpfung längst geeint:
Jede Träne, die ich verlor,
stellte neue Fragen.
Stand ich oftmals auch davor,
keine wollte jemals Antwort wagen. — —
Wirre Gedanken umnebeln meinen Geist,
und doch ist er so klar denn nie zuvor.
Die Zeit, dünkt mir, sie ist vereist,
ruft Schmerz in meiner Brust hervor. —
Ach!, als Mensch schimpft mich Versager,
als Freund schaut mich denn unbekannt;
unfähig, Glück dem andern Lager
oder Liebe!, o Liebe zuerkannt.

Ehre, wem die Ehre gebührt;
allein ich wollte Wissen, wollte Liebe,
erschien von Eigennutz geführt
und entdeckte nicht die zarten Triebe.
Des Wissens Müh und keiner Liebe Geiz
dünkte denn des Lebens höchster Reiz.
Was bleibt mir mehr
denn die letzte Konsequenz?
Sie nahen sich mit Schritten schwer,
die Boten des verkehrten Firmaments.
(Klettert das Brückengeländer hinauf.)
Weil die Berechtigung entzogen,
das Leben aufrecht zu vollenden,
weil ich mich selbst belogen,
werd ich mich dem Abschied wenden.
Ja, ich schenk mich hin dem trüben Wanken,
der Dummheit und dem Selbstmitleid!
Als meine Innerlichkeiten einst zu Boden sanken,
ergab ich mich der Einsamkeit …
Ein schamesroter Faden
fädelt sich durchs ganze Leben;
grad gespannt und ohne Gnaden. —
Wenige Fusseln behängen diesen eben,
dem Stück der Fesseln und des Darbens.
Also nehm ich ihn in meine Hände,
beschleunige die Zeiten des Vernarbens,
zerreiße ihn, der mich so blende! —
O welke Blume Jugend,
jeder mochte dich für immer.
Deine Stille ist mir heute Tugend,
dein Leuchten nur noch Nebelschimmer.
Und in meines Rufes Ach und Weh
sind vertrocknet deine Blätter in der Sonne
und die Blüte erfroren im Schnee:
Niemand hält sie auf noch fest, die Wonne! —
Einst bin auch ich dem Traum verfallen
und hab dabei mich selbst verloren;
dabei bin ich nur einer von uns allen,
den die Trauer schon erfroren.
Ein Hilferuf darf bald verhallen! —
Allein wofür bin ich geboren?
Ich vertröste mich in jeden nächsten Tag,
halt mich, wo es geht, nur fest!
Sprecht Ihr mit mir, wovon ich mag,
dass mich die Hoffnung nicht verlässt? —
Ich zahl fürs Morgen (nur) — jeden Betrag —
und vielleicht nach einem gold'nen Schuss den Rest …

Mir fehlt der frische Mut zum Überlegen! —
So sich ein andrer an dem Ausweg labt,
sollt Ihr mir einen Grundstein legen,
ohn' zu wissen, was Ihr an mir habt.
Was fehlt mir denn auf meinem Weg, auf meiner Rast,
dass mir die Künftigkeit zudem verblasst?
Jemand, der mir zuhört, mit mir lacht;
dessen Fürsorge ich nimmer erdacht …
Und mit Tränen habe ich den Fluss benetzt,
immer auf der Suche: Wo seid Ihr jetzt? — —
Leise schlummernd zwischen diesen Welten,
gespannt, um zu vereinen;
getragen von den hochgestellten,
beschlag'nen, stählernen Beinen,
fristet ihr Dasein vom Nass umschlungen. —
Ein Meisterwerk der Architektur. —
Das Geländer, mannshoch, mit Verzierungen
und so Kupfer als Gold besetzt, blickt stur
nach beiden Halben auf das Element. —
Ein Abschied in das Leben …
Wer vermeint, dass er die Kraft erkennt,
wird mutig sich ergeben
der Macht des neuen Seins,
ist erfüllt von Hass und Trauer,
betrachtet sein Leben, will noch eins.
Leise zuckt ein kalter Schauer,
von dem Wind, der eisig mich umgarnt;
einsam erklimm ich diesen eisern Mast,
der sich als friedlich Tier getarnt. —
Gewiss hab ich mein Ziel erfasst.
(laut schreiend) Wer bewahrt das Leben gern,
wenn Liebe stirbt, wenn in weiter Fern
die Lichter allesamt verglühen?
Wes Begehren ist es, Wunder zu bemühen? — —
Wenn die Zeit aus Künftigkeit brilliert,
stürzen längst gegang'ne Brücken,
und wer die Ziele nicht verliert,
dem wird's Erreichen auch bald glücken!
Mein ganzes langes Leben
dünkt' von Fragen nur umgeben.
Allein nicht jede Frage dieser Welt
sei vortrefflich gut gestellt;
nicht alle off'nen Fragen
können ihre Antwort auch ertragen,
und nicht aller Fragen gibt es Hoffen,
viele bleiben ewig offen. — —
Meine Bitterkeit *verlangt* nunmehr dies eine Ziel,

was zuvor schon der Gedanken Spiel:
Ich bin müde, bin es leid,
endlich kommt auch meine Zeit.
So bitt ich euch, ihr Engel,
erhöret mein Gequengel:
Tragt mich hoch hinaus ins Himmelblau,
dass ich verlassen kann dies Elendsgrau;
schweift nicht ab von diesem Weg,
weil ich die Künftigkeit in eure Hände leg;
erfüllt sie mir mit hellem Licht
und schweigt, so sie zerbricht.
Fortan! Und mit lautem Gekreisch
schneiden die Töne sich mir in das Fleisch;
Posaunen erklingen im Gebein,
ich schwebe und erblicke einen Heil'genschein …

Eule Und aus dem Nebel schickt sich eine Silhouette an …

(Yvena tritt auf.)

Yvena *(ruft)* Johann, Johann …

(Beide ab.)

Anmerkungen

Die Ziffern vor den Stichwörtern beziehen sich auf die Zeilen der vorliegenden Ausgabe, zuweilen auf die erstmalige Nennung.

Titel	*infaust:* ungünstig, unheilvoll, aussichtslos
vor 77	*Golgota:* heute verwendeter Name eines Hügels außerhalb des Jerusalems der Antike; den neutestamentlichen Evangelien zufolge wurde dort Jesus von Nazaret gekreuzigt
79	*Talmund:* Echo (Erfindung des Wortes wird häufig dem Sprachpuristen Philipp von Zesen zugeschrieben)
83	*seigert:* von *seigern:* sickern
83	*Lehde:* Brache; brach liegend
84	*Fehde:* tätliche Feindseligkeit oder Privatkrieg zwischen Einzelpersonen, Sippen oder Familien zur Durchsetzung von Rechtsansprüchen; kämpferische Auseinandersetzung, Kampf
85	*Bethel:* Beichtstuhl
90	*Ungeberde:* Grimasse
107	*Kakelei:* Gerede, Nachrede
111	*Aufacht:* Aufmerksamkeit, Obacht
117	*Erfahrnis:* Erfahrung
119	*Nikodemusstunde:* vertraute Gespräche, Lichtblicke in der Nacht, aus denen ein neuer Aufbruch in den Tag kommt
130	*ingeniösen:* von *ingeniös:* schöpferisch, erfinderisch
137	*heilichte:* von *heilicht:* heilig
142	*exilen Schlamm:* von *exiler Schlamm:* hinabgestoßen in die unterste soziale Schicht als Wandel von reich nach arm (Wortbildung: Guido Brose)
150	*zerscheitern:* scheitern
189	*glum:* trübe, unrein
197	*Prophet:* jemand, der sich von seinem Gott berufen fühlt, als Mahner und Weissager die göttl. Wahrheit zu verkünden und der als religiöse Autorität anerkannt wird
209	*Klerus:* katholische Geistlichkeit; Priesterschaft
212	*dörr:* ausgetrocknet, verdorrt
213	*bidmen:* beben
237	*Apage Satanas:* im Mittelalter eine feststehende Formel zur Bannung einer teuflischen Erscheinung; „Fort mit dir!“
243	*jedennoch:* dennoch
248	*Duns:* aufgeblasener, eingebildeter, geistloser Gelehrter
249	*Valant:* Teufel
265	*beiten:* beten
267	*Beweisung:* Beweis
271	*Zephir:* milder Südwestwind
275	*Quehle:* Tuch aus Doppelleinen
287	*Klumse:* Spalte
290	*kregel:* gesund, munter

308 *Sankt Velten:* der Teufel

319 *vermöge:* wegen

324 *Teixel:* der Teufel

vor 325 *mala fide:* in böser Absicht

357 *Sabellicus:* eigentlich Marcus Antonius Coccius, einer der Wiederhersteller der klassischen Studien in Italien, geb. 1436 zu Vicovaro an der Grenze des alten Sabellerlandes, war der erste, der in antikem Geist und Geschmack eine allgemeine Weltgeschichte verfasste unter dem Titel: „Rhapsodiae historiarum Enneades"; hier der Verweis auf die als Zaubervolk berühmten und berüchtigten Sabiner oder Sabeller, die in den Sabinerbergen nordöstlich von Rom lebten

358 *Nekromant:* Zauberer, der sich auf die Erhebung von Untoten durch die Kraft Thargunitoths (die Erzdämonin des Untodes) versteht; ursprünglich bezeichnete die Nekromantie eine Mantie (Methode der Wahrsagerei, des Orakelns und der Prophetie) zur Erlangung von Wissen durch Tote, darob vielerorts auch Geisterbeschwörer als Nekromanten gelten, selbst wenn sie nur Geister rufen oder mit Totengeistern kommunizieren

360 *Hydromant:* Weissager aus dem Wasser

361 *Chiromant:* Weissager aus den Linien und Bergen der Hand

364 *Zweiter der Magie:* Hinweis auf Simon Magus als der Magier in der Apostelgeschichte, der sich vermutlich den Beinamen Faustus zulegte

364 *Pyromant:* Weissager aus dem Feuer, aus Flammen- und Rauchbildung

365 *Alchemie:* (auch Alchimie) ursprünglich (bei den „wahren Alchemisten") nicht allein der Versuch der Metall-Umwandlung und der laboratorischen Herstellung von künstlichem Gold, sondern gleichzeitig und sogar vorrangig der Versuch eigener geistiger Vervollkommnung, sozusagen der Herstellung von „innerem Gold"

367 *Physiognomie:* die äußere Erscheinung von Lebewesen, besonders des Menschen und hier speziell die für einen Menschen charakteristischen Gesichtszüge

368 *Aeromant:* Weissager aus der Luft, aus Wolken, Nebel, Vogelzug usw.

372 *philosophus philosophorum:* besonders befähigter Mathematiker oder Astrologe oder aber Inhaber des geheimsten Wissens und Superlativ als Assoziation an Aristoteles, dem ausgangs des Mittelalters dieser Ehrentitel zugesprochen wurde

382 *Pansophie:* Allweisheit, Allwissen

392 *vermaledeit:* in höchstem Maße unerfreulich, unangenehm

452 *Schau'n:* Schauen; hier: Gesehenen

496 *Anomalie:* Abweichung vom Normalen; Abnormität

540 *Künftigkeit:* Zukunft

544 *bass:* tief

554 *Zähren:* von *Zähre:* Träne
611 *Balustrade:* eine individuell gestaltete niedrige Reihe säulenartiger Stützen mit durchlaufender Abdeckung, die als Brüstung oder Geländer dient.
678 *Scheelsucht:* Neid, Eifersucht
678 *prätentiös:* selbstgefällig, effekthascherisch
685 *Gelache:* Gelächter
753 *Hinkunft:* Zukunft
784 *trächt'gen:* von *trächtig:* von etwas erfüllt, mit etwas angefüllt
791 *kommoder:* von *kommod:* bequem
798 *Paracelsus:* Philippus Aureolus Theophrastus Bombastus von Hohenheim (vermutlich 1493 — 1541), bekannter unter seinem selbstgewählten Beinamen „Paracelsus", mit dem er wohl andeuten wollte, dass er über jenen Celsus hinausgehe, der einer der bedeutendsten Naturforscher der Antike gewesen ist
803 *Hürste:* von *Hürst:* Gebüsch, Gestrüpp
840 *zeih:* von *zeihen:* bezichtigen
882 *stupende:* von *stupend:* erstaunlich; verblüffend
911 *männiglich:* viele
915 *Kronjuwelenzeit:* 75 Jahre
952 *krakeelen:* laut schreien (um Streit anzufangen)
958 *Müßiggang:* Faulheit
958 *Kommodität:* Bequemlichkeit
965 *verbotschafte:* von *verbotschaften:* verkünden
971 *greinen:* weinerlich klagen, jammern
996 *Idiome:* von *Idiom:* eigentümliche Sprache, Sprechweise einer regional oder sozial abgegrenzten Gruppe; Dialekt
1005 *Joch:* etwas, dem man unterworfen und wodurch die eigene Freiheit stark eingeschränkt ist
1008 *Stupide:* von *Stupider:* Beschränkter; Geistloser
1160 *sintemal:* weil
1169 *hehre:* von *hehr:* durch seine Großartigkeit, Erhabenheit beeindruckend; erhaben, Ehrfurcht gebietend
1185 *Gevatter:* jemand, mit dem man befreundet, verwandt oder bekannt ist; Freund
1220 *Deixel:* der Teufel
1221 *verabsäumt:* von *verabsäumen:* vergessen, versäumen
1301 *die Hohen:* die hohen Herrn (Kaiser, Könige u. dgl.)
1360 *gewalkt:* von *walken:* kräftig massieren
1379 *Epigone:* Nachahmer
1393 *seuchtig:* süchtig, im Sinne von krank, mit einer Seuche behaftet
1413 *sieche:* von *siech:* über eine längere Zeit und ohne Aussicht auf Besserung krank, schwach
1490 *salbadert:* von *salbadern:* salbungsvoll (frömmelnd), langatmig und feierlich reden
1490 *schwadroniert:* von *schwadronieren:* wortreich, laut und lebhaft, unbekümmert, oft auch aufdringlich reden, von etwas erzählen

1502 *Souffleur:* Berufsbezeichnung; Mitarbeiter eines Theaters, der während einer Vorstellung im Souffleurkasten sitzt und souffliert [einflüstern, einsagen, vorsagen, vorsprechen, zuflüstern]

1510 *jäh:* plötzlich und mit Heftigkeit vollziehend, ohne dass man darauf vorbereitet war

1512 *Borniertheit:* mit Eingebildetheit gepaarte Engstirnigkeit, Unbelehrbarkeit

1537 *atterndes:* von *attern:* gnatzen, quengeln; eigensinnig, unverträglich sein

1557 *Betise:* Dummheit

1564 *obszönen:* von *obszön:* ungesittet, lasziv

1577 *Voland:* alte Bezeichnung für den Teufel

1577 *Verblümte:* von *verblumen:* beschönigen

1582 *bärbeißig:* brummig-unfreundlich

1614 *wofern:* falls, insofern, sofern, wenn

1627 *lastigen:* von *lastig:* eine Last habend oder ausmachend

1659 *befechten:* bekämpfen mit Florett, Degen oder (leichtem) Säbel

1666 *verharrlich:* ununterbrochen, beharrlich

1711 *Namt mich Euren Glast:* Nennt mich Euren Glanz

1730 *gemahnend:* von *gemahnen:* eindringlich ins Gedächtnis rufen

1802 *auferwachen:* erwachen

1889 *beliegen:* liegen

1895 *Gelust:* Lust

1923 *lauben:* erlauben

2007 *Krot:* Kröte

2033 *dräut:* von *dräuen:* drohen

2040 *haselieren:* sich geckenhaft gebärden, unsinnig tun

2074 *wogleich:* woraufhin

2106 *Zwölfender mit Geleit:* Soldat mit begleitender Führung

2138 *Schmack:* Geschmack

2140 *ridiküles:* von *ridikül:* lächerlich

2145 *Groschen:* im Mittelalter eine massive Münze aus reinem Silber

2198 *Elohim:* in der hebr. Bibel der Juden die plurale Bezeichnung für Gott, aber häufig auch als Eigenname gebraucht

2206 *beut:* von *beuten:* bieten

2223 *Appetenz:* Begehren

2302 *Adonai:* Umschreibung für JHWH (außerhalb des Judentums ausgeschrieben als Konjekturen Jahwe oder Jehovah; im internationalen Sprachgebrauch häufig YHWH) ist der Eigenname Gottes im Tanach, der hebr. Bibel der Juden

2304 *Lapsus:* Fehlleistung

2306 *Jehova:* JHWH s. *Adonai* (2301)

2312 *Eibe Yggdrasil:* in der Edda Träger der Welt; Urgrund und Halt der Schöpfung; auch Maßbaum, Odins Träger, Lärad, Mimameide; meist als Esche bezeichnet; als Nadelbaum, immergrün und glänzend bezeichnet, mit berauschendem Tau („Honigtau“ oder „Met“) — alles Eigenschaften der Eibe

2346 *Lärvchen:* hübsches, puppenhaftes Mädchen
2357 *grauer Mönch:* der Teufel in der Gestalt eines grauen Mönches
2393 *eingedenk:* wegen
2401 *verstarren:* erstarren
2517 *Schubben* von *schubben:* kratzen
2522 *Fluke:* quer stehende Schwanzflosse der Wale
2540 *zwischenein:* zwischendurch
2549 *ambrosisch:* himmlisch, göttlich, köstlich
2637 *Mär:* Erzählung, seltsame Geschichte, unglaubwürdiger oder unwahrer Bericht
2644 *Endschaft:* Ende
2676 *Lemaître:* Georges Edouard Lemaître (* 1894; † 1966), belgischer Theologe, katholischer Priester und Astrophysiker; Begründer der Urknalltheorie
2782 *larmoyanten:* von *larmoyant:* sentimental-weinerlich; mit allzu viel Gefühl (und Selbstmitleid)
2785 *Born:* Brunnen, Quelle
2848 *zernichten:* vernichten
2941 *obwenn:* wenn
3049 *Mamillen:* von *Mamille:* Brustwarze
3094 *Fürsinn:* hier: Sinn
vor 3237 *Schrein:* Sarg
3282 *Meister Klepperlin:* der Teufel
3309 *Sargenreste:* Reste eines Sarges
3350 *Knochenklei:* weiche Überreste von Knochen einstiger Lebewesen
3369 *Moch:* garstiger Mensch, dem nichts recht gemacht werden kann (Wortschöpfung: Guido Brose)
3371 *Klagheil:* Wehgeschrei vieler toter Seelen herab von oben (ob gute oder böse Seelen, ist nicht genau einzuordnen)
3374 *Algensud:* hier: Algenanhäufung im Meerwasser
3376 *Freund Hein:* beschönigende Verwendung für Tod (als Person)
3378 *Schaluppe:* ein leichtes Boot zum Segeln und Rudern
3382 *Nachen:* kleines muldenartiges Boot ohne Mast und Verdeck (mit oder ohne Segel)
3403 *Sardis:* roter und gelber Edelstein, (Farben des Blutes und des Goldes); versinnbildlicht den Wert des Blutes Jesu Christi und die göttliche Gerechtigkeit, mit welcher der Schuldige aufgrund des Opfertodes Jesu bekleidet ist
3404 *Topas:* Edelstein in goldgelb, versinnbildlicht die in der Herrlichkeit geoffenbarte Gerechtigkeit
3405 *Jaspis:* bunter Edelstein mit vollständiger Undurchsichtigkeit als Bild der Herrlichkeit Gottes in der Unerforschlichkeit Seines Wesens
3409 *Chrysolith:* Edelstein (bestehend aus den gr. Worten „Khrusos" für „Gold" und „Lithos" für „Stein") die Offenbarung der göttlichen Gerechtigkeit
3411 *Onyx:* biblischer Edelstein, hatte die Farbe der Fingernägel (der

Name bedeutet „Nagel“); versinnbildlicht, dass ruchlose Menschenhände sich an dem Heiligen und Gerechten vergreifen würden (nicht zu verwechseln mit dem schwarzen, oft mit weißen Adern durchzogenen Stein, der heute unter dem gleichen Namen bekannt ist)

3420 *Glorie:* Ruhm, Glanz — in der Sprache des Christentums auch (himmlische) Herrlichkeit

3423 *Opal:* Edelstein von milchartigem, bläulichem Weiß, mit violettfarbenen, blauen, roten, grünen und gelben Reflexen, gleichen den Strahlen der unendlichen Herrlichkeiten des vollkommenen Menschen

3426 *Amethyst:* violettfarbener Edelstein mit roten Nuancen; erinnert an Purpur, womit sich die Großen der alten Welt bekleideten; Sinnbild der königlichen Herrlichkeit, derjenigen des Menschensohnes, der sowohl das ganze Weltall als auch sein irdisches Bundesvolk regieren wird

3435 *Orloge:* von *Orlog:* Krieg

3436 *hoffärtiger:* von *hoffärtig:* dünkelhaft, verletzend überheblich, anmaßend stolz

3570 *Larve:* Gesichtsmaske

3603 *zwagen:* baden

3691 *Mahlschatz:* Brautgabe

3750 *Halsesenge:* Enge eines zugeschnürten Halses

3875 *subtil:* fein strukturiert (und daher schwer zu durchschauen, zu verstehen); schwierig, kompliziert

4023 *mildiglich:* in milder Weise

4023 *stupider:* von *stupide:* beschränkt; geistlos; ohne geistige Beweglichkeit oder Interessen

4026 *Märtyrer:* jemand, der für seinen Glauben stürbe

4086 *mutverwaisten:* von *mutverwaist:* ohne Mut

4156 *gewissentlich:* wissentlich, gewiss, sicher

4213 *behörig weit:* gehörig weit, sehr weit

4443 *vernichtbar:* zu vernichten

4493 *Verführer:* der Teufel

4539 *Brast:* Kummer, Gram, Sorge

4555 *Schizophrenie:* Bewusstseinsspaltung: das Erleben des Erkrankten ist geteilt in die Wahrnehmung der Realität, wie sie ist, und in die Wahrnehmung einer „virtuellen“ Realität, nämlich der eingebildeten

4612 *Bewegnis:* Bewegung

4617 *Renovatio:* Erneuerung; hier im Sinne von Wiedergeburt

4647 *dreckichten:* von *dreckicht:* dreckig

4660 *keichend:* von *keichen:* keuchen

4717 *knarren:* ein ächzendes, mit Knacken verbundenes Geräusch ohne eigentlichen Klang von sich zu geben

4830 *Juventas:* röm. Göttin der Jugend; wurde mit der gr. Göttin Hebe gleichgesetzt

4945 *abstrus:* verworren und daher unverständlich
5012 *akklamieren:* zustimmen, beipflichten
5021 *annoch:* weiterhin
5024 *ungetauftem Wein:* von *ungetaufter Wein:* nicht mit Wasser gestreckter Wein
5184 *Kruke:* Krug
5206 *wennschon:* wenngleich
5237 *sibyllinisch:* geheimnisvoll, mysteriös
5239 *lugt:* von *lugen:* hervorschauen
5241 *Mirakel: Mysterium*, Wunder
5245 *exorbitant:* außerordentlich, gewaltig, enorm, ungeheuerlich
5258 *Gula:* eine akkadische Heilsgöttin
5258 *fräßig:* gefräßig
5265 *Medusenhaupt:* Kopf der Medusa — in der gr. Mythologie eine Gorgone, die Tochter der Meeresgottheiten Phorkys und Keto sowie die Schwester von Stheno und Euryale; besaß als einzige der drei Gorgonen eine sterbliche Natur; ursprünglich eine betörende Schönheit; als aber Pallas Athene Poseidon in ihrem Tempel bei der Vergewaltigung der Medusa überraschte, war sie darüber so erzürnt, dass sie sie in ein geflügeltes Ungeheuer mit Schlangenhaaren, langen Eckzähnen, Schuppenpanzer, glühenden Augen und heraushängender Zunge verwandelte; ihr Anblick ließ jeden Mann zu Stein erstarren
5279 *Epiphanias:* auch Epiphanie oder Erscheinung des Herrn; der ursprüngliche und heute noch meist gebrauchte Name des am 6. Januar begangenen christlichen Festes; auch Weihnachtszwölfer (zwölfter Tag nach dem 1. Weihnachtsfeiertag)
5287 *kalmiertem:* von *kalmieren:* beruhigen, besänftigen
5294 *Landauer:* Kutsche, deren Verdeck von der Mitte nach vorn und hinten aufgeklappt wird
5294 *Droschken:* von *Droschke:* Mietkutsche
5322 *Fahr:* Gefahr
5470 *Allüren:* auffallendes Benehmen, Gehabe
5518 *fleue:* von *fleuen:* fliehen
5570 *Erzfeind:* der Teufel
5574 *Ichor:* in der gr. Mythologie die Flüssigkeit, welche die Götter statt des Blutes durchströmt
vor 5581 *Opiaten:* von *Opiat:* Arzneimittel, das Opium enthält, als Rauschgift verwendet
vor 5581 *Einhornabbildung, Kreis mit Querstrich, Aer, Aqua, Ignis, Terra:* Quecksilber, „Sal“ (Salz), Luft, Wasser, Feuer, Erde
5584 *der einundzwanzigste Dezember:* der Thomastag — Gedenktag des Apostels Thomas, eines der zwölf Jünger Jesu; der kürzeste Tag des Jahres („Ab dem Thomastag wächst der Tag um einen Hahnenschrei“), dementsprechend ist die Nacht vom 20. auf den 21. Dezember die Thomasnacht (die mit vielen Bräuchen und einigem Aberglauben verbunden ist und die erste Rau-

hnacht darstellt), die längste Nacht des Jahres; mancherorts begann am Thomastag ein zwölf Tage anhaltendes Glockengeläut, das die bösen Geister vertreiben sollte

5601 *Rex infernus:* Höllenkönig

5602 *dona mihi salutem!:* etwa: Sei gegrüßt!

vor 5621 *Höllenzwang:* (auch Geisterzwang) Zusammenstellung als Titel oder Bezeichnung mehrerer Zauberbücher mit verschiedenen Zaubersprüchen und Zauberzeichen, durch Riten und Anrufungen Dämonen der Hölle zu zwingen, die Wünsche des Magiers auszuführen

5624 *Bravour:* Tapferkeit, Schneid

5626 *Deiwel:* der Teufel

5680 *Mundus:* Welt, Weltall, Weltordnung

5741 *Scheusal:* der Teufel

5798 *flöten geht:* von *flöten gehen:* abhandenkommen

5802 *eisicht:* eisig

5815 f. *Fauste, iudicatus es, in aeternum damnatus es!:* Faust, du bist gerichtet, in Ewigkeit bist du verdammt! (Fauste - lat. Anredefall für „Faustus")

5840 *Herr Urian:* bezeichnet eine unangenehme, unerwünschte Person (hier den Teufel)

5962 *Abrasax:* das Symbol des höchsten Urwesens, aus dem nach ihm die fünf Urkräfte Geist, Wort, Vorsehung, Weisheit und Macht hervorgegangen sind; zudem höchster Gott, der angeblich auch Jesus auf die Welt entsandt hat, der zwar nur als Geist, aber dennoch als Sohn des alttestamentlichen Gottes und als Messias gilt; spielte außerdem bei vielen magischen Praktiken eine wichtige Rolle; wird aufgrund seiner blasphemischen Deutungsmöglichkeit oft mit satanistischen Strömungen in Verbindung gebracht

5966 *krauchen:* kriechen

5974 *eklicht:* eklig

6065 *Imme:* Biene

6117 *Starrgebild:* eine starre Figur

6119 *umnarbt:* von *umnarben:* durch austretende heiße Dämpfe, denen jemand ausgesetzt ist, entstehen Narben, ähnlich den Kesselfurchen (Spuren, Rinnen, Furchen etc. eines alten Kessels durch ständiges Kochen; Wortbildung: Guido Brose)

6127 *blümerant:* flau, unwohl, übel

6200 *versickt:* von *versicken:* versickern

6231 *verdringt:* von *verdringen:* drängend fortschieben, beseitigen

6239 *Ketzer:* jemand, der eine Meinung vertrat, die nicht den kirchlichen Glaubenssätzen entsprach

6244 *Ketzerfeuer:* Scheiterhaufen (Scheiter, alte Pluralform von Scheit, althochdeutsch für „Holzstück")

6262 *Zerberus:* in der gr. Mythologie der Höllenhund und Torhüter, der den Eingang zur Unterwelt bewacht

6264 *hungrichte:* von *hungricht:* hungrig

6267 *Erinnyen:* auch Furien; drei Schwestern der gr. Mythologie: Alecto („die Böse“), Megaera („die Widerwillige“) und Tisiphone („die Rächerin“), grausame Kreaturen mit heißem Atem, mit aus den Augen giftigem Blut tropfend, mit schlangengeringelten Köpfen; verfolgten Verbrechen wie Respektlosigkeit, Ungerechtigkeit, Meineid oder Arroganz, zuvorderst aber den Mord, besonders den Mord innerhalb einer Familie; ihre Gier für Strafe kannte keine Grenzen, denn sie bestraften einen Sünder sogar nach seinem Tode, bis zu dem Punkt, an dem er letztendlich Reue zeigte

6279 *schleimichte:* von *schleimicht:* schleimig

6295 *transzendente:* von *transzendent:* die Grenzen der Erfahrung und der sinnlich erkennbaren Welt überschreitend; übersinnlich, übernatürlich

6301 *Mantikoren* von *Mantikor:* griechisch-persisches Fabelwesen; Mischwesen mit dem Körper eines Löwen mit zinnoberfarbenem Fell, dem Schwanz eines Drachen oder Skorpions, in manchen Darstellungen auch mit Flügeln; das Gesicht ist durch drei hintereinander gelegene Zahnreihen entstellt, die Ohren ähneln denen eines Menschen; kann giftige Stacheln wie Pfeile abfeuern, die das Gift des Upas-Baumes (Antiaris toxicaria) enthalten; in manchen Versionen kann er diese Pfeile auch aus seiner Mähne schießen; tötet auch mit seinen Krallen, ist sehr gewandt, kann kraftvoll springen und besitzt eine sehr laute Stimme; lebt im indischen Dschungel, ernährt sich auch von Menschen; kann sprechen und erreicht die Intelligenz eines Menschen

6303 *Waran:* Gattung der Schuppenkriechtiere (Squamata) aus der Teilordnung der Schleichenartigen (Anguimorpha)

6304 *Chimären:* von *Chimäre:* ein Mischwesen der gr. Mythologie; eine Tochter der Ungeheuer Echidna und Typhon; lebte in dem Ort Chimaira in Lykien, wo sie Mensch und Tier bedrohte; feuerspeiendes Mischwesen mit drei Köpfen: dem eines Löwen, im Nacken dem einer Ziege, und als Schwanz hat sie den Kopf einer Schlange oder den eines Drachen

6336 *Pendant:* (ergänzendes) Gegenstück

6411 *Gelassen:* Handeln

6538 *karessieren:* liebkosen

6641 *Herzgeflimmers:* von *Herzgeflimmer:* Herzflimmern

6646 *Lavoir:* Waschschüssel auf einem Ständer

6683 *Romalis:* „Tanz der Zigeuner“; ein leidenschaftlicher Einzeltanz, eine betont physische Inszenierung von Vitalität und Passion, bei dem ein weiblicher Körper sich selbstbewusst den genießerischen Blicken der Männer aussetzt und voller Hochmut seine erotische Energie behauptet

6745 *jahend:* von *jahen:* bejahen, Ja sagen

6796 *Onanie:* Selbstbefriedigung (hier: S. der Vernunft)

6798 *pokuliert:* von *pokulieren:* zechen, stark trinken
6890 *linder:* von *lind:* sanft, zart
6898 *Gämsen:* von *Gämse:* im Hochgebirge lebendes, zu den Paarhufern gehörendes Säugetier mit gelblich braunem bis rotbraunem Fell und nach hinten gekrümmtem Gehörn
6901 *bestarren:* anstarren
6942 *frappant:* verblüffend, überraschend, frappierend
7044 *Hekate:* Hexenmutter, Göttin der Hexen; in der gr. Mythologie die Göttin der Magie, der Nekromantie, des Spuks
7069 *Angelikawurzel:* auch Engelwurz; wirkt Blähungen und Völlegefühl entgegen; ein Engel soll sie in Zeiten großer Not als Heilmittel zur Erde gesandt haben, ein frommer Mann fand sie und setzte sie als Mittel gegen die Pest ein
7097 *Johannisnacht:* Nacht vor dem 24. Juni, dem Johannistag; Hexensabbate wurden in regelmäßigen Abständen zu gewissen günstigen Zeiten abgehalten, nämlich zu Lichtmess (2. Februar), in der Walpurgisnacht (30. April), in der Johannisnacht, am früher in England gefeierten Lammas-Tag (1. August), zu Halloween (31. Oktober) und am Thomastag (21. Dezember)
7110 *Quarre:* weinerliches Kind
7163 *ersichtet:* von *ersichten:* sehen, erkennen
7185 *Drude:* in der Fabellehre übermenschliches weibliches Wesen, das auf Menschen heilsam oder verderblich einwirken kann
7190 *klerikaler:* von *klerikal:* zum Stand der katholischen Geistlichen, zum *Klerus* gehörend; in der Gesinnung unbeirrbar, konsequent den Standpunkt des katholischen Priesterstandes vertretend; Ansprüche des Klerus fördernd, unterstützend
7191 *ritenschwarzes Reich:* Reich schwarzer Rituale
7200 *schamanisches:* von *schamanisch:* Angehörige des Schamanismus; ihnen wird in vielen Naturreligionen die Fähigkeit zugeschrieben, in Bewusstseinszuständen wie der Ekstase in Bereiche vorzudringen, die einer normalen Wahrnehmung nicht zugänglich sind
7217 *Succubi:* von *Succubus:* ein weiblicher Alb (Elf), ein Albträume verursachender, nachtaktiver Dämon
7217 *Incubi:* von *Incubus:* männliches Gegenstück zu *Succubus*
7224 *orgiastische:* von *orgiastisch:* zügellos, hemmungslos
7228 *Lammas-Tag:* 1. August; Tag der Ernte, der Reife, Schnitterfest; s. *Johannisnacht* (7097)
7331 *Habitus:* Gesamterscheinungsbild einer Person nach Aussehen
7356 *Nosferatu:* sagenhafter Name einer angeblichen besonderen Spezies von Vampiren in Rumänien
7442 *Fluidum:* besondere, von einer Person oder Sache ausgehende Wirkung oder Ausstrahlung, die eine bestimmte Atmosphäre schafft
7498 *Tremolo:* zitternde, bebende Stimme
7513 *Gleisner:* Heuchler; hier im Sinne von Blender, Imponierer

7548 *wohlichte:* von *wohlicht:* wohlig
7552 *Euphore:* Euphorie; subjektiv temporäre überschwängliche Gemütsverfassung
7727 *Halbscheid:* Hälfte
7775 *Pendule:* größere Uhr, die durch ein Pendel in Gang gehalten wird
7831 *Gäspen:* von *Gäspe:* so viel, als man in beiden zusammengehaltenen Händen fassen kann
7831 *Pomeranzen:* von *Pomeranze:* Bitterorange, auch Sevilla-Orange oder Saure Orange; Hybride zwischen Pampelmuse und Mandarine
7855 *moribund:* todgeweiht, im Sterben liegend, dem Tode nah
7886 *chorenhaft:* einem Chor gleich
7934 *lachengleich:* einer Lache gleich = kleinere Ansammlung von Flüssigkeit (besonders von Wasser), die sich auf einer Fläche, in einer flachen Vertiefung gebildet hat
8067 *Violen:* von *Viola:* Veilchen
8085 *Heureka:* freudiger Ausruf, besonders bei der Lösung eines schwierigen Problems (altgriechisch für „Ich habe [es] gefunden"); der Spruch ist vor allem im Zusammenhang mit Archimedes von Syrakus überliefert und bekannt
8140 *Labskaus:* ein Seemannsgericht; Brei aus gepökeltem Rindfleisch, eingelegter roter Bete, Zwiebeln und Kartoffeln; entstand in der Zeit der Segelschifffahrt und bestand wohl ursprünglich v. a. aus Pökelfleisch
8156 *Heckmeck:* unnötige Umstände; Getue; überflüssiges, nichtssagendes Gerede
8162 *Weigand:* Übersetzung des gr. Begriffs Heros (Gestalt der gr. und röm. Mythologie, meist halbgöttlicher Herkunft); Kämpfer, Held
8330 *Linnenhose:* Leinenhose
8399 *hämen:* hämisch reden, spotten
8461 *Nec scire fas est omnia!:* Es ist unmöglich, alles zu wissen! — Zitat von Horaz (eig. Quintus Horatius Flaccus (* 65 v. Chr.; † 8 v. Chr.), einer der bedeutendsten römischen Dichter der Augusteischen Zeit)
8503 *Inkunabeln:* von *Inkunabel:* mit beweglichen Lettern gedruckte Schrift, die zwischen der Fertigstellung der Gutenberg-Bibel im Jahr 1454 und dem 31. Dezember 1500 hergestellt wurde
8514 *maladen:* von *malade:* (leicht) krank und sich deshalb unwohl, elend fühlend
8528 *moosicht:* moosig; moosbedeckt, sumpfig, morastig
8533 *garstichte:* von *garsticht:* garstig
8544 *Bast:* behaarte, filzige Haut auf einem neu gebildeten Geweih
8546 *Esudew:* Fantasiegetier als Höllenhund mit Geweih (Schöpfung: Guido Brose)
8593 *stieben:* rasch (und panikartig) irgendwohin davonlaufen, auseinanderlaufen

8693 *schnippisch:* dreist, lausbübisch, spöttisch
8712 *pikiert:* von *pikieren:* sich worüber verletzt fühlen, ärgerlich, gereizt, empfindlich werden
8750 *Linnen:* Leinen (Gewebe)
8770 *lughaften:* von *lughaft:* lügenhaft, verlogen
8778 *diebt:* von *dieben:* stehlen
8797 *ehrbarlich:* ehrbar, ehrsam, sittsam, züchtig
8889 *Sibylle:* (auch fälschlich Sybille) dem Mythos nach eine Prophetin, die im Gegensatz zu anderen göttlich inspirierten Sehern ursprünglich unaufgefordert die Zukunft weissagt; meistens doppeldeutig, teilweise auch in Form eines Rätsels
8909 *Vellum:* eine feine Pergamentart, die aus Haut von Kälbern und Kälberföten gewonnen wird
8912 *drakonisch:* sehr streng, hart
8913 *Trismegistos:* Göttergestalt des Hermes Trismegistos („der dreimal größte Hermes"); eine synkretistische Verschmelzung des gr. Gottes Hermes mit dem ägyp. Gott Thot
8914 *Tabula Smaragdina:* (lat. für „smaragdene Tafel") ein traditionell dem Hermes Trismegistos zugeschriebener Text, der die philosophische Basis der Hermetik bildet und der als Grundlagentext der Alchemie gilt
8922 *Ouroboros:* Symbol der kosmischen Einheit, die sich in der Formel „Hen to pan" = „Eins ist alles" ausdrückt und insbesondere der Entsprechung von Mikro- und Makrokosmos dient
8929 *Nadir und Zenit: Nadir* ist der Fußpunkt, *Zenit* der Punkt des Himmels, der sich genau über dem Beobachter befindet
8943 *Astrolabium:* Sternhöhenmesser; ein scheibenförmiges astronomisches Instrument, mit dem der sich drehende Himmel nachgebildet werden kann
8948 *Äquinoktium:* einer der beiden Tage im Jahr, an denen der lichte Tag und die Nacht gleich lang sind
8954 *Provenienz:* Bereich, aus dem jemand oder etwas stammt
8993 *entaltert:* von *entaltern:* verjüngen
9132 *Azoth / Lapis philosophorum:* Stein der Weisen; von Alchemisten seit der Spätantike so bezeichnete Substanz, mit der man unedle Metalle (bspw. Quecksilber) in Gold oder Silber verwandeln könne; galt zudem als Universalmedizin; die Entdeckung des Steins der Weisen wird als das „Große Werk" bezeichnet, für dessen Herstellung ist die Enthüllung der Ursubstanz, der sog. Prima materia notwendig
9155 *kasteit:* von *kasteien:* sich als Bußübung Schmerzen, Entbehrungen auferlegen (sich quälen)
9156 *Paktierer:* jemand, der mit einem anderen einen Bund, ein Bündnis eingegangen ist
9157 *Nimbus:* besonderes Ansehen, glanzvoller Ruhm
9161 *Stetlin:* Städtchen, kleine Stadt
9166 *Machdeburch:* (magdeburgisch für:) Magdeburg; heutige Landeshauptstadt Sachsen-Anhalts, Stadt an der Elbe

9168 *Zechbrüdern:* von *Zechbruder:* Trinker, Trunkenbold
9168 *Räte:* Amtsbezeichnung der Beamten und Richter
9171 *Schankbub:* Kellner in Wirtschaften; Zapfjunge, Schankjunge
9172 *Häme:* Blamage, Verhöhnung
9194 *kess:* dreist, schneidig, vorlaut
9229 *Schankherrn:* von *Schankherr:* Wirt
9238 *verargen:* übel nehmen, verübeln
9308 *nerziger Mantelstoff:* Mantelstoff aus Nerz
9329 *schattichte:* von *schatticht:* schattig
9499 *gebenedeiten:* von *benedeien:* segnen, lobpreisen
9606 *weiland:* einst, früher
9645 *Ordal:* Gottesurteil
9737 *Mysterium:* geheimnisvolles, mit dem Verstand nicht ergründbares Geschehen; unergründliches Geheimnis besonders religiöser Art
9916 *salzichte:* von *salzicht:* salzig
9948 *todtraurichte:* von *todtrauricht:* todtraurig
9993 *Barbara:* (Barbara von Nikomedien) soll eine christl. Jungfrau, Märtyrin und Heilige des 3. Jh. gewesen sein; vom Vater enthauptet, weil sie sich weigerte, ihren christl. Glauben und ihre jungfr. Hingabe an Gott aufzugeben; zählt zu den Vierzehn Nothelfern; ihr Verhalten im Angesicht von Verfolgung und Tod gilt als Symbol der Wehr- und Standhaftigkeit im Glauben
9993 *Sylphe:* Nymphe (eine Feenart; meist als Frau); mythologischer Naturgeist, der dem Element Luft zugeordnet ist
9997 *wehmütichte:* von *wehmüticht:* wehmütig
10064 *blutichte:* von *bluticht:* blutig
10101 *dannenhero:* deshalb
10155 *willichte:* von *willicht:* willig
10226 *Palaver:* (umgangsspr. abwertend) endloses wortreiches, meist überflüssiges Gerede
10228 *Sanguis et Cinis:* Blut und (Leichen-)Asche
10415 *Apokalypse:* Schrift, die sich in Visionen, Träumen, Weissagungen mit dem kommenden Weltende befasst; Syn. für Untergang, Unheil, Grauen
10418 *beredter:* von *beredt:* redegewandt; eloquent
10458 *buon giorno, bambina:* hier etwa: Hallo, Kleine
10489 *ciao, bambina:* hier etwa: Tschüss, Kleine
10502 *Abakus:* die über dem Kapitell einer Säule liegende viereckige Deckplatte
10516 *Epitaphium:* ein künstlerisch aufwändig gestaltetes Erinnerungsmal für Verstorbene; befindet sich nicht zwangsläufig am Bestattungsort
10531 *Kapitell:* dekorativ gestaltetes Kopfstück einer Säule; zeigt in der dorischen Ordnung ein einfaches, häufig mit Ornamenten bemaltes Profil, das die vorwiegend quadratische oder rechteckige Abakusplatte (Abakus) abdeckt
10583 *kunnt:* von *kunnte:* konnte

10593 *Grabscheit:* Spaten, Grabschaufel
10597 *fervent:* hitzig, glühend, eifrig
10611 *Jahwe:* JHWH s. *Adonai* (2301)
10667 *klandestine:* von *klandestin:* heimlich, geheim
10829 *Eiß:* Eitergeschwür
10850 *gerindet:* von *gerinden:* voll von Narben; Haut, so hart wie Rinde (Wortbildung: Guido Brose)
10853 *Ohm:* eine alte Volumeneinheit; entsprach zwischen 134 und 174,75 Litern (in Baden 150,1 l)
10866 *schmierichte:* von *schmiericht:* schmierig
10868 *Einmast:* hier: Querbalken
10872 *I.N.R.I.:* die Initialen für den lateinischen Satz Iesus Nazarenus Rex Iudaeorum — „Jesus von Nazareth, König der Juden"; stand nach Joh 19,19f EU in drei Sprachen (Hebr., Lat., Gr.) auf einer Tafel, die der röm. Statthalter Pontius Pilatus oben am Kreuz Jesu anbringen ließ, um den Rechtsgrund seiner Kreuzigung anzugeben
10876 *Venolen:* von *Venole:* die kleinste Aufzweigung der Venen
10921 *fatigante:* von *fatigant:* ermüdend, langweilig; lästig
10929 *tupfiert:* dichterisch für tupft
10950 *Aspiration:* Hoffnung; ehrgeiziger Plan
10966 *Panoptikum:* Kuriositätensammlung
10990 *Michel:* Hamburgs evangelische Hauptkirche St. Michaelis; Wahrzeichen der Hansestadt, da sie für Seeleute auf einlaufenden Schiffen gut sichtbar ist
11004 *mannigfaltichte:* von *mannigfaltich:* mannigfaltig; auf vielerlei Art gestaltet
11012 *patinahelmigen:* von *patinahelmig:* Kupferdächer mit Patina
11024 *Tropicana:* hier: Tropen
11029 *Plünn:* Habseligkeit, Kram, Zeug
11113 *Fugnis:* Fügung
11132 *des Ketzertums, der Häresie: Ketzertum/Häresie:* Bezeichnung für eine Lehre, die im Widerspruch zur Lehre einer christlichen Großkirche oder einer anderen vorherrschenden Auffassung steht und beansprucht, selbst die Wahrheit richtiger zum Ausdruck zu bringen
11134 *Kleriker:* Angehöriger des *Klerus*
11134 *vifer:* von *vif:* lebhaft
11148 *exkommuniziert:* von *exkommunizieren:* jemanden (zur Strafe) aus der Gemeinschaft der Gläubigen ausschließen
11151 *schalten:* von *schelten:* tadeln
11220 *au revoir:* auf Wiedersehen
11280 *suften:* seröse Flüssigkeit absondernd: Körpersäfte, die durch Transsudation aus dem Blut entstehen
11280 *weihevoll:* sehr feierlich
11280 *Kokken:* von *Kokke:* kugelförmige Bakterie
11282 *eitrichte:* von *eitricht:* eitrig

11284 *aasichte:* von *aasicht:* aasig
11289 *Dümpel:* schlammiger Dreck
11289 *sifft:* von *siffen:* tropfen
11299 *valanten:* von valant: teuflisch
11304 *hievt:* von *hieven:* (eine Last) heraufziehen
11317 *arabesk:* Arabesken aufweisend; rankenförmig verziert, verschnörkelt
11318 *Tünch:* jemand, der das wahre Wesen verdeckt, verdecken will; im Sinne von „weißer Überzug, Anstrich"
11320 *Tombak:* besonders als Goldimitation bei Schmuck verwendete kupferreiche Kupfer-Zink-Legierung
11323 *schlipfen:* ausgleiten, rutschen
11325 *Tympanum:* eine Schmuckfläche in Giebeldreiecken oder im Bogenfeld von Portalen
11326 *Kreuzblumen:* von *Kreuzblume:* ein blumenähnliches Ornament aus Naturstein an gotischen oder neugotischen Bauten
11329 *scheel:* eine auf Missgunst, Neid, Misstrauen oder Geringschätzung beruhende Ablehnung, Feindseligkeit ausdrückend
11330 *Mittelschiff:* der mittlere Längsraum einer Kirche
11333 *Archivolte:* ein durch Profilierung oder figürliche Dekoration geschmückter Rund- oder Spitzbogen
11343 *etwelchen:* von *etwelche:* einige, irgendwelche
11344 *Gaden:* in der mehrschiffigen Basilika die Mauer des Mittelschiffs mit ihren Fenstern
11348 *Fialen:* von *Fiale:* schlankes, spitzes gotisches Türmchen
11348 *girren:* schmeichelnd, verführerisch, kokettierend sprechen, lachen
11349 *Baldachin:* steinerne Überdachung über einer Kanzel, einer Statue o. Ä.
11349 *Obdach:* Unterstand
11349 *verschroben:* (in Wesen, Aussehen oder Verhalten) absonderlich anmutend
11351 *blagiert:* von *blagieren:* ein Plagiat erstellen, sich dabei aber ein wenig schämen, ähnlich dem Blamieren (Wortbildung: Guido Brose)
11352 *gekammert:* von *kammern:* streng kleiden
11372 *Joch* (Architektur): (in durch Pfeiler oder Säulen gegliederte Räume) jeweils durch vier Stützen gebildete räumliche Einheit; Travée
11373 *Moritat:* vorgetragenes Lied, das eine schauerliche oder rührselige Geschichte zum Inhalt hat (und mit einer belehrenden Moral endet)
11374 *lanzt:* von *lanzen:* wie eine Lanze stecken
11385 *Scheidbogen:* Bogen, der als architektonische Betonung das Mittelschiffjoch einer mittelalterlichen Basilika vom Joch der Seitenschiffe scheidet
11390 *Spandrillen:* von *Spandrille:* in der Architetur eine dreiseitig begrenzte Fläche; die zweidimensionalen Bogenzwickel sind die Flächen zwischen einem Rundbogen und seiner rechtwinkligen Umrahmung (Alfiz)
11391 *Bosse:* Vorsprünge im Mauerwerk aus Steinquadern

11393 *Vierung:* wird im Kirchenbau der Raum bezeichnet, der beim Zusammentreffen des Haupt- und Querschiffes einer Kirche entsteht
11397 *Gurtbogen:* gemauerter Bogen eines Gewölbes, der das Gewölbe quer unterteilt oder auch abschließt; durch sie werden die Gewölbe in einzelne Joche unterteilt
11398 *Diptychon:* ein zweiteiliges, geschnitztes oder bemaltes Bildwerk — auch zusammenklappbares Altarretabel (Altarbild)
11416 *Sakramentes:* von *Sakrament:* von Jesus Christus eingesetzte zeichenhafte Handlung, die in traditionellen Formen vollzogen wird und nach christlichem Glauben dem Menschen in sinnlich wahrnehmbarer Weise die Gnade Gottes übermittelt
11418 *Treppentürmen:* von *Treppenturm:* ein auf rundem oder polygonalem Grundriss errichteter turmartiger Gebäudeteil, der ein Treppenhaus, meistens mit einer Wendeltreppe, enthält; besonders beliebt in Gotik und Frührenaissance
11420 *Querschiff:* das in rechtwinkliger Position zum Langhaus verlaufende, kürzere Schiff einer Kirche
11423 *derowegen:* deretwegen
11465 *sakralen:* von *sakral:* (geweiht und daher) heilig; religiösen Zwecken dienend
11516 ff. *In deum unum credo* [...] *Memento mori!:* Wir glauben an den einen Gott!
Wir werden für Gott durch Ihn sterben!
Zauberei! Teuflische Ringmauer!
Bedenke, dass du sterblich bist!
11542 *Meucheltat:* heimtückischer Mord
11564 *defäkieren:* Kot ausscheiden
11571 *armselichte:* von *armselicht:* armselig
11585 *Schober:* überdachtes Brettergerüst, Feldscheune besonders für Heu, Stroh
11639 *Ekpyrosis:* in der Philosophie ein Weltbrand, Wiederauflösung der Welt in Feuer, das Urelement, aus dem sie entstand (philos. Lehre bei Heraklit und den Stoikern)
11648 *flattrichte:* von *flattricht:* flattrig
11667 *modrichte:* von *modricht:* modrig
11683 *Fasson:* das Wahren der Selbstbeherrschung; Contenance
11731 *unfähichte:* von *unfähicht:* unfähig
11756 *einfältichte:* von *einfältícht:* einfältig
11761 *Drudenfüße:* von *Drudenfuß:* auch fünfzackiger Stern, Drudenkreuz, Alpfuß, Maarfuß, Nornenstapfe, Pentagramm, Pentalpha, Pentakel, Pentangulum, signum Pythagoricum, signum Hygeae, signum sanitatis; galt als Bannzeichen gegen das Böse sowie als Zauber- und Abwehrzeichen gegen Dämonen
11885 *Baphometen:* von *Baphomet:* ziegenköpfige Figur des Okkultismus; Widersacher des Lichts, der Liebe und der Harmonie
11920 *wollüstichte:* von *wollüsticht:* wollüstig

11933 *orgastisch:* den Orgasmus betreffend; wollüstig
11970 *Baptist:* Mitglied einer evangelischen Konfessionsfamilie, zu dessen besondere Merkmale die ausschließliche Praxis der Gläubigentaufe oder Glaubenstaufe ebenso gehört wie die Betonung, dass die Ortsgemeinde für ihr Leben und ihre Lehre selbst verantwortlich ist
11998 *lausichte:* von *lausicht:* lausig
11999 *abartichte:* von *abarticht:* abartig
12007 *Metzge:* Schlachtbank, Schlachtstätte, Fleischbank
12014 *Askese:* streng enthaltsame und entsagende Lebensweise (zur Verwirklichung sittlicher und religiöser Ideale)
12027 *Metrum:* Rhythmus
12028 *anmuticht:* anmutig
12031 *Organum:* Musikinstrument, besonders Orgel
12042 *zwier:* zweimal
12078 *Paimon:* in der Dämonologie einer der Könige der Hölle und wird in unterschiedlichen Grimoiren erwähnt
12094 *anhaltsamer:* von *anhaltsam:* beharrlich, andauernd
12113 *Pentakel:* siehe *Drudenfuß* (11761)
12115 *infernales:* von *infernal:* höllisch, teuflisch
12128 Violen: von Viola: Veilchen
12133 *Pans:* von *Pan:* in der gr. Mythologie der Hirtengott; ein Mischwesen mit Menschenoberkörper und dem Unterkörper eines Ziegenbocks
12163 *gierichte:* von *giericht:* gierig
12167 *Geburtsgeile:* die zur Zeugung nötigen Geilen bei dem männlichen Geschlechte; die Hoden (auch die Eierstöcke führten einst diesen Namen)
12167 *Hexenschürze:* wenn die inneren Schamlippen über die äußeren stehen
12170 *Zervixschleim:* Sekret der Zervix; Cervix uteri (des Gebärmutterhalses)
12220 *Nornenstapfe:* siehe *Drudenfuß* (11761)
12228 *Nominal:* Schlagton für die Tonhöhe einer Kirchenglocke
12244 *feurichte:* von *feuricht:* feurig
12487 *asketisches:* von *asketisch:* die *Askese* betreffend; entsagend, enthaltsam
12488 *fraterhaftes:* von *fraterhaft:* (ordens-)brüderlich
12490 *Getändel:* Anbändeln, Sichannähern, Flirten, Kokettieren, Liebäugeln, Poussieren, Schäkern, Turteln
12545 *Martyrien:* von *Martyrium:* schweres Leiden (bis zum Tod)
12546 *frugales:* von *frugal:* karg (in Bezug auf die Lebensweise), einfach, bescheiden
12547 *Raufe:* aus Stäben bestehendes Gestell, das Heu, Stroh oder Gras für Wild, Vieh oder Nagetiere enthält
12558 *Lumen:* Maßeinheit des Lichtstromes
12600 *Schafott:* meist erhöhtes Gerüst, auf dem Hinrichtungen durch Enthauptung vorgenommen werden

12640 *Johannestrunk:* eine Art Abschiedstrunk, der Dank der Fürsprache des Evangelisten Johannes den zu seiner Ehre getrunkenen Wein u. a. Gefahren abwenden sollte (selbst Luther benutzte für das Wort „Verabschieden“ durchaus noch die Redensart „den Johannestrunk nehmen“)
12688 *Elegie:* Wehmut, Schwermut, elegische Stimmung
12741 *Kastenbrunnen:* Brunnen bis 1692 am Knittlinger Rathaus
12744 *Malefizglöcklein:* kleine Glocke, die zu Beginn eines peinlichen Prozesses oder beim Strafvollzug geläutet wurde
12767 *Hoffart:* Dünkel; verletzend überhebliches Betragen; anmaßender Stolz
12864 *radebrecht:* von *radebrechen:* stottern

Lexikalisches in alphabetischer Reihenfolge, ohne Zeilennummerierung

A

- aasichte: von aasicht: aasig
- Abakus: die über dem Kapitell einer Säule liegende viereckige Deckplatte
- abartichte: von abarticht: abartig
- Abrasax: das Symbol des höchsten Urwesens, aus dem nach ihm die fünf Urkräfte Geist, Wort, Vorsehung, Weisheit und Macht hervorgegangen sind; zudem höchster Gott, der angeblich auch Jesus auf die Welt entsandt hat, der zwar nur als Geist, aber dennoch als Sohn des alttestamentlichen Gottes und als Messias gilt; spielte außerdem bei vielen magischen Praktiken eine wichtige Rolle; wird aufgrund seiner blasphemischen Deutungsmöglichkeit oft mit satanistischen Strömungen in Verbindung gebracht
- abstrus: verworren und daher unverständlich
- Adonai: Umschreibung für JHWH (außerhalb des Judentums ausgeschrieben als Konjekturen Jahwe oder Jehovah; im internationalen Sprachgebrauch häufig YHWH) ist der Eigenname Gottes im Tanach, der hebr. Bibel der Juden
- Aer: Luft
- Aeromant: Weissager aus der Luft, aus Wolken, Nebel, Vogelzug usw.
- akklamieren: zustimmen, beipflichten
- Alchemie: (auch Alchimie) ursprünglich (bei den „wahren Alchemisten") nicht allein der Versuch der Metall-Umwandlung und der laboratorischen Herstellung von künstlichem Gold, sondern gleichzeitig und sogar vorrangig der Versuch eigener geistiger Vervollkommnung, sozusagen der Herstellung von „innerem Gold"
- Algensud: hier: Algenanhäufung im Meerwasser
- Allüren: auffallendes Benehmen, Gehabe
- ambrosisch: himmlisch, göttlich, köstlich
- Amethyst: violettfarbener Edelstein mit roten Nuancen; erinnert an Purpur, womit sich die Großen der alten Welt bekleideten; Sinnbild der königlichen Herrlichkeit, derjenigen des Menschensohnes, der sowohl das ganze Weltall als auch sein irdisches Bundesvolk regieren wird
- Angelikawurzel: auch Engelwurz; wirkt Blähungen und Völlegefühl entgegen; ein Engel soll sie in Zeiten großer Not als Heilmittel zur Erde gesandt haben, ein frommer Mann fand sie und setzte sie als Mittel gegen die Pest ein
- anhaltsamer: von anhaltsam: beharrlich, andauernd
- anmuticht: anmutig
- annoch: weiterhin
- Anomalie: Abweichung vom Normalen; Abnormität
- Apage Satanas: im Mittelalter eine feststehende Formel zur Bannung einer teuflischen Erscheinung; „Fort mit dir!"
- Apokalypse: Schrift, die sich in Visionen, Träumen, Weissagungen mit dem kommenden Weltende befasst; Syn. für Untergang, Unheil, Grauen
- Appetenz: Begehren
- Aqua: Wasser
- Äquinoktium: einer der beiden Tage im Jahr, an denen der lichte Tag und die Nacht gleich lang sind

⸙ arabesk: Arabesken aufweisend; rankenförmig verziert, verschnörkelt
⸙ Archivolte: ein durch Profilierung oder figürliche Dekoration geschmückter Rund- oder Spitzbogen
⸙ armselichte: von armselicht: armselig
⸙ Askese: streng enthaltsame und entsagende Lebensweise (zur Verwirklichung sittlicher und religiöser Ideale)
⸙ asketisches: von asketisch: die Askese betreffend; entsagend, enthaltsam
⸙ Aspiration: Hoffnung; ehrgeiziger Plan
⸙ Astrolabium: Sternhöhenmesser; ein scheibenförmiges astronomisches Instrument, mit dem der sich drehende Himmel nachgebildet werden kann
⸙ atterndes: von attern: gnatzen, quengeln; eigensinnig, unverträglich sein
⸙ au revoir: auf Wiedersehen
⸙ Aufacht: Aufmerksamkeit, Obacht
⸙ auferwachen: erwachen
⸙ Azoth / Lapis philosophorum: Stein der Weisen; von Alchemisten seit der Spätantike so bezeichnete Substanz, mit der man unedle Metalle (bspw. Quecksilber) in Gold oder Silber verwandeln könne; galt zudem als Universalmedizin; die Entdeckung des Steins der Weisen wird als das „Große Werk" bezeichnet, für dessen Herstellung ist die Enthüllung der Ursubstanz, der sog. Prima materia notwendig

B

⸙ Baldachin: steinerne Überdachung über einer Kanzel, einer Statue o. Ä.
⸙ Baphometen: von Baphomet: ziegenköpfige Figur des Okkultismus; Widersacher des Lichts, der Liebe und der Harmonie
⸙ Balustrade: eine individuell gestaltete niedrige Reihe säulenartiger Stützen mit durchlaufender Abdeckung, die als Brüstung oder Geländer dient.
⸙ Baptist: Mitglied einer evangelischen Konfessionsfamilie, zu dessen besondere Merkmale die ausschließliche Praxis der Gläubigentaufe oder Glaubenstaufe ebenso gehört wie die Betonung, dass die Ortsgemeinde für ihr Leben und ihre Lehre selbst verantwortlich ist
⸙ Barbara: (Barbara von Nikomedien) soll eine christl. Jungfrau, Märtyrin und Heilige des 3. Jh. gewesen sein; vom Vater enthauptet, weil sie sich weigerte, ihren christl. Glauben und ihre jungfr. Hingabe an Gott aufzugeben; zählt zu den Vierzehn Nothelfern; ihr Verhalten im Angesicht von Verfolgung und Tod gilt als Symbol der Wehr- und Standhaftigkeit im Glauben
⸙ bärbeißig: brummig-unfreundlich
⸙ bass: tief
⸙ Bast: behaarte, filzige Haut auf einem neu gebildeten Geweih
⸙ befechten: bekämpfen mit Florett, Degen oder (leichtem) Säbel
⸙ behörig weit: gehörig weit, sehr weit
⸙ beiten: beten
⸙ beliegen: liegen
⸙ benedeien: segnen, lobpreisen
⸙ beredter: von beredt: redegewandt; eloquent
⸙ bestarren: anstarren

⸗ Bethel: Beichtstuhl
⸗ Betise: Dummheit
⸗ beut: von beuten: bieten
⸗ Bewegnis: Bewegung
⸗ Beweisung: Beweis
⸗ bidmen: beben
⸗ blagiert: von blagieren: ein Plagiat erstellen, sich dabei aber ein wenig schämen, ähnlich dem Blamieren (Wortbildung: Guido Brose)
⸗ blümerant: flau, unwohl, übel
⸗ blutichte: von bluticht: blutig
⸗ Born: Brunnen, Quelle
⸗ Borniertheit: mit Eingebildetheit gepaarte Engstirnigkeit, Unbelehrbarkeit
⸗ Bosse: Vorsprünge im Mauerwerk aus Steinquadern
⸗ Brast: Kummer, Gram, Sorge
⸗ Bravour: Tapferkeit, Schneid
⸗ buon giorno, bambina: hier etwa: Hallo, Kleine

C

⸗ Chimären: von Chimäre: ein Mischwesen der gr. Mythologie; eine Tochter der Ungeheuer Echidna und Typhon; lebte in dem Ort Chimaira in Lykien, wo sie Mensch und Tier bedrohte; feuerspeiendes Mischwesen mit drei Köpfen: dem eines Löwen, im Nacken dem einer Ziege, und als Schwanz hat sie den Kopf einer Schlange oder den eines Drachen
⸗ Chiromant: Weissager aus den Linien und Bergen der Hand
⸗ chorenhaft: einem Chor gleich
⸗ Chrysolith: Edelstein (bestehend aus den gr. Worten „Khrusos“ für „Gold“ und „Lithos“ für „Stein“) die Offenbarung der göttlichen Gerechtigkeit
⸗ ciao, bambina: hier etwa: Tschüss, Kleine

D

⸗ dannenhero: deshalb
⸗ defäkieren: Kot ausscheiden
⸗ Deiwel: der Teufel
⸗ Deixel: der Teufel
⸗ der einundzwanzigste Dezember: der Thomastag — Gedenktag des Apostels Thomas, eines der zwölf Jünger Jesu; der kürzeste Tag des Jahres („Ab dem Thomastag wächst der Tag um einen Hahnenschrei“), dementsprechend ist die Nacht vom 20. auf den 21. Dezember die Thomasnacht (die mit vielen Bräuchen und einigem Aberglauben verbunden ist und die erste Rauhnacht darstellt), die längste Nacht des Jahres; mancherorts begann am Thomastag ein zwölf Tage anhaltendes Glockengeläut, das die bösen Geister vertreiben sollte
⸗ derowegen: deretwegen
⸗ diebt: von dieben: stehlen
⸗ Diptychon: ein zweiteiliges, geschnitztes oder bemaltes Bildwerk — auch zusammenklappbares Altarretabel (Altarbild)

⸗ dona mihi salutem!: etwa: Sei gegrüßt!
⸗ dörr: ausgetrocknet, verdorrt
⸗ drakonisch: sehr streng, hart
⸗ dräut: von dräuen: drohen
⸗ dreckichten: von dreckicht: dreckig
⸗ Droschken: von Droschke: Mietkutsche
⸗ Drude: in der Fabellehre übermenschliches weibliches Wesen, das auf Menschen heilsam oder verderblich einwirken kann
⸗ Drudenfüße: von Drudenfuß: auch fünfzackiger Stern, Drudenkreuz, Alpfuß, Maarfuß, Nornenstapfe, Pentagramm, Pentalpha, Pentakel, Pentangulum, signum Pythagoricum, signum Hygeae, signum sanitatis; galt als Bannzeichen gegen das Böse sowie als Zauber- und Abwehrzeichen gegen Dämonen
⸗ Dümpel: schlammiger Dreck
⸗ Duns: aufgeblasener, eingebildeter, geistloser Gelehrter

E

⸗ ehrbarlich: ehrbar, ehrsam, sittsam, züchtig
⸗ Eibe Yggdrasil: in der Edda Träger der Welt; Urgrund und Halt der Schöpfung; auch Maßbaum, Odins Träger, Lärad, Mimameide; meist als Esche bezeichnet; als Nadelbaum, immergrün und glänzend bezeichnet, mit berauschendem Tau („Honigtau“ oder „Met“) — alles Eigenschaften der Eibe
⸗ einfältichte: von einfältícht: einfältig
⸗ eingedenk: wegen
⸗ Einhornabbildung: Quecksilber
⸗ Einhornabbildung, Kreis mit Querstrich, Aer, Aqua, Ignis, Terra: Quecksilber, „Sal“ (Salz), Luft, Wasser, Feuer, Erde
⸗ Einmast: hier: Querbalken
⸗ einundzwanzigster Dezember: s. ⸗ der einundzwanzigste Dezember
⸗ eisicht: eisig
⸗ Eiß: Eitergeschwür
⸗ eitrichte: von eitricht: eitrig
⸗ eklicht: eklig
⸗ Ekpyrosis: in der Philosophie ein Weltbrand, Wiederauflösung der Welt in Feuer, das Urelement, aus dem sie entstand (philos. Lehre bei Heraklit und den Stoikern)
⸗ Elegie: Wehmut, Schwermut, elegische Stimmung
⸗ Elohim: in der hebr. Bibel der Juden die plurale Bezeichnung für Gott, aber häufig auch als Eigenname gebraucht
⸗ Endschaft: Ende
⸗ entaltert: von entaltern: verjüngen
⸗ Epigone: Nachahmer
⸗ Epiphanias: auch Epiphanie oder Erscheinung des Herrn; der ursprüngliche und heute noch meist gebrauchte Name des am 6. Januar begangenen christlichen Festes; auch Weihnachtszwölfer (zwölfter Tag nach dem 1. Weihnachtsfeiertag)
⸗ Epitaphium: ein künstlerisch aufwändig gestaltetes Erinnerungsmal für Verstorbene; befindet sich nicht zwangsläufig am Bestattungsort

⸗ Erfahrnis: Erfahrung
⸗ Erinnyen: auch Furien; drei Schwestern der gr. Mythologie: Alecto („die Böse"), Megaera („die Widerwillige") und Tisiphone („die Rächerin"), grausame Kreaturen mit heißem Atem, mit aus den Augen giftigem Blut tropfend, mit schlangengeringelten Köpfen; verfolgten Verbrechen wie Respektlosigkeit, Ungerechtigkeit, Meineid oder Arroganz, zuvorderst aber den Mord, besonders den Mord innerhalb einer Familie; ihre Gier für Strafe kannte keine Grenzen, denn sie bestraften einen Sünder sogar nach seinem Tode, bis zu dem Punkt, an dem er letztendlich Reue zeigte
⸗ ersichtet: von ersichten: sehen, erkennen
⸗ Erzfeind: der Teufel
⸗ Esudew: Fantasiegetier als Höllenhund mit Geweih (Schöpfung: Guido Brose)
⸗ etwelchen: von etwelche: einige, irgendwelche
⸗ Euphore: Euphorie; subjektiv temporäre überschwängliche Gemütsverfassung
⸗ exilen Schlamm: von exiler Schlamm: hinabgestoßen in die unterste soziale Schicht als Wandel von reich nach arm (Wortbildung: Guido Brose)
⸗ exkommuniziert: von exkommunizieren: jemanden (zur Strafe) aus der Gemeinschaft der Gläubigen ausschließen
⸗ exorbitant: außerordentlich, gewaltig, enorm, ungeheuerlich

F

⸗ Fahr: Gefahr
⸗ Fasson: das Wahren der Selbstbeherrschung; Contenance
⸗ fatigante: von fatigant: ermüdend, langweilig; lästig
⸗ Fauste, iudicatus es, in aeternum damnatus es!: Faust, du bist gerichtet, in Ewigkeit bist du verdammt! (Fauste - lat. Anredefall für „Faustus")
⸗ Fehde: tätliche Feindseligkeit oder Privatkrieg zwischen Einzelpersonen, Sippen oder Familien zur Durchsetzung von Rechtsansprüchen; kämpferische Auseinandersetzung, Kampf
⸗ fervent: hitzig, glühend, eifrig
⸗ feurichte: von feuricht: feurig
⸗ Fialen: von Fiale: schlankes, spitzes gotisches Türmchen
⸗ flattrichte: von flattricht: flattrig
⸗ fleue: von fleuen: fliehen
⸗ flöten geht: von flöten gehen: abhandenkommen
⸗ Fluidum: besondere, von einer Person oder Sache ausgehende Wirkung oder Ausstrahlung, die eine bestimmte Atmosphäre schafft
⸗ Fluke: quer stehende Schwanzflosse der Wale
⸗ frappant: verblüffend, überraschend, frappierend
⸗ fräßig: gefräßig
⸗ fraterhaftes: von fraterhaft: (ordens-)brüderlich
⸗ Freund Hein: beschönigende Verwendung für Tod (als Person)
⸗ frugales: von frugal: karg (in Bezug auf die Lebensweise), einfach, bescheiden
⸗ Fugnis: Fügung
⸗ Fürsinn: hier: Sinn

G

⸙ Gaden: in der mehrschiffigen Basilika die Mauer des Mittelschiffs mit ihren Fenstern
⸙ Gämsen: von Gämse: (Gams oder Gamswild)im Hochgebirge lebendes, zu den Paarhufern gehörendes Säugetier mit gelblich braunem bis rotbraunem Fell und nach hinten gekrümmtem Gehörn
⸙ garstichte: von garsticht: garstig
⸙ Gäspen: von Gäspe: so viel, als man in beiden zusammengehaltenen Händen fassen kann
⸙ gebenedeiten: von benedeien: segnen, lobpreisen
⸙ Geburtsgeile: die zur Zeugung nötigen Geilen bei dem männlichen Geschlechte; die Hoden (auch die Eierstöcke führten einst diesen Namen)
⸙ gekammert: von kammern: streng kleiden
⸙ Gelache: Gelächter
⸙ Gelassen: Handeln
⸙ Gelust: Lust
⸙ gemahnend: von gemahnen: eindringlich ins Gedächtnis rufen
⸙ gerindet: von gerinden: voll von Narben; Haut, so hart wie Rinde (Wortbildung: Guido Brose)
⸙ Getändel: Anbändeln, Sichannähern, Flirten, Kokettieren, Liebäugeln, Poussieren, Schäkern, Turteln
⸙ Gevatter: jemand, mit dem man befreundet, verwandt oder bekannt ist; Freund
⸙ gewalkt: von walken: kräftig massieren
⸙ gewissentlich: wissentlich, gewiss, sicher
⸙ gierichte: von giericht: gierig
⸙ girren: schmeichelnd, verführerisch, kokettierend sprechen, lachen
⸙ Glast, namt mich Euren: Nennt mich Euren Glanz
⸙ Gleisner: Heuchler; hier im Sinne von Blender, Imponierer
⸙ Glorie: Ruhm, Glanz — in der Sprache des Christentums auch (himmlische) Herrlichkeit
⸙ glum: trübe, unrein
⸙ Golgota: heute verwendeter Name eines Hügels außerhalb des Jerusalems der Antike; den neutestamentlichen Evangelien zufolge wurde dort Jesus von Nazaret gekreuzigt
⸙ greinen: weinerlich klagen, jammern
⸙ Grabscheit: Spaten, Grabschaufel
⸙ grauer Mönch: der Teufel in der Gestalt eines grauen Mönches
⸙ Groschen: im Mittelalter eine massive Münze aus reinem Silber
⸙ Gula: eine akkadische Heilsgöttin
⸙ Gurtbogen: gemauerter Bogen eines Gewölbes, der das Gewölbe quer unterteilt oder auch abschließt; durch sie werden die Gewölbe in einzelne Joche unterteilt

H

- Habitus: Gesamterscheinungsbild einer Person nach Aussehen
- Halbscheid: Hälfte
- Halsesenge: Enge eines zugeschnürten Halses
- Häme: Blamage, Verhöhnung
- hämen: hämisch reden, spotten
- Häresie: s. ⸗ Ketzertum/Häresie
- haselieren: sich geckenhaft gebärden, unsinnig tun
- Heckmeck: unnötige Umstände; Getue; überflüssiges, nichtssagendes Gerede
- hehre: von hehr: durch seine Großartigkeit, Erhabenheit beeindruckend; erhaben, Ehrfurcht gebietend
- heilichte: von heilicht: heilig
- Hein, Freund: beschönigende Verwendung für Tod (als Person) (die Redensart begegnet erstmals 1650)
- Hekate: Hexenmutter, Göttin der Hexen; in der gr. Mythologie die Göttin der Magie, der Nekromantie, des Spuks
- Herr Urian: bezeichnet eine unangenehme, unerwünschte Person (hier den Teufel)
- Herzgeflimmers: von Herzgeflimmer: Herzflimmern
- Heureka: freudiger Ausruf, besonders bei der Lösung eines schwierigen Problems (altgriechisch für „Ich habe [es] gefunden"); der Spruch ist vor allem im Zusammenhang mit Archimedes von Syrakus überliefert und bekannt
- Hexenschürze: wenn die inneren Schamlippen über die äußeren stehen
- hievt: von hieven: (eine Last) heraufziehen
- Hinkunft: Zukunft
- Hoffart: Dünkel; verletzend überhebliches Betragen; anmaßender Stolz
- hoffärtiger: von hoffärtig: dünkelhaft, verletzend überheblich, anmaßend stolz
- Hohen, die: die hohen Herrn (Kaiser, Könige u. dgl.)
- Höllenzwang: (auch Geisterzwang) Zusammenstellung als Titel oder Bezeichnung mehrerer Zauberbücher mit verschiedenen Zaubersprüchen und Zauberzeichen, durch Riten und Anrufungen Dämonen der Hölle zu zwingen, die Wünsche des Magiers auszuführen
- hungrichte: von hungricht: hungrig
- Hürste: von Hürst: Gebüsch, Gestrüpp
- Hydromant: Weissager aus dem Wasser

I

- I.N.R.I.: die Initialen für den lateinischen Satz Iesus Nazarenus Rex Iudaeorum — „Jesus von Nazareth, König der Juden"; stand nach Joh 19,19f EU [Einheitsübersetzung] in drei Sprachen (Hebr., Lat., Gr.) auf einer Tafel, die der röm. Statthalter Pontius Pilatus oben am Kreuz Jesu anbringen ließ, um den Rechtsgrund seiner Kreuzigung anzugeben
- Ichor: in der gr. Mythologie die Flüssigkeit, welche die Götter statt des

Blutes durchströmt
↗ Idiome: von Idiom: eigentümliche Sprache, Sprechweise einer regional oder sozial abgegrenzten Gruppe; Dialekt
↗ Ignis: Feuer
↗ Imme: Biene
↗ Incubi: von Incubus: männliches Gegenstück zu Succubus
↗ In deum unum credo [...] Memento mori!: Wir glauben an den einen Gott!
Wir werden für Gott durch Ihn sterben!
Zauberei! Teuflische Ringmauer!
Bedenke, dass du sterblich bist!
↗ infaust: ungünstig, unheilvoll, aussichtslos
↗ *infernales:* von *infernal:* höllisch, teuflisch
↗ ingeniösen: von ingeniös: schöpferisch, erfinderisch
↗ Inkunabeln: von Inkunabel: mit beweglichen Lettern gedruckte Schrift, die zwischen der Fertigstellung der Gutenberg-Bibel im Jahr 1454 und dem 31. Dezember 1500 hergestellt wurde

J

↗ jäh: plötzlich und mit Heftigkeit vollziehend, ohne dass man darauf vorbereitet war
↗ jahend: von jahen: bejahen, Ja sagen
↗ Jahwe: JHWH s. ↗ Adonai
↗ Jaspis: bunter Edelstein mit vollständiger Undurchsichtigkeit als Bild der Herrlichkeit Gottes in der Unerforschlichkeit Seines Wesens
↗ jedennoch: dennoch
↗ Jehova: JHWH s. ↗ Adonai
↗ Joch: etwas, dem man unterworfen und wodurch die eigene Freiheit stark eingeschränkt ist
↗ Joch (Architektur): (in durch Pfeiler oder Säulen gegliederte Räume) jeweils durch vier Stützen gebildete räumliche Einheit; Travée
↗ Johannestrunk: eine Art Abschiedstrunk, der Dank der Fürsprache des Evangelisten Johannes den zu seiner Ehre getrunkenen Wein u. a. Gefahren abwenden sollte (selbst Luther benutzte für das Wort „Verabschieden" durchaus noch die Redensart „den Johannestrunk nehmen")
↗ Johannisnacht: Nacht vor dem 24. Juni, dem Johannistag; Hexensabbate wurden in regelmäßigen Abständen zu gewissen günstigen Zeiten abgehalten, nämlich zu Lichtmess (2. Februar), in der Walpurgisnacht (30. April), in der Johannisnacht, am früher in England gefeierten Lammas-Tag (1. August), zu Halloween (31. Oktober) und am Thomastag (21. Dezember)
↗ Juventas: röm. Göttin der Jugend; wurde mit der gr. Göttin Hebe gleichgesetzt

K

↗ Kakelei: Gerede, Nachrede

⸗ kalmiertem: von kalmieren: beruhigen, besänftigen
⸗ kammern: streng kleiden
⸗ Kapitell: dekorativ gestaltetes Kopfstück einer Säule; zeigt in der dorischen Ordnung ein einfaches, häufig mit Ornamenten bemaltes Profil, das die vorwiegend quadratische oder rechteckige Abakusplatte (Abakus) abdeckt
⸗ karessieren: liebkosen
⸗ kasteit: von kasteien: sich als Bußübung Schmerzen, Entbehrungen auferlegen (sich quälen)
⸗ Kastenbrunnen: Brunnen bis 1692 am Knittlinger Rathaus [Knittlingen gilt als Geburtsort des historischen Fausts]
⸗ keichend: von keichen: keuchen
⸗ kess: dreist, schneidig, vorlaut
⸗ Ketzer: jemand, der eine Meinung vertrat, die nicht den kirchlichen Glaubenssätzen entsprach
⸗ Ketzerfeuer: Scheiterhaufen (Scheiter, alte Pluralform von Scheit, althochdeutsch für „Holzstück")
⸗ Ketzertum/Häresie: Bezeichnung für eine Lehre, die im Widerspruch zur Lehre einer christlichen Großkirche oder einer anderen vorherrschenden Auffassung steht und beansprucht, selbst die Wahrheit richtiger zum Ausdruck zu bringen
⸗ Klagheil: Wehgeschrei vieler toter Seelen herab von oben (ob gute oder böse Seelen, ist nicht genau einzuordnen)
⸗ klandestin: heimlich, geheim
⸗ Klepperlin, Meister: der Teufel
⸗ klerikaler: von klerikal: zum Stand der katholischen Geistlichen, zum Klerus gehörend; in der Gesinnung unbeirrbar, konsequent den Standpunkt des katholischen Priesterstandes vertretend; Ansprüche des Klerus fördernd, unterstützend
⸗ Kleriker: Angehöriger des Klerus
⸗ Klerus: katholische Geistlichkeit; Priesterschaft
⸗ Klumse: Spalte
⸗ knarren: ein ächzendes, mit Knacken verbundenes Geräusch ohne eigentlichen Klang von sich zu geben
⸗ Knochenklei: weiche Überreste von Knochen einstiger Lebewesen
⸗ Kokken: von Kokke: kugelförmige Bakterie
⸗ kommoder: von kommod: bequem
⸗ Kommodität: Bequemlichkeit
⸗ krakeelen: laut schreien (um Streit anzufangen)
⸗ krauchen: kriechen
⸗ kregel: gesund, munter
⸗ Kreis mit Querstrich: „Sal" (Salz)
⸗ Kreuzblumen: von Kreuzblume: ein blumenähnliches Ornament aus Naturstein an gotischen oder neugotischen Bauten
⸗ Kronjuwelenzeit: 75 Jahre
⸗ Krot: Kröte
⸗ Kruke: Krug

↗ Künftigkeit: Zukunft
↗ kunnt: von kunnte: konnte

L

↗ Labskaus: ein Seemannsgericht; Brei aus gepökeltem Rindfleisch, eingelegter roter Bete, Zwiebeln und Kartoffeln; entstand in der Zeit der Segelschifffahrt und bestand wohl ursprünglich v. a. aus Pökelfleisch
↗ lachengleich: einer Lache gleich = kleinere Ansammlung von Flüssigkeit (besonders von Wasser), die sich auf einer Fläche, in einer flachen Vertiefung gebildet hat
↗ Lammas-Tag: 1. August; Tag der Ernte, der Reife, Schnitterfest; s. ↗ Johannisnacht
↗ Landauer: Kutsche, deren Verdeck von der Mitte nach vorn und hinten aufgeklappt wird
↗ lanzt: von lanzen: wie eine Lanze stecken
↗ Lapis philosophorum: s. ↗ Azoth
↗ Lapsus: Fehlleistung
↗ larmoyanten: von larmoyant: sentimental-weinerlich; mit allzu viel Gefühl (und Selbstmitleid)
↗ Lärvchen: hübsches, puppenhaftes Mädchen
↗ Larve: Gesichtsmaske
↗ lastigen: von lastig: eine Last habend oder ausmachend
↗ lauben: erlauben
↗ lausichte: von lausicht: lausig
↗ Lavoir: Waschschüssel auf einem Ständer
↗ Lehde: Brache; brach liegend
↗ Lemaître: Georges Edouard Lemaître (* 1894; † 1966), belgischer Theologe, katholischer Priester und Astrophysiker; Begründer der Urknalltheorie
↗ linder: von lind: sanft, zart
↗ Linnen: Leinen (Gewebe)
↗ Linnenhose: Leinenhose
↗ lugt: von lugen: hervorschauen
↗ lughaften: von lughaft: lügenhaft, verlogen
↗ Lumen: Maßeinheit des Lichtstromes

M

↗ Machdeburch: (magdeburgisch für:) Magdeburg; heutige Landeshauptstadt Sachsen-Anhalts, Stadt an der Elbe
↗ Mahlschatz: Brautgabe
↗ mala fide: in böser Absicht
↗ maladen: von malade: (leicht) krank und sich deshalb unwohl, elend fühlend
↗ Malefizglöcklein: kleine Glocke, die zu Beginn eines peinlichen Prozesses oder beim Strafvollzug geläutet wurde

Mamillen: von Mamille: Brustwarze

mannigfaltichte: von mannigfalticht: mannigfaltig; auf vielerlei Art gestaltet

männiglich: viele

Mantikoren von Mantikor: griechisch-persisches Fabelwesen; Mischwesen mit dem Körper eines Löwen mit zinnoberfarbenem Fell, dem Schwanz eines Drachen oder Skorpions, in manchen Darstellungen auch mit Flügeln; das Gesicht ist durch drei hintereinander gelegene Zahnreihen entstellt, die Ohren ähneln denen eines Menschen; kann giftige Stacheln wie Pfeile abfeuern, die das Gift des Upas-Baumes (Antiaris toxicaria) enthalten; in manchen Versionen kann er diese Pfeile auch aus seiner Mähne schießen; tötet auch mit seinen Krallen, ist sehr gewandt, kann kraftvoll springen und besitzt eine sehr laute Stimme; lebt im indischen Dschungel, ernährt sich auch von Menschen; kann sprechen und erreicht die Intelligenz eines Menschen

Mär: Erzählung, seltsame Geschichte, unglaubwürdiger oder unwahrer Bericht

Märtyrer: jemand, der für seinen Glauben stürbe

Martyrien: von Martyrium: schweres Leiden (bis zum Tod)

Medusenhaupt: Kopf der Medusa — in der gr. Mythologie eine Gorgone, die Tochter der Meeresgottheiten Phorkys und Keto sowie die Schwester von Stheno und Euryale; besaß als einzige der drei Gorgonen eine sterbliche Natur; ursprünglich eine betörende Schönheit; als aber Pallas Athene Poseidon in ihrem Tempel bei der Vergewaltigung der Medusa überraschte, war sie darüber so erzürnt, dass sie sie in ein geflügeltes Ungeheuer mit Schlangenhaaren, langen Eckzähnen, Schuppenpanzer, glühenden Augen und heraushängender Zunge verwandelte; ihr Anblick ließ jeden Mann zu Stein erstarren

Meister Klepperlin: der Teufel

Metrum: Rhythmus

Metzge: Schlachtbank, Schlachtstätte, Fleischbank

Meucheltat: heimtückischer Mord

mildiglich: in milder Weise

Mirakel: Mysterium, Wunder

Mittelschiff: der mittlere Längsraum einer Kirche

Moch: garstiger Mensch, dem nichts recht gemacht werden kann (Wortschöpfung: Guido Brose)

modrichte: von modricht: modrig

Mönch, grauer: der Teufel in der Gestalt eines grauen Mönches

moosicht: moosig; moosbedeckt, sumpfig, morastig

moribund: todgeweiht, im Sterben liegend, dem Tode nah

Moritat: vorgetragenes Lied, das eine schauerliche oder rührselige Geschichte zum Inhalt hat (und mit einer belehrenden Moral endet)

Mundus: Welt, Weltall, Weltordnung

Müßiggang: Faulheit

mutverwaist: ohne Mut

Mysterium: geheimnisvolles, mit dem Verstand nicht ergründbares Geschehen; unergründliches Geheimnis besonders religiöser Art

N

- Nachen: kleines muldenartiges Boot ohne Mast und Verdeck (mit oder ohne Segel)
- Nadir und Zenit: Nadir ist der Fußpunkt, Zenit der Punkt des Himmels, der sich genau über dem Beobachter befindet
- Namt mich Euren Glast: Nennt mich Euren Glanz
- Nec scire fas est omnia!: Es ist unmöglich, alles zu wissen! — Zitat von Horaz (eig. Quintus Horatius Flaccus (* 65 v. Chr.; † 8 v. Chr.), einer der bedeutendsten römischen Dichter der Augusteischen Zeit)
- Nekromant: Zauberer, der sich auf die Erhebung von Untoten durch die Kraft Thargunitoths (die Erzdämonin des Untodes) versteht; ursprünglich bezeichnete die Nekromantie eine Mantie (Methode der Wahrsagerei, des Orakelns und der Prophetie) zur Erlangung von Wissen durch Tote, darob vielerorts auch Geisterbeschwörer als Nekromanten gelten, selbst wenn sie nur Geister rufen oder mit Totengeistern kommunizieren
- nerziger Mantelstoff: Mantelstoff aus Nerz
- Nikodemusstunde: vertraute Gespräche, Lichtblicke in der Nacht, aus denen ein neuer Aufbruch in den Tag kommt
- Nimbus: besonderes Ansehen, glanzvoller Ruhm
- Nominal: Schlagton für die Tonhöhe einer Kirchenglocke
- Nornenstapfe: siehe Drudenfuß
- Nosferatu: sagenhafter Name einer angeblichen besonderen Spezies von Vampiren in Rumänien

O

- Obdach: Unterstand
- obszönen: von obszön: ungesittet, lasziv
- obwenn: wenn
- Ohm: eine alte Volumeneinheit; entsprach zwischen 134 und 174,75 Litern (in Baden 150,1 l)
- Onanie: Selbstbefriedigung (hier: S. der Vernunft)
- Onyx: biblischer Edelstein, hatte die Farbe der Fingernägel (der Name bedeutet „Nagel“); versinnbildlicht, dass ruchlose Menschenhände sich an dem Heiligen und Gerechten vergreifen würden (nicht zu verwechseln mit dem schwarzen, oft mit weißen Adern durchzogenen Stein, der heute unter dem gleichen Namen bekannt ist)
- Opal: Edelstein von milchartigem, bläulichem Weiß, mit violettfarbenen, blauen, roten, grünen und gelben Reflexen, gleichen den Strahlen der unendlichen Herrlichkeiten des vollkommenen Menschen
- Opiaten: von Opiat: Arzneimittel, das Opium enthält, als Rauschgift verwendet
- Ordal: Gottesurteil
- Organum: Musikinstrument, besonders Orgel
- orgastisch: den Orgasmus betreffend; wollüstig
- orgiastische: von orgiastisch: zügellos, hemmungslos

⸗ Orloge: von Orlog: Krieg
⸗ Ouroboros: Symbol der kosmischen Einheit, die sich in der Formel „Hen to pan“ = „Eins ist alles“ ausdrückt und insbesondere der Entsprechung von Mikro- und Makrokosmos dient

P

⸗ Paimon: in der Dämonologie einer der Könige der Hölle und wird in unterschiedlichen Grimoiren erwähnt
⸗ Paktierer: jemand, der mit einem anderen einen Bund, ein Bündnis eingegangen ist
⸗ Palaver: (umgangsspr. abwertend) endloses wortreiches, meist überflüssiges Gerede
⸗ Pans: von Pan: in der gr. Mythologie der Hirtengott; ein Mischwesen mit Menschenoberkörper und dem Unterkörper eines Ziegenbocks
⸗ Panoptikum: Kuriositätensammlung
⸗ Pansophie: Allweisheit, Allwissen
⸗ Paracelsus: Philippus Aureolus Theophrastus Bombastus von Hohenheim (vermutlich 1493 — 1541), bekannter unter seinem selbstgewählten Beinamen „Paracelsus“, mit dem er wohl andeuten wollte, dass er über jenen Celsus hinausgehe, der einer der bedeutendsten Naturforscher der Antike gewesen ist
⸗ patinahelmigen: von patinahelmig: Kupferdächer mit Patina
⸗ Pendant: (ergänzendes) Gegenstück
⸗ Pendule: größere Uhr, die durch ein Pendel in Gang gehalten wird
⸗ Pentakel: siehe Drudenfuß
⸗ philosophus philosophorum: besonders befähigter Mathematiker oder Astrologe oder aber Inhaber des geheimsten Wissens und Superlativ als Assoziation an Aristoteles, dem ausgangs des Mittelalters dieser Ehrentitel zugesprochen wurde
⸗ Physiognomie: die äußere Erscheinung von Lebewesen, besonders des Menschen und hier speziell die für einen Menschen charakteristischen Gesichtszüge
⸗ pikiert: von pikieren: sich worüber verletzt fühlen, ärgerlich, gereizt, empfindlich werden
⸗ Plünn: Habseligkeit, Kram, Zeug
⸗ pokuliert: von pokulieren: zechen, stark trinken
⸗ Pomeranzen: von Pomeranze: Bitterorange, auch Sevilla-Orange oder Saure Orange; Hybride zwischen Pampelmuse und Mandarine
⸗ prätentiös: selbstgefällig, effekthascherisch
⸗ Prophet: jemand, der sich von seinem Gott berufen fühlt, als Mahner und Weissager die göttl. Wahrheit zu verkünden und der als religiöse Autorität anerkannt wird
⸗ Provenienz: Bereich, aus dem jemand oder etwas stammt
⸗ Pyromant: Weissager aus dem Feuer, aus Flammen- und Rauchbildung

Q

⸗ Quarre: weinerliches Kind
⸗ Quehle: Tuch aus Doppelleinen
⸗ Querschiff: das in rechtwinkliger Position zum Langhaus verlaufende, kürzere Schiff einer Kirche

R

⸗ radebrecht: von radebrechen: stottern
⸗ Räte: Amtsbezeichnung der Beamten und Richter
⸗ Raufe: aus Stäben bestehendes Gestell, das Heu, Stroh oder Gras für Wild, Vieh oder Nagetiere enthält
⸗ Renovatio: Erneuerung; hier im Sinne von Wiedergeburt
⸗ Rex infernus: Höllenkönig
⸗ ridiküles: von ridikül: lächerlich
⸗ ritenschwarzes Reich: Reich schwarzer Rituale
⸗ Romalis: „Tanz der Zigeuner“; ein leidenschaftlicher Einzeltanz, eine betont physische Inszenierung von Vitalität und Passion, bei dem ein weiblicher Körper sich selbstbewusst den genießerischen Blicken der Männer aussetzt und voller Hochmut seine erotische Energie behauptet

S

⸗ Sabellicus: eigentlich Marcus Antonius Coccius, einer der Wiederhersteller der klassischen Studien in Italien, geb. 1436 zu Vicovaro an der Grenze des alten Sabellerlandes, war der erste, der in antikem Geist und Geschmack eine allgemeine Weltgeschichte verfasste unter dem Titel: „Rhapsodiae historiarum Enneades“; hier der Verweis auf die als Zaubervolk berühmten und berüchtigten Sabiner oder Sabeller, die in den Sabinerbergen nordöstlich von Rom lebten
⸗ sakralen: von sakral: (geweiht und daher) heilig; religiösen Zwecken dienend
⸗ Sakramentes: von Sakrament: von Jesus Christus eingesetzte zeichenhafte Handlung, die in traditionellen Formen vollzogen wird und nach christlichem Glauben dem Menschen in sinnlich wahrnehmbarer Weise die Gnade Gottes übermittelt
⸗ salbadert: von salbadern: salbungsvoll (frömmelnd), langatmig und feierlich reden
⸗ salzichte: von salzicht: salzig
⸗ Sanguis et Cinis: Blut und (Leichen-)Asche
⸗ Sankt Velten: der Teufel
⸗ Sardis: roter und gelber Edelstein, (Farben des Blutes und des Goldes); versinnbildlicht den Wert des Blutes Jesu Christi und die göttliche Gerechtigkeit, mit welcher der Schuldige aufgrund des Opfertodes Jesu bekleidet ist
⸗ Sargenreste: Reste eines Sarges

- Schafott: meist erhöhtes Gerüst, auf dem Hinrichtungen durch Enthauptung vorgenommen werden
- schalten: von schelten: tadeln
- Schaluppe: ein leichtes Boot zum Segeln und Rudern
- schamanisches: von schamanisch: Angehörige des Schamanismus; ihnen wird in vielen Naturreligionen die Fähigkeit zugeschrieben, in Bewusstseinszuständen wie der Ekstase in Bereiche vorzudringen, die einer normalen Wahrnehmung nicht zugänglich sind
- Schankbub: Kellner in Wirtschaften; Zapfjunge, Schankjunge
- Schankherr: Wirt
- schattichte: von schatticht: schattig
- Schau'n: Schauen; hier: Gesehenen
- scheel: eine auf Missgunst, Neid, Misstrauen oder Geringschätzung beruhende Ablehnung, Feindseligkeit ausdrückend
- Scheelsucht: Neid, Eifersucht
- Scheidbogen: Bogen, der als architektonische Betonung das Mittelschiffjoch einer mittelalterlichen Basilika vom Joch der Seitenschiffe scheidet
- schelten: tadeln
- Scheusal: der Teufel
- Schizophrenie: Bewusstseinsspaltung: das Erleben des Erkrankten ist geteilt in die Wahrnehmung der Realität, wie sie ist, und in die Wahrnehmung einer „virtuellen" Realität, nämlich der eingebildeten
- schleimichte: von schleimicht: schleimig
- schlipfen: ausgleiten, rutschen
- Schmack: Geschmack
- schmierichte: von schmiericht: schmierig
- schnippisch: dreist, lausbübisch, spöttisch
- Schober: überdachtes Brettergerüst, Feldscheune besonders für Heu, Stroh
- Schrein: Sarg
- Schubben von schubben: kratzen
- schwadroniert: von schwadronieren: wortreich, laut und lebhaft, unbekümmert, oft auch aufdringlich reden, von etwas erzählen
- seigert: von seigern: sickern
- seuchtig: süchtig, im Sinne von krank, mit einer Seuche behaftet
- Sibylle: (auch fälschlich Sybille) dem Mythos nach eine Prophetin, die im Gegensatz zu anderen göttlich inspirierten Sehern ursprünglich unaufgefordert die Zukunft weissagt; meistens doppeldeutig, teilweise auch in Form eines Rätsels
- sibyllinisch: geheimnisvoll, mysteriös
- sieche: von siech: über eine längere Zeit und ohne Aussicht auf Besserung krank, schwach
- sifft: von siffen: tropfen
- sintemal: weil
- Souffleur: Berufsbezeichnung; Mitarbeiter eines Theaters, der während einer Vorstellung im Souffleurkasten sitzt und souffliert [einflüstern, einsagen, vorsagen, vorsprechen, zuflüstern]

⸗ Spandrillen: von Spandrille: in der Architetur eine dreiseitig begrenzte Fläche; die zweidimensionalen Bogenzwickel sind die Flächen zwischen einem Rundbogen und seiner rechtwinkligen Umrahmung (Alfiz)
⸗ Starrgebild: eine starre Figur
⸗ Stetlin: Städtchen, kleine Stadt
⸗ stieben: rasch (und panikartig) irgendwohin davonlaufen, auseinanderlaufen
⸗ stupende: von stupend: erstaunlich; verblüffend
⸗ Stupide: von Stupider: Beschränkter; Geistloser
⸗ stupider: von stupide: beschränkt; geistlos; ohne geistige Beweglichkeit oder Interessen
⸗ subtil: fein strukturiert (und daher schwer zu durchschauen, zu verstehen); schwierig, kompliziert
⸗ Succubi: von Succubus: ein weiblicher Alb (Elf), ein Albträume verursachender, nachtaktiver Dämon
⸗ suften: seröse Flüssigkeit absondernd: Körpersäfte, die durch Transsudation aus dem Blut entstehen
⸗ Sylphe: Nymphe (eine Feenart; meist als Frau); mythologischer Naturgeist, der dem Element Luft zugeordnet ist

T

⸗ Tabula Smaragdina: (lat. für „smaragdene Tafel") ein traditionell dem Hermes Trismegistos zugeschriebener Text, der die philosophische Basis der Hermetik bildet und der als Grundlagentext der Alchemie gilt
⸗ Talmund: Echo (Erfindung des Wortes wird häufig dem Sprachpuristen Philipp von Zesen zugeschrieben)
⸗ Teixel: der Teufel
⸗ Terra: Erde
⸗ todtraurichte: von todtrauricht: todtraurig
⸗ Topas: Edelstein in goldgelb, versinnbildlicht die in der Herrlichkeit geoffenbarte Gerechtigkeit
⸗ Tombak: besonders als Goldimitation bei Schmuck verwendete kupferreiche Kupfer-Zink-Legierung
⸗ trächt'gen: von trächtig: von etwas erfüllt, mit etwas angefüllt
⸗ transzendente: von transzendent: die Grenzen der Erfahrung und der sinnlich erkennbaren Welt überschreitend; übersinnlich, übernatürlich
⸗ Tremolo: zitternde, bebende Stimme
⸗ Treppentürmen: von Treppenturm: ein auf rundem oder polygonalem Grundriss errichteter turmartiger Gebäudeteil, der ein Treppenhaus, meistens mit einer Wendeltreppe, enthält; besonders beliebt in Gotik und Frührenaissance
⸗ Trismegistos: Göttergestalt des Hermes Trismegistos („der dreimal größte Hermes"); eine synkretistische Verschmelzung des gr. Gottes Hermes mit dem ägyp. Gott Thot
⸗ Tropicana: hier: Tropen
⸗ Tünch: jemand, der das wahre Wesen verdeckt, verdecken will; im Sinne

von „weißer Überzug, Anstrich“
⸗ tupfiert: dichterisch für tupft
⸗ Tympanon: eine Schmuckfläche in Giebeldreiecken oder im Bogenfeld von Portalen

U

⸗ umnarbt: von umnarben: durch austretende heiße Dämpfe, denen jemand ausgesetzt ist, entstehen Narben, ähnlich den Kesselfurchen (Spuren, Rinnen, Furchen etc. eines alten Kessels durch ständiges Kochen; Wortbildung: Guido Brose)
⸗ unfähichte: von unfähicht: unfähig
⸗ Ungeberde: Grimasse
⸗ ungetauftem Wein: von ungetaufter Wein: nicht mit Wasser gestreckter Wein
⸗ Urian, Herr: bezeichnet eine unangenehme, unerwünschte Person (hier den Teufel)

V

⸗ Valant: Teufel
⸗ valanten: von valant: teuflisch
⸗ Vellum: eine feine Pergamentart, die aus Haut von Kälbern und Kälberföten gewonnen wird
⸗ Venolen: von Venole: die kleinste Aufzweigung der Venen
⸗ verabsäumt: von verabsäumen: vergessen, versäumen
⸗ verargen: übel nehmen, verübeln
⸗ Verblümte: von verblumen: beschönigen
⸗ verbotschafte: von verbotschaften: verkünden
⸗ verdringt: von verdringen: drängend fortschieben, beseitigen
⸗ Verführer: der Teufel
⸗ verharrlich: beharrlich
⸗ vermaledeit: in höchstem Maße unerfreulich, unangenehm
⸗ vermöge: wegen
⸗ vernichtbar: zu vernichten
⸗ verschroben: (in Wesen, Aussehen oder Verhalten) absonderlich anmutend
⸗ versickt: von versicken: versickern
⸗ verstarren: erstarren
⸗ Vierung: wird im Kirchenbau der Raum bezeichnet, der beim Zusammentreffen des Haupt- und Querschiffes einer Kirche entsteht
⸗ vifer: von vif: lebhaft
⸗ Viola: Bratsche
⸗ Violen: von Viola: Veilchen
⸗ Voland: alte Bezeichnung für den Teufel

W

- walken: kräftig massieren
- Waran: Gattung der Schuppenkriechtiere (Squamata) aus der Teilordnung der Schleichenartigen (Anguimorpha)
- wehmütichte: von wehmüticht: wehmütig
- Weigand: Übersetzung des gr. Begriffs Heros (Gestalt der gr. und röm. Mythologie, meist halbgöttlicher Herkunft); Kämpfer, Held
- weihevoll: sehr feierlich
- weiland: einst, früher
- wennschon: wenngleich
- willichte: von willicht: willig
- wofern: falls, insofern, sofern, wenn
- wogleich: woraufhin
- wohlichte: von wohlicht: wohlig
- wollüstichte: von wollüsticht: wollüstig

Z

- Zähren: von Zähre: Träne
- Zechbrüdern: von Zechbruder: Trinker, Trunkenbold
- zeih: von zeihen: bezichtigen
- Zenit: Punkt des Himmels, der sich genau über dem Beobachter befindet
- Zephir: milder Südwestwind
- Zerberus: in der gr. Mythologie der Höllenhund und Torhüter, der den Eingang zur Unterwelt bewacht
- zernichten: vernichten
- zerscheitern: scheitern
- Zervixschleim: Sekret der Zervix; Cervix uteri (des Gebärmutterhalses)
- zwagen: baden
- Zweiter der Magie: Hinweis auf Simon Magus als der Magier in der Apostelgeschichte, der sich vermutlich den Beinamen Faustus zulegte
- zwier: zweimal
- zwischenein: zwischendurch
- Zwölfender mit Geleit: Soldat mit begleitender Führung

Eigennamen

Asiram, Elysia, Estriga, Klagus, Malsi, Moristopheles, Narok, Phenysea, Yonah und Yvena sind Palindrome oder Namensschöpfungen der Autoren und wurden teilweise erst im Nachhinein während der Recherchearbeiten gefunden.

Horas non numero nisi serenas

Wir vom Schwarzbuch Verlag lieben Bücher, deshalb bemühen wir uns, Ihnen gute Geschichten zu bieten. Schauen Sie doch in unser restliches Verlagsprogramm. Vielleicht entdecken Sie noch den ein oder anderen Titel, der Ihnen heitere Stunden schenkt. Wir würden uns freuen von Ihnen zu hören, Sie finden uns auf allen Social-Media-Kanälen, unserer eigenen Homepage und beim Buchhändler Ihres Vertrauens.

Ein letzter Hinweis

Wenn Sie, lieber Leser, mehr zum Thema „Faust“ wissen wollen, nutzen Sie den Internetauftritt der Autoren (www.johannfaust.de) oder zusätzlich das Instagramm- (instagram.com/johannfaust.de/) oder Facebookkonto (facebook.com/johannfaustde-153863275165532/).